JN291374

『明暗』論集 清子のいる風景

鳥井正晴 監修
近代部会 編

和泉書院

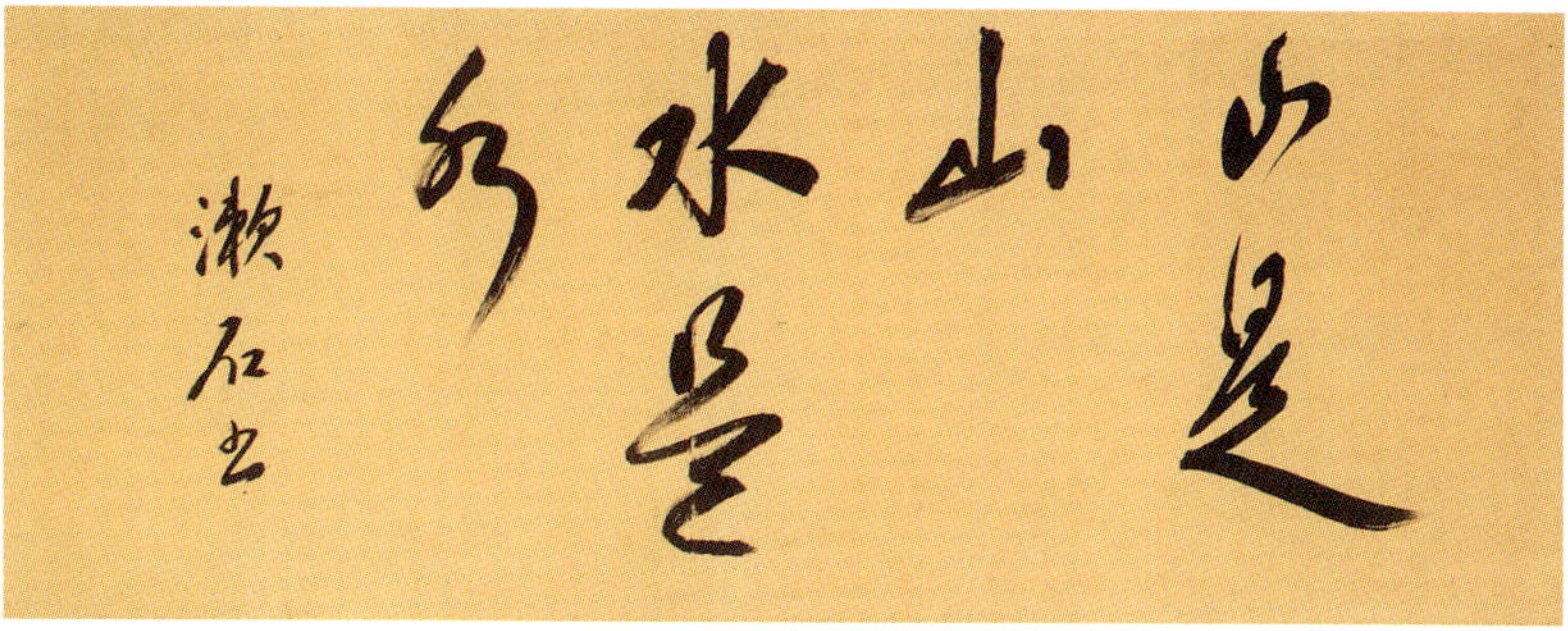

（個人蔵、町立湯河原美術館寄託）

山是山水是水　漱石書（大正五年二月推定）

漱石は、大正五年一月二八日から二月中旬まで天野屋に逗留、二月一六日帰京する。この揮毫は、その折りのもの。

目次

『明暗』と湯河原

『明暗』論

i　『明暗』第一部を中心に

iii『明暗』研究文献目録 選

『明暗』と湯河原

『明暗』と湯河原

中村美子

夏目漱石の『明暗』(1)において、主人公津田由雄は、雨の東京を発ってある温泉町へと向かう。その表向きの目的は手術後の痔疾の療養であり、心の内に秘めた目的はかつての恋人で今は友人の妻である清子に会うことであった。『明暗』百六十七章、ここからが津田の旅の始まりである。道中の描写を経て、その後舞台は温泉町へと移行する。この部分、すなわち百六十七章から百八十八章が、いわゆる『明暗』第二部である。この温泉町は作中に明記されてはいないが、日記の記述などから神奈川県の湯河原温泉(2)を舞台にしたものであるとみなされてきた。湯河原は東京近郊の温泉地として、多くの文人たちに愛されてきた町である。湯河原を訪れた文人たちは判然としているだけでも、枚挙にいとまがない。その一部の例を挙げる(3)と以下のようなものである。


国木田独歩（明治三十四年以降三回、中西屋に逗留し、小説「湯ヶ原より」を書く。）

吉井勇（明治四十四、五年、中西屋に逗留し、歌集「昨日まで」に湯河原のことを詠む。）

芥川龍之介（大正十年、中西屋に逗留。）

島崎藤村（昭和五年、伊藤屋、以後昭和九年までの間、年四回ずつ逗留。）

与謝野晶子（昭和七年以後十九回、真珠荘に来遊。真珠荘の庭の大島桜を愛し、最後の歌集を「白桜集」と名づける。）

小林秀雄（昭和二十三年以後三十余年間、加満田旅館を定宿とする。）
谷崎潤一郎（昭和三十九年、「湘碧山房」に居住、この家で一年後に死去。）

明治時代の湯河原について、「温泉宿總て十二戸。中央の村路を挿んで家を構へ、皆、藤木川の清流を抱く。藤木川は中央の道路に沿ひて、村の中部を流通し、河幅八間餘あり。水清く、石奇よして、頗る風色に富めり。」（『湯河原温泉誌』（明治二十八年十一月　加藤留藏）句読点は中村による。）と、当時の文献に記されている。漱石が滞在した大正時代当時も、この記述に近い様子であったと想像される。現在でも、家並みは変わっても、山に囲まれた谷間に清流を宿す地形は変わりなく、文人たちに好まれたひっそりとした異境の趣を今に伝えている。湯河原についてはすでにいくつかの文献に詳述され(4)、観光会館の郷土資料展示室では多くの写真から当時の様子を知ることができる。

漱石の初めての逗留は、満四十八歳であった、大正四年十一月九日から十一月十六日(5)（その後箱根へ廻り、十六日の晩は箱根の富士屋ホテルに宿泊し(6)、翌十七日の午後に帰京する。）の間であった。この逗留は一高時代以来の旧友である、当時の満州鉄道総裁、中村是公の誘いを請けてのものである。二度目の逗留は、満四十九歳であった、大正五年一月二十八日から二月上旬までである。この二度目の逗留は糖尿病による腕の痛みを、神経痛かリウマチと勘違いしての(7)、転地「療養」(8)であった。このときは漱石の方で中村是公を誘っている。二度の滞在での合計日数はおそらく三十日足らずである。逗留先は老舗旅館、岫雲楼天野屋旅館(9)（写真1）の当時本館と称されていた建物の一室である(10)。残念ながら漱石の逗留した建物は現在は存在しない。

＊　　＊

『明暗』の作中では、津田と吉川夫人、津田とお延が津田の温泉行きについて話すときでさえ、温泉町の地名は示されないし、途中の駅名も示されない。もちろん津田の泊まった宿の名も示されない。わずかに作中に表される固有名詞は、津田が認める絵葉書に記された、「不動の滝」（百八十一）と「ルナ公園《パーク》」（同前）だけである。しかし、私たちは東京からの距離感と汽車、軽便、馬車と乗り継ぐ交通手段から、作者漱石自身も二度にわたって逗留した湯河原温泉に見当をつけることができる。そして、作中、津田と同じく宿に逗留する夫婦の間で、散歩に行くと約束されている滝が、天野屋から歩いていける距離にある不動の滝をモデルにしているのであろうことは比較的容易に推測できる。しかし、津田の赴いた温泉町が湯河原をモデルにしているという推定を下すまでには、もう少し具体的な根拠を必要とするはずである。

軽便鉄道を降りてからの津田は宿の馬車で宿屋に向かう。その行程で遭遇した一風景は次のように記される。

馬車はやがて黒い大きな岩のやうなものに突き当らうとして、其裾をぐるりと廻り込んだ。見ると反対の側にも同じ岩の破片とも云ふべきものが不行儀に路傍を塞いでゐた。台上から飛び下りた御者はすぐ馬の口を取つた。

一方には空を凌ぐほどの高い樹が聳えてゐた。星月夜の光に映る物凄い影から判断すると古松らしい其木と、突然一方に聞こえ出した奔湍の音とが、久しく都会の中を出なかつた津田の心に不時の一転化を与へた。彼は忘れた記憶を思ひ出した時のやうな気分になつた。（百七十二、傍線は中村による。以下同じ。）

（写真2）は大正時代の湯河原の風景を伝えるものである。〈挟石〉と呼ばれる岩の周りを馬車がまわる様子がよく分かる。さらに馬車の左には〈小旗〉が差し込まれている。旗については『明暗』の作中で次のように描出されている。

彼はやがて否応なしにズックの幌を下した馬車の上へ乗せられた。さうして御免といひながら自分の前に腰を掛ける先刻の若い男を見出すべく驚ろかされた。

「君も一所に行くのかい」

「へえ、御邪魔でも、どうか」

若い男は津田の目指してゐる宿屋の手代であつた。

「此所に旗が立つてゐます」
彼は首を曲げて御者台の隅に挿し込んである赤い小旗を見た。暗いので中に染め抜かれた文字は津田の眼に入らなかつた。旗はたゞ馬車の速力で起す風のために、彼の座席の方へはげしく吹かれる丈であつた。（百七十一）

写真の旗は作中でのこのような描写のモデルとなったものであると考えられる。

（写真3）は明治時代のもので、〈見附の松〉と呼ばれた松の大木を伝えるものである。少しわかりにくいが、〈藤木川〉に掛かる手前の〈落合橋〉の向こうに（写真2）にも映る〈挟石〉があり、その反対側に〈見附の松〉と呼ばれる松の大木が聳えている様子がわかる。この風景は、大きな岩を迂回しつつ、一方に高い木が聳えていてよく見るとそれが松であり、そこで急に渓流の音を耳にするという、作中の津田の視聴覚を通して伝えられる風景とぴったり一致するものである。そしてその後津田は「早瀬の上に架け渡した橋の上をそろ〳〵通つた」（百七十二）所で「幾点の電燈」（百七十二）を目にし、間もなく宿に到着する。その橋を（図1）、（図2）に見える藤木橋であると考えると、（写真3）の位置から天野屋への道のりと一致する。

さらに津田の泊まった部屋に面した庭の景色は次のように記される。

彼の室の前にある庭は案外にも山里らしくなかつた。不規則な池を人工的に拵へて、其周囲に椎い松だの躑躅《つつじ》だのを普通の約束通り配置した景色は平凡といふより寧ろ卑俗であつた。彼の室に近い築山の間から、谿水を導いて小さな滝を池の中へ落してゐる上に、高くはないけれども、一度に五六筋の柱を花火のやうに吹き上げる噴水迄添へてあつた。（百七十八）

天野屋の庭を映した（写真4）には、〈人工の池〉と〈噴水〉がはっきりと映っている。津田の目にした庭の描写は、おそらく津田の眠りを妨げたとされる「雨戸の外でするさら〳〵いふ音」（百七十七）とともに、漱石の体感した天野屋の庭を元にしたものであると思われる。

以上のような『明暗』の描写と当時の実景の比較によって、『明暗』第二部の舞台である津田の旅する温泉町は、湯河原をモデルに設定されていると推定することができる。

＊　＊

旅はときに、おのおのの持つ日常的な現実を一時脱出する機会となりうる。逃れがたく牢固な実体であるとばかり信じていた日常が、実は変更可能なものであるということへの感知は、旅が終わって現実に回帰した後も、その生活に淡い影を落とす。漱石文学において登場人物の旅は、『草枕』、『門』、『行人』、『彼岸過迄』、『こゝろ』など、くりかえし用いられた手法である。津田の旅が始まって以後の作品世界は、桶谷秀昭「自然と虚構（二）――『明暗』」[11]が、「百七十一節以後の『明暗』にわれわれは、あきらかに転調を感じるのだが、果たして津田が変わったのか、作者が変わったのか。」と、つとに指摘するように、それまでとは明らかに一線を画している。私たちはこの旅に言葉で示しがたい特別な感じを受ける。越智治雄はまた「漱石とともに[12]」と題した文章で次のように述べている。

漱石に興味がなかったころから、私は『明暗』にだけは惹かれていた。津田の旅が始まってからの恐しさを感じていたからだ。その恐しさは他の漱石の作品にはみられなかったものである。風が吹き雨が降り世界は荒涼となって、やがて深い夜が来る。宿屋で津田が迷うのは当然なので、この自意識で何でも計りうると思っている男は、迷路へ入らなければならない。自分は夢の中にいる、生とは所詮夢なのか、こう思う津田は、なおどんなに卑小であっても、自分の前に開示された巨大な闇に触れたのである。この津田は何も変わったことが起こらなかったにしても、はや旅に出る前の彼と同じではありえない。

越智が「恐しさ」という言葉で示そうとしたもの、到着時の津田に触知される、この町の夜の冷たい暗さ、それらは特別な感じを呼び起こさせるものである。この作者によって別の作品でそれ以前に描かれてきた旅とこの旅との違いは何であるか、この旅を通して作者は津田になにを突きつけようとしているのか、私たち読者は問いかけずにはいられない。津田が自己の容姿に自信を持つ人物であることは、お延に向かって示された岡本の叔父の批評にも明示されており、津田の特徴的な性質として書かれている。しかし、宿で迷う部分をはじめとして、旅中の津田に見出せるのは、むしろ自信を失いつつある人間の不安である。この部分について、西谷啓治「『明暗』について」[13]は次のように述べている。

他の人間も、あの男は世間の女が皆自分に惚れなければ気が済まない、というふうな悪口を言っている。そういった自尊心を津田は持っていて、知性的な、悪く言えば打算的な人間ということになっています。それからその奥にやはりお延に知られたくない秘密をもっている。津田のそういう性格が秘密を持っている。それが津田の根本問題になっていて、秘密がなければ、津田は普通世間によくある自信の強い人間ということで終るでしょうが、根本に自分の愛していた女性に逃げられた、しかもその理由が分らないということがある。その過去の秘密が津田を苦しめるわけです。

この旅の特徴は過去の秘密に引き寄せられたものであり、それに迫ろうとする旅であるということである。その試みは同時に冒頭近くで暗示的に示された「暗い不可思議な力」（二）の母体に迫ることであった[14]。確かに自分だと信じている意識以外に、自分を差配する力がある―その存在を認めることは、津田の支えとする自意識にとって、危機にほかならない。つまり、津田の旅で揺さぶられるのは、現実と同様、確固たるものとして疑わなかった、彼の自意識である。そのことの予兆は、旅立ちの前に周到に準備されている[15]。私たちは、津田の旅自体がどのような非日常性を持ちえていたかを辿り、『明暗』全体を見渡した場合、その非日常性の痕跡が、旅が終わって日常の生活に戻ったときに、どのように影を落とすのかということを考えなければならない。そのために、作者が『明暗』という作品において、閑散期の温泉町をどのように虚構化し、それによってどのような膨らみを作品に付加しようとしたのかを、問題にしなくてはならないだろう。そのことが、旅の痕跡を読み解く、ひいては『明暗』という作品を読み解く一助となるのではないかと思われる。

〈注〉

（1）『明暗』は、「東京朝日新聞」に大正五（一九一六）年五月二十六日から十二月十四日まで、「大阪朝日新聞」に大正五年五月二十六日から十二月二十七日まで連載される。東京版のみ名取春仙の挿絵が添えられる。

（2）現在の神奈川県足柄下郡湯河原町。神奈川県の西南端に位置し、東南を相模湾、三方を箱根外輪山や伊豆・熱海の山々に囲まれ、万葉の時代から風光明媚な温泉地として知られる。人口は平成十七年度で、二八一七一人（湯河原町役場による）。

（3）各作家の逗留年月は石井茂『湯河原の文学と観光』（一九九九年九月　湯河原温泉観光協会）に依拠する。

（4）湯河原についての文献には次のようなものがある。梅原力藏編『湯河原郷土史』（一九三八年一一月　神奈川縣湯河原町役場）／湯河原町町史編さん委員会編『湯河原町史』（一九八四年三月　湯河原町）／石井茂、高橋徳『湯河原と文学』（一九八四年三月　湯河原町立図書館）／「写真が語る湯河原今昔」編集委員会編『写真が語る湯河原今昔』（一九八六年三月　湯河原町立図書館）／石井茂『湯河原の文学と観光』（注（3）前掲書）

（5）逗留年月は荒正人『増補改訂　漱石研究年表』（一九八四年六月　集英社）に依拠する。同年表では、二度目の逗留の後に湯河原を発った日は「二月上旬（日不詳）」とされている。ただし、二月十四日には鎌倉の中村是公の別荘に泊まったとされていることから、それ以前と考えられる。

（6）富士屋ホテルは、明治十一年（一八七八）、山口仙之助が五百年続いた当時の藤屋を買収して、神奈川県箱根町宮ノ下で創業する。

（7）夏目鏡子述、松岡譲筆録『漱石の思ひ出』「五七　糖尿病」（一九二九年一〇月　岩波書店）に依拠する。

（8）注（7）前掲書。

（9）岫雲楼天野屋は明治九（一八七六）年に天野伊之助が創業する。二〇〇五年三月三一日に廃業。所在は神奈川県足柄下郡湯河原町宮下上六三一。名前の由来は陶淵明の「帰去来辞」の「雲無心以出岫、鳥倦飛而知還」にちなむという。

(10) 三九頁掲載の「見取り図」参照。
(11) 初出は「無名鬼」第十二、十三、十四号(一九六九年一二月、一九七〇年五月、一二月)掲載。ただし、引用は『夏目漱石論』(一九七二年四月　河出書房新社)による。
(12) 「日本近代文学館図書・資料委員会ニュース　夏目漱石展特集号」(一九七〇年一一月　日本近代文学館図書資料委員会)
(13) 「学生の読書」第十一集　特集・夏目漱石研究(一九七一年四月　土曜会)、後に、『宗教と非宗教の間』(二〇〇一年三月　岩波書店)に収録される。ただし、引用は初出による。
(14) 温泉町に着いたときの津田の体験と「暗い不可思議な力」(二)との照応には、越智「明暗のかなた」(「文学」第三十八巻　第十二号(一九七〇年一二月　岩波書店))に、次のような指摘がある。
　停車場のある町の夕景色の中に津田に見えてくるのは、「丸で寂寞たる夢」(百七十一)である。津田に孤独も夢もふさわしくなかった。彼は確実に見えると思っている自分の目を信用していた。しかしここで彼を襲う思念は、小説冒頭のあの「暗い不可思議な力」と明らかに照応している。(ただし、引用は『漱石私論』(一九七一年六月　角川書店)による。)

さらに越智のこの指摘を、旅の位置づけにまで発展させたものに、三好行雄「『明暗』の構造」(『講座夏目漱石3巻』(一九八一年一一月　有斐閣))に、次のものがある。

　現象の背後にひそむ「暗い不可思議な力」(二)の根源をこそ、津田は見なければならないのである。人間にとって、他者はついに了解不可能な闇のなかに沈んでいる。この厳然たる事実に背理して、津田は了解不可能な他者を理解するための旅に出る。
(15) 注(14)前掲論文(越智)は、出発前に津田が小林に見せられる書簡をも、「一つの布置」とみる。

（写真１）

「天野屋旅館付近」大正年間（高野書店所蔵の絵葉書より転載）

（写真２）

「挟石と馬車」大正年間　向かって中央右下が挟石（高野書店所蔵の絵葉書より転載）

（写真３）

「落合橋と見附の松」 明治年間　手前が藤木橋。向かって中央左下に挟石が見える（高野書店所蔵の絵葉書より転載）

（写真４）

「天野屋の庭と池の噴水」 向かって中央右に吹き上がるのが噴水（高野書店所蔵の絵葉書より転載）

湯河原の全景

（写真５）

（高野書店所蔵の絵葉書より転載「湯河原全景」）

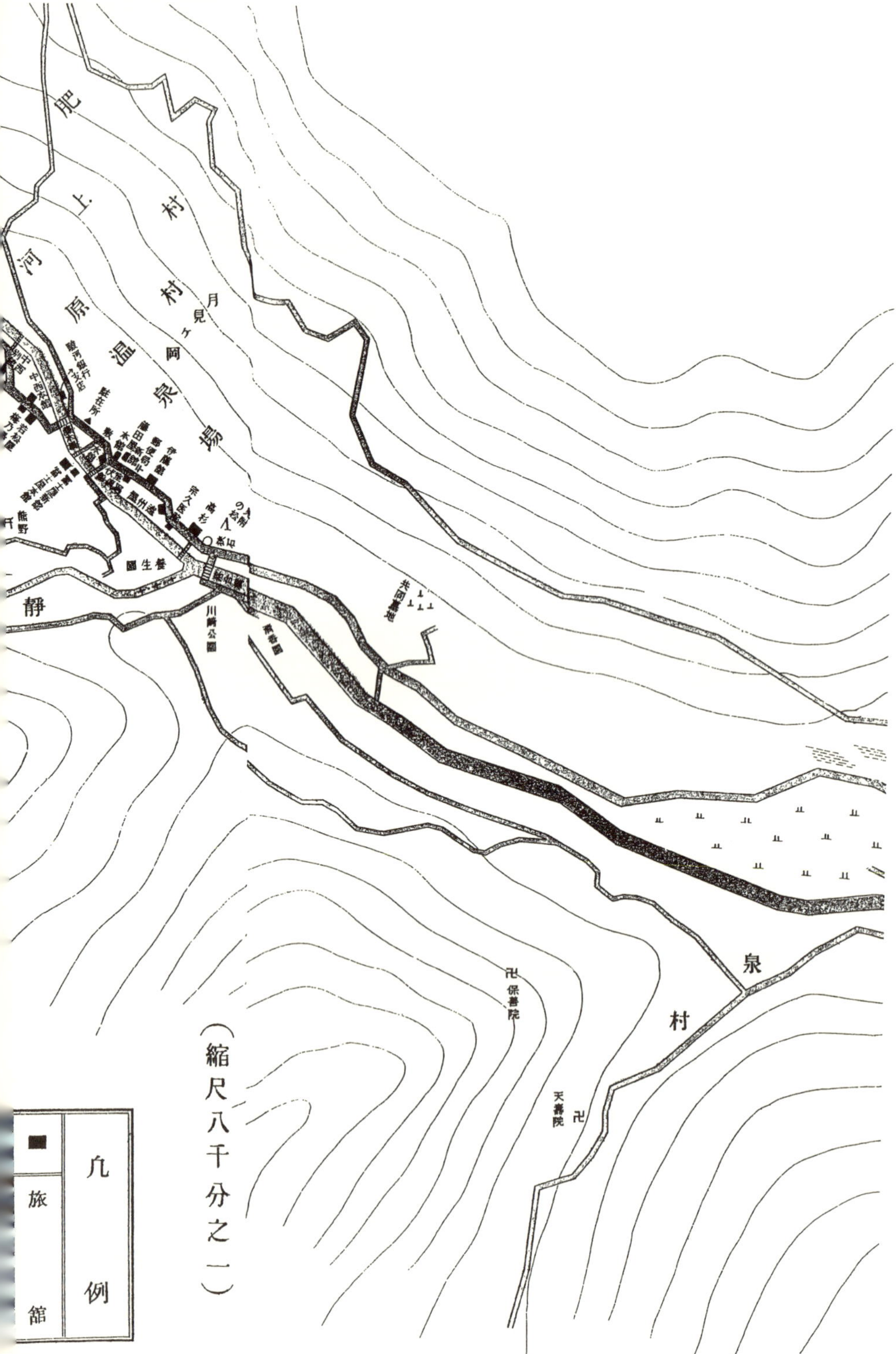

河原温泉場
月見ヶ岡
養生園
川崎公園
共同墓地
静
泉村
保善院
縮尺八千分之一
凡例
旅館

（図1）

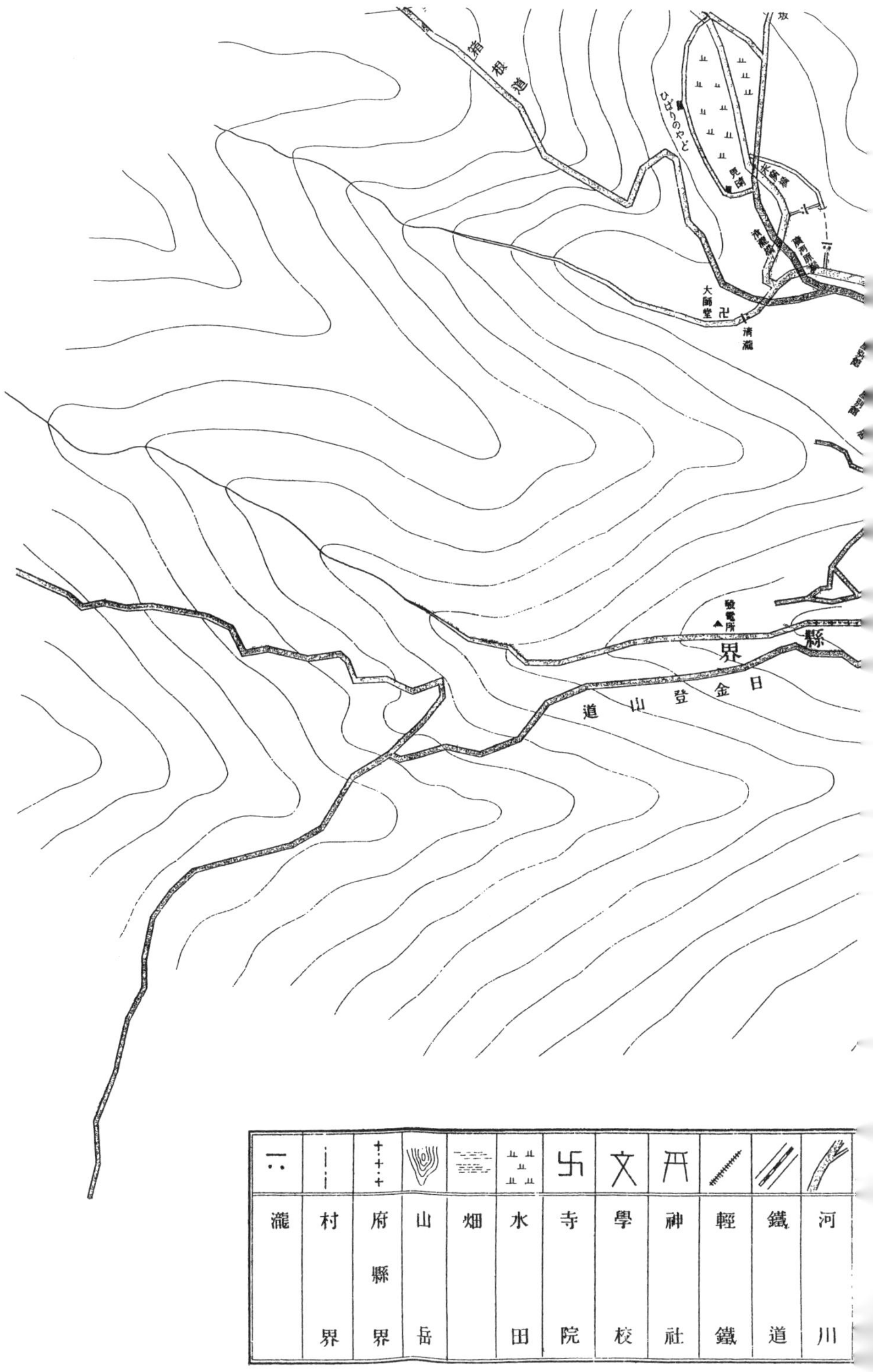

（湯河原町立図書館架蔵『神奈川縣足柄下郡湯河原湯泉案内』発行者・藤木官一、発行所・藤木工務店、大正十二年八月発行より転載）

湯河

湯河原温泉附近名所里程

一、養生園　一町程
附熊野権現
一、川崎公園　一町
一、清瀧弘法大師　二町

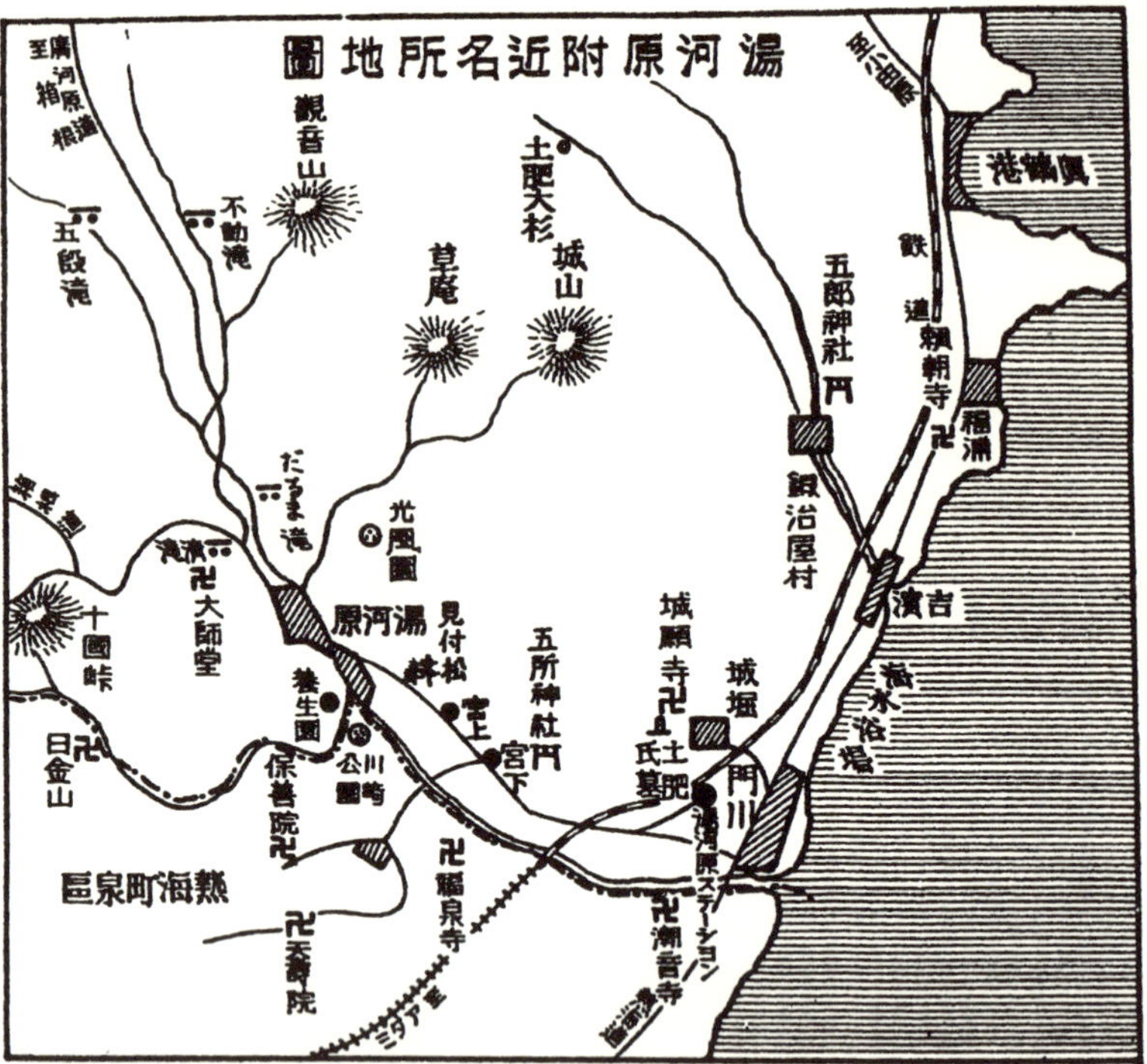

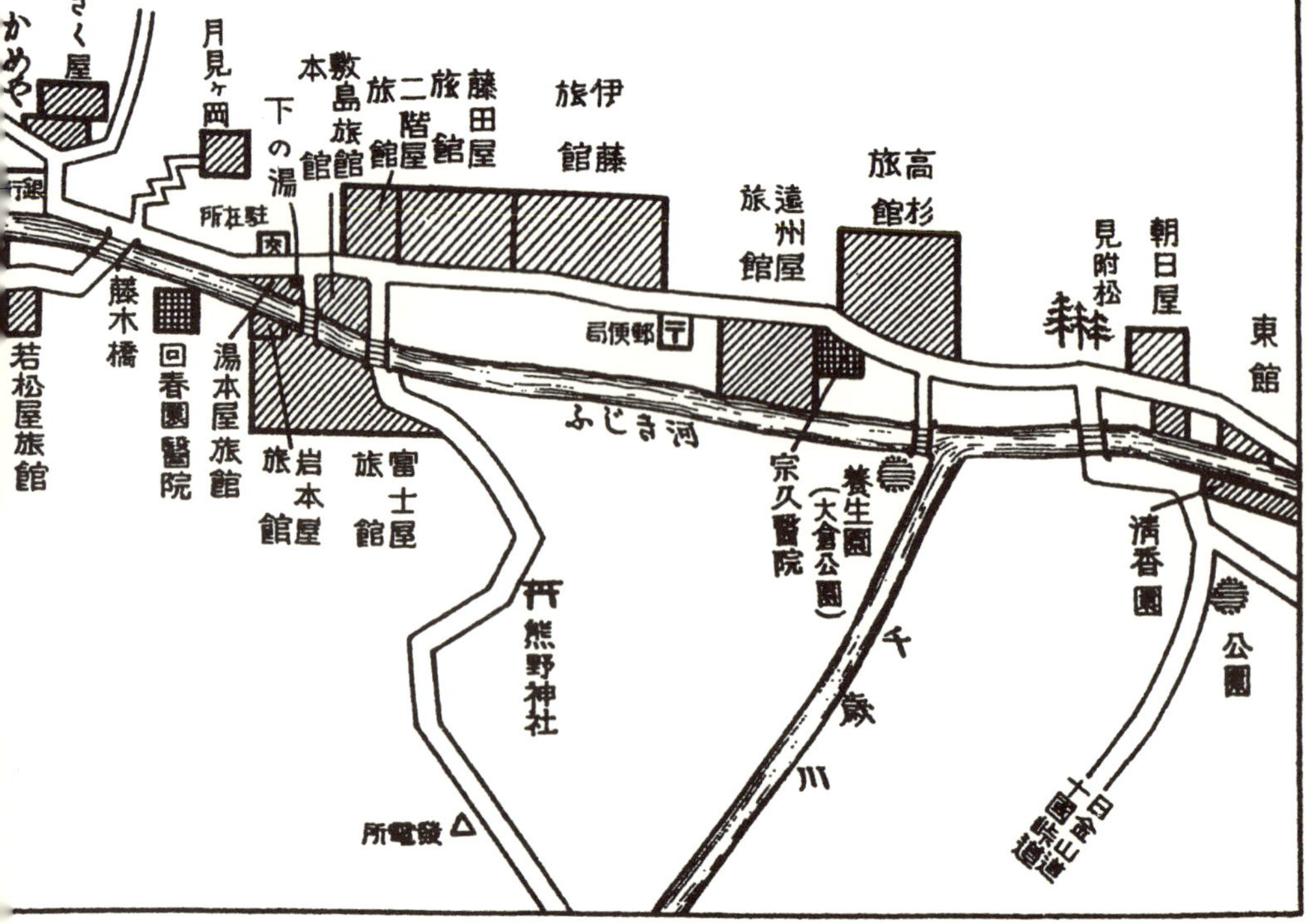

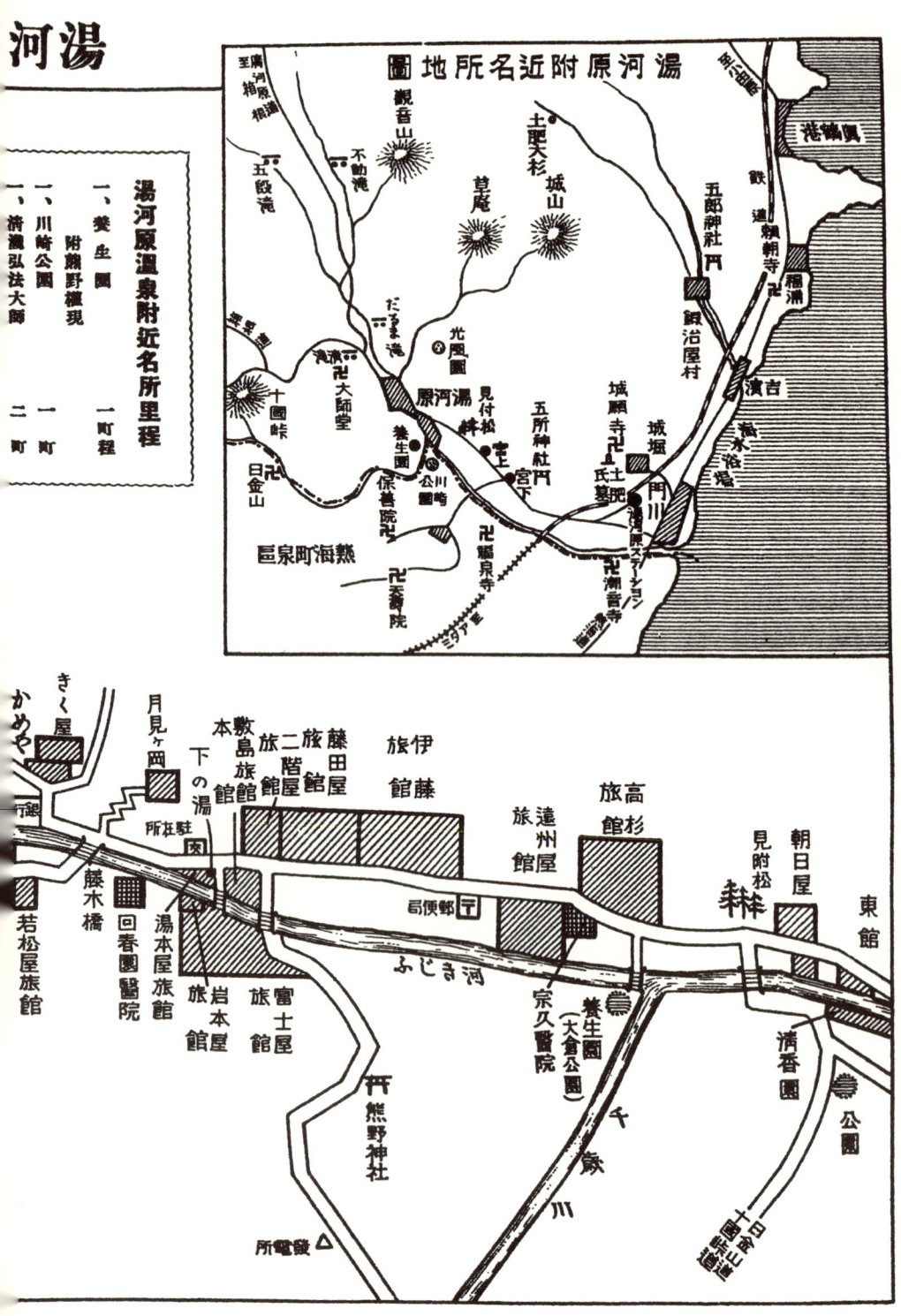

名所並旅館地圖

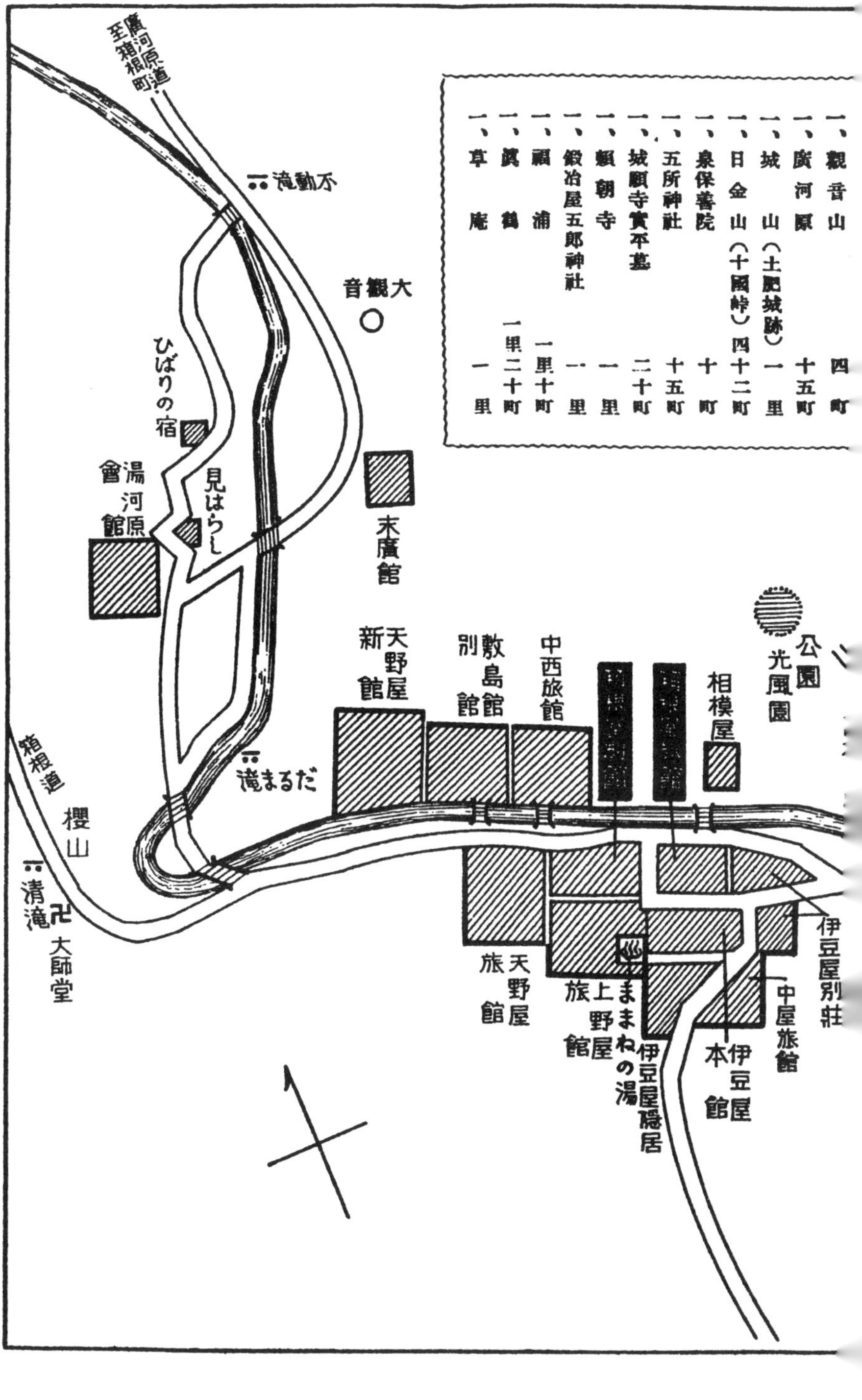

（図2）（湯河原町立図書館架蔵『覆刻版郷土湯河原Ⅰ』編集・湯河原町教育研究会、発行・湯河原町立図書館、昭和五十八年三月発行より転載）

付記　絵葉書の年代推定は『湯河原今昔』（注（4）前掲書）に従った。『湯河原今昔』における年代推定は、そこに写っているものから、編集の際に推定されたという話を、『湯河原今昔』における写真提供者でもある、高野書店さんから伺った。

（図1）に挙げた地図には、発行所について、「藤木工務店　藤木官一」と記載がある。この度、本書掲載にあたり、著作権保有者と見られる藤木官一氏を、手を尽くしてお探ししたにもかかわらず、手がかりが得られなかった。やむをえず、学術目的ということで、無断で掲載させて頂いた。本書を見て、藤木官一氏についてお心当たりの方がお出でになれば、出版元までご一報賜りたい。

『明暗』本文の引用は、『漱石全集』第十一巻（一九九四年一一月九日　岩波書店）による。

『明暗』と湯河原温泉

土屋　知子

大正初期の湯河原は、おりしも湯治場から、東京近郊の人が気軽に行ける手頃な観光地へと変貌を遂げる最中であったといえる。

もともと湯河原は「小田原熱海間の鉄道開通以前は交通不便の為め地方の者が農業の閑暇に来浴するか、或は金瘡、挫骨等の患者が止むを得ざる場合に限り僅かに来浴するに止まり旅館の設備全からず、伊藤屋、藤田屋、湯屋、二階屋、富士屋、伊豆屋、箱根屋、上野屋、天野屋等の各家が農業の副業として自宅の一部を浴客に貸与し、浴客各自自炊して漸く諸用を弁ずるに過ぎず、頗る不便の状態(1)」であったが、明治二十七年八月に日清戦争の負傷軍人の療養所となり、さらに明治三十七年には日露戦争の傷病兵の転地療養所が開設され、しだいに湯河原温泉の効能が人々に知られるようになった。その効能は「負傷後筋肉の硬結、関節不全強剛、打撲、神経痛、慢性潰瘍、胃壁弛緩、僂麻質斯、子宮病、皮膚病、盲腸炎、盲腸周囲炎、痔疾、黄疸、脳神経衰弱、神経麻痺、疝痛、痛風、月経異常の白帯下、産後の快復不全、熱性伝染病後の衰弱等(2)」と多岐にわたる。

明治二十七年小田原人車鉄道が敷設され、明治四十年には規模を拡張して人車を軽便鉄道に変え、交通機関が発達すると、東京方面からの湯治客が訪れるようになった。

「盛夏及厳寒の季節には各旅館何れも満員の姿なるを以て競ふて客室の新築或は建て増しをなして電灯を点し電話を架設し衛生法を励行し其設備殆む《ママ》と完整《ママ》したるも今尚増築改良を計画しつゝあり(3)」と各旅館は増改築し、電灯、電話も架設するというありさまであった。

「お客は沢山ゐるかい」

「へえ有難う、お蔭さまで」（中略）

「只今は生憎季節が季節だもんでげすから、あんまりお出が御座いません。寒い時は暮からお正月へ掛けまして、それから夏場になりますと、まあ七八二月《ふたつき》ですな、繁昌するのは。そんな時にや臨時のお客さまを御断りする事が、毎日のやうに御座います」　（百七十一章）

「いろんな人がゐるんだね。五六人寄つてさへ斯うなんだから。夏や正月になつたら大変だらう」

「一杯になると何うしても百三四十人は入りますからね」　（百八十章）

右のように『明暗』の中で描かれている、津田と女中のやり取りには、盆、暮に、湯治をかねて賑わう避暑、避寒地として集客を見込めるようになった湯河原が見て取れる。ただにぎわったとはいっても、湯河原は、箱根や熱海のにぎやかさに比べると、山深く、一種の閑静な「隠れ里」「仙境」のような雰囲気で、ひっそりとし騒々しい様子ではなかった。そのため今日に至るまで、文人墨客に愛されてきた地でもある。田山花袋も『温泉めぐり(4)』の中で、「伊豆の海岸では、熱海、伊東も好いけれども、また伊豆山の千人風呂も面白くないとはな《ママ》いけれども、私の好みとしては、矢張湯河原が好い。渓流─と言つてもさうすぐれてはゐないけれども、兎に角水の音がきこえるのが好い。それに、箱根連山を後に帯びた形が好い。熱海も同じくこの山翠を帯びてゐるが、何うも感じが湯河原ほど深くない。冬の避寒に一週日も滞在してゐると、早咲の梅の花などが日当りの好い垣根に咲いてゐて、頬の紅い女中が赤い襷をかけて、瀟洒な離座敷を掃除してゐるさまなど、シインとして見ても絵のやうな気がした」と、伊豆・熱海・伊東など比較して、湯河原の特色を語っている。

神田茂は、大正九年十一月の「湯河原だより」[5]の中で、「箱根のどこまでも遊覧地であるのに対し、湯河原は温泉場として出来ている。近所に公園、清滝、不動滝、その他幾つかの名勝地と称するものがあるが、すべて規模が小さい。それらは他の土地から見にくるべき程度のものではない。浴客の散歩方々訪ねるようにすべてが設備されている。即ち温泉があって始めてこれらの設備ができているから当然である」と述べている。

次図は、大正七年八月発行『湯河原案内』という、今でいうところのガイド本のような冊子の、最初の方に掲載されていたものである。たしかに目立った観光名所は無いが、小ぶりながら浴客を楽しませる風情があったようである。

神田は「当地は十二月下旬から一月にかけての避寒、七・八月の避暑の場として、湯治を兼ねて湯河原が繁盛するようになってきたことを伝えている。さらに神田が泊まった高杉館では「茶代を出したら手拭、えはがき、巾着をもって来た」[7]とあることから、各旅館では絵葉書を出していたことも窺える。

食後の津田は床の脇に置かれた小机の前に向つた。下女に頼んで取り寄せた絵端書へ一口づゝ文句を書き足して、其表へ名宛を記《しる》した。（中略）

彼は漫然と万年筆を手にした儘、不動の滝だの、ルナ公園《パーク》だのと、山里に似合はない変な題を付けた地方的の景色をぼんやり眺めた。

（百八十一章）

観光絵葉書の類は各旅館や出店などで扱われていたようで、現存するものは、年代が特定できないものがほとんどだが、湯河原の「不動の滝」の絵葉書が沢山存在することが分かった。しかし「ルナ公園」「山里に似合はない変な題を付けた地方的の景色」といったものは、平成十七年三月末の調査で、土地の人に尋ねてみても思い当たるような場所は無いという回答であった。

「此所の方が新らしくつて綺麗は綺麗ですが、お湯は下の方が能く利くのだそうです。だから本当に療治の目的でお出の方はみんな下へ入らつしやいます。それから肩や腰を滝でお打たせになる事も下なら出来ます」

（中略）

下女が去つた後の津田は、しばらくの間「本当に療治の目的で来た客」といつた彼女の言葉を忘れる事が出来なかつた。

（百七十三章）

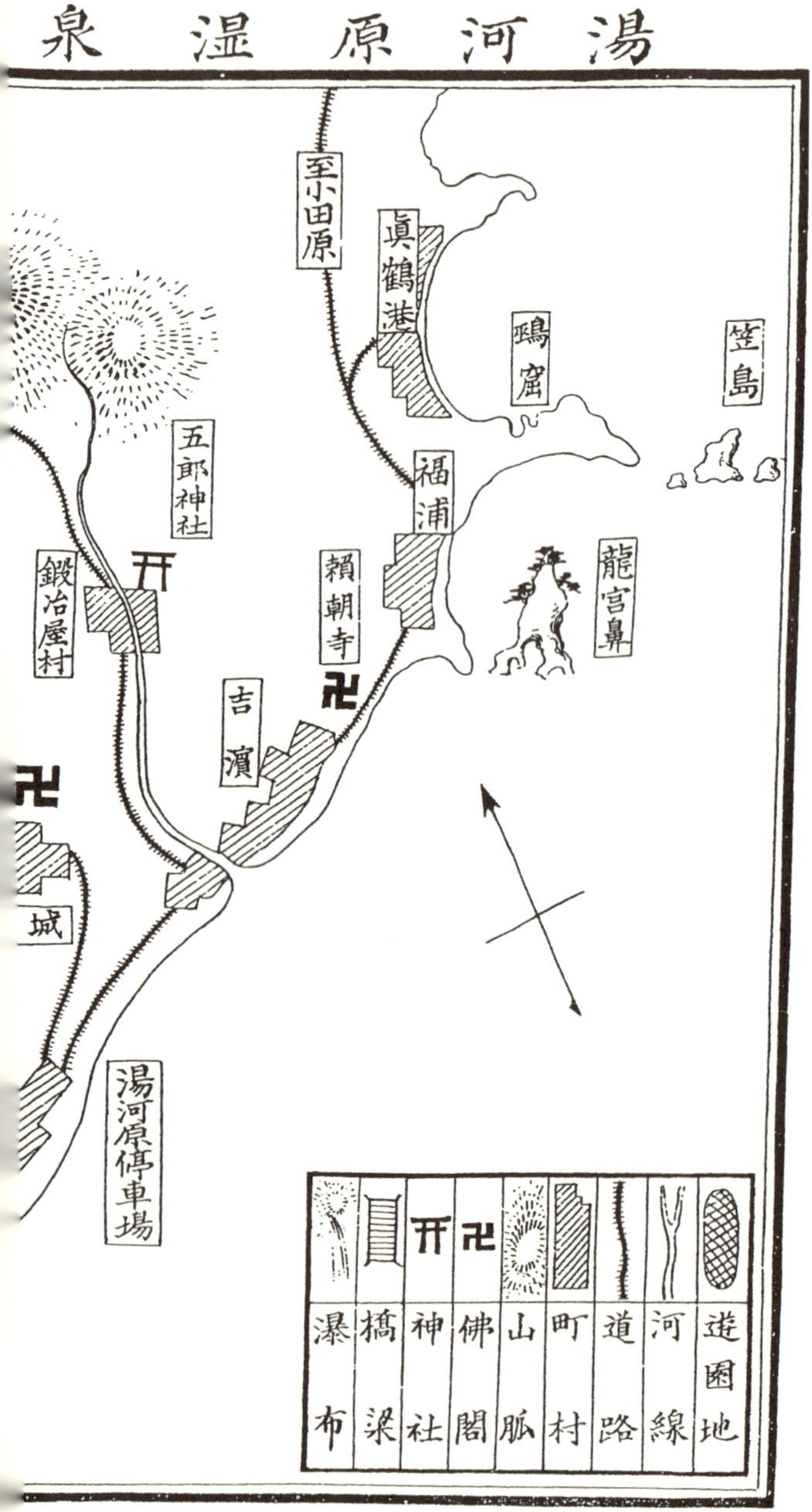

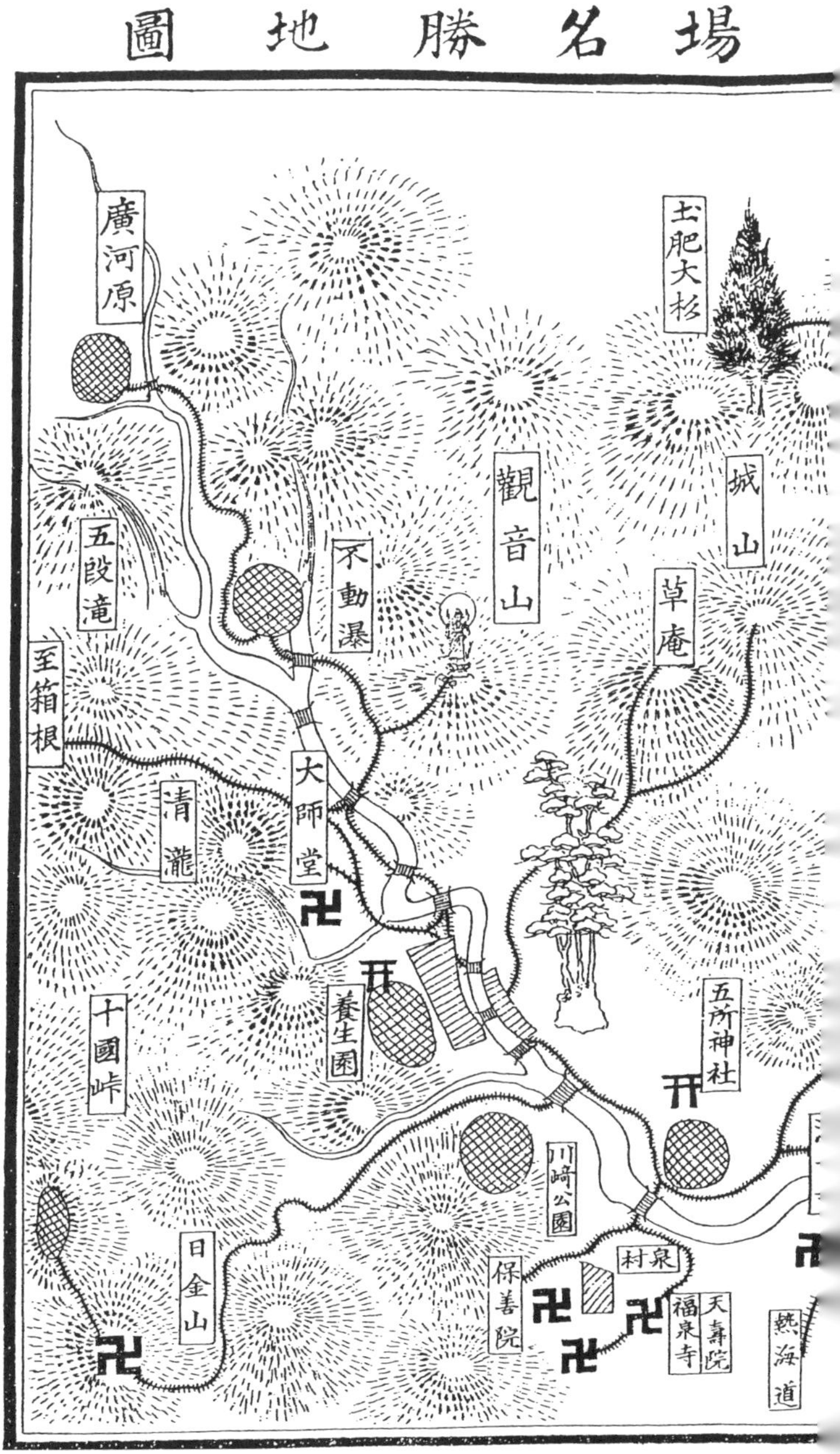

（神奈川県立図書館架蔵『湯河原案内』著者・土居通豫、発行者・長谷川辨之助、大正七年八月発行より転載）

『明暗』で女中が津田に「本当の療治」というようなことを言うのは、当時の湯河原が「本当の療治の目的」としてだけでなく、観光地として療治以外で訪れる客もいたということを表しているといえよう。


「時にあの女の人は一体何だね」

「奥さんですよ」

「本当の奥さんかね」

「え丶、本当の奥さんでせう」と云つた彼女は笑ひ出した。「まさか嘘の奥さんてのもないでせう、何故ですか」

「何故つて、素人にしちやあんまり粋過ぎるぢやないか」

（百八十章）


温泉場が湯治場としてだけではなく、観光地化することによって、中には馴染みの芸者を伴って来る客も出てきた。津田が下女に「浜のお客さん」を本当の夫婦かどうか尋ねるのも、そうした背景があったからだといえる。漱石が天野屋旅館に湯治に行った際、友人の中村是公は馴染みの新橋辺りの芸者を引き連れて来ていた。そのことを後年、鏡子夫人は『漱石の思い出』(8)の中で、

湯河原の天野屋の玄関へ立ちますと、番頭さんが、中村さんたちとごいっしょでございますがおよろしゅうございますかと尋ねます。それじゃ中村是公さんたちも見えてらっしゃるのだなと初めて知りまして、部屋へ案内してもらいますと、ちょうど皆さんごいっしょでおひるの御飯をたべてらっしゃるところでしたが、見ると夏目中村さん、それに同じ年配ぐらいの男の方がお一人、ほかに例の新橋あたりの阿娜者《あだもの》が一人。なるほど、皆さまとごいっしょでよろしゅうございますかと言った番頭の言葉が読めたわけです。私が入りますと、それを見て中村さんが奥さんですかと言って挨拶をなさいます。と、それをきっかけに男のほうと阿娜者とがつと起《た》って姿をかくしてしまいました。

と回想している。漱石自身も、『明暗』創作時の、大正五年の「断片」の中に、次のように記している。

湯河原

一月二十八日〔金〕（行）より二月十六日〔水〕（帰）

〇宿の老上さんの話

△男ある素人の情人をつれてくる。同じく関係のある女（待合の女将）あとから来る。男風呂場で女将につらまつて出る事が出来ず湯気にあがる。上さんに救はれて部屋に帰る。素人の女の方は泣いて東京へ帰るといふ。上さんなだめて戸棚の中へ布団を敷き火鉢を入れてかくす。さうして男と女将をたしなめる。もう騒動をしないといふ言質をとる。それから男一人に女二人同居す。男風呂に入る。二人とも遠慮してどつちも湯に追《つ》いて行かず。男コボシテ曰クリヨマチで手拭が絞れないのに二人とも一所に来てくれなくつちや仕様がない。

△男あり横浜の芸者と深い仲なり。単身湯治に来る。別口の新橋の好きな芸者を呼ぶ。すると其芸者の来る前に横浜の方が勝手に来てしまふ。呼ばれた方はあとから来て指を銜《くわ》へて二人を遠方から見てゐる。

このように、湯河原は、いわゆる湯治場から、東京近郊から行くことができる、避寒・避暑の地として、変化を遂げていった。

＊　＊

当時、温泉場は一般的に混浴であったことは念頭に入れておく必要があるだろう。『明暗』のモデルとされている天野屋旅館の本館を案内して貰ったが、大浴場が一つ、そして、婦人用浴場や個人風呂、露天風呂などがあった。しかし、元々は大浴場だけであったのを、後に混浴から別浴への変遷や、プライバシーを尊重するお客のニーズに合わせて増築されていった様子が窺われる。(9)

其時不意にがら〳〵と開けられた硝子戸の音が、周囲を丸で忘れて、自分の中にばかり頭を突込んでゐた津田をはつと驚ろかした。彼は思はず首を上げて入口を見た。さうして其所に半身を現はしかけた婦人の姿を湯気の

うちに認めた時、彼の心臓は、合図の警鐘のやうに、どきんと打つた。（百七十四章）

津田は、風呂場の戸が開いたとき、女性の姿を見て、清子が入ってきたのではないかと思い、「彼の心臓は、合図の警鐘のやうに、どきんと打つた」が、後に人違いだと分かる。

すると階下《はしご》段を下りる上靴《スリッパー》の音が又聴こえた。それが硝子戸の前で留まつたかと思ふと男女の会話が彼の耳に入つた。

「何うしたんだ」

「誰か入つてるの」

「塞がつてるのか。好いぢやないか、込んでさへゐなければ」

「でも……」

「ぢや小さい方へ入るさ。小さい方ならみんな空いてるだらう」

「勝さんはゐないかしら」

津田は此二人づれのために早く出て遣りたくなつた。同時に是非彼の入つてゐる風呂へ入らなければ承知が出来ないといつた調子の何処かに見える婦人の態度が気に喰はなかつた。彼は此所へ入りたければ御勝手にお入んなさい、御遠慮には及びませんからといふ度胸を据ゑて、又浴槽の中へ身体を漬けた。（百七十四章）

明治二年、風俗矯正の町触れ、市中風俗矯正の町触れが出て、男女入込み湯（混浴）が禁止された。そして、また翌明治三年六月にも東京府で、男女混浴禁止が通達される。それまでは、手ぜまの所は隔日にしたり、仕切りをしたりして区別していたが、今後は完全に分離させることが通達され、もし守らねば営業停止をすると、規制が厳しくなつた。明治五年三月には、市中風俗の取り締まりが発令され、男女混浴は、またも禁止された。明治十年五月には、横浜で男女混浴禁止。と何度も各地で混浴禁止の通達が出ていたが、何度も繰り返し出ていることから分かるように、なかなか男女別浴は浸透しなかったのである。街中でもそうであるから、郊外、地方の温泉場は、根強く混浴のところが残っていたことは容易に想像できる。[10] 大正十四年一月発行の『湯河原温泉療養法　附湯河原温泉案内誌』[11] でも、「当温泉は昔から病気の種類如何に拘はらず、多勢混浴する習慣になつてゐました。けれども昨今は大変に厳しくなつてゐますが、尚且つ混み合ふ場合があります」と、大正十四年になっても、混浴がメインであったことを表している。

風呂場は板と硝子戸でいくつかに仕切られてゐた。左右に三つ宛《づゝ》向ふ合せに並んでゐる小型な浴槽の外に、一つ離れて大きいのは、普通の洗湯に比べて倍以上の尺があつた。

（百七十二章）

廊下の左右に並んでゐる小さい浴槽の戸を、念のため一々開けて見た。尤も是は其うちの一つの入口に、スリッパーが脱ぎ棄てゝあつたのが、彼に或暗示を与へたので、それが機縁になつて、彼を動かした所作に過ぎないとも云へば云へない事もなかつた。だから順々に戸を開けた手の番が廻つて来て、愈スリッパーの前に閉て切られた戸に掛つた時、彼は急に躊躇した。彼は固より無心ではなかつた。其上失礼といふ感じが何処かで手伝つた。

（百七十九章）

津田は、清子が中に入っているのではないかという「期待」を抱きながら、小さな浴場の戸を一つ一つ開けていく。「スリッパー」のある浴室は、誰かが入っているかも知れない。それが清子ではないかと思い、躊躇しながらも、津田は浴室の戸を開けるのである。こうした津田の行動は、明治から大正にかけての日本の「温泉史」の上に、はじめて成立する風景である。清子のいる風景が成立する。大正初期が描かれた作品でありながら、『明暗』ほどにアップデートな作品も少ない。ゆえに、時代背景を考えて読むということを忘れがちになる。ここでもう一度、描かれた時代に立ち戻り作品を読むことによって、『明暗』研究の新たな展開も期待されるのではないだろうか。

〈注〉

（1）牛山幽泉『湯河原温泉療養誌』（明治四十三年七月　発行者　渡邊助次郎）
（2）土居道豫『湯河原案内』（大正七年八月　株式会社東京築地活版製造所）
（3）注（1）前掲書
（4）田山花袋『温泉めぐり』（大正七年十二月　博文館）
（5）『郷土湯河原・第六集』湯河原町教育研究会　昭和四十一年三月所収による。
（6）注（5）前掲書
（7）注（5）前掲書
（8）夏目鏡子述、松岡讓筆録、『漱石の思い出』（平成六年七月　文春文庫）
（9）政府登録国際観光旅館になるには、各部屋に風呂がなければならなかったという背景もある。
（10）朝倉治彦　稲村徹元編『新装版 明治世相編年辞典』（平成七年六月　東京堂出版）
さらに『変態浴場史』（昭和二年九月　文芸資料研究会）にも、次の記述が見える。

明治十八年湯屋取締規則が定めらる、に至つて、厳重に混浴従混浴の設備は取締られたが、猶、邊阪の地方に至ると、其男女浴槽の境界線の立てられること遅く、街道の小市街の如きさへ、明治の中葉に至るも、なほ板境界の浴槽で、湯は男湯女湯を往来し、同じ湯舟に、女の糠袋など、男湯に流れ寄る設備のものであつた。

『温泉と日本人　増補版』（八岩まどか　平成十四年一月　青弓社）にも、次の記述が見える。

「しかし、二十世紀に入った一九〇一年（明治三十四年）の新聞にも「男女混浴禁止、いまだ徹底せず」という記事が載るほどで、銭湯もまだ混浴のところが残っていたのである。ましてや、全国の温泉地のほとんどは混浴という状況がつづいていたのだった。」
（11）井坂金衡『湯河原温泉療養法　附湯河原温泉案内誌』（大正十四年一月　博文館印刷所）

付記　なお、『明暗』の本文引用は、平成六年十一月発行の『漱石全集』（岩波書店）に拠った。ルビは適宜省略した。引用文献の旧漢字は、新字体に改めた。

『明暗』と天野屋

宮薗美佳

夏目漱石は、大正四年十一月九日から十六日に中村是公・田中清次郎（南満州鉄道株式会社理事）と、また一人で、病気療養の目的とした大正五年一月二十八日から二月十四日（のち十四日十五日は鎌倉の中村是公の別荘に宿泊）との、計二回湯河原を訪れている。(1) その二度の湯河原行きの際に逗留したのが、天野屋という温泉旅館である。

天野屋の創業は、「会社経歴書及び旅館経歴書　湯河原温泉　天野屋」によると、明治九年である。牛山幽泉『湯河原温泉療養誌』(2) には、

温泉客舎《おんせんかくしゃ》は小田原熱海間の鐵道開通以前《てつだうかいつういぜん》(3)は交通不便の爲め地方《ちはう》の者が農業《のうげふ》の閑暇に來浴するか、或は金瘡《きんさう》、挫骨等の患者か止むを得ざる場合《ばあひ》に限り僅かに來浴《らいよく》するに止まり旅館《りよくわん》の設備全からず、伊藤屋《いとうや》、藤田屋《ふぢたや》、湯屋、二階屋、富士屋、伊豆屋、箱根屋、上野屋、天野屋等の各家が農業の副業《ふくげふ》として自宅の一部を浴客に貸與し、浴客各自自炊して漸《やうや》く諸用《しよよう》を辨ずるに過ぎず、

と、農家の副業として湯治客に自宅の一部を貸したことが、温泉旅館としての天野屋の始まりであることが記されている。また明治四十三年の天野屋を含む湯河原の各温泉旅館に関して、この『湯河原温泉療養誌』は次のように述べている。

　明治四十三年三月現在《げんざい》の浴舍十八戸あり、或《あるひ》は自家《じか》專用《せんよう》あり、或は共同引用するあり。旅館《りよくわん》は一般親切《ぱんしんせつ》にして清潔《せいけつ》少しの華美《くわび》を見ず。而《しか》して陋俗の域を脱却《だつきやく》し極めて純朴の風《ふう》あり、常習《じやうしふ》流《なが》れ易き都會《とくわい》の風なく、輕薄宿驛《けいはくしゆくえき》の俗なし、今《いま》入口より順次記載《きさい》すれば左《さ》の如《ごと》し

　道路《だうろ》を界として右方《うはう》山麓に沿《そ》ひて下《しも》の湯《ゆ》、川中《かはなか》の湯《ゆ》（略）次ぎに藤木《ふぢき》橋《はし》を渡《わた》りて儘根の湯、薬師《やくし》湯《ゆ》附近《ふきん》にあるもの中西屋《なかにしや》、中西支店《してん》、伊豆屋《いづや》、伊豆屋別莊《べつさう》、伊豆屋隱居《いんきよ》、箱根屋《はこねや》、箱根屋別莊《べつさう》、上野屋《うへのや》、中西別莊《べつさう》、天野屋《あまのや》、天野屋別莊《べつさう》。

各《かく》旅館の主意《しゆい》は左《さ》の如し

一、最近《さいきん》の進歩的學術《がくじゆつ》を應用《おうよう》して客舍の建築《けんちく》をなしたる事

二、一般《ぱん》の衛《ゑ》生的學理《せいてきがくり》を應用して飲食《ゐんしよく》器具《きぐ》及寢具の取扱《とりあつかひ》に注意する事

三、飲食物の材料《ざいれう》を精撰し廉價《れんか》を以て浴客《よくかく》の需用に應《おう》する事

　　　宿料

温泉料《おんせんれう》、食品、寢具《しんぐ》、炭《すみ》、油、席料《せきれう》一切

賄一等　一晝夜《ちうや》一人に付　一圓《ゑん》二十錢《せん》

　二等　同　一　圓

　三等　同　八十錢

　四等　同　六十錢

　五等　同　五十錢

　特別　同　御望に應ず

其他《そのた》別《べつ》に伺ひと云ふ方法《ほうはふ》あり食物は其都度《そのつど》注文《ちうもん》に應じ調進《てうしん》し座敷も好に應《おう》し其他明細《めいさい》に勘定する便利《べんり》なる方法あ

り

其他浴槽《よくそう》も希望《きぼう》により貸し切《き》りの方法あり[4]

湯河原の温泉旅館に関して「少しの華美を見ず」「極めて純朴の風あり」と述べられ、この当時、湯河原において特に高級旅館が存在するのではなく、湯河原の温泉旅館全体が、湯治場の雰囲気を残した質素で素朴なものであったことが述べられている。また「飲食物の材料を精撰し廉價を以て浴客の需用に應する事」とあるように、豪華な飲食物を提供することを目指すのではなく実質面が重視されていることや、旅館全体で宿料の基準が決められていることからも、そのことを窺うことができる。しかし天野屋に関して言えば、当時の天野屋は、主人が二代目治貞から三代目瀧之助に替わる前後であり、主人の交代によって大きな変革期を迎えつつあった時期であった。後に、漱石没後の大正十五年、旧館から見て藤木川の向かい側に新館が建設されるが[5]、この新館の建主でもある、天野屋三代目主人天野屋瀧之助に関しては次のように述べられている。

天野屋新館の特色は、ふんだんに銘木を使って趣向を凝らした各部屋の造りにある。建主の天野屋瀧之助は明治五年に湯河原に生まれ、高等小学校を終えた後兵役に就いて、日露戦争では二〇三高地まで行っている。生きて帰国の後に兵役を退き、天野屋の養子に入って家督を継ぐようになるが、その頃の天野屋は二代目主人治貞の放蕩が過ぎてやや左前であったという。しかし、地道に働き一代で借金を返済、晩年余裕を見せるようになり、自分の希望をかなえるために建てたのがこの旅館である。瀧之助は元来建築が好きで建築鑑賞を趣味としており、暇な時には各地の建築を見て歩いている。設計では部屋の大きさを組み合わせた切り絵図で自らプランを練り、宮ノ下大工の鈴木亀太郎に図面を引かせ、湯河原で最初の洋食食堂、自家発電の電気、水洗便所なども自分の考案で設けている。それどころか木材も自分で探し、北山杉は京都で買い求め、銘木類は京橋の篠田銘木店、木曾檜は木場の武市商店で買い揃えている。大正十年頃から材木小屋を建てて買い集めたという[6]。

三代目瀧之助が天野屋の養子に入って家督を継いだ時期に関しては明確に記されていないが、日露戦争終結が明治三十八年であり、その後であることから『湯河原温泉療養誌』に記されている明治四十三年の時点は、ちょうど二代目から三代目に替わる前後であったと考えられる。先に引用した三代目主人天野屋瀧之助に関する記述は、大正十五年に建設された新館を、木造による日本の名建築として紹介する記事の一部であるために、新館建築に関するエピソードが主となっているが、三代目主人天野屋瀧之助が進取の気性に富んだ人物であり、ここに挙げた新館建築を始め、自分のところだけで電気をまかなうことのできる自家発電など、これまでの湯治場の素朴な旅館としての天野屋の在り方に拘束されない、さまざまな新しい試みがなされたことを窺い知ることができる。そのような試みによって、天野屋は素朴な温泉宿から、現在のような高級旅館へとその性格を変えていったと考えられる。「大正九年十一月」として挙げられている、神田茂「湯河原だより」(7)には、天野屋に関して「湯河原には、旅館は大小十二、三軒。富士屋、中西屋、天野屋は一流」との記述があり、大正九年の時点ではすでに、天野屋は湯河原において一流旅館として位置づけられていたことを知ることができる。夏目漱石が宿泊した大正四年、五年の時期は、まさに天野屋が素朴な温泉宿から高級旅館へとその性格を変える時期であったのである。平成十七年三月二十九日に、天野屋の方から話を伺う機会を得たが、天野屋では平成十五年まで、先ほどの二代目に関する資料にもあった自家発電の電気や、敷地内に設けられたランドリーが稼働しており、旅館の内部のみで必要なものを自給自足する体制が整い、外部との交渉が最低限に抑えられていたこと、また昔は、客に対して値段は聞かず、部屋が空いているかどうかと泊まる日数だけを聞いて客を宿泊させていたことを話された。天野屋は、営業に必要なサービスに関しても外部との交渉を持つ必要性を極力排除するという姿勢にみられるように、客のプライバシーを守ることを特に重視する旅館であり、旅館内部の独立性が極めて高い旅館であったことを、その話の中から窺い知ることができた。

夏目漱石が宿泊したのは、先に挙げた大正十五年に建築された新館と対比して、旧館と呼ばれている、現在湯河原ゆかりの美術館が建っている場所にあった建物である。湯河原ゆかりの美術館の敷地内には、現在もその旧館の建物の一部が残っているが、残念ながら、漱石が宿泊したと思われる部屋が含まれる建物の部分に関しては、取り壊されてしまい現存しない。（参考資料参照）

『明暗』の作中にも、噴水が設置された池がある庭が登場する。

　彼の室の前にある庭は案外にも山里らしくなかつた。不規則な池を人工的に拵へて、其周囲に稚い松だの躑躅だのを普通の約束通り配置した景色は平凡といふより寧ろ卑俗であつた。彼の室に近い築山の間から、谿水を導いて小さな滝を池の中へ落してゐる上に、高くはないけれども、一度に五六筋の柱を花火のやうに吹き上げる噴水迄添へてあつた。（百七十八）

「写真が語る湯河原今昔」編集委員会編『写真が語る湯河原今昔』に、「明治36年当時のなつかしい湯宿の面影をとどめる温《ママ》河原温泉全景」との解説がある「相州湯河原温泉眞景」（岩田豊樹氏蔵）が収録されているが、この図の中央より左上方に天野屋が描かれている。この図に描かれた天野屋の建物は、図上で「天野屋」と書かれているメインの建物と、山を背景とした「天ノや」「一号」「天ノや」「二号」「天ノや」「三号」という建物が連結されており、メインの建物と、これらの「一号」「二号」「三号」の建物で、噴水のある池を取り囲む形になっている。町立湯河原美術館学芸員・池谷若菜氏に平成十七年三月三十日にお話を伺ったところ、大きな池になったのは後になってからであり、現在残るものより池は小さかった可能性があるが、池自体は大正五年時点ですでに存在していた、とのことであった。

相州湯河

（『写真が語る湯河原今昔』編集委員会編『写真が語る湯河原今昔』、発行・町立湯河原図書館、昭和六十一年三月発行より転載）

また『明暗』には津田が風呂に行く場面で、旅館の構造の複雑さに、一人で自分の座敷へ帰れるか疑問に思えてくる場面がある。

寐る前に一風呂浴びる積で、下女に案内を頼んだ時、津田は始めて先刻彼女から聴かされた此家の広さに気が付いた。意外な廊下を曲つたり、思ひも寄らない階子段を降りたりして、目的の湯壺を眼の前に見出した彼は、実際一人で自分の座敷へ帰れるだらうかと疑つた。（百七十三）

現在、湯河原ゆかりの美術館の敷地に残されている天野屋の建物に、大浴場が残されているが、池谷若菜氏の話によると、改築はあるにしても風呂の位置は大正時代から変わっていないとのことであった。また、漱石が宿泊した当時の天野屋の構造に関してメモが存在しており（参考資料参照）、津田が自分の座敷に帰れるだろうかと疑問に思えてきた、地下に降りていく階段状になっている長い廊下が連なった複雑な宿の構造を髣髴とさせるものである。

天野屋は平成十七年三月三十一日、惜しまれながら、百二十年以上に及ぶその長い歴史に終止符を打った。漱石を始めとする天野屋を愛した著名人、文人墨客の名とともに長く湯河原の歴史にその名を残すであろう。

〈注〉

（1）荒正人『増補改訂　漱石研究年表』昭和五十九年六月　集英社　p.823、p.832～833による。田中清次郎の名は（推定）とされている。なお日記には「湯河原一月二十八日〔金〕（行）より二月十六日〔水〕（帰）」とある。資料の解釈に問題が残る。

（2）明治四十三年七月　発行者　渡邊助次郎　p.41～42

（3）「写真が語る湯河原今昔」編集委員会編『写真が語る湯河原今昔』昭和六十一年三月　湯河原町立図書館の「軽便鉄道」の箇所には、「明治29年にできた人車鉄道（豆相人車鉄道株式会社）は、乗客6名と、これを押す者3名の人力で10年間走り、多くの話題を残した。明治39年に熱海軌道株式会社（資本金二百万円、大正3年大日本軌道株式会社に改称）となり、今度は石炭を燃料とした可愛らしい軽便鉄道となった。」p.222とある。
（4）注(2)前掲書　牛山幽泉『湯河原温泉療養誌』p.43～45
（5）「会社経歴書及び旅館経歴書　湯河原温泉　天野屋」による。
（6）藤田陽悦『銘木のコスモロジー』（初田亨・大川三雄・藤谷陽悦『近代和風建築（下巻）伝統を越えた世界』平成十年一月　建築知識　所収 p.143）
（7）『郷土湯河原　第六集』湯河原町教育研究会　昭和四十一年三月　所収による。

付記　本文引用は『漱石全集』第十一巻　平成六年十一月　岩波書店に拠った。ただしルビは省いた。

参考資料　平成十七年三月二十九日に天野屋を訪れた際、天野屋の方から見せて頂いた、写真の裏に書かれたメモが（図1）である。この図は天野屋先代が書かれたもので、「明治時代の天野屋玄関の正面（現在の本館玄関と大体位置同じ）／石の門柱、正面が玄関」と記されており、28号室（図1の左下）が漱石の泊まった部屋とのことであった。

（図2）は、昭和四十年代・昭和四十六年以前の天野屋別館の見取り図（図3）と対応させた図である。（図2）のように置いた時、藤木川が図の下を流れる位置になるのであるが、このように置いたときの図の左隅にある離れの部分が、（図3）にある調理室の向かい側、池を囲んだ一階28号、31号の並びの建物位置に合致する。また二階部分は、（図3）で「2階」と記されている下にある32号、31号、50号が、（図2）で括弧内に示されている32号、35号、36号と場所が合致する。

（図3）は、昭和四十年代・昭和四十六年以前のものである。（図3）に「政府登録国際観光旅館」と記されているが、この登録旅館としての条件を満たすために、風呂とトイレを各部屋に設置したとのことであった。この際に部屋割が、以前のものと少し変更されていることが考えられる。現在残されている天野屋別館の見取り図が、漱石の宿泊した時代よりかなり後のもののみであることが残念である。

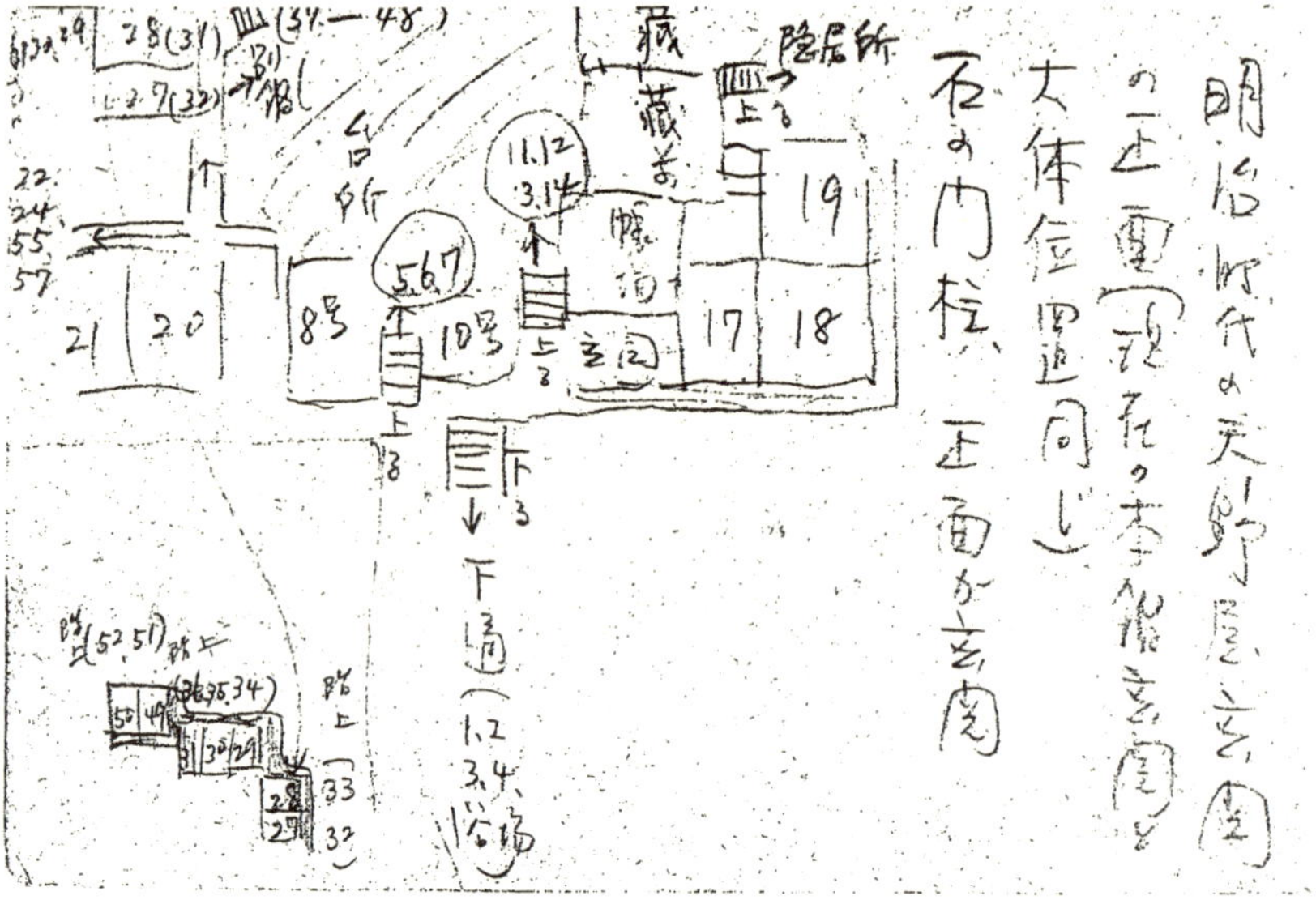

（町立湯河原美術館寄託資料より転載）

図1

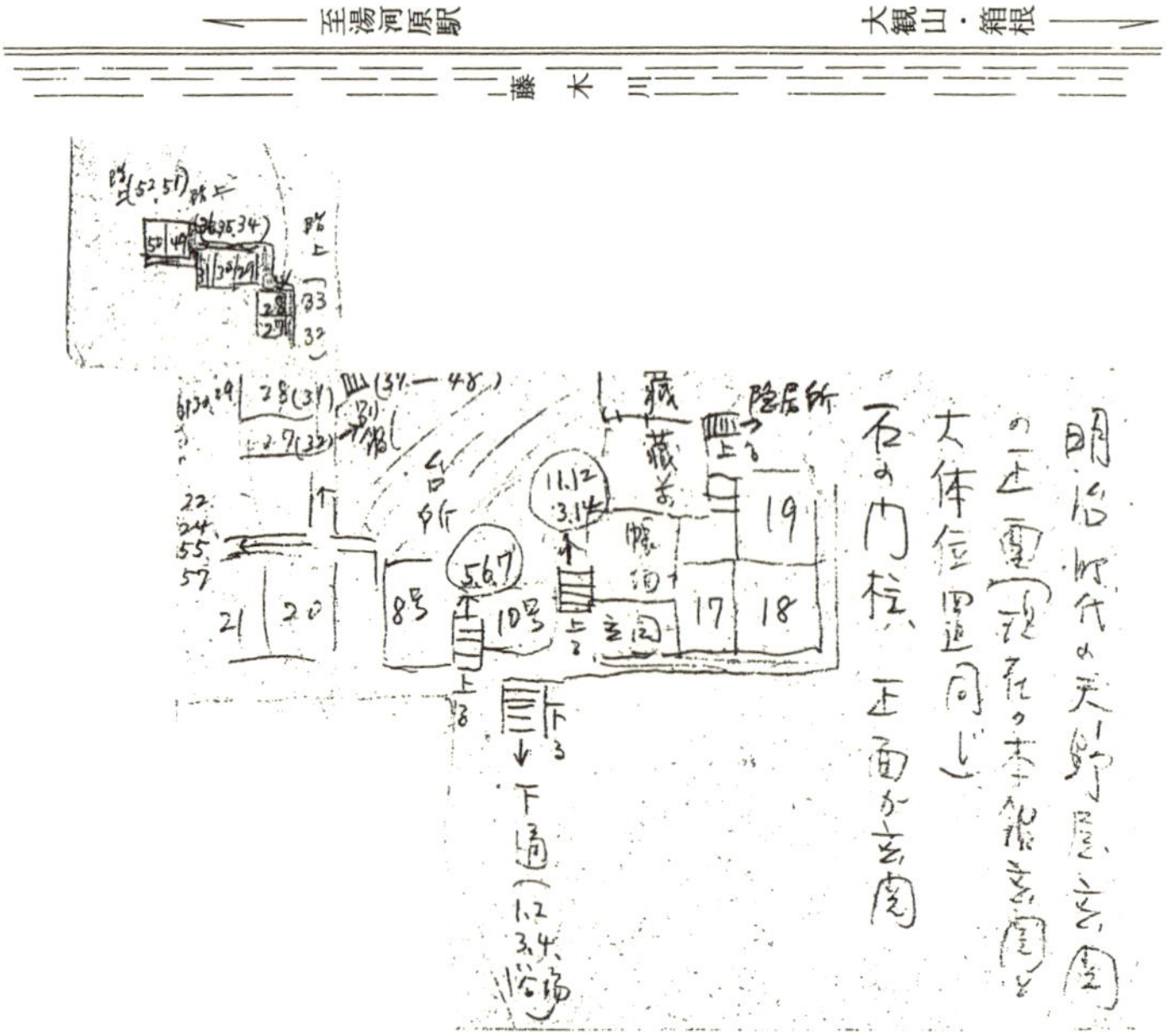

図2

室名	本間	次ノ間
1	13	5
3	10	2
5	10	2
7	10	3
10	10	3
21	10	6洋
22	8	3
24	8	2
55	10	6
57	10	7
28	10	6
31	8.8	8
32	10	8
35	8	4.5
36	10	2
50	8	6
52	8	6
37	11	4
雪	6	3
38	10	2
39	8	2
41	10	4.5洋
43	10	4
月	6	3
45	11	2
46	8	2
47	6	2
48	10	2洋
光	8	
11	10	2
12	10	2
13	10	2
14	10	2
15	10	2
星	8	
16	10	2
17	10	2
18	10	2
19	10	2
20	10	2
合計		

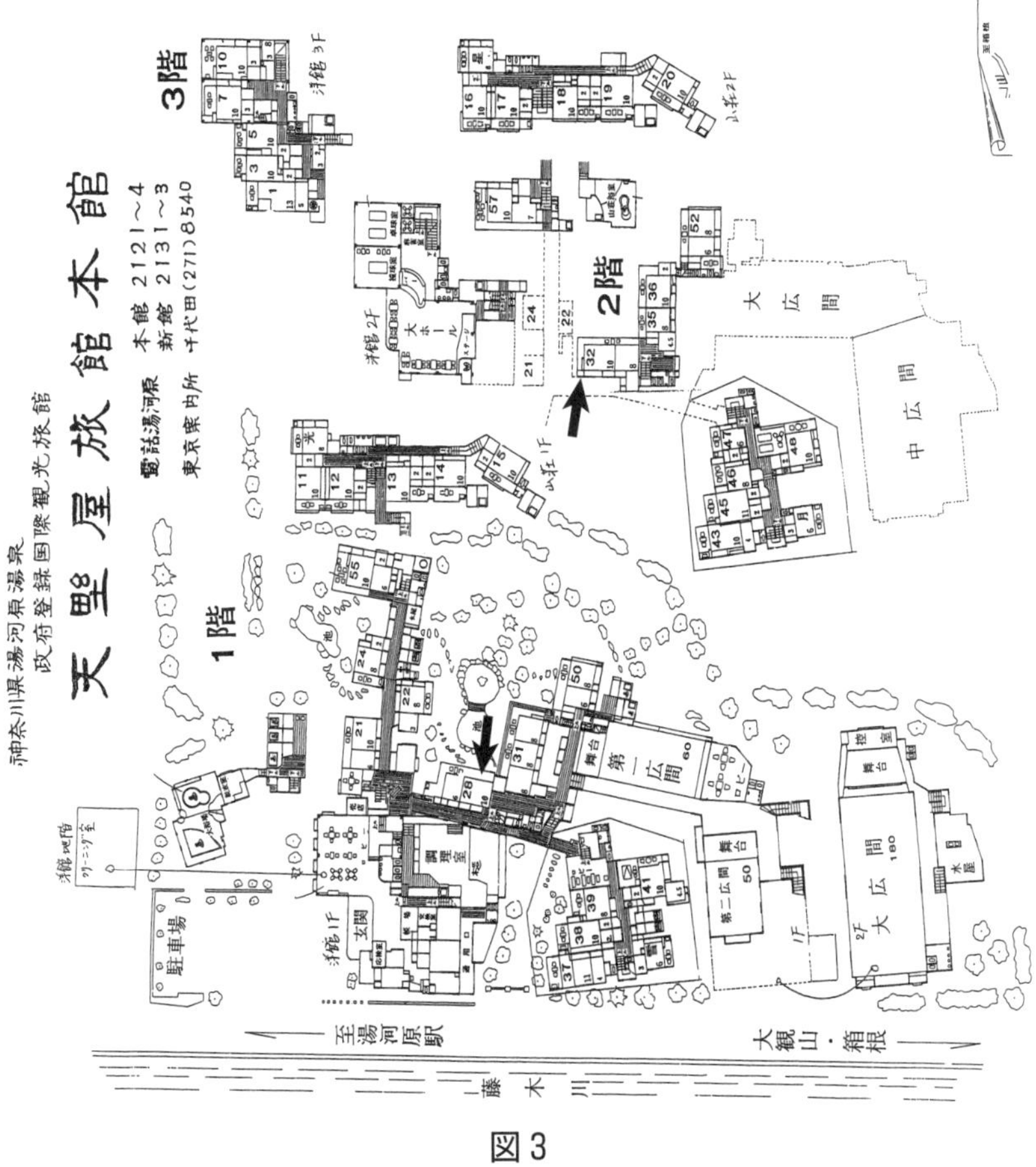

図3
（町立湯河原美術館寄託資料より転載）

（写真１）

天野屋客室（池が見える）（高野書店所蔵の絵葉書より転載）

（写真２）

天野屋全景（高野書店所蔵の絵葉書より転載）

（写真３）

天野屋旅館前（大正年間）（高野書店所蔵の絵葉書より転載）

『明暗』の旅・その交通系

荒井　真理亜

一　はじめに

『明暗』の作品世界は、東京が舞台になっている前半と温泉場が舞台となる後半に分けることができる。特に後半は、主人公の津田がかつての恋人清子と対峙する重要な場面である。その重要な場面に至る、すなわち舞台が前半の東京から後半の温泉場に移行する、津田の旅が描かれているのが、百六十七章から百七十章である。

この津田の旅の意義について、三好行雄は『鑑賞　日本現代文学　第五巻〈夏目漱石〉』（昭和五十九年三月五日発行角川書店）の中で、次のように述べている。

津田は旅に出る。百六十八節以降、『明暗』の世界は明らかに形相を変化させる。変化は方法の変質をともない、同心円の堂々めぐりから直線としての展開へ、小説の速度はようやくはやまった。〈中略〉

列車を乗りかえ、軽便から馬車に乗り継いで宿にむかう津田の旅はまさしく文明から非文明への旅であった。関係性の地平に張りつけられた日常の時間から、非日常の時空への旅であり、明暗のない世界から明暗双々の世界へむかう旅でもあった。

「『明暗』の世界」が「明らかに形相を変化させる」過程で、温泉場の道行場面に四章もの紙幅が割かれていることは注目に値する。また、津田の旅によって「同心円の堂々めぐりから直線としての展開へ、小説の速度はようやくはやまった」というのだが、その「直線」の行き着く先はもちろん清子であろう。そして、津田を清子のもとまで運んでいく「直線」が、「汽車」であり、「電車」であり、「軽便」なのである。

二　使用交通機関

津田が訪れた温泉場がどこであるのか、『明暗』の作品中では明記されてはいないが、従来より湯河原温泉がその舞台と考えられてきた。確かに、実際の湯河原温泉への旅程と『明暗』の中の記述を比較すると、〔表1〕の如く符合する点が多い。

〔表1〕

湯河原温泉への旅程	『明暗』の中の記述
東海道線 **東京駅**又は**新橋駅** 品川駅 横浜駅 大船駅	○周囲の混雑と対照を形成《かたちづく》る雨の停車場の侘しい中に立つて、津田が今買つたばかりの中等切符を、ぼんやり眺めてゐると、一人の書生が突然彼の前へ来て、旧知己のやうな挨拶をした。【百六十七章】 ○汽車が目的の停車場に着く少し前から、三人によつて気遣はれた天候が次第に穏かになり始めた時、津田は雨の収まり際の空を眺めて、其所に忙がしさうな雲の影を認めた。〈中略〉

国府津駅
（乗り換え）
小田原電車
国府津駅
（乗り換え）
小田原駅
大日本軌道鉄道
小田原駅
早川駅
石橋駅
米神駅
根府川駅

思つたより自分に好意を有《も》つて呉れた天候の前に感謝して、汽車を下りた津田は、其所からすぐ乗り換へた電車の中で、又先刻会つた二人伴の男を見出した。果して彼の思はく通り、自分と同じ見当へ向いて、同じ交通機関を利用する連中だと知れた時、津田は気を付けて彼等の手荷物を注意した。　【百六十九章】

○電車を下りた時、津田は二人の影を見失つた。彼は停留所の前にある茶店で、写真版だの石版だのと、思ひ〳〵に意匠を凝らした温泉場の広告絵を眺めながら、昼食《じき》を認ためた。時間から云つて、平常より一時間以上も後れてゐた其昼食は、膳を貪ぼる人としての彼を思ふ存分に発揮させた。けれども発車は目前に逼つてゐた。彼は箸を投げると共にすぐまた軽便に乗り移らなければならなかつた。

基点に当る停車場は、彼の休んだ茶店のすぐ前にあつた。彼は電車よりも狭い其車を眼の前に見つゝ、下女から支度料の剰銭《つり》を受取つてすぐ表へ出た。切符に鋏を入れて貰ふ所と、プラットフォームとの間には距離といふものが殆んどなかつた。五六歩動くとすぐ足を掛ける階段へ届いてしまつた。　【百六十九章】

○「まだ仮橋のまゝで遣つてるんだから、呑気なものさね。御覧なさい、土方があんなに働らいてるから」〈中略〉

汽車といふ名を付けるのは勿体ない位な車は、すぐ海に続いてゐる勾配の急な山の中途を、危なかしくがた〳〵云はして駆けるかと思ふと、何時の間にか山と山の間に割り込んで、幾度も上つたり下つたりした。其山の多くは隙間なく植付けられた蜜柑の色で、暖かい南国の秋を、美くしい空の下に累々と点綴《てんてつ》してゐた。〈中略〉

比較的嶮しい曲りくねつた坂を一つ上つた時、車は忽ち留まつた。停車場でもない其所に見えるものは、多少の霜に彩どられた雑木丈であつた。

「何《ど》うしたんだ」

江ノ浦駅
長坂駅
大丁場駅
岩村駅
真鶴駅
吉濱駅
（到着）**湯河原駅**

爺さんが斯《か》う云つて窓から首を出してゐると、車掌だの運転手だのが急に車から降りて、しきりに何か云ひ合つた。

「脱線です」

此言葉を聞いた時、爺さんはすぐ津田と自分の前にゐる中折を見た。〈中略〉

「何《ど》うせ家を出る時に、水盃は済まして来たんだから、覚悟はとうから極めてるやうなものゝ、いざとなつて見ると、こんな所で弁慶の立往生は御免蒙りたいからね。といつて何時迄斯《か》う遣つて待つてたつて、中々元へ戻して呉れさうもなしと。何しろ日の短かい上へ持つて来て、気が短かいと来てるんだから、安閑としちやゐられねえ。――何《ど》うです皆さん一つ降りて車を押して遣らうぢやありませんか」

爺さんは斯う云ひながら元気よく真先に飛び降りた。残るものは苦笑しながら立ち上つた。津田も独り室内に坐つてゐる訳に行かなくなつたので、みんなと一所に地面の上へ降り立つた。さうして黄色に染められた芝草の上に、あつけらかんと立つてゐる婦人を後にして、うん〳〵車を押した。

「や、不可《いけね》え、行き過ぎちやつた」

車は又引き戻された。夫《それ》から又前へ押し出された。押し出したり引き戻したり二三度するうちに、脱線は漸く片付いた。

「又後れちまつたよ、大将、お蔭で」

「誰のお蔭でさ」

「軽便のお蔭でさ。だが斯んな事でもなくつちや眠くつて不可えや」〈中略〉

津田は後れた時間を案じながら、教へられた停車場で、此元気の好い老人と別れて、一人薄暮の空気の中に出た。

【百七十章】

（傍線は引用者による）

このように湯河原温泉が舞台であるとすると、津田は、「東海道線」で国府津へ向かい、国府津で「小田原鉄道」に乗り換えて小田原まで行き、小田原からは「大日本軌道鉄道」に乗り換え、湯河原で降りていることになる。実際、作者である夏目漱石も、大正五年五月二十六日に『明暗』の連載が開始される約半年前の大正四年十一月九日に、中村是公らとともに湯河原に赴いている。この時の漱石の旅程は、荒正人編『漱石研究年表〈増補改訂〉』（昭和五十九年六月二十日発行　集英社）によると、「東京駅から東海道本線に乗り、国府津駅で下車し、小田原電車鉄道に乗り換える。一駅先の小田原駅で下車し小田原・熱海間大日本軌道鉄道（軽便鉄道）に乗り、湯河原駅で降り馬車で湯河原温泉に向う」という。また、大正五年一月二十八日にもリューマチ療養のため湯河原の天野屋に転地し、同年二月上旬まで滞在している。津田の温泉場への道行場面には、これらの漱石の湯河原行きが活かされていると言ってよいであろう。

漱石は東京駅から東海道線に乗っているが、「明暗」の百六十七章には「周囲の混雑と対照を形成る雨の停車場の侘しい中に立つて」とあるだけで、津田が東京駅と新橋駅のどちらから汽車に乗ったかについては判然としないようだ。『漱石全集　第十一巻』（平成六年十一月九日発行　岩波書店）の「注解」でも「大正三年十二月二日《ママ》(1)に開業した東京駅が念頭にあったと思われる。ただしかなり後まで新橋烏森駅（新橋駅）を始発として利用する乗客も多かったので、その可能性もある」と断定はされていない。

東京駅開業当時の新橋駅について、永田博の『歴史の中の東京駅ものがたり』（昭和五十八年八月二十五日発行　雪華社）によると、「長年東海道線の起点であった新橋駅は、東京駅開業式の翌日の夜中、正確には二十日午前〇時二十三分の下り終列車を最後に旅客運送をやめ、以後は貨物専用駅になった。そうして東京駅は、二十日午前五時二十分、下り横須賀行列車より営業を開始したのである」という。この時、新橋駅は汐留駅と改称された。日露戦争以降、東京、大阪、名古屋などの大都市を中心に客貨分離が行われた。東京駅開業によってそれまでの新橋駅は貨物専用駅となり、汐留駅と改称されたが、そのかわりに明治四十二年十二月十六日に開業した烏森駅が客車専用駅となり、新しい新橋駅となった。なお、東京駅の開業については島秀雄の『東京駅誕生―お雇い外国人バルツァーの論文発見』（平成三年六月二十日発行　鹿島出版会）に、客貨分離による汐留駅の誕生については原田勝正の『駅の社会史〈中公新書855〉』（昭和六十二年十月二十五日発行　中央公論社）に詳しい。

このように、東京駅開業以前と以後では、鉄道事情が異なるのである。したがって、『明暗』の作品世界の時間が大正三年十二月二十日よりも前に設定されているか、それ以後に設定されているかで、津田がどの駅から汽車に乗ったのか、その選択肢が変わってくるのである。

ここで、『明暗』の作品世界の時間設定について確認しておきたい。

『明暗』は大正五年五月二十六日より同年十二月十四日まで「東京朝日新聞」に発表された(2)。しかし、大正五年十二月九日に漱石が急逝し、『明暗』の連載は百八十八回で中絶してしまう。『明暗』は脱稿されてから、新聞に掲載されたのではない。『明暗』の執筆は新聞連載と並行して行われていたのである。しかし、『明暗』の作品世界の時間は、漱石が『明暗』を執筆していた、すなわち『明暗』が新聞に連載されていた大正五年頃に設定されているわけではないようだ。

『明暗』の五十二章には「戦争前後に独乙を引き上げて来た人」という記述がある。「独乙を引き上げて来た」というのだから、ドイツが戦地となる可能性があって、その戦禍から逃げてきたのである。ここで言われている「戦争」とは、大正三年七月二十八日より、ヨーロッパを主戦場にして戦われた第一次世界大戦を指すと思われる。また、十三章の「彼は身に薄い外套を着けてゐた」や百七十章の「暖かい南国の秋」などの季節を表わす描写と併せて考えると、『明暗』の作品世界の時間は、大正三年の秋以降に設定されていると推察される。さらに、『明暗』の連載が開始されたのは大正五年五月であるから、『明暗』の作品世界の秋は大正五年の秋ではないであろう。したがって、『明暗』の作品世界の時間は、大正三年か大正四年の秋に設定されている可能性が高い。

『明暗』の作品世界の時間が大正三年の秋、すなわち東京駅開業以前に設定されているとすると、津田は新橋駅（新汐留駅）から汽車に乗ったことになるし、作品世界の時間が大正四年の秋、すなわち東京駅開業以後に設定されているとすると、東京駅か新橋駅（旧烏森駅）のどちらかということになる。

しかし、『明暗』の中には、大正三年の秋か大正四年の秋かを特定できるような具体的な記述はなく、津田がどこから汽車に乗ったのかを断定することはできないのである。

三　所要時間

津田は小田原駅で軽便に乗り換える前に「時間から云つて、平常より一時間以上も後れてゐた其昼食」を摂っている。ということは、午前中に家を出て、小田原には平常昼食を摂る時間より一時間以上経った時間に着いたことになる。その記述をもとに、『公認汽車汽船旅行案内』（第二四六号　大正四年三月一日発行　旅行案内社）にしたがって、参考までに旅程のサンプルを作成してみた。所要時間のおおよそは次のようになる。

【表2】

旅程		サンプル	所要時間	運賃（二等）
東海道線	東京駅	午前9時35分発	約2時間30分	（東京）一円二十銭
	新橋駅	午前9時44分発		（新橋）一円十七銭
	品川駅			

横浜駅			
大船駅			
国府津駅	午後12時12分着	←	
（乗り換え）			
小田原電車 国府津駅	午後12時23分発	約30分	十二銭
小田原駅	午後12時55分頃着	←	
（乗り換え）		約1時間	
大日本軌道鉄道 小田原駅	午後1時44分発	約2時間	九十銭
石橋駅			
早川駅			
米神駅			
根府川駅			
江ノ浦駅			
長坂駅			
大丁場駅			
岩村駅			
真鶴駅			
吉濱駅			
（到着） 湯河原駅	午後3時24分着予定（作品中では脱線のために遅れる）	←	

順調に行けば、東京から湯河原までの所要時間は、およそ五時間半である。ただし、作品の中では「軽便」、つまり大日本軌道鉄道の脱線のために延着して、津田が湯河原駅に降り立ったのは「薄暮」であるから、六、七時間かかっているようだ。

なお、百六十七章に「周囲の混雑と対照を形成る雨の停車場の侘しい中に立つて、津田が今買つたばかりの中等切符を、ぼんやり眺めてゐると」とある。津田の買った切符は「中等切符」なのだが、現存する時刻表などで確認すると、「中等切符」という名称はなく、「二等切符」である。二等切符の運賃を各使用交通機関ごとに算出して〔表2〕に示した。東京駅から乗ったと仮定すれば、湯河原までの交通費は計二円二十二銭である。(3)

東海道線と思われる汽車に乗り込み、中等席に座を占めた津田は、「荒涼なる車外の景色と、其反対に心持よく設備の行き届いた車内の愉快とを思ひ較べた」（百六十八章）。快適な車内は、津田にとって「愉快」であり、彼に「文明人の特権」を感じさせてくれるのである。

四　軽　便

三好行雄が先にあげた『鑑賞　日本現代文学　第五巻〈夏目漱石〉』で、「列車を乗りかえ、軽便から馬車に乗り継いで宿にむかう津田の旅はまさしく文明から非文明への旅であった」と指摘したように、汽車では通用していた「文明人の特権」は、「軽便」においては通用しない。

「軽便」は軽便鉄道の略称である。軽便鉄道は明治四十三年四月二十日に公布された「軽便鉄道法」に基づく簡易鉄道で、全国各地に敷設された。『明暗』に登場する「軽便」は、大日本軌道鉄道株式会社小田原支社の熱海線と推察される。

大日本軌道鉄道の熱海線の前身は、明治二十九年三月に創設された小田原―熱海間を往来する豆相人車鉄道である。人車鉄道は六一〇㎜の狭い軌道に定員四～六名の客車を乗せて、二、三人の車丁が押して走るのである。野田正穂他編『神奈川の鉄道1872～1996』（平成八年九月十日発行　日本経済評論社）によると、この人車鉄道を考案したのは雨宮敬次郎で、雨宮はその後数多くの軽便鉄道を敷設し「軽便王」と謳われた。小田原―熱海間の豆相人車鉄道は関東地方を中心に敷設された人車鉄道の第一号であり、もっとも長い距離を走った。明治二十八年七月に熱海―吉濱間一〇・五㎞が開通し、翌二十九年三月には吉濱―小田原間一四・五㎞も完成し、熱海線は全線開通となった。明治二十九年当時、一日六往復が運行し、小田原―熱海間の所要時間は三時間五十分前後であった。運賃は下等五十銭、中等七十五銭、上等一円であった。

しかし、人車鉄道は輸送能力が低い上、経費のうちの車丁の人件費の割合が高く、ほとんど収益をあげることができなかったという。人に代わる動力として、小型の蒸気機関車が採用された。明治三十九年七月に、レールが交換され、軌道も六一〇から七六二㎜に拡げられて、社名も熱海鉄道と改められた。この時の工事が、芥川龍之介の『トロッコ』（「大観」第五巻三号　大正十一年三月一日発行）の題材になっており、冒頭には「小田原熱海間に、軽便鉄道敷設の工事が始まつたのは、良平が八つの年だつた」とある。こうして、明治四十年、蒸気機関車が定員二十四人の客車一輛を牽引する軽便鉄道の営業が開始した。

明治四十一年七月、雨宮敬次郎は全国各地で経営していた軽便鉄道を統合するため大日本軌道鉄道を設立し、熱海鉄道は合併されて小田原支社となった。明治四十二年十二月には夜間運転が開始、一日の運転回数は九ないし十往復となり、所要時間も約二時間四十分と短縮された。

日本鉄道省編『日本鉄道史下篇』（大正九年編纂　鉄道省。復刻版は昭和四十七年九月一日発行　清文堂出版）には、「東海道線山北沼津間ニ於ケル急勾配ヲ避ケンカ為別ニ線路ヲ選ムノ目的を以テ之カ調査ヲ遂ケ大正元年十月熱海線

（写真１）

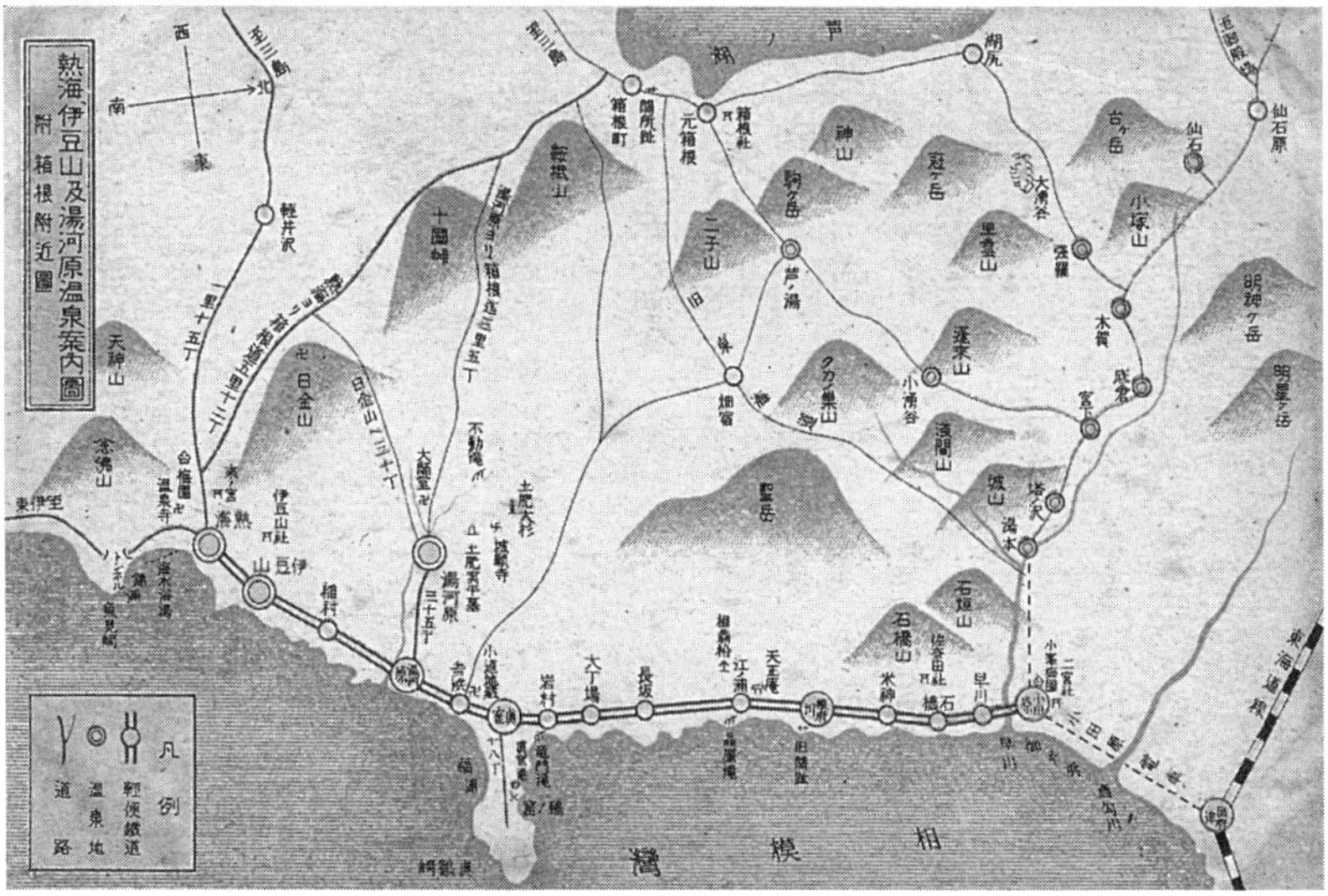

熱海、伊豆山及湯河原温泉案内図　附箱根付近図

（写真２）

豆相人車鉄道

ノ選定ヲ了シタリ」と、熱海線開通の許可が下りた事情が記されている。

では、『明暗』の頃の大日本軌道鉄道小田原支社はどのような状態であったのか。当時の様子を、野田正穂・原田勝正・青木栄一編『大正期鉄道史資料〈第1集〉鉄道院（省）年報 第10巻 鉄道院年報（大正4年）』（大正六年二月七日発行 鉄道院。復刻版は昭和五十八年十月二十日発行 日本経済評論社）を参考にまとめておく。

まず、所有車輌は、機関車が八輌、客車は十五輌（定員計は三百五十八人）、貨車は有蓋が二輌（積載量は六t）と無蓋が二輌（積載量は六t）の計四輌で、積載量は計十二tであった。職員は運転事務が四人、車掌八人、運転手八人、その他三十人の計五十人と記載されている。

客車の運転成績の一日平均は、使用車数が四・一輌、運転回数は十四・六回、走行哩程は二二八・七哩。乗客は一日一哩平均百十九人、賃金は十一円二十五銭であった。

一方、貨車は、使用車数一・一輌、運転回数二・五回、走行哩数三五・九哩、貨物数量は二・〇t、賃金一円十銭であった。

『明暗』において、津田が「軽便」に乗りかえるのは、百六十九章である。「切符に鋏を入れて貰ふ所と、プラットフォームとの間には距離といふものが殆んどなかつた。五六歩動くとすぐ足を掛ける階段へ届いてしまつた」というので、津田が軽便に乗りかえた簡易な駅は、大日本軌道鉄道小田原駅だと推定される。同じ百六十九章の中で、「是丈の手荷物を車室内へ持ち込めないとすれば、彼等の所謂『軽便』なるものは、余程込み合ふのか、左《さ》もなければ、常識をもつて測るべからざる程度に於て不完全でなければならなかつた」と津田が不思議に思ったように、実際に大日本軌道鉄道の車内も手荷物さえ持ち込めない狭いものであったようだ。なお、「軽便」のお粗末な様子を、志賀直哉も『子供四題』（「改造」第六巻四号 大正十三年四月一日発行）のうちの「四、軽便鉄道」で、「小田原で湯本行きの電車を降り、前の茶屋に休む。熱海行の発車までには尚一時間余りある」「間もなくへつついのやうな小さい機関車は型の如く汽笛を鳴らし、発車した」と書いている。

しかも、軽便は外見が「常識をもつて測るべからざる程度に於て不完全」なだけでなく、機能的にも不完全なものであったようで、『明暗』の百六十八章では津田と同乗した老人が「途中で汽缶へ穴が開いて動《いご》けなく」なった時のことを話題にしている。実際に大日本軌道鉄道も煙突から突然火を吐き、大惨事になったことがあるようだ。大正三年三月十五日発行の「横浜貿易新報」の記事には、次のようにある。

○軽鉄火を吐く　▲寺院の屋根焼く

八日午後零時四十五分伊豆熱海発小田原着軽便鉄道が足柄下郡吉濱村地先に差蒐りしに煙突より火を吐き同村字吉濱曹洞宗寺院吉祥院糸井達観方庫裡の屋根に燃付き二間四方程を焼きしを付近の者が駆付け消止めしが運転手なる足柄下郡豊川村字桑原三九七金太郎二男村山萬吉（三十）は失火犯として小田原署より告発され十四日一件を検事局に送致さる

また、老人は「非道く降つて来たね。此様子ぢやまた軽便の路が壊れやしないかね」と心配している。この老人の不安は的中し、『明暗』の百七十章では脱線が起こっている。

「何《ど》うしたんだ」

爺さんが斯《か》う云つて窓から首を出してゐると、車掌だの運転手だのが急に車から降りて、しきりに何か云ひ合つた。

「脱線です」〈中略〉

「何うせ家を出る時に、水盃は済まして来たんだから、覚悟はとうから極めてるやうなもの丶、いざとなつて見ると、こんな所で弁慶の立往生は御免蒙りたいからね。といつて何時迄斯う遣つて待つてたつて、中々元へ戻

（写真３）

熱海軽便鉄道

（写真４）

急勾配

して呉れさうもなしと。何しろ日の短かい上へ持つて来て、気が短かいと来てるんだから、安閑としちやゐられねえ。――何うです皆さん一つ降りて車を押して遣らうぢやありませんか」

爺さんは斯う云ひながら元気よく真先に飛び降りた。残るものは苦笑しながら立ち上つた。津田も独り室内に坐つてゐる訳に行かなくなつたので、みんなと一所に地面の上へ降り立つた。さうして黄色に染められた芝草の上に、あつけらかんと立つてゐる婦人を後にして、うん〳〵車を押した。

「や、不可え、行き過ぎちやつた」

車は又引き戻された。夫《それ》から又前へ押し出された。押し出したり引き戻したり二三度するうちに、脱線は漸く片付いた。

「汽車といふ名を付けるのは勿体ない位な車は、すぐ海に続いてゐる勾配の急な山の中途を、危なかしくがた〳〵云はして駆けるかと思ふと、何時の間にか山と山の間に割り込んで、幾度も上つたり下つたりした」とあるように、かなり危険な道を、軽便は通っていたようである。このように線路も整備されていない軽便は、すぐに脱線してしまう。野田正穂・他編『神奈川の鉄道 1872~1996』（平成八年九月十日発行　日本経済評論社）によると、実際にも軽便は人車鉄道の時から坂を下りるのにブレーキをかける必要があり、カーブではしばしば脱線・転覆したという。人力で軌道に戻すところなどは、豆相人車鉄道であった頃を彷彿とさせる。

大正元年十月二十日発行の「横浜貿易新報」には、「停車軽鉄の転覆」と題し、次のような記事が掲載されている。

〇停車軽鉄の転覆　　▲重傷者数名を出す

小田原熱海間の軽便鉄道が屢々事故を出す事は能く人の知る所なるが十八日又々客車転覆し重軽傷者数名を出したる珍事あり同日午後一時五十分頃熱海発小田原着列車が吉濱村停留場に着せしに折柄茨城県下妻中学生六十名

（写真5）

湯河原駅

修学旅行の途中にて四五名早くも乗込みしに停車中の列車は忽ち転覆し乗客なる年頃卅歳許りの一婦人は頭部肩胛骨に重傷を負ひ外三四名も軽傷を負ひしが同所は海岸なれば海側に転覆せば尚数多の負傷者を出したるべきに其事莫かりしは幸なりし尚ほ転覆の原因は運転手の怠慢の為なりとか停車中転覆せる様にては軽便鉄道に乗るも生命賭けの事なり

「小田原熱海間の軽便鉄道が屢々事故を出す事は能く人の知る所なる」と書かれるくらいであるから、大日本軌道鉄道は頻繁に事故を起こしていたらしい。突然煙突から火を吐いたり、しょっちゅう脱線したり、まさに「軽便鉄道に乗るも生命賭けの事なり」であったのだろう。

野田正穂・原田勝正・青木栄一編『大正期鉄道史資料〈第1集〉鉄道院（省）年報 第9巻 鉄道院年報（大正3年）』（大正五年二月二十五日発行 鉄道院。復刻版は昭和五十八年九月二十日発行 日本経済評論社）では、大日本軌道鉄道小田原支店は、脱線七回、衝突一回、その他二回、計十回の事故を起こしており、死亡事故には到らなかったものの負傷した乗客が十三人あったことが報告されている。

『明暗』の百六十八章の汽車の中で、津田は「軽便」の噂を耳にする。次のようである。

それにしても是から自分の身を二時間なり三時間なり委せようとする其軽便が、彼等のいふ通り乱暴至極のものならば、此雨中何《ど》んな災難に会はないとも限らなかつた。けれども其所には東京もの丶持つて生れた誇張といふものがあつた。そんなに不完全なものですかと訊いて見ようとして其所に気の付いた津田は、腹の中で苦笑しながら、質問を掛ける手数を省いた。さうして今度は清子と其軽便とを聯結して「女一人でさへ楽々往来が出来る所だのに」と思ひながら、面白半分にする興味本位の談話には、それぎり耳を貸さなかつた。

津田は未知なる「軽便」に「何んな災難に会はないとも限らな」いと不安を抱くが、すぐに「清子と其軽便とを聯結して『女一人でさへ楽々往来が出来る所だのに』と思ひ」直す。しかし、軽便の噂は決して「誇張」ではなく、温泉場までは「女一人でさへ楽々往来が出来る所」ではなかったのである。

五　「去年の出水」

軽便の中で車外を眺めながら、老人は「まだ仮橋のま丶で遣つてるんだから、呑気なものさね。御覧なさい、土方があんなに働らいてるから」と津田の注意を促す。次のようである。

「まだ仮橋のま丶で遣つてるんだから、呑気なものさね。御覧なさい、土方があんなに働らいてるから」
本式の橋が去年の出水で押し流された儘まだ出来上らないのを、老人はさも会社の怠慢ででもあるやうに罵つた後で、海へ注ぐ河の出口に、新らしく作られた一構の家を指して、又津田の注意を誘ひ出さうとした。
「あの家も去年波で浚はれちまつたんでさあ。でもすぐあんなに建てやがつたから、軽便より少しや感心だ」
「此夏の避暑客を取り逃さないためでせう」

（写真６）

早川橋

「此所いらで一夏休むと、大分応へるからね。矢つ張り慾がなくつちゃ、何でも手つ取り早く仕事は片付かないものさね。この軽便だつて左右《さう》でせう、貴方、なまじい彼の仮橋で用が足りてるもんだから、会社の方で、何時迄も横着を極め込みやがつて、掛《か》け易へねえんでさあ」

ここでは、「去年の出水」が話題に上っている。「去年の出水」では、橋が押し流され、家が波で浚われたという。家はすぐに建て直したが、橋は一年経っても仮橋のままで、未だに土方が働いているのである。津田の道行きに漱石の湯河原行きが活かされているのならば、この場面もすべてが漱石の創作とは思われない。したがって、「去年の出水」にも材料になった実際の災害やエピソードがあったのではないだろうか。

では、「去年の出水」とは一体いつの出水を指すのだろうか。

先にも述べたように、「明暗」の作品世界の時間は大正三年の秋か、大正四年の秋かのどちらかに設定されていると考えられる。もし大正三年に設定されているとすれば「去年の出水」は大正二年の出来事になるし、大正四年に設定されているのであれば大正三年に起こった事になる。

『神奈川県気象災害誌（自然災害）』（昭和四十六年作成、神奈川県）によると、神奈川県は大正三年に三度の台風に見舞われている。八月二十九日から三十日に「浜松付近に上陸し、新潟付近を通って根室沖に抜けた台風」と、九月十三日から十四日にかけて「四国西部に上陸し、鳥取から能登半島を通り秋田を経て根室沖に去った台風」と、十月一日に「九州の大隅半島付近を通り紀伊半島を横ぎって東海道から鹿島灘に抜けた台風」である。しかし、大正二年には台風の被害は報告されていない。とすると、「明暗」の百七十章で話題に上っている「去年の出水」は、大正三年の三度の台風のうちのいずれかで起こった出水ではないだろうか。

『漱石全集第十一巻〈明暗〉』（平成六年十一月九日発行　岩波書店）では、「去年の出水」について、次のような注釈が施されている。

去年の出水　大正三年八月十四日の暴雨風で、箱根・小田原近辺の交通が途絶し、酒匂川の橋が流出した。また同年九月十四日の豪雨では小田原電鉄の線路が流出、軽便鉄道の一部が倒壊した（『新聞集成　大正編年史』等による）。これらの災害を踏まえた記述か。漱石は明治四十三年に修善寺滞在の際、豪雨を体験し、「東京より水害の聞き合せ来る。湯河原の旅屋流れて其宝物がどことかへ上つたといふ」（日記、八月十二日）と記しているので、その記憶も生かされているかもしれない。

『漱石全集第十一巻〈明暗〉』の注釈では、「去年の出水」は大正三年八月十四日の暴雨風と九月十四日の豪雨などを踏まえた記述かと推測されている。さらに、「酒匂川の橋が流出した」ことが例として挙げられている。しかし、「明暗」の中で、老人が「去年の出水」を話題にするのは、「軽便」に乗り換えてからである。老人や津田は「去年の出水」で「押し流された」橋を、「軽便」の車内から見ている。したがって、「去年の出水」で「押し流された」橋とは、小田原電鉄の国府津―小田原間を流れる「酒匂川の橋」ではなく、軽便すなわち大日本軌道鉄道の小田原―早川間を流れる早川に架かった早川橋であろうと思われる。

では、実際に出水で早川橋が流されたという事実があるかを確認したところ、大正三年九月十五日発行の「横浜貿易新報」に、「台風二昼夜／本日午後回復せん」と題し、次のような記事が掲載されていた。

▲小田原国津

小田原町にては浸水家屋約三百戸に達し道路中には水深腰部を没する箇所あり又早川増水の為め仮橋墜落して交通杜絶し小田原国津間の電気鉄道及び小田原熱海間の軽便鉄道も亦全く不通となれり

大正三年九月十三日から十四日までの台風による増水で、大日本軌道鉄道の小田原―早川間にある早川橋は「墜落」したのである。『明暗』の中で老人が話題にした、橋を押し流し、家を浚った「去年の出水」は、早川橋が流出した、大正三年九月十三日から十四日にかけて「四国西部に上陸し、鳥取から能登半島を通り秋田を経て根室沖に去った台風」による出水が素材になっているのではないだろうか。とすると、『明暗』の作品世界の時間は、百七十章の「去年の出水」のエピソードと事実を照らし合わせて考える限りでは、「去年の出水」の一年後の大正四年の秋に設定されていると推察されるのである。

六　旅の出発地点

『明暗』の作品世界の時間が大正四年の秋に設定されているとすると、百六十七章で津田が汽車に乗ったのは、先に述べたように東京駅か新橋駅（旧烏森駅）のどちらかということになる。

では、ここで東京駅と新橋駅（旧烏森駅）の当時の様子を確認しておきたい。

東京駅と新橋駅（旧烏森駅）は、いずれも大正三年十二月二十日に開業した。新橋駅は旧烏森駅の駅舎をそのまま使用したが、新駅である東京駅の設計は、新橋—東京間の高架線の設計を担当したドイツ人技師フランツ・バルツァーが手がけ、明治三十六年に当時建築界の第一人者であった辰野金吾がその事業を引き継いだ。東京駅には、日露戦争の勝利を背景として、諸外国にも見劣りしない威風堂々とした建築デザインが求められていた。そこで、辰野は留学時にイギリスで流行していた赤レンガに白い石を帯状に配する様式を採用し、見た目にも華やかな東京駅が完成したのである。

東京駅と新橋駅（旧烏森駅）開業当日の様子を大正三年十二月二十一日発行の「東京朝日新聞」は、「昼近くになつて」「見物の群衆は殆ど万に近く」「此日の東京駅乗客数を調べて見るに正確な数は今朝にならねば判らないが午前十一時五十分迄には八百十九名の乗客を算した」と報じている。さらに同じ日に開業した新橋駅についても「東京駅より混雑な位だ」「新新橋駅も昨日は日曜の為普通乗客より却て試乗客の方が多く『東京駅』までの切符は午後から夜にかけて」「羽が生えたやうに売れて行つた」という。

開業した当日は多くの見物客で賑わった東京駅であったが、その後の評判は芳しくなかったようだ。大正四年一月三日発行の「東京朝日新聞」には、「花々しく開場式を行つた東京駅なぞも余り思はしくない景気である」とあり、その理由を「出札主任の談によると東京駅は前の新橋駅と違つて多少不便の為か長距離旅行の人を除いては新橋に客を取られる傾きあり」と説明している。

さらに、大正四年二月二十日発行の「東京朝日新聞」では、東京駅と新橋駅（旧烏森駅）のその後の成績を具体的な数値を示して比較している。次のようである。

降りる東京、乗る新橋—かう云ふ言葉が鉄道院辺で繰返されてゐる、東京、新橋両駅開通以来二月余り、景気の大勢も略知れた此頃、我々は次のやうな乗降人員数を見る

	乗客数	降客数	計
東京	三、九〇八	三、九八二	七、八九〇
新橋	三、四三三	五、五七五	九、〇〇八

（二月一日より十日まで十日間一日平均）

此表で見る如く乗る客は東京駅の方が多いが降りる客は新橋駅の方が多いそして不思議な事には乗降客の計数は小な新橋駅の方が東京駅より遙に多い事である如何に輪奐の美を尽しても実用が最後の勝利である、東京駅が市民の為めに如何に其実用を欠いて居るかはこれを見ても解る、只東京駅が乗客数の多いのは遠距離の旅客が座席を緩り占めやうとして不便を忍んで出掛けるからである、〈中略〉

乗降客を調べて見ると遙かに減じて居る、新駅開通の暁はずつと乗降客が殖えると計り思つて居た当局者は今更ひどく面喰らつて居る

	乗客数	降客数	計
旧新橋駅	五、九九二	四、九四九	一〇、七四一

（昨年二月一日より十日迄十日間一日平均）

毎日三千人近く減つて居る勘定である、東京駅の此不景気は何に基因するかと云ふと位置の不適当な事も其一つであるが第一は電車の便の悪い事である駅前、呉服橋、鍛冶橋の三箇所の何れからも駅まで六丁はある、「開通までに電車の線を直前まで引いて置かぬのは市当局の失態である」と高橋駅長も云つて居る、市では漸々去年の暮れになつてから新線敷設の出願をしたと云ふ話である〈後略〉

鉄道院などでは「降りる東京、乗る新橋」と言われていたが、実際は「乗る客は東京駅の方が多いが降りる客は新橋駅の方が多い」のである。東京駅は近代建築を取り入れ「輪奐の美を尽して」いたが、「電車の便の悪い」ため

「市民の為めに如何に其実用を欠いて」いたようだ。東京駅へ行くためには、電車は使えず、徒歩か車になってしまうのである。

東京駅からの乗客が多いのは、「遠距離の旅客が座席を緩り占めやうとして不便を忍んで出掛けるからである」。つまり、遠距離の旅行の場合には、東京駅から乗ることが多かったようである。実際に漱石も、大正四年十一月九日の湯河原行きの際、東海道線に乗るために東京駅を利用している。

『明暗』の百六十七章において、津田は駅までに行くのに、電車ではなく「俥を駆つて」いる。また、汽車に乗り込んだ津田は「比較的込み合はない車室の一隅に、ゆつくりと腰を」下ろすのである。これらの記述は、駅まで行くのに電車の便が悪く、しかし始発であるために「長距離の旅客が座席を緩り占め」るには都合のよい東京駅の様子と重なる。あくまで推測ではあるが、以上のことを踏まえて考えると、漱石は津田が汽車に乗った駅を東京駅に想定して執筆した可能性が高いのではないだろうか。

百六十七章では、駅の様子が「周囲の混雑と対照を形成る雨の停車場の侘しい中」と描写されていた。ここでいう「侘しい」とは津田の心象風景であるかもしれないが、実際の東京駅もまた、「輪奐の美を尽し」ながらも、開業当時すなわち大正四年頃は、不便であるために評判も悪く、開業前より鉄道利用者が減少し、「余り思はしくない景気で」、「侘しい」状況にあったのである。

七　おわりに

津田の温泉場までの道行は、漱石自身の経験や当時の鉄道事情が活かされており、かなり詳しく描写されている。特に、他の交通機関の描写に比較して、軽便の描写には多くの紙幅が割かれている。一日で行ける場所とはいえ、やはり温泉場までは時間もかかれば、生命の危険を伴う往来の不便な場所だったのであろう。漱石は津田を簡単には清子のもとへ行かせなかった。先の三好行雄の言葉を借りれば、湯河原への旅は、「まさしく文明から非文明への旅であった(4)」のである。脱線が起きれば、車を軌道に戻すのに乗客も降りて手伝わねばならず、そこでは津田が纏っていた「文明人の特権」は通用しない。そして、津田の乗った「直線」の先には清子がいる。軽便に揺られながら、津田の「連想はすぐこれから行こうとする湯治場の中心点になっている清子に飛び移った。彼の心は車と共に前後へ揺れ出した」のである。

〈注〉

（1）「大正三年十二月二日」は誤り、正しくは「大正三年十二月二十日」。

（2）「大阪朝日新聞」では、大正五年五月二十六日から十二月二十七日まで百八十八回連載された。

（3）週刊朝日編『値段史年表　明治・大正・昭和』（昭和六十三年十二月三十日発行　朝日新聞社）によると、『明暗』の頃は、砂糖一kg三十八銭（大正五年）、塩一kg四銭八厘（大正五年）、白米が一〇kg一円二十銭（大正五年）、食パン一斤十二銭（大正三年）であった。

（4）三好行雄『鑑賞　日本現代文学　第五巻〈夏目漱石〉』（昭和五十九年三月五日発行、角川書店）

付記　『明暗』本文の引用は、『漱石全集　第十一巻』（第二刷　平成十五年二月七日発行、岩波書店。なお、第一刷は平成六年十一月九日発行）による。

『明暗』論

i

『明暗』第一部を中心に

『明暗』の知をめぐって
――ポアンカレ・寺田寅彦

小橋孝子

一

『明暗』はごく卑近な世界を描いた小説である。時に極端とも言える個性がぶつかり合い、ひたすらに欲と見栄に動かされる人間模様が、語りの分析を伴って展開されて行くと見える。しかし、いかにも卑近な世界でありながら、そこに、迷いなく迫って行こうとする持続力のあることも確かである。実際、「点頭録」冒頭の趙州古仏晩年発心になぞらえた決意表明や、執筆中の書簡等は、病体にありながらも、これが並々ならぬ意欲を持って書き進められていたことを示すものであり、当時、漱石に改めて大学で文学論を講じてみたい希望のあったことも伝えられている。[1]ここに至って新たな展開を迎えた自覚の明瞭にあったことが推察されるのである。

何がこうした姿勢を支えていたのか。この間の疑問に答える鍵として、漱石は先ず「点頭録」（「東京・大阪朝日新聞」大正五年一月一日～二一日）に「一体二様の見解」を示している。「点頭録」は『明暗』に先立つ正月から掲載され、糖尿病の痛みにより中絶されているが、第一次世界大戦の経過を主題としながら、全編は「一体二様の見解」によって貫かれようとしている。すなわち、過去現在未来をすべて夢のような「仮象」ないし「無」と感じる感覚があり、その中では自身も年を取ることなく、「終日行いて未だ曾て行かず」の観がある。『草枕』に言う「同所に把住する趣き」（六章）でもあろう。「金剛経にある過去心は不可得なりといふ意義にも通ずるかも知れない」と言う。しかし、同時にまた「現在の我が天地を蔽ひ尽して厳存してゐる」、あるいは「一挙手一投足の末に至る迄此「我」が認識しつゝ、絶えず過去へ繰越してゐる」という「有」の「動かしがたい真境」もあり、ここに目をつけるならば、過去は夢どころではなく、「明らかに刻下の我を照しつゝ、ある探照灯のやうなもの」となって、この世で、与えられた有限な命を最善に利用したいという思いを強くする。その「有」と「無」の往還の中で、大戦の現実もまた把握、分析されようとしているのである。「無」の立場から見れば、血にまみれた戦争も永久の影響力を持たない当座限りの悲劇に過ぎないという残酷な事実が浮かび上がる。しかしまた「有」の現実として、その軍国主義や力への信奉が今後の世界、人心に与える影響は甚大であり、トライチケの問題は、彼が「最初から確実に地上を歩」き、それ以上、何ら本質的なものを持たなかった所にあるとされている。見解は具体的であり、冷戦も予告されている。

この「一体二様の見解」は必ずしもここで初めて見いだされたものではなく、例えば、遡って「『鶏頭』序」（「東京朝日新聞」明治四〇年一二月二三日）の「生死の関門を打破して二者を眼中に措かぬ人生観」と「生死界中に在つての第一義」との対比にも通じるが、しかし、注意されるのは、「点頭録」が改めて戦争の現実を前に、この「一体二様の見解」を捉えようとしていることである。修善寺の大患において、死から生への回復を遂げてきた者としての思いが、逆にこのような形で現実を直視しようとする姿勢になっていたのではないかとも思われる。松岡譲は『明暗』執筆当時の漱石が、たとえこの場に娘の容貌が急に変わって現れたとしても、今の自分ならそれを平静に眺めることが出来ると思う、と語ったことを伝えている[2]。これは「一視同仁」の視線とも言い換えられているが、最も非情な現実直視のあり方であり、少なくともそれが自身に可能であるか否かを問う日常が『明暗』を書く漱石にあったということであるだろう。禅宗への共感を強めていたことも知られており、『明暗』執筆の午後には漢詩が作られていたが、

『明暗』の人間模様と漢詩の「白雲吟」とが共にある「一体二様の見解」の形がまずあったと思われるのである。しかし、『明暗』の執拗な持続力には、もう少し何かがあると思われる。例えば卑近な現実に向かう知のあり方自体にも何らかの転換が必要であったはずである。冒頭に科学者としての医師が登場する事は象徴的に思われるが、本稿では、以下、漱石が科学の新しい知見に接していた事を見て行きたい。二章に記されたポアンカレの説である。

二

「だから君、普通世間で偶然だ偶然だといふ、所謂偶然の出来事といふのは、ポアンカレーの説によると、原因があまりに複雑過ぎて一寸見当が付かない時に云ふのだね。ナポレオンが生れるためには或特別の卵と或特別の精虫の配合が必要で、其必要な配合が出来得るためには、又何んな条件が必要であつたかと考へて見ると、殆んど想像が付かないだらう」（二章）

津田は友人からこの話を聞き、自らの失恋と思い合わせて、運命の「暗い不可思議な力」を感じ取る。ポアンカレの著『科学と方法』（一九〇八年）の「偶然」の章に出てくる話であるが、漱石自身は寺田寅彦を通じて知ったものと推定されている。(3) 寺田寅彦は、前年よりポアンカレへの関心を深め、同書からこの「偶然」と「事実の選択」を訳出していたからである。

この箇所は、一見すると、偶然にも必ず原因があるという絶対的決定論を強調するものと見えるが、しかし、ポアンカレの文脈は別の所にあり、科学史では、現在のカオス研究に通じる画期的なポイントとして位置づけられている。(4) 決定論自体はポアンカレより百年以前に数学者ラプラスが同様の指摘をしている。現象の乱雑さは人間の知識の不完全さによるのであって、自然界そのものは原理的に完全に予測可能である。しかし、人間がその複雑に絡み合ったすべての原因を知り得ない以上、確率論を導入せざるを得ないというのがラプラスの見解である。ポアンカレはこれに、ごく小さな要因が、後に見逃しがたい大きな結果を生み出す場合があるという、いわゆるバタフライ効果を付け加えることによって、カオス概念の先駆となった。決定論に従うにも関わらず、あまりに複雑なため、長期的な将来の予測が不可能になるというものである。(5) バタフライ効果とは、北京の蝶のそよぎが、来月のニューヨークの嵐に影響を与えるという、後に気象学者ローレンツが命名した言葉であり、『明暗』の引用ではナポレオン誕生の条件がこれに当たる。とても知り得ないような微細な要因が潜在し、それが複雑な動きをなして、突如、大きな結果となって現る。津田が恐れを感じた理由も、この点にあるだろう。

冒頭に一度だけ顔を出すに過ぎないのであるが、しかし、ここに記されたポアンカレの説は、混沌の生動を捉える科学として、『明暗』の知のあり方全般にも関わる意味を持っていたのではないかと思われる。

ポアンカレの後、実際にカオスの研究が進められるのは、一九六〇年代以降であるが、従来の科学からノイズとして取り除かれていた偶然性を、改めて科学の俎上にのせたポアンカレの功績は大きく、それは知のあり方に変革を迫るものであったと言われている。常に実験や観測につきまとう小さな誤差が、結果の上でも無視できるものであれば、問題はない。法則は成立すると見なされ、応用も可能になる。しかし、そうでないとすれば、ノイズとされたものが、単なる偶然に留まらない意味を持ってクローズアップされて来る事になり、また、実際にそこに見いだされたカオス概念は、科学的解析の可能な範囲を格段に広げる事となった。カオスは日常に偏在するありふれた現象であると言われ、例えば、それまでの科学が苦手としていた天候の変化や、水、煙、砂等の流体のありようや、生物個体数の増減、心拍リズムのような生物学的ふるまい等、時に意外性を示しながら流転して行く自然の様々な局面が新たな科学の対象となり、カオス研究によって、予測不可能な現象を科学する方法が見いだされてきたと言われている。すっきりとした結果を出すために、ノイズを排除するという従来の方法は、「体験のうえの無秩序から、規則性を切り離しておけるような「理想的」な科学的世界を創りだすことによって、直観を変えてしまおうとする行為」であったと見なされるようになったのである（ジェイムズ・グリック『カオス　新しい科学をつくる』一九九一年一二月　新潮文庫）。

ポアンカレの思考は、自然の複雑さ多様さを科学する方法を要請し、また必然的に〈もの〉よりも〈こと〉としての振る舞いがたどる過程に、より多く科学の目を向けさせるものであった。それは、ポアンカレの、科学的知とは何か、あるいは人類の発展上、知の果たす役割とは何か等の問題を根底から問い直す姿勢から生まれてきたものであり、漱石の言葉で言えば、「黒人《くろうと》」の枠に留まらない、「素人」としての疑問を持ち続ける姿勢であったとも言えよう（「素人と黒人」「東京朝日新聞」大正三年一月七日～一二日）。漱石にポアンカレを紹介したと見られる寺田寅彦の関心も、やはりこうした点にあったと思われる。

三

寺田がポアンカレに関心を深めたのは、『明暗』の前年、大正四年頃からである。大正五年一月一二日付けの桑木彧雄宛書簡には次のようにある。(6)

「小弟事昨年ポアンカレーやマッハを読んでから大分根本問題に興味を感じ始め、余暇に此方面の本など読み居候、御令兄様の御著書なども拝見致居候。何卒将来御指導を願度と存居候。」

桑木彧雄は寺田と同年、明治一一年生まれの物理学者である。桑木厳翼の弟であり、九州帝大の教授を務め、科学史家としても知られているが、明治四二年には日本の物理学者として初めてベルリンでアインシュタインに会っており、このヨーロッパ滞在中に、エルンスト・マッハやポアンカレにも会っている。

大正四年以降に寺田の書いたものを通覧してみる。まず先にあげたポアンカレの「事実の選択」（「東洋学芸雑誌」

大正四年二月　東洋学芸社）と「偶然」（「東洋学芸雑誌」大正四年七月〜八月　東洋学芸社）が翻訳されているが、この「事実の選択」は、『科学と方法』の第一章にあたり、対象の選択を必然とする科学の限界を前提とした上で、その方法と方向性を考察するものである。「事実といふものは歩調の速かなもので、吾人がいくら骨折つても追付く事は出来ない」[7]。従って、複雑多様な変化を持つ自然から、科学はその対象を限定的に選択しなければならない。しかし、科学者の選択は、結果の実用性よりも、まず知によってのみ捉えられる特殊な美を求める本能から、忘我的献身の中でなされるものであり、ここに、科学の主観的人間的側面がある。また、知的好奇心を十全に働かせた上で、人間をより善良にする道徳的価値がある、というのが、その主張の骨子である。科学者であり、また文学者であった寺田にとって、科学の人間的側面を指摘したポアンカレの思考は、特に示唆に富むものであったに違いない。その上で「偶然」の章は、法則に反抗する偶然の現象に再び目を向けるものとなっていたのである。

続く寺田の「方則に就て」（「理学界」大正四年一〇月　理学界社）は、法則の再定義を考えるものであるが、冒頭、次のような見解が示されていることも注意される。

華厳経に万物相関の理といふのが説いてあるさうである。誠に宇宙は無限大で其中に包含する万象の数は無限である。而して此等は互に何等かの交渉を有せぬものはない。風が吹いて桶屋が喜ぶといふ一場の戯談も強ち無意義な事ではない。厳密に云へば孤立系（isolated system）などといふものは一つの抽象に過ぎないものである。例へば今一本のペンを床上に落せば地球の運動延いては全太陽系全宇宙に影響する筈である。（中略）宇宙間無限の物象の影響を受けて居る身辺の現象に就いて如何にして有限な言葉をもつて何事かを云ひ表はす事が出来るであらうか。

先のバタフライ効果が、華厳経の世界観と共に語られているのだが、これはカオスの知が与える世界観を捉えるものとして、本質的な連想でもあるようだ。カオスの研究は現在も、カオスとは何かという定義の確定しない現在進行形のものであるが、しかし、その中で、これを東西の世界観の相違によって捉える発言も、しばしばなされている。例えば、森肇は、二項対立とは異なる、無数の対立を含みつつ、渾然一体となったカオスの運動を、荘子の混沌に似るとしている。また、一般に西洋が自然現象の背後に一定の実体を考え、その「秩序の論理」コスモロジーを探求してきたのに対し、東洋には自然を無限定な流動の世界とする「秩序の生成」コスモゴニーの探求があった事を述べている。カオスは近代科学に受け継がれてきた従来の「秩序の論理」とは質的に異なる「混沌の論理」の発見であったとも言われる。これは『明暗』の世界にごく近いものであるだろう。また、山口昌哉を囲む、河合隼雄・杉本秀太郎・山折哲雄・山田慶兒の対談「カオスと漱石の『明暗』とポアンカレ」(『先端科学の現在』一九九八年三月　潮出版社)では、連句、禅、曼荼羅等の世界が、コスモスを含むカオスとして語られており、更に、山口昌哉は『明暗』について、自分というものが何か分からないものに動かされて瞬間瞬間に変化し、時にそれは突然の変化である場合もある事、また人間が個々に生きるのではなくお互いにつながりあって生き、津田とお秀の問答など、同じ事を何遍も繰り返しながら、その対称性が破れた時に、新しい展開が出てくる事などを挙げて、「漱石はどうもカオスをわかっていたのではないかという感じがします」としている。寺田もまた「厳密に云へば孤立系 (isolated system) などといふものは一つの抽象に過ぎない」とした上で、いわゆるバタフライ効果を捉えているのであるが、漱石の発言に即して考えるならば、これは『硝子戸の中』にある「継続中」の考えにも通じているだろう。

『硝子戸の中』(「東京・大阪朝日新聞」大正四年一月一三日〜二月二三日) 三〇章には寺田寅彦と思われるT君が出てくる。大患後の病が治ったとも言えず、治らないとも言えず、その説明の言葉に窮していたところ、T君がそれは継続中なのだと教えてくれたという話である。

「そりや癒つたとは云はれませんね。さう時々再発する様ぢや。まあ故の病気の継続なんでせう」

此継続といふ言葉を聞いた時、私は好い事を教へられたやうな気がした。それから以後は、「何うか斯うか生きてゐます」といふ挨拶を已めて、「病気はまだ継続中です」と改ためた。さうして其継続の意味を説明する場合には、必ず欧州の大乱を引合に出した。

「私は丁度独乙が連合軍と戦争をしてゐるやうに、病気と戦争をしてゐるのです。今斯うやつて貴方と対座して居られるのは、天下が太平になつたからではないので、塹壕の中に這入つて、病気と睨めつくらをしてゐるからです。私の身体は乱世です。何時どんな変が起らないとも限りません」

漱石の想念は、更に、継続中のものは私の病気ばかりではない、すべての人の心の奥に、私の知らない、また自分たちすら気のつかない継続中のものがいくらも潜んでいるのではないか、もしそれが胸に響くような大きな音で一度に破裂したならばどうか…と、ちょうど『明暗』二章で、津田が医院の帰り道に直面した思いと同様の所まで展開されて行く。ただし、津田は沈んだ心持ちの中で「只自分の事ばかり考へ」ていたのであり、すべての人のうちに何か同じものが潜んでいる可能性には、まだ気づいていないのである。この「継続中」の考えは「吾々の思想や、感情にも潜伏期がある」という『坑夫』（「東京大阪朝日新聞」明治四一年一月一日〜四月六日）の「潜伏者」にも近いが、しかし、『坑夫』の「潜伏者」が個人の思想感情の潜伏期と捉えられていたのに対し、『硝子戸の中』では、それが他者を含む広がりの中で捉え直されているのである。なぜ個人的な病と戦争とが特に結びつけられ、語られるのか、漱石の返答に当惑した人々の疑問でもあったろうが、漱石には、この時、顕微鏡下にある身体の病から、マクロな世界的事象までが、同様に「継続中」のものを抱えながら、生き、動いているという事、つながりの中で人と世界が動いているという事への思いが特に強くあったのかも知れない。おそらく寺田がポアンカレの翻訳を始めていたと思われる時期の対話である。

一方、人間に自然の全容がつかみ得ないとすれば、科学者に大切なのは、その限界を弁えた上で常に事実を前に新たな疑問を持ち、問いを続けていくことであるが、寺田は「知と疑」（大正四年頃・未発表）に次のように書いている。

物理学は他の科学と同様に知の学であつて同時に又疑の学である。疑ふが故に知り、知るが故に疑ふ。暗夜に燭を秉つて歩む一歩を進むれば明は一歩を進め暗も亦一歩を進める。而して暗は無限大であつて明は有限である。暗は一切であつて明は微分である。悲観する人は玆に到つて自棄する。微分を知つて一切を知らざれば知るも何の甲斐あらんやと云つて学問を嘲り学者を罵る。

人間とは一つの微分である。併し人智の究め得る微分は人間に取つては無限大なるものである。

ここに「明」と「暗」の語のある事は偶然かも知れないが、禅語から取られたという漱石『明暗』の題意や「明暗双双」の意にも自ずから適うものとなっている。加藤二郎[9]は「「明暗雙雙」とはシナ仏教の華厳哲学に所謂《いわゆる》「理事無礙《むげ》法界《ほっかい》」の禅的表象に外ならない。「明」は「事」であり、「暗」は「理」であり、それが「雙雙」ということは、両者が「無礙」ということである。」としている。

「明暗」は「理」「事」「無礙」と言取される様な人間の心の在り方の禅的表象であり、それは「事」に障碍《しょうげ》されない「理」、無限の差別相を現ずる「事」をその根柢に於《おい》て把持し統一し得るような総持の力としての「理」、その「理」に統括された「心」の様態の示唆である。

「一体二様の見解」に通じるものであるが、それが容易に到達し得ない境涯である事はもちろんであり、科学者としての寺田はここで、比喩的に言えば、「事」としての「明」にあって知的追求を重ねて行くことが、「理」としての「暗」に通じる一つの手段であるという、知への信頼を語っていたのである。今現在「何ガ問題ナルカ」を示す事もまた科学者の一つの役割とされている（「物理学の根本問題」手帳・大正五年～一一年頃[10]）。

大正五年に入り、気象などの、後にカオス研究を先導することになる流体への関心を示す文も同時に執筆されて行く。例えば「砂の話」（「学生」大正五年三月　冨山房）は、若い読者に向けて、砂原の紋様の美しさなど、「日常見慣れ聞きなれてゐて、何等の驚異、何等の感興など惹き起さぬやうな事柄でも、少し立入つて研究すれば、その中には驚くべき事実や、多趣味な現象の潜んでゐる」ことを語る、科学的エッセイの妙を尽くすものであった。「物質と生命の間に橋のかゝるのは未だ何時の事か分からない」（「春六題」「新文学」大正一〇年四月　博文館）。しかし、多様なる事象に目を開きつつ、「本当の神秘を見付けるにはあらゆる贋物を破棄しなくてはならない」（「春六題」）という、寺田の信念は揺るぎのないものであったと言えるだろう。[11]

『明暗』のポアンカレの説は、こうした寺田の一連の思索の傍らにあって、もたらされていたのである。

四

知をめぐる問題は、漱石にとっても、青年期以来、抜き差しならないものとしてあった。桶谷秀昭[12]は英文学の学生であった当時の漱石に、「英国詩人の天地山川に対する観念」（「哲学雑誌」明治二六年三月〜六月　哲学雑誌社）において最高の境地としたワーズワースの“a spirit”を、老子の「玄の玄なるもの」の語によって捉えつつ、「老子の哲学」（「文科大学東洋哲学論文」明治二五年六月一一日稿）においては、それを知的退行として否とする矛盾のあった事を指摘している。参禅の経緯もまたよく知られているが、『漱石資料——文学論ノート』（村岡勇編　一九七六年五月　岩波書店）には、次のような思考の跡が記されている。

　智性ノ眼ヲ閉ヂテ安心ヲ冀ヘト云フハ足ヲ断ツテ坐セト云フガ如シ歩行ク為ノ足ヲ特更ニ坐ル必竟ヲ認メザル如ク智ヲ滅シテ立命ヲ冀フノ徒タルヲ愧ヅルナリ（原）

しかし、その一方で、いかにしても人生に知的に捉え得ないものがあるという思いは、狂をもはらみ、「人生」（「龍南会雑誌」明治二九年一〇月　第五高等学校龍南会）の痛切に告白するところであった。

小説家として、文学における自然主義の知のあり様もまた問題となってくるが、朝日入社後の初仕事となった講演記録「文芸の哲学的基礎」（「東京朝日新聞」明治四一年五月四日〜六月四日）も見ておきたい(13)。この講演は、意識のみが唯一確実な存在であり、自他の区別、時空間、因果律等は、そこから便宜的に抽象されたものに過ぎないという前提をおく事によって、文学的営為の起源にまで遡るところから出発している。意識を唯一の存在とするとは、主体の経験から世界を捉え直す事を意味するはずであり、それは後に修善寺の大患においても共感を示すことになるW・ジェームズ、ベルクソンの生命主義に近いものであった(14)。科学者等がその関係性を捉えるために対象を抽象化するのに対し、文学者には抽象化以前の具体的なリアリティの必要である事が強調されており、また講演の最後には文芸享受の極致として、自他の別を超越した「還元的感化」のあることが言われている。一種の〈詩〉的体験と言ってもよい全人格的な忘我的共感、感動の意であり、その物我の境の超越が「あらゆる思索の根拠本源」になるとも言われている。しかし、その一方で、明らかに不快な対立を含む人間の関係性を知的に捉える事もまた、文芸の一つの要素（「真の理想」）としてある事が述べられる。この場合、物我超越の境に普遍的な真理があり、その下に仮象としての関係性があると言えば、反自然主義の旗幟はより鮮明となるが、しかし、そうではない。講演からは普遍的な真理という考えが注意深く取り除かれており、それは何によって意識の推移が起こるかという、そもそもの議論の根底が、意識の「連続的傾向」すなわち、人間は死を欲せず「生きたい」という念に支配されているという「生活上の利害」に置かれている点にも示されている。禅の「万法一に帰す」やショーペンハウエルの「生欲の盲動的意志」が挙げられ、これが宗教、哲学の問題になる事を示唆しながら、しかし、ここでは意識の「連続的傾向」をまず「事実として受けとる」とした上で、論が進められるのである。これは、ほぼ同時期に発表された西田幾多郎の「実在に就て」（「哲学雑誌」明治四〇年三月　哲学雑誌社）(15)が同じく意識現象が唯一の実在であるという所から出立して、知情意の分離なく主客の対立もない「純粋経験」を「実在の真景」と捉え、その根底に宗教的な「統一の作用」を認めている事とも著しい対照をなしている。「還元的感化」も、「千人に一人」と言われる個人と個人のつながりに信頼を置くものであったが、普遍的な統一力を想定せず、まず「市気匠気」の俗界と同一平面上にあって思考する事がよしとされているのである。講演の趣旨から見れば、人間の関係性を捉える知と、全人格的感動とが共になければならないはずであるが、しかし、すべての理想を平等としつつ、その論調はむしろ、知による「真の理想」の偏重を正し、その強固さに対して、他の「善」「美」「壮」の理想の権利を主張するものとなっている。当時の自然派の議論に対するアンチテーゼの意味合いもあるのであるが、人生の本体に通じるべき全人格的共感をめぐって、知の働きと普遍性の問題とがアポリアをなす三つ巴になった関係があったと見られるのである。

　こうした思考の跡を見せてきた漱石にとって、寺田寅彦がもたらした新たな科学の動向は、特に興味深いものだったのではないかと思われる。宗教に向かう事を留める合理的思考、その一方で人生の本体に迫り得ないものとされた知とは、西洋近代の知の枠内にあるものであったかも知れないからである。ポアンカレの思考は、更に知の可能性を広げてみせるものであり、また、それは徹底して問い続けることを知の本来として信頼するあり方でもあった。従来、捉え得なかったカオスのありようが、科学的知によって新たに捉えられようとしている。もとよりカオスの決定論が人間関係にそのまま適用されない事は、ポアンカレの「偶然」でも言及されているが、しかし、複雑な関係性の中におかれた混沌をそのまま捉えようとする知のあり方が示唆した所は大きかったのではないかと思われる。例えば、四五章より視点が津田からお延に変換された事を不信とした読者からの手紙に、漱石は、「私は明暗（昨今御覧になる範囲内に於て）で、他から見れば疑はれるべき女の裏面には、必ずしも疑ふべきしかく大袈沙《原》な小説的の欠陥が含まれてゐるとは限らないといふ事を証明した積でゐるのです」と答えている（大正五年七月一九日大石泰蔵宛書簡・傍点引用者）。具体的には視点の転換によって、お延の技巧と見えたものが、岡本の家にあれば愛嬌とも言うべき自然なものであったことが分かる等の事である（六二章）。「小説的」とは、漱石がその作家的出発の当初から繰り返し使ってきた常套語であり、現実の広がりを一定の筋によって恣意的に狭めてしまう事をも意味している。漱石は更に「必ずしもあなた方の考へられるやうな魂胆ばかりは潜んでゐない、もつとデリケートな色々な意味からしても矢張り同じ結果が出得るものだといふのが私の主張になります」としている。『明暗』はドラマ性を強く持ちながらも、この混沌の現実を追うべく、大部の作品となったのであるだろう。

漱石の長編小説の主人公は、多く、何か分からないものがあるという事実の前に立ち止まり続けてきた。現実の渦中にあって、あるべき理想の摑めないことに苦痛を深める。研究的な知は時に障壁となり、宗教への道筋もぎりぎりの所で閉ざされていた。しかし、知的に分かるものと、分からないものという二分法によれば、分からないものがここにあるという事自体は、見取り図として見渡されるはずであり、そこから先に進む事は難しい。『明暗』には、そうした枠を取り外した、更に解体された状況があらわれて来ている。「本当の神秘を見付けるにはあらゆる贋物を破棄しなくてはならない」（寺田寅彦「春六題」）。今一度、理想の失われた世界の事実に徹底しつつ、知的追求を向けて行く形があったと思われるのである。それは、漱石の新たな知への信頼の形でもあり、知の限界が取り外されると共に、改めて禅への共感も活きて動き始めている。[16]大岡信は早くに、漱石晩年の漢詩が、悟達であるより、むしろ人間臭に富んで「内省し続ける」「自己確認」の試みの果てに自在さをもつ事を指摘しているが、禅もまた、知と異なる超越ではなく、知の問いと共にあって進む事が可能な世界として、開けてきていたのであるだろう。[17]

五

『明暗』が主題の一つとして捉えたのは、金権力に関わる人間関係である。津田にとって、ポアンカレの説が「単に与へられた新らしい知識の断片として聞き流す訳に行かなかつた」のは、昨年来、自分にも発病と失恋という突然の出来事があったからであった。それらはいずれも、予告なしに事実となって、津田を痛めつけたが、殊に失恋は、今も振り返って、その原因を考えさせずにはおかなかったのである。ナポレオン誕生の条件という友人の話の微細さは、津田に神経的な不安を与え、それは取り返す事の出来ない、一回限りの経験をめぐる痛みとして、津田の倫理性を示すものであったかも知れない。しかし、この直後から始まる経済的な問題は、また、別種の世界に津田を連れ出して行く事になる。入院費の調達という現実問題の中で、津田の対人的な持ち駒意識が現れ、また、これをきっかけに、比較と闘争に充ちた「見栄」の世界が展開されて行く事になるのである。

不足となった金額は津田にとって些少とも言えるものであり、従って、それはより多く、欲や体面の問題となる性質のものであった。津田がまず考えたのは、お延の叔父岡本の援助を仰ぐ事である。しかし、岡本が駄目であれば、また父や吉川、義弟の堀らに頼む事も可能であった。それは津田にとって交換可能な持ち駒であり、体面上の違いはあるとしても、この場合、一回限りの経験といった対人関係は殆ど意味を持たない。失恋をめぐっては神経的なまでに誠実であったはずの津田が、父への手紙を潤色する程度の事は何でもないと考えるのである。極端に言えば、換金可能な持ち駒として、津田には人脈の前に学歴や若い男としての魅力もあったが、金欲に関わって、結婚を打算的なものとする限り、津田の住んでいなければならないのは、すべてが比較、交換、換算可能となった世界である。妹のお秀や小林は、この津田の弱点を突いている。しかし、比較と闘争に充ちた関係性の中にあっては、その批判が正当である場合にも、容易にその成果を挙げる事がない。例外的な場面として、一六四章に津田が小林から見知らぬ青年の手紙を見せられる場面がある。この時、津田は小林との行きがかりも忘れ、「是も人間だ」という心持ちを抱く。「今の僕は天下にたつた一人です。友達はないのです」という青年の言葉が津田に見いだされる。「今迄前の方ばかり眺めて、此所に世の中があるのだと極めて掛つた彼は、急に後を振り返らされた」。しかし、読み終わって、改めて小林に向かった時には、既にまず「一体何のためにそれを僕に読ませたんだ」という事が確かめられなければならなかったのである。抜け出しがたく、本来の同情や、自省がそのまま生かされる事の出来ない関係性の世界が展開されて行き、一方に、世代や職種の異なる人々の生活がありながら、しかし、津田はそれを充分に知ることがない。物質的色彩にあって、自身の孤独に気づく契機も奪われ続けて行くのであり、次に津田が改めて一人の自分を取り戻すのは、転地をして、その自然に接した時のことである。

『明暗』にはまた、相対的関係に還元しうるものは、すべて還元して解体して行く姿勢がある。痛切と見えた失恋も、あるいは津田にとってその原因がまだ分からない、まだ自分のうぬぼれに気づいていないというだけの事であるとも考えられる。吉川夫人の使嗾によって会いに行く気になったのであり、お秀から見ても、その件は「大丈夫」だとお延に保証されているからである（一二八章）。人からも、より美しく「お人柄」だと言われ、その前では、お延に対するより、くつろいでうぬぼれていられる清子を逃した事が残念ではある。そのように疑えば疑える所まで、話が展開されてくる。一方、お延は絶対の愛を自他に公言しているが、しかし、津田の秘密に肉迫して行く中で、最後に力があったのは、自分なりの「体面を維持して行きたい」という訴えであった。秘密を明かさず、しかし、いざという際にはお延を助ける、「お前の体面に対して、大丈夫だといふ証書を入れる」という津田の「妥協」は、お延にとって、津田もまた弱点を持ちつつ、体面を保たねばならないでいる事の自白として、「気の毒といふ感じを持ち得た」ために受け入れられる。両者の暗闘は、互いに「体面」を苦にしなければならない事を自白する「同情」と共感の上に、ひとまずの落ち着きを得たのである（一五〇章）。清子の美質はまた、いたずらな不信や疑いから身を遠ざけようとする意志にあるかも知れない。突然の津田の訪問に「訳さへ伺へば、何でも当り前になつちまふのね」「たゞ昨夕はあゝで、今朝は斯うなの。それ丈よ」と答え、それは詮索を続けようとする津田の疑いや、筋道をつける恣意性＝欲によるゆがみを拒絶するものとなっている。津田の説明は嘘であるが、疑いを避ける事で態度決定して行く事は出来る。しかし、それは津田をこれ以上受け入れないものであり、意識的に保たれた無関心のあり様とも考えられる。失恋への拘りが、結果として津田に自身のあり方を自覚させる契機になることもあるかも知れないが、しかし、例えば、小林が清子夫妻に津田にしたのと同様な形で迫り、経済問題に引き込んで行く事があるとすればどうか。小林は「況んや先生以上に楽をして生きて来た彼輩に於てをやだ」（一五八章）という不審な言葉を残しており、その可能性がない訳ではない。小林の存在が『明暗』にもたらしている問題は決定的であり、仮定ではあるが、そうした一事を想像してみるだけでも、清子だけが永久に無傷であり続ける事は難しいのではないかと思われる。

金力や地位の警戒すべき事を漱石は常に語ってきたが、その具体的な関係性が主題として徹底されたのは『明暗』が初めてであるだろう。大きく見るならば、漱石の生きた時代は、開国から世界大戦まで、経済を要因として動いて来ている。藤森清[18]は、中産階級の物語として『明暗』が「資本主義の計量可能性ゆえに超越性の契機をもてない平準化した世界の実態」を描いた事を指摘している。おそらくそれは互いに人格的な理解や共感を持つ事の出来ない人間関係を追う事と共に、見いだされた主題でもある。人間はいかにして自他の本体を知る事が出来るのか。『明暗』午後の漢詩は再び定型の世界をもたらすことによって、漱石に必要とされたのでもあるだろう。この間にも、金銭によっては如何ともしがたい病が進行していたのかも知れないのだが、何かがこの先で一度に大きな事実となって現れる予感をはらみながら、しかし、それを遂に知ることの出来ない「有」の世界にある人間模様が、持続的な追求のもとに描かれていたのである。

ここには理解や共感から遠ざけられた人間模様が生々しく展開され続けている。しかし、その中で、『明暗』に示されていたのは、先を急がず「人間を押す[19]」ことであり、それは、小説家として混沌の現実を前に問いを持ち続けて行く、知の肯定の姿でもあったのではないかと思う。

〈注〉

（1）松岡譲「求道者・漱石」（「真理」第二巻第四号　昭和一一年四月　真理舎）
（2）松岡譲「宗教的問答」（『漱石先生』一九三四年一一月　岩波書店）
（3）清水茂「漱石「明暗雙雙」と、そのベルグソン、ポアンカレーへの関聯について」（「比較文学年誌」一九九〇年三月　早稲田大学比較文学研究室）、石井和夫「漱石の正成、芥川の義仲　「明暗」と寺田寅彦訳・ポアンカレー「偶然」との関係」（「敍説」一九九四年七月　敍説舎）、小山慶太『漱石とあたたかな科学　文豪のサイエンス・アイ』（一九九五年一月　文藝春秋）、小山慶太「『明暗』とポアンカレの偶然」（「漱石研究」第十八号　二〇〇五年一一月　翰林書房）参照。
（4）カオスについては、主に以下を参照した。ジェイムズ・グリック『カオス　新しい科学をつくる』（一九九一年一二月　新潮文庫）、D・ルエール『偶然とカオス』（一九九三年三月　岩波書店）、合原一幸『カオス　まったく新しい創造の波』（一九九三年一〇月　講談社）、森肇『カオス　流転する自然』（一九九五年六月　岩波書店）。
（5）ポアンカレは、こうした現象を、これより以前、三体問題において明らかにしている。三体問題とは、太陽、地球、木星の動きを正確に割り出そうとするものである。太陽と地球の二体であれば、完全に解ける事がニュートンによって示されていたが、三体の関係性になると解けなくなり、長く科学の難問となっていた。ポアンカレはこれを解析して、決定論的法則に従いながら複雑にふるまい、バタフライ効果によって長期の予測を拒むという、現在で言うカオス現象に他ならない事を示したのである。
（6）以下の引用は、すべて『寺田寅彦全集　文学篇』（昭和二五年五月～　岩波書店）により、漢字は常用漢字に改めた。
（7）全編の邦訳に吉田洋一訳『科学と方法』（昭和二八年一〇月　岩波文庫）があるが、引用は寺田寅彦の翻訳による。
（8）注（4）前掲書。
（9）加藤二郎「漱石と禅―「明暗」の語に即して―」（『漱石と禅』一九九九年一〇月　翰林書房）
（10）「〇素人ノ問題ハ分析サレ居ラズ。何ガ問題ナルカヾ明白ナラヌ〻多シ。素人ノ問題ヲ科学上ノ問題ニ分解スルガ科学者ノ一ツノ仕事ナリ」この記述は手帳の冒頭部分にあり、大正五年頃のものと見られる。なお、この前にはベルクソンの時空間論の再検討もある。
(11) 一連の思考の延長線上に、大正九年には『物理学序説』が構想されている。未完、未発表に終わっているが、言葉と道具の獲得という科学的営為の起源に遡る所から出立し、最終的に科学と哲学、文芸との間に対話の途をつけることが、寺田のモチーフとして示されている。
(12) 桶谷秀昭「漢学と英学―厭世と慈憐」(『夏目漱石論』昭和五八年六月　河出書房新社)
(13) 「文芸の哲学的基礎」については、別稿を用意する予定である。
(14) 大患の回復期にあって最初の読書がW・ジェームズの『多元的宇宙』であったが、「思ひ出す事など」(「東京・大阪朝日新聞」明治四三年一〇月二九日～四四年二月二〇日)には「文学者たる自分の立場から見て、教授が何事によらず具体的の事実を土台として、類推で哲学の領分に切り込んで行く所を面白く読み了つた。」「自分の平生文学上に抱いてゐる意見と、教授の哲学に就いて主張する所の考とが、親しい気脈を通じて彼此相倚る様な心持がした」とあり、特にその第六講「主知主義に対するベルグソンの批判」が漱石を喜ばせたことを記している。ただし、「余はあながちに弁証法を嫌ふものではない。又妄りに理知主義を厭ひもしない」とも言われている。
(15) 『善の研究』(明治四四年一月　弘道館)第二編「実在」の初出である。
(16) 大岡信「漱石と「則天去私」」(一九五二年・東京大学卒業論文)、「「則天去私」と漢詩の実景」(「国文学」一九七〇年四月　学燈社)。二編共に『拝啓　漱石先生』(一九九九年二月　世界文化社)所収。
(17) 飯田利行『新訳　漱石詩集』(一九九四年一〇月　柏書房)参照。飯田も漱石詩に「傷ましい頑夫の姿の露呈」を見ているが、『明暗』期の詩を論じて、臨済の公案禅から、只管打坐の黙照禅への道筋を指摘している。
(18) 藤森清「資本主義と文学『明暗』論」(「漱石研究」第十八号　二〇〇五年一一月　翰林書房)
(19) 大正五年八月二四日芥川久米宛書簡

付記　漱石の引用は、『漱石全集』(昭和四〇年一二月～五一年四月　岩波書店)により、漢字は常用漢字に改めた。

小説言語と漢文脈
——『明暗』における士大夫的教養の凋落と漢語の機能——

北川　扶生子

一　意味を奪われた体験

『明暗』(1)（一九一六［大正五］年）という小説は、不思議な緊迫感に満ちている。百八十八回にわたって新聞に連載されたこの長編小説に綿々と描かれているのは、はじめから最後まで、大正期の中流階級の新婚夫婦の、ありふれた日常生活に過ぎない。にもかかわらず、そのありふれた生活のひとこまひとこまが、異様な緊迫感に満ちた光景として、読者の目の前に繰り広げられるのだ。冒頭の場面を見てみよう。主人公津田は痔疾の診察を受け、予想したよりも重い症状を告げられ失望する。


医者は探りを入れた後で、手術台の上から津田を下した。

「矢張穴が腸迄続いてゐるんでした。此前探つた時は、途中に瘢痕の隆起があつたので、つい其所が行き留りだとばかり思つて、あゝ云つたんですが、今日疎通を好くする為に、其奴をがり〳〵掻き落して見ると、まだ奥があるんです」

「さうして夫《それ》が腸迄続いてゐるんですか」

「さうです。五分位だと思つてゐたのが約一寸程あるんです」
津田の顔には苦笑の裡に淡く盛り上げられた失望の色が見えた。医者は白いだぶだぶした上着の前に両手を組み合はせた儘、一寸首を傾けた。其様子が「御気の毒ですが事実だから仕方がありません。医者は自分の職業に対して嘘言《うそ》を吐く訳に行かないんですから」といふ意味に受取れた。　（一、傍点筆者、以下同）

この場面では、両手を組み合わせ、ちょっと首を傾けるという医者の身体の動きが、ある「意味」を表すものとされている。しかし、その「意味」は、必ずしも解き明かされない。医者が首を傾けたのは、津田が推測したような心の動きによるのかもしれないし、あるいはまったく違う理由によるのかもしれない。「意味」を突き止める手だては、主人公からも、そして読者からも奪われている。ここで重要なのは、もちろん医者の真意などではなくて、他人のちょっとした身体の動きや表情が、無限の解釈を可能にする記号として立ち現れているという事態である。これは『明暗』の基幹をなす表現方法といっていいだろう。他者の一挙一動、身体の微細な動きから、顔色の変化や一瞬のまなざしの動きまでもがすべて、ある「意味」を背後に隠した、解読されるべき記号として、視点人物たちに受け取られること。このことが、ありふれた日常生活を、解き明かされるべき謎に満ちた、緊迫した光景に変えているのである。

　小説作法から見れば、これは幻想小説やミステリーの手法に他ならない。起こった出来事の具体相は明白だが、それがどのような意味を持つのかがわからない。ジグソーパズルのように無秩序に散らばった断片的な出来事を、あるひとつの物語に組み上げていく場／視点が失われているのだ。もうひとりの視点人物お延にとっても、事態は同様である。たとえば、津田とお秀とお延が病院で衝突したあと、お延がひさしぶりに夫と率直に心が触れあったような気持ちになる場面は、次のように描かれている。

　お延は微笑した。すると津田も微笑した。其所には外に何にもなかつた。たゞ二人がゐる丈であつた。さうして互の微笑が互の胸の底に沈んだ。少なくともお延は久し振に本来の津田を其所に認めたやうな気がした。彼女は肉の上に浮び上つた其微笑が何の象徴《シムボル》であるかを殆んど知らなかつた。たゞ一種の恰好を取つて動いた肉其物の形が、彼女には嬉しい記念であつた。彼女は大事にそれを心の奥に仕舞ひ込んだ。

（百十一）

他者のふるまいや表情の向こうに、何らかの意味をつかもうとして見つめれば見つめるほど、意味は逃げ去っていく。残されるのは「一種の恰好を取つて動いた肉其物の形」というような、一切の意味づけを剝ぎ取られたグロテスクな光景ばかりだ。

津田やお延にとって、出来事が意味を剝ぎ取られたものとして体験される理由は、彼らの置かれた状況から、ある程度説明できる。たとえば津田は、人間存在の根源的な不安定さや運命の測りがたさを恐れる人として、読者の前に登場する。病気に襲われたことも、清子が彼のもとを去ったことも、津田にとってはまったく突然の出来事だった。これらの体験から津田は、「此肉体はいつ何時どんな変に会はないとも限らない。それどころか、今現に何んな変が此肉体のうちに起りつゝあるかも知れない。さうして自分は全く知らずにゐる。恐ろしい事だ」「精神界も全く同じ事だ。何時どう変るか分らない。さうして其変る所を己は見たのだ」（二）という感慨に襲われる。そして自分の存在を、「暗い不可思議な力が右に行くべき彼を左に押し遣つたり、前に進むべき彼を後ろに引き戻したりするやうに思」（同）い描く。のちに津田は、清子を追って訪れた温泉地で、時折襲われるだけだったこの感慨とより強く向き合うことになる[2]。

お延の場合も、夫の内面を把握しきれないことへの焦りと、そのことが自分にもたらす結果への怖れが、彼女の体験から日常的・習慣的な意味づけを奪う結果になっている。他者の内面を洞察する能力や、男性を扱う腕に自信を持つお延は、その力によって結婚を成功させ、幸福を手に入れるのだと決意し実行した。しかし結婚後、自分の選択が間違えていたのではという苦い思いに襲われ、さらには、自分を陥れる陰謀に夫も加わっていると感づいたお延は、自分の腕を唯一の拠り所と考え、他者のどんなわずかな表情をも敏感に読み取ることで、窮境を脱しようとする。そしてまさにそれゆえに、他者は彼女にとって、謎として現れ始めるのである[3]。

一方で語り手は、津田とお延の、意味を奪われた体験を、あるひとつの意味／物語に収束させようとしている。それは、大きな「自然」の力の前で、彼らが反省を強いられるというものだ。たとえば、津田の温泉行きの背後にある秘密を突き止めようと苦心するお延への、次のような言葉である。

　彼女は前後の関係から、思量分別の許す限り、全身を挙げて其所へ拘泥《こだわ》らなければならなかつた。それが彼女の自然であつた。然し不幸な事に、自然全体は彼女よりも大きかつた。彼女の遥か上にも続いてゐた。公平な光りを放つて、可憐な彼女を殺さうとしてさへ憚からなかつた。（中略）大きな自然は、彼女の小さい自然から出た行為を、遠慮なく蹂躙した。一歩ごとに彼女の目的を破壊して悔いなかつた。彼女は暗に其所へ気が付いた。けれども其意味を悟る事は出来なかつた。（百四十七）

『明暗』において「自然」という言葉は、「天」とともに、超越的な位相を示す特別な言葉として、個人の意志や意識を超えたものを表すために用いられている。たとえば、無意識的な心の動きや反応、他者と相互作用を及ぼし合う場の成り行き、持って生まれた資質、運や偶然、個々人の意志を超えて人間を操る大きな力などである。そして、津田やお延の虚栄心は、この大きな自然の力の前で「覿面で切実」に「事実其物に戒飭《かいしょく》される」（百六十七）ことが予期されているのである。

しかし津田自身にはもちろん、そのような予感はない。清子という謎の答えを求めてやってきた温泉地で津田は、もしかすると謎など、どこにもないのかもしれないと考える。

　大根《おほね》を洗へばそれ（＝清子のこと、筆者注）も此噴水同様に殺風景なものかも知れない、いやもしそれが此噴水同様に無意味なものであつたら堪らないと彼は考へた。（百七十八）

何らかの意味や答を期待しながら、裏切られて無意味な現実の前に放置されるという主題は、漱石の作品に繰り返し描かれてきたものでもある。『倫敦塔』（一九〇五［明治三十八］年一月、帝国文学）では、塔で体験した幻想的で切実な世界が、下宿の主人による索然たる種明かしで破壊される。『草枕』（一九〇六［明治三十九］年九月、新小説）では、謎めいた美女も、実は興醒めな現実的存在であることを知りながら、いかにしてそこに一瞬の美を出現させるかという芸術行為そのものが主題になっている。『夢十夜』（一九〇八［明治四十一］年七月二十五日—八月五日、東京・大阪朝日新聞）の第四夜や第七夜では、宙づりにされたまま、いつまでも結末を迎えない事態が、生々しい感触で描かれる。漱石の作品において、夢や期待はいつも、覚めた後の空しさを予感している。無意味な現実世界の中に放置される体験への固執と恐れとが、根深くあるのだ。この意味で、この場面で津田が抱く考えは、漱石作品のライトモチーフを宿していると言えるだろう。語り手による「大きな自然」の物語と、主人公たちによる無意味な現実の感触という、相反する要素が、統合されることなく『明暗』には併存しているのだ(4)。

二　「自然」をめぐる物語と士大夫的教養の凋落

相反するふたつの要素は、読者をどこに連れて行くのだろうか。ここでは、語り手が描く「自然」の物語の背景について、さらに考えてみたい。語り手は、津田がどのような点で、戒められるべきだというのだろうか。津田は「自己の快楽を人間の主題にして生活しようとする」（百四十一）男である。金銭的な利害に敏感で、味覚にも女性にも鑑識力を働かせる津田の特徴は、藤井家の叔母と小林から批判的に見られている。叔母は「心が派出で贅沢に出来上つてるんだから困るつていふのよ。始終御馳走はないか〳〵つて、きよろ〳〵其所いらを見廻してる人見た様で」（二十七）と言うし、小林は「僕から見ると、君の腰は始終ぐらついてるよ。度胸が坐つてないよ。厭なものを何処迄も避けたがつて、自分の好きなものを無暗に追懸けたがつてるよ。（後略）」（百五十七）「（前略）それが君の余裕に祟られてゐる所以だね」（百六十）と評する。いずれの場合も、金銭的余裕を基盤として、それが与えてくれる差異化の快楽をあくまで追求し味わおうとする津田の生活態度が、批判の対象になっているのだ。

『それから』（一九〇九［明治四十二］年六月二十七日―十月十四日、東京・大阪朝日新聞）の代助は、このような意味でまさに津田の前身と言っていいだろう。(5) 彼らはともに、台頭する消費社会の恩恵をためらいなく受け取る新しい世代の青年として造型されており、しばしば古い世代の倫理と衝突する。代助は、父の心酔する士大夫的な倫理観に影響を受け、義侠心で友人に好きな女を譲ったことで苦しむ。士大夫意識や漢学的教養をめぐる世代間のずれや葛藤は、津田と父の間にも見られる。津田がお延と初めて出会ったのは、父の使いで津田の父に漢籍を借りにお延がやって来たときだった。留守中の父の代わりに応対に出た津田が、漢詩文という士大夫の教養から切断されていることを、この場面はさりげなく示している。

彼は自分の持つて来た本に就いては何事も知らなかつた。お延の返しに行つた本に就いては猶知らなかつた。劃の多い四角な字の重なつてゐる書物は全く読めないのだと断つた。（七十九）

また語り手は、津田が脱俗の境地を味わう趣味とは無縁であることも、付け加えずにはいられない。

津田は其晩から粥を食ひ出した。久しく麵麭《パン》丈で我慢してゐた彼の口には水ツぽい米の味も一種の新らしみであつた。趣味として夜寒の粥を感ずる能力を持たない彼は、秋の宵の冷たさを対照に置く薄粥の暖かさを普通の俳人以上に珍重して啜る事が出来た。(6)（百五十二）

漱石の作品における父と息子の関係は、しばしば、漢詩文を中心とする趣味と教養の継承として象徴的に表現されている。そして多くの場合、その継承がまっとうされないことが主題になっている。代助は父の部屋にかかっている「誠は天の道なり」という「中庸」の一節に父の偽善を見ているし、『門』（一九一〇［明治四十三］年三月一日―六月十二日、東京・大阪朝日新聞）では、唯一手元に残った父の遺産である酒井抱一の屛風をめぐって、その価値を見分ける力を持たないお米と、それを鑑賞できる古典的教養を父から受け継いではいても、靴を買うためにその屏風を売るしかない宗助の姿が描かれるのである。(7)

『明暗』でも事情はほぼ同じである。玄関に書の衝立を置き、多くの漢籍を所有して、達筆の候文を巻紙にしたためる津田の父は、士大夫の教養と倫理とを自己の基盤に置く人物らしい。(8)相当の財産があるにもかかわらず「勤倹一方」（九十五）の生活を営み、息子に対しても、「学校を卒業して、相当の職にありついて、新らしく家庭を構へる以上、曲りなりにも親の厄介にならずに、独立した生計を営なんで行かなければならない」（同）と考えるのは、彼の士大夫的な倫理観の反映でもあるだろう。士大夫意識は、日本においても長くエリート男性の規範として機能した。そこでは、天下国家を論じることのできる高い教養や倫理を持っていることと、文人として脱俗的な趣味を解することと、社会的に上層の階級に属し、生活に困らず家族を養っていける経済力を持っていることは、一致した状態とみなされた。言い換えれば、倫理や趣味という精神的な領域と、政治や経済という社会的領域は、一元的に把握されていた。この一元的な把握が、儒学的認識に基盤を置くものであることは言うまでもない。もちろん、息子や娘に「品性」（九十六）を疑われてしまうこの父が、現実にこうした倫理観を実践していたとは言いにくいだろう。ただ、実際のところはどうであれ、津田の父にとって士大夫的倫理や趣味は、男性の人生の規範として、いまだ機能しているのである。

いっぽう、津田たち息子の世代において、士大夫意識はもはや規範としての力を失っている。津田が生きているのは、教養や倫理や趣味と、経済力や社会的地位が、もはや一致しがたい世界である。津田の育ての親である藤井はいわゆる「知識人」だが、娘の結婚のたびに借金を余儀なくされ、つねに金銭上の不安におびやかされている。彼の弟子のような小林は、高い教養も優秀な頭脳も持っていながら、適当な職を得られない。語り手は岡本の口を借りて、藤井を「つまり批評家つて云ふんだらうね、あゝ云ふ人の事を。然しあれぢや仕事は出来ない」（七十五）と言わせ

ている し、「実際の世の中に立つて、端的な事実と組み打ちをして働らいた経験のない此叔父は、一面に於て当然迂濶な人生批評家でなければならないと同時に、一面に於ては甚だ鋭利な観察者であつた。さうして其鋭利な点は悉く彼の迂濶な所から生み出されてゐた。」（二十）とも指摘されている。そして、読書によって獲得された知の力への懐疑と同時に、婦人向け雑誌すらあまり読まないお延の「実戦」（百五十八）の力が、『明暗』では高く評価されている。(9) 『明暗』の語り手は、理屈対実戦という対立枠を設定し、実戦の力を高く評価している。そして、藤井のもとで育った津田は、叔父のような人生をはっきりと拒否している。つまり、津田が生きるのは、もはや男性知識人の社会的倫理的優位性や、士大夫意識に支えられた男らしさの美学が、理想としてすら存在し得なくなった世界である。それに対して、語り手の津田への批判的なまなざしや、「自然」という高い価値を据える倫理観は、士大夫的な趣味や意識に由来しているのである。

　このことは、津田が女性ジェンダー化されている側面があることからも窺われる。『明暗』は主人公津田と彼をとりまく女性たちの物語と読めるが、自分自身は確かな実力を持たず、上司の夫人や妻を利用することによって自分の社会的地位や経済力を確保しようとする津田の生き方は、語り手にとっては男らしくないもの、女性的なものと映るらしい。津田の身体はたとえば「女の様に柔らかさうな」（百六十一）掌をしている、と描写されている。このように女性的イメージを与えられた津田が、夫として男としての優位性を保とうとして、必要を感じないのに毎晩書斎に籠もったり、頼みにしている吉川夫人を内心軽蔑していたりする。このような男性としてのアイデンティティの揺れを、語り手は容赦なく暴き出し、「自然」や「天」という倫理的な立脚地から裁こうとするのである。

　しかし、津田のこうした揺れは、倫理的に批判して済む以上に複雑な問題を孕んでいる。津田のプライドに最大の打撃を与えた清子の結婚は、彼を根源的な不安に導いているからだ。清子に「眼覚しい早技で取つて投げられ」（百八十三）た衝撃は、自分が「暗い不可思議な力」（二）の中を漂う無力な存在であることを、否応なしに津田に突きつけた。その発見の驚きに津田はずっと支配されているのであって、形骸化したプライドにしがみついているのは、彼の最後の自己防衛でもあるのだ。

　このように見てくると、『明暗』における「自然」概念の位置も微妙なものになってくる。語り手は「自然」や「天」という概念によって、津田の虚栄心を倫理的次元で裁こうとしているが、果たして彼の根源的な不安と防衛とは、倫理という次元に回収できるものなのかという疑問が浮上するからだ。津田の自尊心のあり方には、自分ではどうにも出来ない部分も含まれている。にもかかわらず、津田を裁こうとする語り手の姿勢は何を意味しているのだろうか。津田の自尊心を「己惚《おのぼれ》」（百七十七）として断罪し、「自然」の大きな法則のもとに人間の私情のいっさいを収束させようとする語り手の物語は、秩序の回復への願望と受け取るべきものなのではないだろうか(10)。

三　世界観としての文体――漢文脈の効果と『明暗』の位置

　士大夫意識の凋落は、書き言葉の世界の事件でもあった。傷ついた自尊心を支えるために、根拠のないプライドにしがみついている津田が、偉大な「自然」の前に頭を下げるという物語は、無意味で無秩序な世界を意味のある物語に回収し、あるべき秩序を回復しようとする語り手の願望のあらわれである。それは言い換えれば、世界が無意味でしかないのではという不安を、漢学的教養、より直接的には漢学系統の書き言葉そのものによって、救いだそうとする試みであった(11)。

　『虞美人草』（一九〇七〔明治四十〕年六月二十三日―十月二十九日、東京・大阪朝日新聞）以前の漱石は、表現の対象に応じて、様々な文体を使い分けていた。たとえば、ヨーロッパ中世の騎士道物語を題材に、耽美的な光景が繰り広げられる初期の『幻影の盾』（一九〇五〔明治三十八〕年四月、ホトトギス）や『薤露行』（同年十一月、中央公論）では、散文詩のような美文調が用いられている。また、『虞美人草』における主人公甲野の日記に見られるように、公的領域における権威や正当性を主張する場面では漢文調が使われている。こうした手法は、これらの作品が発表された一九〇六（明治三十九）年から一九〇七（明治四十）年という時点において、江戸文芸に由来するジャンル意識が、いまだ読者の間に残っていたから可能になったものでもあった。特定の文体が、特定の主題や話法、読者層、鑑賞態度と結びついていた江戸戯作諸ジャンルは、やがて言文一致体による近代小説に統一されていく[12]。この時期、文壇内部では言文一致体による近代小説が覇権を握っていたが、こうした小説を読む読者はまた、様々な文体で書かれた文章を幅広く味わう教養も、いまだ保持していたのである[13]。

漱石は、個人の「我」が大きな「自然」の前に反省を迫られる、という筋書きを繰り返し取り上げたが、偉大なる「自然」の物語が説得力を持ち得たのは、漢学や文人趣味を背景に持つ漢語や漢詩を、作品に直接持ち込んだことと密接に関係していた。たとえば、中国的な桃源郷イメージに彩られた『草枕』の成功は、主人公が温泉地を桃源郷に見立てているという内容面によるだけでなく、本文で実際に漢文調の文体や漢語が多用されていることと切り離せない。漢詩を引用し、漢語をちりばめ、漢文調の文体を駆使することで、主人公の画工の見立ては読者にとってより強力な誘引力を持ち得た[14]。画工は、自分が追い求める非人情の趣は、西洋の文芸には見出しがたいが、東洋の詩歌にはあると言って、王維の詩を引用する。

うれしい事に東洋の詩歌はそこを解脱したのがある。採菊東籬下、悠然見南山。只それぎりの裏に暑苦しい世の中を丸で忘れた光景が出てくる。垣の向ふに隣りの娘が覗いてる訳でもなければ、南山に親友が奉職して居る次第でもない。超然と出世間的に利害損得の汗を流し去つた心持ちになれる。独坐幽篁裏、弾琴復長嘯、深林人不知、明月来相照。只二十字のうちに優に別乾坤を建立して居る。此乾坤の功徳は「不如帰」や「金色夜叉」の功徳ではない。汽船、汽車、権利、義務、道徳、礼義で疲れ果てた後、凡てを忘却してぐつすりと寐込む様な功

徳である。（一）

漢詩文を味わうことのできる読者は、その教養と習慣とを呼び起こして、主人公の描き出す桃源郷的な世界に、豊かな背景と説得力とを感じ取ることができた。このとき読者に伝えられる桃源郷のイメージは、説明や描写をされたものではなく、鑑賞というかたちで体験されたものである。前田愛は漢詩文ジャンルが持つ韻律の力について論じているが(15)、『草枕』が読まれる時にも、漢詩が直接引用され漢文脈の文体が駆使されることで、漢詩文というジャンルが歴史的に担ってきた規範性のニュアンスや韻律の力、文人趣味の伝統が作動しているのである。

『虞美人草』においても、漢文調の文体は大きな効果を上げている。この小説では、登場人物たちの運命は最終的に、主人公甲野欽吾の「道義」の哲学に回収されていく。だが、この哲学の説得力は、小説の内容そのものから導かれるのではなく、随所で引用される彼の日記によって、その漢文調によって担保されているのだ。たとえば物語の要となる人物小野清三は、甲野の日記を引用しながら、次のように紹介されている。

甲野さんの日記の一節に云ふ。

「色を見るものは形を見ず、形を見るものは質を見ず」

小野さんは色を見て世を暮らす男である。

甲野さんの日記の一節に又云ふ。

「生死因縁無了期《しょうしいんねんりょうきなし》、色相世界現狂痴《しきそうせかいきょうちをげんず》」

小野さんは色相世界に住する男である。（四）

この小説で、小野の性格は、彼の行動や内面心理によって形作られているのではなく、甲野の綴る漢文調日記によって規定されている。ここでは、漢文調の文章が持つ正統性や規範性のニュアンスが、最大限に利用されているのである。つまり、『草枕』や『虞美人草』においては、内容と同時に、文体が世界観を担保していたのだ(16)。

しかし、『三四郎』(一九〇八〔明治四十一〕年九月一日—十二月二十九日、東京・大阪朝日新聞)以降の漱石の作品は、言文一致体による近代小説スタイルにほぼ収斂していく。そこでは、『薤露行』のように美文調で全編を彩ったり、『虞美人草』のように様々な文体を混在させることで特定の効果をねらう手法は、もはや用いられない。同時に士大夫意識や文人趣味も、作品内での重要度を低下させてゆく。前述したように、たとえば『それから』では、みずからの士大夫的倫理観を疑わない父との深い葛藤に苦しむ息子が主人公になっている。また『門』では、友人の妻を奪ったことで窮迫した生活を送る男が、唯一残った父の遺産である抱一の屏風を売り払ういきさつが描かれる。このエピソードは、夫婦の困難な生活のひとこまを語るだけではなく、父の文人趣味を受け継ぐことができない息子の没落をも示している。

そして『明暗』においてはじめて、士大夫意識の欠如に何ら葛藤を抱かない男が主人公に据えられたのである。偉大な「自然」の物語を支えていた士大夫の文化は、『明暗』ではもはや、人物造型のレベルでも文体のレベルでも、さらには読者の倫理と教養の目録からも、姿を消そうとしている。語り手による「自然」の物語が、個人的な願望に見えてくるのはこのときである。

漢学的な世界観の没落は、書き言葉の世界の事件でもあった。みずからの存在や自分が生きるこの世界に、何らかの意味を与えてくれる高い価値を探し求めながら、結局は何もないのではないかという感触に苦しむ漱石を、士大夫的な世界観や趣味と、その文化を伝える書き言葉とが支えていたのである。しかし、日本人の教養や趣味において漢学の占める地位が急速に低下し、読者が漢詩文や漢語を味わう教養を失ったとき、多数派の読者の存在を考慮せざるを得ない新聞小説において、漢文調の文体や漢学に由来する語彙を駆使することもまた難しくなった。そしてそのとき初めて漱石は、みずからを精神的に安定させてくれる士大夫意識や文人趣味という避難所を本当の意味で失って、卑俗な現実を罰する高い倫理など存在しない、無意味な世界に放置されるしかない人間の姿と向かい合うことになったのではないだろうか。それはまた、漱石が近代小説というジャンルと真に出会った瞬間だったのかもしれない。未完のまま残された『明暗』は読者に、「自然」の偉大な力などではなく、どこまでいっても卑俗な日常しかない世界の中でうごめく人間の姿を強く印象づける。『明暗』における漱石の、士大夫意識や文人趣味の放棄はまた、フィクションに用いられる書き言葉の歴史と、読者の教養の歴史とにおける、大きな転回点でもあった。

〈注〉

（1）「東京朝日新聞」に五月二十六日から十二月十四日まで、「大阪朝日新聞」に五月二十六日から十二月二十六日まで連載された。

（2）たとえば、温泉宿に向かう馬車の中の津田を描く次の部分など。「冷たい山間の空気と、其山を神秘的に黒くぼかす夜の色と、其夜の色の中に自分の存在を呑み尽された津田とが一度に重なり合つた時、彼は思はず恐れた。ぞつとした。（中略）『運命の宿火だ。それを目標に辿りつくより外に途はない』／詩に乏しい彼は固より斯んな言葉を口にする事を知らなかつた。けれども斯う形容して然るべき気分はあつた。」（百七十二）

（3）お延は、津田と吉川夫人とお秀について、「ことによると三人は自分に感じさせない一種の電気を通はせ合つてゐるかも知れない」（百四十三）とまで考え始めている。

（4）松井朔子「『明暗』の視点をめぐって」（『国際日本文学研究集会会議録』第八号　一九八五年三月）は、作者と津田の関係について、「こういう人物は、もし作家がアイロニーという包丁を用いて料理しようと思えば、これほどいい材料はないだろうと思われるのですが、残念ながら、漱石は、津田という人物の造型よりも、漱石自身が抱いていたと思われる切実な問題、例えば、未来のはかり難さ、人間存在の不安、自由意志と決定論の衝突、人間の心の不可思議といったようなことに、津田を通じて文学的表現を与えるという課題の方に関心を持ったようです。これはつまり、津田にはわからないが、作者にはわかっていること、津田の自己発見、覚醒につながることよりも、もしかしたら、津田のみならず、作者自身にもわからなかった問題の方に、興味を持っていたとも言えるでしょう」と指摘している。

（5）山崎正和は「『明暗』の行動」（『不機嫌の時代』一九七六年一月　新潮社）において「津田は代助と同様に人生を高みから見おろす審美的生活者であり、感覚的な快楽を愛し、日常の平穏に価値を見出す享楽家として描かれている」と指摘している。

（6）ほかに、たとえば注(2)に引用した百七十二章では、「詩に乏しい彼」とあるし、「不幸にして彼は諧謔《ヒューモア》を解する事を知らなかつた。」（百十五）とも説明されている。

（7）『門』において、父―息子を含む男性間における古典的教養を媒介とした関係と、女性のそこからの疎外について、「失われゆく〈避難所《アジール》〉―『門』における女・植民地・文体」（『漱石研究』第十七号　二〇〇四年十一月　翰林書房）で論じた。

（8）津田の父は漱石とほぼ同年代と推定できる。

（9）お延は、読書で得た知識や抽象的な語彙によって、自分の内面を反省したり検閲したりする習慣を持たない女性とされている。しかし、そのことが同時に、彼女の直感や非言語的感覚の豊かさになっている。語り手はお延について、次のように説明している。「お延は自分で自分の理窟を行為の上に運んで行く女であつた。だから平生彼女の議論をしないのは、出来ないからではなくつて、する必要がないからであつた。其代り他《ひと》から注ぎ込まれた知識になると、大した貯蓄も何にもなかつた。女学生時代に読み馴れた雑誌さへ近頃は滅多に手にしない位であつた。それでゐて彼女は未だ曾て自分を貧弱と認めた事がなかつた。虚栄心の強い割に、其方面の欲望があまり刺戟されずに済んでゐるのは、暇が乏しいからでもなく、競争の話し相手がないからでもなく、全く自分に大した不足を感じないからであつた。」（百二十六）。

（10）藤森清「資本主義と〝文学〟―『明暗』論」（『漱石研究』第十八号　二〇〇五年十一月　翰林書房）は、『明暗』の「天」「自然」は、漱石の新聞小説のなかで超越性の度合いの一番低いものであるといっていい。（中略）いかにも物語的で、その意味では通俗的なともいっていい、サブライムに連なる垂直の想像力は、あらかじめ頓挫させられている。」と指摘している。

（11）われわれはここで、精神状態が不安定になるたびに、漢詩の書や南画に時間を費やしていた漱石の姿を思い起こしてみてもいいだろう。言うまでもなく書においては、文字は意味伝達の道具であるのみではなく、それ自体芸術的な作品であり、書き手の人格や精神状態のあらわれであるとみなされる。いわば、言葉が本来持っていた呪術的な力がここではいまだ保持されているのである。

(12) 野口武彦『日本語の世界13　小説の日本語』(一九八〇年十二月　中央公論社)

(13) たとえば、紀行文においては、言文一致体の浸透は小説よりはるかに遅かった。小説や紀行文などのジャンルの違いによって、読者の文体への嗜好が異なっていたことについて、拙稿「明治の紀行文―遅塚麗水「不二の高根」を中心に―」(『鳥取大学教育地域科学部紀要(教育・人文科学)』第四巻第二号　二〇〇三年一月)で、その一例を論じた。

(14) 『草枕』において、特定の漢語や漢詩語が、超越的位相にあることを、拙稿「『草枕』におけるジャンルの交錯―漢語の位相を中心に」(『阪神近代文学研究』第四号　二〇〇三年三月　阪神近代文学会)で論じた。

(15) 前田愛「音読から黙読へ―近代読者の成立」(『近代読者の成立』一九七三年十一月　有精堂出版)

(16) 『虞美人草』におけるさまざまな文体の併存と読者の関係については、拙稿「『虞美人草』と〈美文〉の時代」(玉井敬之編『漱石から漱石へ』二〇〇〇年五月　翰林書房)で、主に作文教育との関連から論じた。

付記　漱石の作品の引用は、『漱石全集』(一九九三年十二月～二〇〇四年十月　岩波書店)に拠り、適宜ルビを削除した。

「生き方のスタイル・型」提示メディアとしての小説

――「明暗」をめぐって――

宮薗　美佳

一

「漱石氏の訃を驚き嘆く」との囲み記事と共に「早稲田文學」大正六年新年号に掲載された、加藤朝鳥「夏目漱石論」には、夏目漱石に関して次のように述べられている。

的を射あてることに絶大無限の價値を置いて居る弓師の弓師たる意味において、夏目氏はまさしく正銘の小説師である。

かくして固定した價値圏内に安住すると云ふ點で、夏目氏の小説に當然現はれて來なくてはならぬ一つの姿は技巧を過重すると云ふことだ。何等改造しない價値に安位して居るのだから、何等か夏目獨特の技巧を弄しない以上御大切なる數の讀者に飽かれてしまはねばならぬ。いや偶然に多數の讀者と氣が合つた狀態が無事に持續されなくなつて來る。

「何等改造しない價値」とは何か。「自己の價値に關して何等の懐疑心をも抱かないことである。概念の改造が無いとは此の謂である。價値の轉倒が無いとは此の謂である。」と引用箇所の前で述べられている。少し説明を加えると、な思考回路を一切持たないということである。また小説の価値を疑わないために、小説の価値を転倒させるような破天荒な小説を生み出すことはあり得ない。その中で漱石作品が変わりなく読者の賞賛を得続ける要因として、「技巧を弄」す、すなわち文章表現を含む作品の表象の面に、漱石作品が持っている、多数の読者の支持を得続ける要素がある、との示唆をこの同時代評から得ることができよう。

漱石作品の表現・文体と、〈文学〉周辺に存在する制度との連関について述べた論に、北川扶生子「『虞美人草』と〈美文〉の時代」がある。その中で「虞美人草」に関して次のように述べられている。

これらの作文指導書や文範集は、その発行点数の多さと内容の充実ぶりから考えて、無視できない位置を明治期における文学の読者層の中に占めていると思われる。こうした書物は、様々な文章への読者の感受性を反映していると考えられるだけでなく、積極的に、その感受性を形成する役割も果たしたのではないだろうか。そして、「虞美人草」の〈美文〉が受け入れられる基盤にも、〈文〉というジャンルの存在と、文範集の受容や投稿制度による文体的感受性の教育があっただろう(1)。

また、写生文の影響が大きい初期の漱石作品に関して、表記法との関連を論じたものに藤井淑禎の論がある。

過去の事柄を表現するにあたって過去形と現在形とを中心にさまざまな終わらせ方が混沌と入り交じった状態から、とりあえずは「た」止めという過去形一色へと収斂していく背後にあったものは、何だったのか。もちろん、ここには、文語から口語への移行にともなって、「つ」「ぬ」「たり」「けり」「き」などが、「た」へと一本化されてゆくという少々面倒な問題も伏在してはいるのだが、その核心にあるのは、あくまでも、時の捉え方（時をめぐる観念）と時の表現の仕方との相関、という根源的な問題であったことに変わりはない(2)。

藤井淑禎は同じ論中で、夏目漱石もそこに含まれる写生文派を、文章表現において現在形で表現できる範囲を模索した試みと位置づけ、次のように述べている。

過去をどう表現するか、からではなく、現在形では何が可能で何が困難であるのか、から出発して前記の同じ到達点に達したケースを検証することによって、いわば裏側から、時の観念の変化とその表現の仕方の変化との相関について考えてみようというわけだ。そのケースとは、いうまでもなく正岡子規や高浜虚子らによって代表される写生文派の場合である。(3)

しかし藤井淑禎の論では、時の捉え方に論の重点が置かれ、当時の文学作品における価値基準には論及されていない。また、写生文の影響が大きい初期作品、〈美文〉の影響が大きい「虞美人草」に関して論じられているが、それ以降の漱石作品に関しても、作品と〈文学〉周辺に存在する制度・価値観との連関・影響の様相を改めて検討する必要があろう。本論では、「明暗」発表時における、「明暗」における表現と当時の文学作品における価値基準との関連について論じることにしたい。

二

大正初めの「早稲田文學」の二月号には、その前年の文学・評論・演劇等を総括した記事（年度によって題名が少しずつ異なる。それぞれの題名は注を参照されたい。）が掲載されている。月毎に文学・出版・演劇等に関する出来事を一覧表にした「文藝界一覧」も付されており、「明暗」が発表された大正五年前後における文学・評論・演劇等の状況を概観することができ、当時における〈文学〉周辺に存在する評価基準を窺い知る手がかりを提供する資料である。この記事を「明暗」が発表された大正五年から少し遡る、「早稲田文學」大正三年二月号に掲載された「大正二年文藝史料」から検討していくことにする。

人生を観照する態度に於て、又は表白上の技巧に於て、われらは充分にわが創作壇に進歩の著しいもの、あるのを認めるのであるが、しかもなほ何となく全體の調子がストライキングでなく、調子が一様に平板に墮しつゝあつた事は事實である。即ち凡てに亙て生命力の潑溂たるものがない。中心生命の亢奮に缺けて居る。刺激量が稀薄である。われらの不滿は要するにその一點に存するのである。つまるところは强烈なる生命の亢奮に對する要求と、豊富なる生活内容に對する要求との不滿が、われらの最近創作壇に對する不滿の中心なのである。(4)

現今の創作壇、ここには小説も含まれるのであるが、「强烈なる生命の亢奮に對する要求」「豊富なる生活内容に對する要求との不滿」が満たされないことが、直接創作壇における不満となって、底流に鬱屈していると指摘されている。鬱屈した不満の蓄積はその不満を満たす対象への要求を切実にする訳であるが、この引用で指摘されている創作に対する「豊富なる生活内容に對する要求」とは何かを改めて考えてみると、小説を含む創作に、直接現実生活を生きることに役立つ指針・規範とその形象化を求めることであり、「強烈なる生命の亢奮に對する要求」とはその形象化を推進する原動力の提示であろう。そこでは、現実生活における具体的な生き方のスタイル・型を提供する文学が渇望されていたのである。

以上のような大正二年から三年にかけての〈文学〉周辺における状況を受けて、大正三年の〈文学〉をめぐる状況はどのように推移したのであろうか。「早稲田文學」大正四年二月号に掲載された「大正三年文藝史料」を検討したい。大正三年の第一次世界大戦の勃発を背景に、「わが日本國民がその世界的自覺の新たなる一歩を進め得た點に於て、吾々は昨一年を以て吾々日本國民の將來にとりて意味深い一年であつた事を、何よりも先づ記憶して置かなくてはならぬ。(5)」と述べられた後に、

嘗て歐洲から輸入された文藝上の自然主義思潮によつて一度び無自覺な空想世界から、肉體的存在の現實世界に引き出された吾々は、最近に至つて更に社會的生活者としての人間世界の現實へと引き上げられた。そして謂ふ

ところの社會的存在としての自己、現代文明の創造者としての自己の生活の如何なるものであるかを初めて考へるやうになつて來たのである。即ち自然的存在としての現實から、人間的生活としての現實の目覺めを、吾々は初めて經驗するに至つたのである。かくして吾々は初めて吾々自身及び吾々の周圍との關係に於て、日々に起伏する眞の意味の現實問題に向つての考察の眼を開くに至つたのである。(6)

ここでは、自然主義勃興から現在に至るまでの文学の歩みが回顧される中で、自然主義によって提示された、人間における個人に潜む動物的本能や肉体的な側面を描くことが過去のものとされ、現代社会の中で現実を生きる姿勢を問いつつ描く方向へと、文学における関心が推移してきたことが述べられている。それと歩調を合わせるようにこの時期は、先に引用した「大正三年文藝史料」において、「出版界に於て小説書の賣行減少して評論物乃至哲學的著述の賣行の增加した事及び舊く出版されて好評のあつた小説の縮刷的飜刻出版の流行を見た事等を附記して置かうと思ふ。(7)」と、明治時代に評価を得た小説の廉価な縮刷版による再版が流行したように、出版界の風潮としても明治時代の文学を回顧・総括する動きが活発となった時期でもあった。

先に、現実生活における具体的な生き方のスタイル・型を提供する文学が渇望されていたと述べたが、文学のみならず宗教の受容に関しても、超越性より現実生活における具体的な生き方のスタイル・型を求める傾向は顕著に見られる。その一例として、同じく「早稲田文學」大正四年三月号から、天理教について述べた大平良平「未來の世界教」を参照することにする。

我々が現在要求して居る宗教は生慾の満足を説く生の宗教である。自我の擴張と自我の創造とを説く積極的建設的宗教である。現實生活を肯定する樂天的宗教である。肉と物質とを尊重して行く文明の宗教である人生の幸福を現實生活の中に求むる實際的宗教である。神人の和合、自他の融合靈肉の一致を現世に求むる一元的宗教である。此の要求を満足させ得ることのできない宗教は何人の所説に係らず絶對に共鳴することはできないのである。

要するに
吾は生きんと欲す。而かもよりよく生きんと欲す。
これが現代人の中心の要求であり人類全體の先天的要求である。此の中心の要求を滿足させ得る宗教が即ち現代並びに未來の宗教である。私は此の完全なる資格を有する新宗教を獨天理教に於てのみ發見するのである。
「人生の幸福を現實生活の中に求むる實際的宗教」といった現実生活を肯定する点、さらには「現代人の中心の要求であり人類全體の先天的要求」である、よりよく生きたい、という欲求を満たす具体的な指針を提供するがゆえに、「現代並びに未來の宗教」つまり宗教に現在求められる要求を完全に満たす宗教として、天理教が高く評価されているのである。宗教の受容姿勢の例をもう一つ挙げる。「早稲田文學」大正四年六月号に掲載された秋田雨雀「愛の豫言者バツハ、ウーラ」である。

例へば從來の宗教では神と人との交渉を説いてゐるけれども、人間と人間との交渉を説くことを忘れてゐるに反して、バッハイズムでは人と人との交渉は直ちに神と人との交渉であるとしてある。なぜなれば個人の從はなければならぬものと團體生活の從はねばならぬものとは決して異なつたものではないからである。バッハイズムでは、またバッハイズムの豫言者の主張する世界では個人の慾望と團體生活の慾望とは決して矛盾することはない。

一、個人の慾望＝團體慾望

これはバッハイズムの宗教が、實社會の諸種の問題の解決に對つて觸れて行かうとしてゐる一面であつて、これが將來果して何ういふ風な道をとつて進むかは注目すべき問題であると思ふ。(8)

バハイズムが人間関係イコール神との関係として捉える姿勢を評価するまなざしは、現世における神人の和合、宗教的な理想の実現を見てとる点で、先に挙げた天理教を評価する評価軸と共通している。さらに、個人の欲望と団体の欲望つまり共同体や社会の欲望とを両立させるヴィジョンを提供する点を、「實社會の諸種の問題の解決に對つて触れて行かうとしてゐる」ものとしてバハイズムを評価している。このように超越者との関係を説く宗教に関しても文学と同様に、具体的な現実生活における生き方のスタイル・型の提示が時代の要求として最優先に求められているのである。

「大正四年文藝界資料」（「早稲田文學」大正五年二月号）を次に挙げる。ここでは大正四年の〈文学〉をめぐる状況はどのように捉えられているだろうか。

善き意味に於てか、將又悪しき意味に於てか、兎に角わが文學界一般が現在の社會生活に向つての批判期に向はうとしつゝあることは、興味ある傾向と云はなければならぬ。

けれどもこれはたゞ漠然と我等の眼界に現はれた一般的大勢の姿にしか過ぎないで、その内部に立ち入つて個々の作家、個々の批評家、乃至個々の作品、個々の言論について見る時、特にこれと云ふほどに我等の印象に鮮かなるもの、無かつた事は、我等の大に遺憾とするところである。(9)

「わが文學界一般が現在の社會生活に向つての批判期に向はうとしつゝある」傾向は見られるものの、大正三年とさほど状況的には変化がなく、その傾向が具体的な作品としては結実を見ず、特に印象に残ったものはないと述べられている。最後にこの節を締めくくる意味で「明暗」が中途で途絶した年である大正五年について述べられた、「大正五年文藝界史料」（「早稲田文學」大正六年二月号）に触れておくと、

更に夏目漱石、上田敏、今村紫紅の諸家いづれもの思ひがけなき逝去が、わが文藝界の償ふべからざる悲しむべき損失であつたことを附記して、大正五年の文藝界を送ることにする。願はくば、此の新らしき一年が、逝ける者、古き者、滞れる者の凡てに代つて、眞によく生活の意義を具現する人及び事業の舞臺たらん事を。(10)

と述べられ、これを見る限り、その突然の死によって漱石は過去の存在に追いやられた観がある記述となっている。一方で、連載継続中でまさに現在進行形の状態であった「明暗」は、作者による加筆訂正の可能性がなくなったとい

う意味で一気に「完結した作品」へと転換されたのであり、同時代の読者にとっては、作品全体の評価が可能となる地平が突然開かれた面にも着目すべきである。「明暗」はいわば、創作時点における「現在」を抱え込んだまま過去へ投げ出された作品なのであり、そこに存在する創作時点における「現在」性をも含めて検討していく必要があろう。

三

この節では「明暗」本文の具体的な検討に入ることにしたい。次に挙げるのは、金策を依頼する手紙を、津田が父宛にしたためようとする場面である。

西洋流のレターペーパーを使ひつけた彼は、机の抽斗からラヴンダー色の紙と封筒とを取り出して、其の紙の上へ万年筆で何心なく二三行書きかけた時、不図気がついた。彼の父は洋筆や万年筆でだらしなく綴られた言文一致の手紙などを、自分の倅から受け取る事を平生からあまり喜こんでゐなかつた。彼は遠くにゐる父の顔を眼の前に思ひ浮べながら、苦笑して筆を擱いた。[11]（十五）（六月十日掲載）

月々決まった収入しかない月給生活者である津田に対して、津田の父は、官界を退き実業に従事しており、津田の父の弟である藤井に金が溜まったと見えると言わせている（二十）。もともと、社会的・経済的立場の相違が二人の間に存在する。さらに津田はこの時点で、金を返済する約束を履行していないために父に対して負い目を持っている。漢詩を愛読する趣味を持つ（七十九）父に対して、津田は経済学の独逸書を読んでいる（三十九）ことに見られるように、引用箇所においても父に東洋趣味を、津田に西洋趣味を見出すのはたやすい。その趣味の相違は、「洋筆や万年筆でだらしなく綴られた言文一致の手紙などを、自分の倅から受け取る事を平生からあまり喜こんでゐなかつた。」と、津田が父の視線を内面化することと並行して、東洋趣味・上位／西洋趣味・下位へと編成される。手紙に用いる用紙の差違は、とりもなおさず、それらの用紙、その紙に付随して用いられる洋筆、万年筆、墨と筆等を含みつつ、その外側へ織りなされたおのおののライフスタイル全体を指標し、さらには二人の置かれた立場の優位・劣位をも指示するのである。

お延が、津田と結婚する前に暮らしていた、岡本の家に行った時の描写であるが、

継子の居間は取りも直さず津田に行く前のお延の居間であつた。其所に机を並べて二人ゐた昔の心持が、まだ壁にも天井にも残つてゐた。硝子戸を篏めた小さい棚の上に行儀よく置かれた木彫の人形も其儘であつた。薔薇の花を刺繍にした籃入のピンクツシヨンも其儘であつた。二人してお対に三越から買つて来た唐草模様の染付の一輪挿も其儘であつた。

四方を見回したお延は、従妹と共に暮した処女時代の匂を至る所に嗅いだ。（七十）（八月七日掲載）

ここでお延は継子の居間を、机や木彫りの人形の配置の網目の中に、独身時代のお延が織り込まれた空間として捉えており、空間とその中にいた人を一体化して捉えるまなざしが存在する。ここでは、人間は、その人間が存在する空間を構成する物の配置の網の目として存在し、それらの物とその配置がその人間そのものであると捉えられ、空間における物の配置の形態において、現実生活における具体的な生活形態が形象化されたスタイル・型として、人間が捉えられているのである。次に挙げる吉川家の部屋の描写に関しても、同様に、

冷たさうに燦つく肌合の七宝製の花瓶、其花瓶の滑らかな表面に流れる華麗な模様の色、卓上に運ばれた銀きせの丸盆、同じ色の角砂糖入れと牛乳入、蒼黒い地の中に茶の唐草模様を浮かした重さうな窓掛、三隅に金箔を置いた装飾用のアルバム、——斯ういふもの丶強い刺戟が、既に明るい電灯の下を去つて、暗い戸外へ出た彼の眼の中を不秩序に往来した。（十三）（六月八日掲載）

「思慮に充ちた不安」（十一）をかき立てる吉川夫人の存在は、七宝製の花瓶や銀きせの丸盆、重そうな窓掛、金箔

を置いた装飾用のアルバムが配置された、「強い刺戟」に満ちた物の配置の網の目の中に織り込まれている。そして、それらの物の選択・配置自体を吉川夫人その人として津田は捉えているのである。

一方で津田の妹、お秀の夫である堀は、彼の家と関連させて次のように描かれている。

人柄からいへば、斯んな役者向の家に住ふのは寧ろ不適当かも知れない位な彼は、極めて我の少ない人であつた。悪く云へば自己の欠乏した男であつた。何でも世間の習俗通りにして行く上に、わが家庭に特有な習俗も亦改めやうとしない気楽ものであつた。斯くして彼は、彼の父、彼の母に云はせると即ち先代の建てた土蔵造りのやうな、さうして何処かに芸人趣味のある家に住んで満足してゐるのであつた。（百二十三）（十月四日掲載）

その人間の現実生活における具体的な生活形態が形象化されたスタイル・型として、住んでいる家を捉えるならば、「不適当かも知れない」家に満足して住んでいる堀は、語り手によって、「極めて我の少い人」「自己の欠乏した男」と捉えられている。現実生活における具体的な生活形態をスタイル・型へと形象化しようとする欲望は、周囲の環境に対して個人の立場を明確に形成しようとする欲望でもある。

さらに一歩進んで、空間をその人間の現実生活における具体的な生活形態が形象化されたスタイル・型として捉え、そのスタイル・型から、逆に人間を判断しようというまなざしも、『明暗』には存在する。先の堀の家と、そこの住人である堀の母、お秀に関して、お延は次のように考えている。

家と人とを斯う組み合せて考へるお延の眼に、不思議と思はれる事がたゞ一つあつた。

「一番家と釣り合のが取れてゐる堀の母が、最も彼女を手古摺らせると同時に、其反対に出来上がつてゐるお秀が又別の意味で、最も彼女に苦痛を与へさうな相手である」（百二十三）（十月四日掲載）

ここでお延は、その人間を納めている空間である家を、何らかの意味で人間の現実生活における具体的な生活形態が形象化されたスタイル・型であると想定し、そのスタイル・型とその家に住む住人に何らかの連関があるものとみなすまなざしを有している。しかしその連関が、自分にとって彼らの何を意味するのかが容易に見つけられないため、お延は困惑しているのである。

これまで、人間の存在が空間における物の配置の網目に織り込まれることを通して、現実生活における具体的な生活形態が形象化されたスタイル・型の提示として、人間が捉えられていることを述べてきた。その現実生活の形象化を可能にする原動力は、「明暗」の中ではどのように描写されているであろうか。

「奥さん、人間はいくら変な着物を着て人から笑はれても、生きてゐる方が可いものなんですよ」（略）
「さうですか。私はまた生きて、人に笑はれる位なら、一層死んでしまつた方が好いと思ひます」（八十七）
（八月二十五日掲載）

お延が小林と対峙している場面であるが、「一層死んでしまつた方が好い」生を放棄することすら願うこととして、「また生きて、人に笑はれる」ことが提示されている。生を放棄することすら願うことが「また生きて、人に笑はれる」ことであることは逆に、人に笑われないようにすることがお延にとって、現実生活を形象化する原動力となっていることを照射する。さらに、岡本と芝居を見に行く場面で、お延は次のように述べられている。

智恵と徳とを殆んど同じやうに考へてゐたお延には、叔母から斯う云はれるのが、何よりの苦痛であつた。女として男に対する腕を有つてゐないと自白するのは、人間でありながら人間の用をなさないと自白する位の屈辱として、お延の自尊心を傷けたのである。（四十七）（七月十四日掲載）

「女として男に対する腕を有つてゐないと自白する」ことが、お延にとっては「人間でありながら人間の用をなさないと自白する位の屈辱」であり、自尊心を傷付けることであることが述べられている。これは逆に言えば、女として男を上手に操作する手腕を得ることが、先ほど挙げた人に笑われないようにする点と相まった、お延の現実生活を形象化する原動力であることを浮き彫りにするのである。

津田に関してはどうであろうか。

旅費を貰つて、勤向の都合を付けて貰つて、病後の身体を心持の好い温泉場で静養するのは、誰に取つても望ましい事に違なかつた。ことに自己の快楽を人間の主題にして生活しようとする津田には滅多にない誂へ向きの機会であつた。彼に云はせると、見す〳〵それを取り外すのは愚の極であつた。然し此場合に附帯してゐる一種の条件は決して尋常のものではなかつた。彼は顧慮した。（百四十一）（十月二十四日掲載）

温泉で静養するという津田にとっての「快楽」が、「此場合に附帯してゐる一種の条件」が障壁になることによって、逆に津田が「自己の快楽を人間の主題にして生活しようとする」人間であることが照射される。「快楽」が不愉快によって妨げられることにより、逆説的に「自己の快楽」が、津田にとって、現実生活を形象化する原動力であることを浮かび上がらせている。普段の生活ではおぼろげにしか認識されない現実生活を形象化する原動力は、阻害あるいは抑圧されることによって、逆説的にその力の存在や方向性を強烈に顕在させるものとして表象されている。

四

一般的に、作品の連載完了、あるいは単行本化された際に、同時代における作品の評は多く発表される。その点、「明暗」は漱石の死によって未完となったことがあり、同時代の評者の関心が、未完である「明暗」そのものに対する評価よりも、漱石の作家活動・人物全体を評する追悼文の方に関心が傾いているという事情が、「明暗」の同時代評には存在する。そのような事情はあるが、「明暗」の同時代読者における受容姿勢を考察する手がかりとして、「明暗」に対する同時代評を参照することにしたい。それに先立ち、「明暗」連載終了直前・直後の時期に、小説を含む広い意味での文学作品に対して、どのような期待と要求が持たれていたかを検討するために、中村弧月「來る可き時代の文壇」（「文章世界」大正五年十二月）を以下に挙げる。

もし日本の作家が、眞面目に人間の生活を考へない、また考へても其れが現代の人間の生活を理解することの能きない人々によつて、外面的生活を定められることを、淡い心持を有つて受けて居ることが出來ない人々であるならば、若くは日本の作家の中に、人間の外的生活を如何にするかといふことを定めることに、多大な力を有する如な人々が混じつて居つたならば、其所には力強い一つ異つた生活が作られたであらうが、其點に於いては、日本は如何に考へても後進國である。(12)

ここで展開されているのは、作家は、「人間の外的生活」つまり現実生活における生活、ひいては生き方のスタイル・型を具体的に提示する必要がある、との主張である。この主張の底流にあるのは、人間の思想・内面自体が、ではなく、その人間が現実生活を送るに際して従うことになる生活の型・方法こそが、その人間の在り方を強く規定するとの考え方である。その考え方に根ざした、思想や主張を展開するのみの評論とは異なった、人物描写を通してトータルに人間存在を提示できる優れた特性を持つメディアとして小説を捉えるまなざしがこの論には存在する。より読者側に近い観点に立てば、これまで述べてきた、現実世界でどのように振る舞うかの具体例、指針を小説に求める、いわば「生き方のカタログ」としての小説ということである。このような小説に対する期待の地平の中で、「明暗」はどのように受容されたのであろうか。その一例を以下に引用する。

「明暗」に於ては利己主義の描寫が辛棘を極めてゐるに關はらず、作者は各人物を平等に憐れみ労はつてゐる。さうして天眞な心による利己主義の征服を暗示するのみならず、一歩一歩その征服の實現に近寄つて行つた。（先生はそれを解決しなかつた。しかし或は――自らの全存在を以て解決したのではないのか。(13)）傍点原文

和辻哲郎「夏目先生の「人」及び「藝術」」である。「明暗」において、登場人物が誰一人作者によって特別待遇を受けていない点を最初に評価している。そして、作者からは公平に扱われ評価されている、その意味で作品世界にお

いて平等である登場人物達の現実的な交渉を見据えつつ、「天眞な心」による利己主義の征服が暗示された作品と捉えられている。言い換えれば、大局的には「天眞な心」が、利己主義を「征服」する過程に連なることを可能にする現実世界での振る舞い・生き方が、各登場人物によって作品内で綿密にシミュレートされ、卑近な日常生活における振る舞いから生き方に至るまで、作者による特別待遇が当然期待できない現実世界においても適用可能である、詳細な具体例が提示された作品として、「明暗」は享受され、評価されたのである。同様に、石山徹郎「漱石氏の追憶」にも、次のように述べられている。

理想家的の一面と幻滅家的の一面と、この到底兩立しさうにもない兩側面を行く所まで一緒に持つて行つたら、おしまひにはどうなつたことだらう。最近の『明暗』には善悪美醜を引つくるめた大きな徹底した傍観者の態度とでも名付くべき物が現れてゐたやうだが、夏目さんは結局はあのやうな境地に落ち付く人ではなかつたらうか（あの小説が完結しないでしまつたのは返すぐ〳〵も惜しい）[14]

和辻哲郎と同様に「善悪美醜を引つくるめた大きな徹底した傍観者の態度」が、「明暗」を特徴づけていることが述べられている。このいわば「傍観者の態度」が「明暗」において、作者による特別待遇が当然期待できない現実世界においても適用可能な、卑近な日常生活における振る舞いから生き方に至る詳細な具体例の提示を可能にしている。それによって、「生き方のカタログ」、生き方の具体例・指針の提示を小説というメディアに求める、同時代における期待の地平に応えた作品として「明暗」は享受されたのである。

〈注〉

（1）北川扶生子「「虞美人草」と〈美文〉の時代」（玉井敬之編『漱石から漱石へ』平成十二年五月　翰林書房　p.80所収）

（2）藤井淑禎「写生文・映画・時間―長塚節「佐渡が島」まで―」（「立教大学日本文学」平成八年一月、後、『小説の考

古学へ——心理学・映画から見た小説技法史』平成十三年二月　名古屋大学出版会 p.161 所収）

(3) 注(2)前掲書 p.167 所収

(4) 早稲田文學記者「大正二年文藝史料」（『早稲田文學』大正三年二月号）

(5) 早稲田文學記者「大正三年文藝史料」（『早稲田文學』大正四年二月号）

(6) 注(5)前掲書

(7) 注(5)前掲書

(8) 秋田雨雀「愛の豫言者バッハ、ウーラ」（『早稲田文學』大正四年六月号）

(9) 早稲田文學記者「大正四年文藝界資料」（『早稲田文學』大正五年二月号）

(10) 早稲田文學記者「大正五年文藝界史料」（『早稲田文學』大正六年二月号）

(11) 「明暗」の手紙に関して、石原千秋は「手紙が記号化、というより記号内容《シニフィエ》が隠され記号表現《シニフィタン》になっているのである。京都の父とのやりとりのように手紙が実質的機能を果たさないか、あるいはお延やお秀の示されない手紙のように、手紙自体は隠されてしまい、真偽が確かめられないままにその内容が語られてしまうというわけだ。いずれにせよ、手紙が手紙として現象することが拒まれていることにはかわりはない。」（「隠す『明暗』／暴く『明暗』」「夏目漱石の全小説を読む」「國文學　解釈と教材の研究」平成六年一月　學燈社）と述べている。『明暗』における手紙が、文字を介したコミュニケーションとしては実質的機能を果たさない、という点に関しては、この論考に同意できる。しかし手紙に付随する用紙・筆記具等を含めて手紙を捉えるならば、そこにはここでの引用箇所のように、多くの情報が包括され指標されていると考えることができよう。

(12) 中村弧月「來る可き時代の文壇」（「文章世界」大正五年十二月）

(13) 和辻哲郎「夏目先生の「人」及び「藝術」」（「新小説」大正六年一月）

(14) 石山徹郎「漱石氏の追憶」「漱石氏の人と「藝術」」（「近代思潮」大正六年一月）

付記　「明暗」本文引用は「東京朝日新聞」大正五年による。ただしルビは省き、旧字体は新字体とした。

「明暗」論
——身体と空間——

笹田和子

序

世界を心（精神）と物（身体）とに峻別し、感情からも切り離された理性を絶対的優位におくという考え方は、デカルトの二元論として周知の事柄である。「考える主体」としての「近代の自我、その働きとしての理性は、認識や行為の原点、原理、根拠[1]」となり、自然および身体は分析対象すなわち「客体」として下位におかれることとなった。また、「主体」としての自己意識は、「過去と未来を手許に把持する時間性の意識[2]」でもあり、空間性よりも時間性重視の姿勢が生じた。このように心身を分離する「近代的自我論」に対し、心身の相関性に着眼し、むしろ「身体」の側から世界を捉え直そうとするのが「身体論」の立場である。

夏目漱石と同時代に生き、晩年の漱石と親交もあった和辻哲郎[3]は、『風土』の「序言」において「人の存在の構造を時間性として把捉する」ハイデッガーの試みに興味を示しつつも反論を加えている。そして、第一章において「人間存在の根本構造」が「個であるとともにまた全である」以上、それを「ただ時間性としてのみ把捉しようとする試みは個人意識の底にのみ人間性を見いだそうとする一面性に陥っている」と指摘し、「時間性に即して同時に空間性が見いだされなくてはならない」と述べている。[4]また、西田幾多郎も「見るもの」であると共に「見られるもの」であるという主客合一のものとしての「身体」を重視し、「身体なくして見るといふことはない」「故に身体なくして我といふものがない」と言い切る。[5]そして、過去から未来へという「連続的直線の一点」として「現在」を捉えるような自己同一性を否定し、「過去と未来との相互否定的に一である所」、そのような「矛盾的自己同一」「時間的空間」としての場を「現在」と考える。[6]彼らは、人間存在を心身の相関性、時間即空間の一体性において捉えようとしていると言えよう。

漱石は、『明暗』を津田の手術から書き起こしている。第二章において、身体的感覚としての「去年の疼痛」を思い起こした津田の「頭」は、「肉体」の変から「精神界」の変へと及ぶ。つまり、「身体」感覚によって彼の思考は「前の方に押し」やられ、「精神界」へと進むのである。『明暗』の漱石においても、身体性は重要な要素であった。近代的自我の内面性を突きつめ、理性によってその限界を見極めようとしてきた漱石は、「明晰な批評家としての視点を放棄し」[7]、むしろ「身体」の側から心身の相関性において現実の人間を捉えようとしたのが『明暗』なのではないか。津田の身体と空間的位置に視点を据え、心身相関の様を考察することが、本論の主旨である。

一　階上の世界

序章で述べたごとく、『明暗』は津田が手術と入院を余儀なくされるところから始まる。彼の病気が「痔瘻」であることは、むろん漱石自身の体験によると言えるが、病巣が身体の背後にあり、「行き留りだとばかり思つて」(一)いた「穴が腸迄続いてゐる」(同前)という設定は意味深い。彼は病巣を直視することができず、処置が表層的ではなく切開を必要とすることが彼に病巣の身体内部への深まりを意識させる。また、手術の場面においても、「局部魔睡」（四十二）をかけられた津田は、意識が明確にあるにもかかわらず「自分の腰から下に、何んな大事件が起ってゐるか」（同前）を感知できない。「自分の肉体の一部に、遠い所で誰かが圧迫を加へてゐるやうな」「鈍い抵抗」（同前）を感じながら、その「重い感じ」（同前）を的確に表現する言葉が見つからず、手術中の様々な音から「赤い血潮の色を、想像の眼で」（同前）見るしかないのである。彼の「神経」は緊張を強いられ、「むづ痒い虫のやうなものが」「気味悪く血管の中を這ひ廻」（同前）る身体を「不安」（同前）に感じる。つまり、自分の身体でありながら、その全体像は見えず、感知できず、ただ想像で全体をつなぎ合わせるしかないという身体のあり様[8]を、津田はここで体験させられているのである。術後においても彼は、「局部に起る変な感じ」（九十三）にしばしば襲われる。それは「ガーゼを詰め込んだ創口《きずぐち》の周囲にある筋肉が一時に収縮するために起る特殊な心持」（同前）であり、「一旦始まったが最後、恰も呼吸か脈搏のやうに、規則正しく進行して已まない種類のもの」（同前）であった。その局部の収縮は、津田の「意志」（同前）に対して「全く平生の命令権」（同前）を失わせてしまう。ここでも津田は、自らの意志によって支配できない「身体」の存在に直面させられているのである。

　さらに、この経験が「芝居へ行く許諾」（九十三）を津田から得たお延が、「階子段《はしごだん》を下へ降りて行った拍子に起った」（同前）ことは、注目される。津田はお延を自分のそばにとどめるのは「男らしくない」（同前）と考えて、「快よく彼女を自由な空気の中に放して遣った」（同前）つもりだった。しかし、このような思考に反して、「急に自分丈一人取り残されたやうな気」（同前）がし始めた津田の耳に「お延の下へ降りて行く足音」（同前）や「玄関の扉《とびら》を開ける」「号鈴《ベル》の音」（同前）が聞こえた時、津田の身体に「厭な筋肉の感じ」（同前）が再発する。ここは、津田の思考とは裏腹な感情が、聴覚という身体感覚を鋭敏にし、その刺激が身体収縮へと相関している場面であると考えられよう。しかし、津田の思考は、局部の「変な感じとお延との間に何んな連絡があるか」（同前）を突き詰めて「論断」（同前）することができない。ただ「一種の刺戟」（同前）に帰して「不快」（同前）を抱え込んでいるだけなのである。

加えて、津田が術後の身体を横たえているのが、医院の「二階」であるという空間の設定が意味を持つ。津田の意志がどうあろうと、彼は術後の身体をこの場所から動かすことができない。お延の後を追って「階子段《はしごだん》」の下へ降りて行くこともできなければ、父との金銭問題について「兄さんに話したい用がある」（九十二）と言って「階子段《はしごだん》」を上がってくる妹のお秀を避けることもできない。その「お秀の方を向き直つた咄嗟」（九十三）に、「局部の収縮」（同前）が始まるのは象徴的である。二階は、空中楼閣でない以上、「階子段《はしごだん》」で階下とつながっている。彼は、階下の世界との関わりを断ち切ることはできないし、二階はまた、その階下の世界を俯瞰できる高みであるわけでもない。身体をもって生きているということは、その身体のおかれた場の空間性にも左右されて生きていることを意味する。津田の「局部の収縮」（同前）は、身体と地面との直接的な繋がりを欠いた不安定で不自由な場に彼が生きていることを身体の側から知らせるものであったと考えられる。彼の「胸」はそのような場に生きていることを「不安」や「不快」として感じ取るが、彼の「頭」はそれを分析し極めようとはしない。それどころか、彼の「頭」は、もっと別用な意味で「二階」にある自分を位置づけていると考えられるのである。

津田の自宅の「二階」は、彼の書斎となっている。「寐る前の一時間か二時間を机に向つて過ごす」（五）のが「習慣」（同前）となっている津田は、机の上に「比較的大きな洋書」（同前）を乗せて結婚後も「比較的多くの時間」（同前）を「二階」で費やしている。「又御勉強？」（同前）と問うお延にたいして、津田には「「さう御前のやうな女とばかり遊んぢやゐられない。己《おれ》には己《おれ》でする事があるんだから」といふ相手を見縊つた自覚がぼんやり働らいて」（同前）いるのである。「書物の厚味ばかりを苦にするやうに眺め」（同前）ているにもかかわらず、彼は「自尊心」（同前）を満足させるために「勾配の急な階子段《はしごだん》をぎし〳〵踏んで二階へ上」（同前）がる。津田の意識の中で、自分は他より優越する「頭」を持つ者であり、そのように自分を位置づける場として想定されていたのが「二階」という空間であったと考えられる。「一体貴方はあんまり研究家だから駄目ね」（十一）と吉川夫人に言われた時も、彼は

「胸に来る痛さ」(同前)は感じても「頭に応へる痛さ」(同前)ではないと判断する。そして「彼の頭は此露骨な打撃の前に冷然として相手を見下」(同前)すことができたのである。そのような津田であるからこそ、診療所の暗い控室で他の患者と同列に座っていることには耐えられず、手術の都合を尋ねた看護婦から「今丁度二階が空いて居りますから」(十七)と言われ「二階」という自分にふさわしい場を見出して、「逃れるやうに」(同前)その暗い控室を出る。手術後「二階」に身を横たえる津田は、彼を糾弾して「事実を問題にしてゐる」(百二)と言うお秀に対し、「事実とは何だ。己《おれ》の頭の中にある事実が、お前のやうな教養に乏しい女に捕《つら》まへられると思ふのか。馬鹿め」(同前)と切り捨て、見舞いに来た吉川夫人から清子への未練を指摘され「もつと男らしくしちや何うです」(百四十)と言われても、「心の中で暗に夫人を冷笑」(同前)し、以前と同様に見下しているのである。

後に、津田に対して小林は「君の腰は始終ぐらついてるよ。度胸が坐つてないよ。」(百五十七)と指摘する。身体の側からいえば、津田のこのような不安定さは既に述べたごとく「二階」という場のあり様によって示されていたと言えよう。彼は「厭なもの」(同前)をどこまでも避けようとして避け得ず、「好きなもの」(同前)をむやみに追いかけようとして追いかけ得ない。彼は二階に身を横たえざるを得ない「身体」感覚を通して、その不自由さにも直面させられていたのである。そのことに「胸」は「不安」と「不快」を感じて「身体」と相関する。しかし、彼の「頭」は、それらを突き詰めず、むしろ「頭」の優位をもって階下から訪ねて来るものを見下していた。津田は、「身体」や「感情」と「理性」とを分離し、「理性」を優位に置く近代的知識人である。自らを「階上の人」と位置づける格差の意識をもつ津田は、階下の世界に生きる自分をどのように位置づけているのだろうか。

二　階下の世界

「二階」の病室を出て、津田が階下の世界に生きる時、彼の意識の中で見上げる場として想定されている階上の世界がある。職場の上司である吉川に今回の入院を報告しようとする津田は、偶然「階子段《はしごだん》の途中」（九）で吉川と擦れ違う。津田は「下りがけ、向は上りがけ」（同前）だったので、話はできなかった。その後吉川の部屋を二度ばかり訪ねるが彼は不在で、「下へ降りた序《ついで》に」（同前）玄関の給仕に聞くと客と共に出かけたと言う。吉川の部屋は当然階上にあり、職場における津田にはその吉川と「特別の知り合である」（同前）ということを暗にひけらかそうとする「虚栄心」（同前）が働いている。後に小林が津田に対して、「相手が身分も地位も財産も一定の職業もない僕だといふ事が、聡明な君を煩はしてゐるんだ。」（百五十八）と忠告する。逆にいえば、「身分・地位・財産・一定の職業」が階下の世界における津田の価値基準であり、それらが自分よりも上回る吉川を彼は見上げている。いや、自分自身の居場所としてその位置を目指し、望んでいると言えるのである。

そのような津田にとって、同じ階下の世界であっても「別世界」（百六十五）として関わろうとしない世界がある。それはまず、小林に繋がる世界として示される。東京にいたたまれなくなって朝鮮へ渡ることになった小林は、挨拶に行った藤井の家で津田に会い、一緒に飲もうと入院前の津田をある酒場に誘う。「服装から見た彼等の相客中に、社会的地位のありさうなものは一人もなかつた」（三十四）というその店で、小林は「上流社会のやうに高慢ちきな人間」（同前）のいない店を「平民的で可い」（同前）と言う。そして「僕は君と違つて何うしても下等社会の方に同情があるんだから」（同前）と一同を見回すのである。小林が行き詰まったとはいえ「新聞社」（三十六）に雇われ知的労働に従事することや、津田との対比で「下等社会」を「同情」の対象としていることから、彼が「土方や人足」

（三十五）同等の「下等社会」の住人として自分を位置づけているとまでは言えない。(9) しかし、「自分とあまり交渉のない事」（三十六）として切り捨てている津田に対し、「金力権力本位の社会」（二十四）から切り捨てられ「駈落者《かけおちもの》」（三十六）として生きるしかないと自認している小林は、「下等社会」の側に自分を置くことで「上流社会」ひいては津田の中にもある格差や優越の意識を批判する視点を持ち得ている。津田は退院後、送別会と称して再び小林と会見することになる。津田は、「金を遣るものと貰ふものとが顔を合せる席」（百五十五）として「天から相手を見縊」（百五十七）り、「優者の特権を出来る丈緊張させて、主客の位地」（百五十五）を明確にしようとする。また、小林が関わる青年画家の原を眼前にして、「自分から小林、小林から此青年」（百六十二）へと階級・思想・職業において「随分な距離」（同前）を認め、「さういふ人と交際《つきあ》つてゐない自分の立場を見廻して、まあ仕合せだ」（同前）と考えるのである。そのような津田に対し、小林は「人間の境遇もしくは位地の懸絶といつた所で大したものぢやない」（百五十八）と告げ、「順境にあるものが」（同前）蹟くと「眼の球の色」（同前）が変わるが「眼の位置」（同前）を変える訳にはいかないので、「追ひ詰められて、何うする事も出来なくな」（同前）ると予言めいたことを言う。未完である『明暗』の中では、小林の言うような事件は具体的に描かれていないと思われるが、それへの伏線は様々に張られている。その伏線の一つとして、ここで注目しておきたいのが、小林が見せた手紙に対する津田の反応である。

元来をいふと、此手紙ほど津田に縁の遠いものはなかつた。第一に彼はそれを書いた人を知らなかつた。第二にそれを書いた人と小林との関係が何うなつてゐるのか皆目解らなかつた。中に述べ立てゝある事柄に至ると、丸で別世界の出来事としか受け取れない位、彼の位置及び境遇とは懸け離れたものであつた。

然し彼の感想は其所で尽きる訳に行かなかつた。彼は何処かでおやと思つた。今迄前の方ばかり眺めて、此所《こゝ》に世の中があるのだと極めて掛つた彼は、急に後を振り返らせられた。さうして自分と反対な存在を注視すべく立ち留まつた。するとあゝ、あゝ、是も人間だといふ心持が、今日迄まだ会つた事もない幽霊のやうなものを見詰めてゐるうちに起つた。極めて縁の遠いものは却つて縁の近いものだつたといふ事実が彼の眼前に現はれた。
彼は其所《そこ》で留まつた。さうして低徊した。けれどもそれより先へは一歩も進まなかつた。彼は彼相応の意味で、此気味の悪い手紙を了解したといふ迄であつた。（百六十五）

ここでいう「前」と「後」は前述の「上流社会」と「下等社会」に対応すると考えられよう。津田が自分とは交渉のないものと思い込んでいた階下あるいは背後の世界が、その「幽霊のやうなもの」（同前）を見詰めている彼の眼前に「極めて縁の遠いものは却つて縁の近いものだつたといふ事実」（同前）として現れる。しかし、津田はここではまだ、その事実の中に踏み込んで行こうとはしない。見も知らぬ小林の縁者のこととして見過ごされるがために、自分のこととして内面化されることはなく済んでしまうのである。しかし、この場面における津田の感慨は、温泉場において再び蘇ることになるのである。

もう一つ、全く無関係に見えながら、やはり温泉場の津田に関わる伏線がある。それは、お延の叔父岡本とその子供一《はじめ》の間で交わされた話として挿入されている。一《はじめ》は父である岡本に様々な質問をして困らせる。「彗星《はうきぼし》」（七十四）が出ると何か悪いことがあるのかという質問に続いて、一《はじめ》は次のような「三段論法」（同前）で第二の、そして第三の質問を掛ける。

井戸を掘つて水が出る以上、地面の下は水でなければならない、地面の下が水である以上、地面は落《おつ》こちなければならない。然るに地面は何故落こちないか。是が彼の要旨であつた。それに対する叔父の答弁が又頗るしどろもどろなので、傍のものはみんな可笑しがつた。

「そりやお前落ちないさ」
「だつて下が水なら落ちる訳ぢやないの」
「さう旨くは行かないよ」

女連が一度に笑ひ出すと、一《はじめ》は忽ち第三の問題に飛び移つた。

「お父さま、僕は此宅《うち》が軍艦だと好いな。お父さまは」

「お父さまは軍艦よりたゞの宅の方が好いね」

「だつて地震の時宅なら潰れるぢやないの」

「はゝあ軍艦ならいくら地震があつても潰れないか。成程こいつは気が付かなかつた。ふうん、成程」（七十四）

地面の下が「水」であれば、地面が普通に落下しないとしても「地震」になれば地面もその上の家もひとたまりもなく崩壊するだろうというのが一《はじめ》の説である。たわいのない子供の話のように見えるが、「水」は温泉場にとって重要な因子[10]である。すでに温泉場へ出立する日は雨であり、その行程においても軽便に乗り換えた津田は、「本式の橋が去年の出水で押し流された儘」（百七十）であることや河口の家が「波で浚はれ」（同前）たことを聞かされる。なおかつ、津田の行く温泉場は「階下」に湯壺を持つ場であり、彼は「水」の流れ出る空間を巡ることになる。

東京の病院の「二階」に身を横たえ、「頭」の優位を信じ「優者」の位置に立つことを目指す津田と、温泉場の「階下」の浴槽に身を横たえ、部屋へ帰る道さえ見失ってしまう津田。写真のポジとネガのごとく、彼の位置は反転している。であれば、東京において優位であるはずの「頭」が分析せずに不問にふした身心の相関性や、「身分・地位・財産・一定の職業」によって保証されるはずの「位置」の確かさも、再び問われねばなるまい。「階子段《はしごだん》」を上った「二階」において、その不安定さや不自由さを突き詰めずに済んだ津田は、「階子段《はしごだん》」を降りてその下にまだ浴槽があるという底の見えない空間に投げ出される。そして、津田はそのような空間の上に清子の姿を見上げることになるのである。

三　温泉場への行程

そもそも、津田は何故温泉場へ行こうとするのだろうか。

それは、清子の真意を確かめるためではある。が、事はそれ程単純ではない。たしかに津田は清子を「愛してゐた」（百三十四）とある。そして、そのように仕向けたのは吉川夫人である。その経緯は次のように説明されている。

> 世話好な夫人は、此若い二人を喰つ付けるやうな、又引き離すやうな閑手段を縦《ほしい》まゝに弄して、そのたびに迷《ま》児《ご》々したり、又は逆《のぼ》せ上つたりする二人を眼の前に見て楽しんだ。けれども津田は固く夫人の親切を信じて疑がはなかつた。夫人も最後に来るべき二人の運命を断言して憚からなかつた。のみならず時機の熟した所を見計つて、二人を永久に握手させようと企てた。所がいざといふ間際になつて、夫人の自信は見事に鼻柱を挫かれた。津田の高慢も助かる筈はなかつた。夫人の自信と共に一棒に撲殺された。肝心の鳥はふいと逃げたぎり、遂に夫人の手に戻つて来なかつた。（百三十四）

身を翻した清子に対し、夫人は責任を感じたが、津田は責任を感じなかった。その後、吉川夫人がお延との結婚に「綺麗な段落」（同前）をつけたことに対し、津田は「おれに対する賠償の心持」（同前）と考え、「お延と仲善く暮す事は、夫人に対する義務の一端だと思ひ込」（同前）む。夫人の意向に添うことは、津田にとって「自分の未来」（同前）の地位に直結する重要事である。吉川夫人は、上司吉川の持つ「身分・地位・財産・一定の職業」への足掛かりなのである。よって、彼女が「お延を非難」（同前）しているならば、津田は「夫人に気に入るやうに自分の立場を改め」（同前）なければならない。「旅費さへ出」（百四十）すという吉川夫人の強い要請があり、その要請に従った結果が今回の温泉行になったと考えられるのである。むろん、清子の真意を知りたいという欲求が津田になかったわけではない。それは、吉川夫人との会話からも窺える。では、何故津田は清子の真意を知りたいのだろうか。すでに作品冒頭の第二章において、津田の「頭」は「肉体」の変から「精神界」の変へとおよび、「其変る所を己《おれ》は見たのだ」と述懐する。そして、「何うして彼《あ》の女は彼所《あすこ》へ嫁に行つたのだらう」（二）と考えるのだが、「何だか解らない」（同前）のである。温泉行きを促す吉川夫人との会話においても「清子さんは何故貴方と結婚なさらなかつたんです」（百三十九）と聞かれ、津田は「何故だか些とも解らないんです。たゞ不思議なんです。いくら考へても何にも出て来ないんです」（同前）と言う。そして、その理由を考えることをやめられないとも言うのである。清子の背信は、津田にとって「自尊心」（二）を傷つけるものであった。吉川夫人の「自信」（百三十四）と共に、津田の「高慢」（同前）も挫かれる。津田は、吉川夫人の意向には従っているが、彼女自身を見下し得る「自己を裕《ゆたか》に有つて」（十二）いると自負している。妻のお延や妹のお秀は言うに及ばず、小林も藤井の叔父に対しても同様であろう。金銭的に援助を受けている父や、上司である吉川に対しても、金力や権力に頭は下げても彼らの自分に対する糾弾や助言の内容に平伏しているのではない[11]。自らの「頭」を優位におこうとする津田にとって、清子だけが唯一「解らない」存在、つまり見下せない存在なのである。それどころか、清子の背信理由に対する答えは、自らを見下された者として位置づける可能性を含むと言えよう。そのような者であることを自認し得ない津田は、背信の理由を「解らない」ものとして保留しているのである。

　温泉場のある町の様を「寂漠たる夢」（百七十一）と感じた津田は、「実は突然清子に脊中を向けられた其刹那から、自分はもう既にこの夢のやうなものに祟られてゐるのだ。」（同前）と考える。「現実」対「夢」は、漱石が既に何度も取り上げてきた構図だが、津田がここで清子の背信の時点に「夢のやうなもの」の端緒を見出すのは、前述の「解らなさ」に関連してのことである。漱石は、人間を「意識の連続[12]」という時間性として捉えているが、過去から現在へという連続する意識を、一貫性を持つ「現実」として捉えるならば、そのような「現実」に収まらないもの、一貫性からはみ出すもの、あるいは脅かすものが「夢」であろう。この「現実」と「夢」は、対極にあるもの、あるいは実世界としての「現実」に対し「夢」は虚の世界の幻影にすぎないものなのではなく、その相関するところに人間の実在性はあると考えられる。しかし、その相関性に関わることは、近代的自我にとって、自我を狂気や死に向かわせることでもある。そのような危機に直面しても自我を突き詰めて行くような人物として、津田は設定されていない。近代的自我を持つ人物ではあるが、自らの自我の優位をもって他を見下し得ると考える者、自らの感情や身体を下位において、それらの上位にあるべき理性によって、自我を統括し得ると思う者なのである。そのような津田にとって「解らない」時間の挿入は、自我の一貫性を揺るがすものとなる以上、その「解らなさ」にはこだわらざるを得ない。清子の決意と行動の不可解さが解明されなければ、過去から現在へという時間の中で連続する意識の一貫性、自己同一性[13]が保てなくなるのである。だからこそ、津田は清子の真意を確かめねばならない。それも「綺麗に拭ひ去られる」（百七十二）ものとして、決着しなければならない。これが、温泉場に津田が向かうもう一つの、そして最大の要因なのである。

四　温泉場

現実世界としての東京を後にし、「雨」を通り抜けて下り立った温泉場は、「寂漠たる夢」（百七十一）の世界であった。病院の二階に身を横たえ、日の光の中にはためく洗濯物を眺めていた津田は、「夢らしく粧つてゐる肌寒と夜寒と暗闇」（同前）を抜けてたどり着いた温泉場で、「階子段《はしごだん》」（同前）を降りて湯壺に向かう。そこは、東京という「現実」と、構造的に倒錯した「夢」の世界なのである。湯壺に降りた津田は、宿の下女から「まだ下にもお風呂場が御座いますから」（百七十三）と言われる。「此浴槽の階下《した》がまだあらうとは思へなかつた。」（同前）という津田は、階下の浴槽を確認することなく[14]湯壺を出て「階子段《はしごだん》」を上がる。そして、「廊下を一曲り曲つた」（百七十四）ところで、帰り道を見失ってしまうのである。

人のいない浴槽の中で、津田は内面の声に耳を傾けている。「御前の未来はまだ現前しないのだよ。お前の過去にあつた一条《すじ》の不可思議より、まだ幾倍かの不可思議を有つてゐるかも知れないのだよ。」（百七十三）と、その声は告げる。その声と相関するように、彼の身体は以前にいた場所へ帰る道もわからず、この先に有る場所もわからない空間に投げ出される。そして、再び「階子段《はしごだん》」を上った津田は、その階上にも客室があると思われる「洗面所」に行き合う。この階上とも階下とも言い得る「洗面所」の描写に注目したい。

廊下はすぐ尽きた。其所から筋違《すぢかひ》に二三段上ると又洗面所があつた。きら〳〵する白い金盥《かなだらい》が四つ程並んでゐる中へ、ニツケルの栓の口から流れる山水だか清水だかゞ絶えずざあ〳〵落ちるので、金盥は四つが四つとも一杯になつてゐるばかりか、縁を溢れる水晶のやうな薄い水の幕の綺麗に滑つて行く様が鮮やかに眺められた。金盥の中の水は後から押されるのと、上から打たれるのとの両方で、静かなうちに微細な震盪を感ずるものゝ如くに揺れた。（百七十五）

この部分の後にも、「大きくなつたり小さくなつたりする不定な渦」（同前）や「彼の眼の前にある水丈が動いた」（同前）という水の描写が続く。形が定まらず変化し揺れ動く「水」、そのような「水」のある空間の上に清子の部屋がある。伏線として提示した一《はじめ》と岡本とのやり取り、「地面の下は水」（七十四）で地面は落ちると一《はじめ》が述べて「地震」（同前）を連想した場面と関連させて考えるならば、清子がいる階上は下に「不定な渦」（百七十五）を控えた場である。清子自身が「宅《うち》から電報が来れば今日にでも帰らなくつちやならないわ」（百八十八）と発言するように、何時変調を来すかもしれない世界、彼女にとっての「現実」世界なのである。しかし、ここではまだ津田は清子の部屋の所在、その構造の持つ意味に気づいていない。「不定な渦」（百七十五）に刺戟を受け視線を逸らした津田は、この「洗面所」（同前）でもう一人の自分に出会う。以下がその描写である。

するとと同じ視線が突然人の姿に行き当つたので、彼ははつとして、眼を据ゑた。然しそれは洗面所の横に懸けられた大きな鏡に映る自分の映像《イメジ》に過ぎなかつた。（中略）彼の顔、顔ばかりでなく彼の肩も胴も腰も、彼と同じ平面に足を置いて、彼と向き合つた儘で映つた。彼は相手の自分である事に気が付いた後でも、猶鏡から眼を放す事が出来なかつた。（中略）

彼は目鼻立の整つた好男子であつた。顔の肌理《きめ》も男としては勿体《もったい》ない位濃《こまや》かに出来上つてゐた。彼は何時でも其所に自信を有つてゐた。鏡に対する結果としては此自信を確かめる場合ばかりが彼の記憶に残つてゐた。だから何時もと違つた不満足な印象が鏡の中に現はれた時に彼は少し驚ろいた。是が自分だと認定する前に、是は自分の幽霊だといふ気が先づ彼の心を襲つた。（百七十五）

津田は鏡の中の自分を「幽霊」のように感じるのだが、これは小林の差し出した手紙を読んだ時の感情に類似している。[15]「自分と反対な存在を注視」（百六十五）し「あゝ、あゝ、是も人間だといふ心持」（同前）が「幽霊のやうなもの」（同前）を見詰めているうちに起こったという、伏線の一つとして提示した部分は、この場面と対応していると考えられるのである。かつての津田は眼前に現れた「極めて縁の遠いものは却つて縁の近いものだつたといふ事実」（同前）に踏み込まない。何故なら、手紙の中の男は彼にとってあくまでも他者であり、彼の「位置及び境遇」（同前）と懸け離れた世界の出来事として処理出来たからである。この温泉場へ来るまでの津田が、鏡に映る自分の姿を「自信」（百七十五）をもって眺めていたという説明は納得がいく。鏡に映る身体は、自らを他より優位に立つものとする彼の自我意識に統御された姿であったと言えよう。東京という「現実」とは倒錯した温泉場の鏡に映るのは、そのようなあるべき自分とは懸け離れた姿である。彼は、即座に「是が自分だと認定する」（同前）ことが出来ない。しかし、いかに何時もとは違う「不満足な印象」（同前）を与えようと、その姿は自分に他ならない。「是は自分の幽霊だ」（同前）と感じた津田は、「極めて縁の遠いもの」すなわち「幽霊」は、「極めて縁の近いもの」すなわち「自分」であるという事実に、今直面させられている。自我意識によって統御される以前の身体像が、「頭」の優位性を揺るがすものとして現前する。津田は、「目鼻立の整つた好男子」（同前）が自分である如く、この血色の悪い「幽霊」のようなものも自分であると同様に認定することが出来ない。なぜなら、「馬鹿にならないで自分の満足の行くやうな解決を得る」（百七十三）こと、つまり自己同一性を保持することが津田の目的だからであり、二つの相矛盾する自己を自分として認定することは自己同一性を危機にさらすことになってしまうからである。津田はまた、鏡からも眼を逸らし「身体《からだ》を横へ向け直」（百七十五）す。そして、「下から見上た階子段の上」（百七十六）に清子の姿を認めるのである。

　翌朝、津田は昨夜の自分を「夢中歩行者《ソムナンビユリスト》」（百七十七）として処理しようとする。「階子段《はしごだん》の下」（同前）つまり「洗面所」（百七十五）での自分は「常軌を逸した心理作用の支配」（百七十七）を受けていたのであり、自我意識で統御し得る普段の自分からすれば「恥づべき状態」（同前）にあったと考える。やはり、「幽霊のやうなもの」（百七十三）としての自分を認めないのである。ただ、彼にはその「心理作用」（百七十七）の生じる原因を説明することが出来ない。同様に、彼が見上げた階上で「蒼く」（同前）なり「硬く」（同前）なった清子の驚きも「説明し尽せ」（同前）ないのである。それを「合理的」（同前）に解釈しようとしながら、彼は結局「今の自分に都合の好い」（同前）、「自信」（同前）ある自分に即した答えを出そうとする。その答えに確証を与えるべく、彼は清子のいる部屋へと「階子《はしご》段《だん》」を上がるのである。そこで津田は、昔と変わらない「優悠《おつとり》」（百八十三）とした「緩慢」（同前）な清子を見出す。その清子は「突如として」（同前）関と結婚した清子でもある。「二つのものを結び付けて矛盾なく考へようとする時、悩乱は始めて起るので、離して眺めれば、甲が事実であつた如く、乙も矢ツ張り本当でなければ」（同前）ならない。しかし、津田は「緩《のろ》い人は何故飛行機へ乗つた」（同前）かと考え、清子の昨夜の「あの驚ろき具合と」（百八十四）

今朝の「此落付方」（同前）の「調和」（同前）のなさに強い「不審」（同前）を抱く。彼は、相矛盾するものに対し一貫性のある説明を求めていると言えよう。「夢」の中に限定したとしても、「幽霊のやうなもの」が「自分」であった以上、相矛盾するものに自己同一性に即した説明を付けない限り、彼はその「夢」から覚めて「現実」へ帰る道筋を見つけることが出来ない。「不定の渦」が溢れ「自分の幽霊」に出会った所から見上げた階上に清子はいる。しかし、清子は決して「説明」しない。「事実」を述べるだけである。「心理作用」の説明を求める津田に、「心理作用なんて六づかしいものは私にも解らないわ。たゞ昨夕《ゆふべ》はあゝで、今朝は斯《か》うなの。それ丈よ」（百八十七）と告げる。「極めて縁の遠いものは却つて縁の近いものだつたといふ事実」（百六十五）に対し、それが自分のことであってもただ「事実」ならば、「取り消す訳には行かない」（百八十六）と認めているにすぎないのである。清子を見上げるのは、自分の得たい答えを彼女に求めようとする津田の視線である。清子自身は、結婚、流産、身体の不調という事実の積み重ねの中で、その変化する事実に対応することで「現実」[16]を生きてきた。過去におけるそれぞれの事実に、現時点から一貫性のある脈絡を付けて説明することに意味はない。電報など来るのかという津田の問いかけに、清子は「そりや何とも云へないわ」（百八十八）といって微笑する。「不定」の「水」を下に控えているという構造が示すのは「不測の変」[17]の可能性であり、現時点の状況判断を投影して不測の未来を言い当てることは出来ない。いや、電報による静養の中断を予測したとしてもそれは可能性の問題であり、その通りになるともならないとも言い得ないのが未来だということであろう。津田は清子の「微笑の意味を一人で説明しようと試みながら」（同前）自室に帰る。清子の言葉を聞いてなお、津田は「説明」を求めようとしているのである。[18]

結

東京において「階上」から自分以外の他者を見下ろしていた津田と、温泉場において水の溢れる「階下」から清子のいる「階上」を見上げている津田、それらの位置が彼の自我意識に即応していることに津田は気付かない。しかし、作者はそのことを、二つの倒錯する空間を用意することで構造的に示していると言える。『明暗』は、津田が彼の「頭」にとって都合のよい「説明」を試みているところで未完となる。はたして津田は、そのような「説明」を得て東京へ帰ることが出来たのだろうか。

ここで注目したいのは、津田が温泉場での自分を過去回想として振り返る視点が導入されている部分である。[19] 階下の湯壺からの帰り道に迷った津田は、階上に見上げた清子を「一種の絵」（百七十六）として「後々《のち》迄自分の心に伝へた」（同前）とある。『草枕』や『三四郎』の結末において、「絵」は別れと不可分に成就した。それは、絵となる女自身の彼女の人生における別れであり、その女と絵を見る男との別れでもある。別れはそれまでの自己との決別を意味し、自己がそのように変容する起点となった場が[20]「絵」として定着するのである。津田が階上でもあり階下でもある洗面所、つまりどちらにも固定できず「不定」の水が溢れ「幽霊」のような自分に出会った空間で、彼のそれまで「知つてゐる清子」（百八十三）ではない彼女の姿を「絵」として留めた意味は深い。後の津田にとって、彼の知っていた清子、「説明」を与えてくれるはずの清子との別れと、常に「階上」に立とうとしていた自分との別れとがそこにあったがゆえに、温泉場のその空間を「絵」として留めたと考えられるからである。津田の心身に危機をもたらすような「地震」（七十四）や「出水」（百七十）に相当する出来事が、具体的にはどのような事実として津田を襲ったかどうかは、『明暗』が未完である以上想像の域を出ない。しかし、それまでの津田にとっては「常軌を逸した心理作用」(百七十七)として「説明」の付かない空間を、「絵」として留めたということは、その場の身体感覚や感情を、後に津田が自己のものとしたとは言い得るのである。

自我意識の限界を理知によって突き詰めようとして精神に錯乱を来した『行人』の一郎、その罪性を突き詰めて自我の主体としての意識を死へと至らせた『こゝろ』の先生、他者を自己と同じ地平に立つ者と見なして関わることを正しい道と考えた『道草』の健三。彼らとは異なり、津田には一郎のような鋭い理知も先生のような求心的な自我追及も健三のような他者への視線もない。彼は、自尊心と虚栄心に満ちた近代的知識人一般の代表である。よって、彼の立つ位置が恣意的なものであり彼の視野に限界があることを知らせるのは、彼の理知や意識や他者の存在ではない。そうではなく津田自身の感情や身体的な病巣や身体感覚が、彼が上位に置こうとしている「頭」も人間としての彼の一部でしかないことを知らせるのである。それまでの主人公と比べれば、凡庸であり俗物である津田もまた、自らの「不幸」(三十六)に気付かされていく。津田やお延を「不幸」と見る視点の作品世界への導入は、彼らを批判するためのものではない。むしろ、それは作者漱石が心身相関するものとして人間の総体を捉えるところから『明暗』を描いていることを示している。自らの「不幸」[21]に気づきそれを超克する道を開くのは、理知の力ばかりではあるまい。理知によって理知を糾弾することの限界を超えて、感情や身体感覚も精神に結びつき人間を変容させていく様が描かれていると言えよう。優位に立つべき「階上」や求める答えを与えてくれる「階上」が存在するという構造そのものが打ち砕かれ、「不測の変」の生じる現実という空間に心身相関して在る人間が生きているのである。

〈注〉

(1) 今村仁司『近代の思想構造』(一九九八年一月　人文書院)

(2) 湯浅泰雄『身体論—東洋的心身論と現代—』(一九九〇年六月　講談社学術文庫)

（3）大正二年『ニイチエ研究』を漱石に献呈したことをきっかけに、漱石との書簡のやり取りや漱石山房への訪問が始まる。
（4）『和辻哲郎全集　第八巻』（一九六二年六月　岩波書店）
（5）『西田幾多郎全集　第八巻』「哲学論文集　第二」（二〇〇三年九月　岩波書店）
（6）『西田幾多郎全集　第八巻』「哲学論文集　第三」（注（5）前掲書）
（7）三好行雄「『明暗』の構造」（『講座夏目漱石　第三巻』一九八一年十一月　有斐閣）
（8）鷲田清一『最後のモード』（一九九三年十一月　人文書院）に、「ほかならぬ「わたし」のフィジカルな存在様態である「わたしの身体」は、自分では〈像〉、つまりはイメージとしてしか所有できないものであり、その身体を「生きている当の「わたし」がその内部をのぞき込むこともできないもの」とある。そのように「身体」が「不安の対象として立ち現われてくる」ことや、「病いや痛み」という身体の現象を「うまく統御」できず、「不意」を襲われ「ただ受動的に襲われるがままになっているしかない」という指摘は、この場面での津田の状態を読み解く参考になる。
（9）三好行雄「『明暗』の構造」（注（7）前掲書）に、「藤井の援助」で仕事を得る小林が、「行動しない社会主義者、口舌の徒」として「相対化」されているという指摘がある。
（10）「水」やそれに関連する「雨」「池」などは、漱石の初期から中期作品に頻出する用語で、死や夢という異世界、あるいは出会いの場としての意味づけがされていると考えられる。
（11）毎月の不足を父から補填してもらい盆暮れの賞与で返済するという条件を履行しなかったために津田は父からの送金を断たれるが、なお病気を理由に送金させせようとする（十四）。また、「お父さんに心配を掛けちや不可《いけな》いよ」という吉川の言葉を「苦笑」して聞き流す（十六）。
（12）「文藝の哲學的基礎」（『東京朝日新聞』明治四〇年五月四日―六月四日）
（13）湯浅泰雄『身体論―東洋的心身論と現代―』（注（2）前掲書）に、カントに関連した考察において「人間的主体としての自己が、時間の経過にもかかわらず自己でありつづけているという自己同一性の意識が自己意識である」という指摘がある。

（14）『坑夫』においても、主人公が坑道を下り、辿り着いた地底の八番坑には「水」が溢れていた。『坑夫』の主人公について、柄谷行人は「内部においても外界においても何ひとつ確実なもの、必然的なものを見出すことができ」ず、「すべてが偶然的であり恣意的」である彼が、「行為の罪や責任を感じられるためには、まず実在感が、自己同一性が回復されなければならない」と指摘している（「漱石の構造」『漱石論集成』一九九二年九月　第三文明社）。彼は坑道で「安さん」に出会い、再び地上に出て自分の職を見出す。柄谷はまた別の論で「〝地底〟においてすら、主人公は事務職として優位に立ち、また大学中退の坑夫にだけ「人間」として共感している」として「古典的階位制《ハイアラーキー》が「転倒」していない（「階級について」同前）と指摘する。この「坑夫」に対し、津田は、「浴槽の階下」（百七十三）を確かめることがない。つまり、「底」を見極めることなく「階上」へ向かう。いや、確かめられるような固定的な「底」は、この「温泉場」の空間には用意されていないと言える。ここは、津田にとって「確実」で「必然的」であるはずの「自己同一性」を揺るがされる場であり、その不気味さを身体感覚によって体感させられる場であると考えられる。

（15）三好行雄「『明暗』の構造」（注（7）前掲書）に百六十五章の「幽霊のやうなもの」を踏まえて、温泉場での津田が「〈我〉を喪失した非在の時間のなか」におり、そこは「夜の支配する非日常の時空」であるという指摘がある。が、本論では「時間」よりも「空間」の構造に着目したい。

（16）上田閑照「近代文学に見る仏教思想　第一章　夏目漱石―「道草から明暗へ」と仏教」（『岩波講座　日本文学と仏教第一〇巻　近代文学と仏教』一九九五年五月　岩波書店）に、漱石が『明暗』において「見通すことの出来ない複雑不透明にして不定型の流動体として「人―間」事態を描いてゆく」とある。さらに、「単に「継続中」であるだけでなく、何が現れ何がどうなるのかわからない」のが「人間の現実」であり、「そのように現実を、謎を謎のままに虚無が透けてくるところまで描く漱石の立っている場所の問題」を論じている。

（17）「人生」（第五高等学校『龍南會雑誌』明治二十九年十月）

（18）北山正迪「漱石「私の個人主義」について―『明暗』の結末の方向―」（「文学」四五巻一二号、一九七七年十二月）において、『明暗』の終わりの数章の津田と清子の会話は「どこまでも理由を求めないではいられない男と、理由《なぜ》を外れた場所、何故なしのところからそれに応じている女の対話」として捉えられている。さらに「微笑」の意味を「説明しよう」とする津田の言葉が「結末の方向への手掛かり」になるとして、「津田が自己の何故の限界を知ることが一つの新しい地平を招く」と考え、「近代の自我の自己超克」と意味づけている。

(19)　津田が過去を回想するという視点が挿入されていることへの指摘は、三好行雄「『明暗』の構造」(注(7)前掲書)や大岡昇平「『明暗』の結末について」(『小説家夏目漱石』一九八八年五月　筑摩書房)などにも見られる。

(20)　桑子敏雄『感性の哲学』(二〇〇一年四月　日本放送出版協会)に、「それまでの自分とは違う自己の発見」「自己変容の起点こそが原体験」であり、「自己が身体的存在であるかぎり、自己の変容はそのときの風景とともにある。わたしがわたしであり始めた体験からけっして切り離すことのできない風景、それこそが原風景である。」という指摘がある。「絵」は、その「絵」を胸中に抱くものにとっての「原風景」であるとも考えられる。

(21)　小林が「ドストエヴスキ」を例に出し、「下賤」で「無教育」な人間の中からも「至純至精の感情」が流れ出すことがあると説き涙を流す(三十五)のに対し、そのような「相手に釣り込まれ」ない津田のあり様が「不幸にして」(三十六)という否定的な言葉とともに提示される。また、お延が自らの「小さい自然」に従おうとするときにも、「不幸な事に」(百四十七)という表現が加えられる。彼らの自己中心的なあり様を「不幸」とする視点が、『明暗』の中には導入されている。ただ、それは彼らを俗物として批判するためのものではなく、そのような自らの「不幸」に彼らも気づかされる人間であることを示すためのものだと考えられるのである。

付記　本文中の引用は、『漱石全集　第十一巻』(一九九四年一一月　岩波書店)による。ルビは適宜省略した。

「心の眼」

――『明暗』における心像描写と *The Golden Bowl* の受容――

永田　綾

一　『明暗』の独自性のありかに眼をこらして

漱石の作品を読み進むと、『明暗』に至って、どうしても「これまでとは違う」という印象をぬぐい去ることができない。そしてその理由は、おそらく、『明暗』における心像描写――人物が心像に働きかける行為が描写されることにあると思われる。この『明暗』の特色の源泉を探るにあたり、私たちはどのような方法をとればよいのだろうか。それには、中村真一郎[1]が指摘するように、外国文学との比較が有効であると思われる。漱石を含め日本の近代の文学を切り開いていった作家は、自らの文学のよりどころを、日本の近世の文学に、というよりは、同時代の西洋の文学に求めた。とりわけ若き日の漱石は、英文学から大きな衝撃を受け、「文学とは何か」という根本的問題を考えるまでに至るほどの影響を受けたからである。そこで本論では、漱石が『文学論』でふれている *The Golden Bowl* における人間の心理の展開を描く方法に注目し、そこに『明暗』の特色である心像描写の源泉があるという見透しをもって考察を進めていく。

二　『明暗』における心像描写

そこに登場する主要な人物をめぐって、その〈見る〉行為が丹念に描写されるところに『明暗』の特色の一つを認めることができる。お延は、第二の父とも言える岡本の叔父から、「いやお前には一寸千里眼らしい所があるよ」（六十四）と評され、また、津田の妹・お秀も、津田とお延に向かって、自分で拝見した方があなた方のことがよくわかると豪語する（百十）。さらに、当の津田も、物語の冒頭で「精神界も同じ事だ。精神界も全く同じ事だ。何時どう変るか分らない。さうして其変るところを己は見たのだ」（二）と告白する。そして、その〈見る〉対象は、現実でないところのものである点に、とりわけ注目される。

「さう。ぢや嫂さんが一番気楽で可いわね」

お秀は皮肉な微笑を見せた。津田の頭には、芝居に行く前の晩、これを質にでも入れようかと云つて、ぴか〳〵する厚い帯を電燈の光に差し突けたお延の姿が、鮮かに見えた。（九十五）

このように、『明暗』では、人物の脳裡に浮かんだ光景が、実際に目の前に見えるかのように描写される。さらに、『明暗』の人物は、心像をただ〈見る〉というだけにはとどまらない。その心像に対して、話しかけたり、寄り添おうとしたり、喧嘩をしたり、何らかの〈働きかけ〉を行う。ここに、『明暗』の大きな特徴がある。

『明暗』では、津田の過去の恋人である清子の存在をめぐる登場人物たちの行動が、小説の展開の原動力となっている。清子の存在が徐々に明るみに出てくる過程が、そして不安を抱くお延がその正体を突きとめる過程が、この小説の大きな主眼であると言ってよい。そして、お延の不安が徐々に明確になっていく過程を描く中で、お延による〈心像への働きかけ〉が最も有効に配置されている。

津田由雄とお延は、結婚して半年ほど経つ夫婦である。お延は、夫に自分を愛させてみせるといい、抜かりのない細君ぶりを発揮する。しかし、津田はそのお延の注ぐ「愛情」を「技巧」と解釈して、受け容れない。そして、心の中では過去に突然自分のもとを去った恋人・清子への未練を断ち切れないでいる。そのようなすれ違いの中で、お延の心には、「散漫な不安」（七十八）が芽生え始めている。その不安は、ひとつは結婚してからの津田の態度、ひとつは夫の上役の妻・吉川夫人の不審な言動に由来している。

痔瘻の手術を受けた津田を病院に残し、芝居小屋に行ったお延は、吉川夫人から時機遅れの見舞いの言葉をかけられる（五十五）。不審に思うお延は、後にその挨拶が津田の居場所を確認するためのものであったことに気づくが、それでもお延の「散漫な不安」は消えない。お延の自覚しない不安は、津田の心像となってお延の脳裡にあらわれ、お延はそれを〈見る〉。

残りの時間を叔母の家族とともに送つたお延には、それから何の波瀾も来なかつた。たゞ褞袍を着て横臥した寐巻姿の津田の面影が、熱心に舞台を見詰めてゐる彼女の頭の中に、不意に出て来る事があつた。其面影は今迄読み掛けてゐた本を伏せて、此所に坐つてゐる彼女を、遠くから眺めてゐるらしかつた。然しそれは、彼女が喜こんで彼を見返さうとする刹那に、「いや痞違ひをしちや不可い、何をしてゐるか一寸覗いて見た丈だ。お前なんかに用のある己ぢやない」といふ意味を、眼付で知らせるものであつた。騙されたお延は何だ馬鹿らしいといふ気になつた。すると同時に津田の姿も幽霊のやうにすぐ消えた。二度目にはお延の方から「もう貴方のやうな方の事は考へて上げません」と云ひ渡した。三度目に津田の姿が眼に浮んだ時、彼女は舌打をしたくなつた。

（五十六）

津田を愛しているお延は、津田の心像を〈見た〉とき、まず「喜こんで」いる。しかし、次には津田の心像の「眼付」から「お前なんかに用のある己ぢやない」という冷たい反応を読み取る。これは、実際の津田が取った反応ではなく、また吉川夫人がほのめかしたものでもない。あくまで、お延が自ら思い描いた津田の心像を〈見て〉解釈したものである。「騙されたお延」とあるのも同様で、津田が実際にだましたわけではなく、あくまでお延が「騙された」と感じているだけである。そして、その解釈により、一度は喜んだお延は、「馬鹿らしい」と反感をつのらせる。そしてその反感は「もう貴方のやうな方の事は考へて上げません」という高圧的な言葉となり、津田の心像との交渉を回避して、自分を守ろうとするにいたっている。

その反感が、さらに吉川夫人への反感にすり替えられることによって、不安の真の原因である津田からずらされている。

今夜もし夫人と同じ食卓で晩餐を共にしなかつたならば、こんな変な現象は決して自分に起らなかつたらうといふ気が、彼女の頭の何処かでした。（中略）彼女は総ての源因が吉川夫人にあるものと固く信じてゐた。（五十六）

何度も津田の心像を〈見て〉反感を強めたにもかかわらず、お延は津田の心像が〈見え〉たことの「源因」が、津田自身にあるのではなく、吉川夫人にあるとしている。この時点では、お延は自分が津田の日頃の態度に不安を抱いているということを認めず、抑えこんでいるのである。〈心像への働きかけ〉を描くことによって、本人に自覚されるかされないかの境界にある、お延の心理が描出されている。

漠然とした不安は、吉川夫人がもたらしたものだという解決をお延は付けた。しかしそれは本当の「源因」を明らかにしたものではないため、岡本一家と別れ、一人になったお延の心に、再び不安が頭をもたげてくる。

然し夜更に鳴る鉄瓶の音に、一人耳を澄ましてゐる彼女の胸に、何処からともなく逼つてくる孤独の感が、先刻帰つた時よりも猶劇しく募つて来た。それが平生遅い夫の戻りを待ちあぐんで起す淋しみに比べると、遥かに程度が違ふので、お延は思はず病院に寐てゐる夫の姿を、懐かしさうに心の眼で眺めた。

「矢つ張りあなたが居らつしやらないからだ」

彼女は自分の頭の中に描き出した夫の姿に向つて斯う云つた。さうして明日は何を置いても、まづ病院へ見舞に行かなければならないと考へた。然し次の瞬間には、お延の胸がもうぴたりと夫の胸に食付いて居なかつた。二人の間に何だか挟まつてしまつた。此方で寄り添わうとすればする程、中間にある其邪魔ものが彼女の胸を突ッついた。しかも夫は平気で澄ましてゐた。半ば意地になつた彼女の方でも、そんなら宜しう御座いますといつて、夫に脊中を向けたくなつた。

（五十七）

「孤独の感」に襲われたお延は再び夫を求め、津田の心像を〈見て〉寄り添おうとする。しかし二人の「中間にある」「邪魔もの」によってそれはかなわない。お延は「平気で澄まして」いる夫の心像を〈見て〉失望する。そしてお延はその不安を、前回と同じように「そんなら宜しう御座います」という高圧的な態度で回避し、さらに吉川夫人に「不愉快な感じ」（五十七）の責任を転嫁する。

お延の心像を〈見る〉行為には、夫を求める―失望、不安―高圧的態度による不安の回避―吉川夫人への転嫁、という図式が見て取れる。津田の心像が〈見え〉て気分を害する理由を、お延はことさらに吉川夫人のせいと決め付けているが、吉川夫人でなく津田本人の心像が浮かんでいることから、不安の本質的な原因が津田にあることは明らかである。お延の〈見る〉津田の心像は、お延自身は明確には認識できていない不安を、読者に対しては明確に、視覚的に描出するものとして有効に機能しているのである。

さらに、お延による津田の〈心像への働きかけ〉は、後のプロットの展開に重要な影響を与えている。津田の心像に反感を持ったお延は、翌日、津田を見舞うことをやめ、岡本を訪問する。そして、叔父に自分は津田の妻にはふさわしくないと指摘されてしまう。叔父は「笑談《じょうだん》」(2)（六十二）のつもりで言ったのだが、その「笑談」に、お延は自分の深層にある心情を喚起される。「悲しい気分に囚へられた」（六十一）お延は、叔父の眼を見て、そこに「慈愛の言葉」を読み取る。

「厳格」な津田の妻として、自分が向くとか向かないとかいふ下らない彼の笑談のうちに、何か真面目な意味があるのではなからうかといふ気さへ起つた。

「己の云つた通りぢやないかね。なければ仕合せだ。然し万一何かあるなら、又今ないにした所で、是から先ひよつと出て来たなら遠慮なく打ち明けなけりや不可《いけな》いよ」

お延は叔父の眼の中に、斯うした慈愛の言葉さへ読んだ。（六十二）

このときお延は、叔父が自分の不安を見抜いており、その不安を思いやってくれている、と思いこんでいる。お延は「慈愛の言葉」を読み取ったことが契機となり、自らの不安を、そして隠している真の姿、弱い自分を露呈していく。叔父の前で泣き出してしまったお延は、責任を感じた叔父から、後の展開の鍵を握る「小切手」をもらう（七十六）。この小切手は、後の百七章で、お秀の援助の金を退け、夫婦の一体感を主張するために持ち出される道具となる。

「えゝ良人《うち》には絶対に必要かも知れませんわ。だけどあたしには必要でも何でもないのよ」

「ぢや兄さんと嫂さんとは丸で別ツこなのね」

「それでゐて、些《ちつ》とも別ツこぢやないのよ。是でも夫婦だから、何から何迄一所くたよ」（中略）

「良人に絶対に必要なものは、あたしがちやんと拵へる丈なのよ」

彼女は斯う云ひながら、昨日岡本の叔父に貰つて来た小切手を帯の間から出した。（百七）

このように、〈心像への働きかけ〉により心理が変化した結果取った「見舞いには行かず、岡本を訪問する」という行動が、その後の展開を引き起こしていく。〈心像への働きかけ〉により、お延の心理が変わらなければ、その後の展開はあり得なかったという重要な位置に、〈心像への働きかけ〉の場面が配置されているのである。

一方、津田も自らの〈見た〉心像に〈働きかけ〉、その結果が現実の行動につながっている。温泉場にたどり着いた津田は、不意に清子と遭遇し、清子に警戒されていると感じる（百七十七）。そこで清子と会うのを躊躇するが、その不安は〈心像への働きかけ〉により回避される。

　するとー旦緒口の開いた想像の光景《シーン》は其所で留まらなかつた。彼を拉してずん〳〵先へ進んだ。彼は突然玄関へ馬車を横付にする、さうして怒鳴り込むやうな大きな声を出して彼の室へ入つてくる小林の姿を眼前に髣髴した。

　「何しに来た」

　「何しにでもない、貴様を厭がらせに来たんだ」（中略）

　津田は突然拳を固めて小林の横ッ面を撲らなければならなかつた。小林は抵抗する代りに、忽ち大の字になつて室の真中へ踏ん反り返らなければならなかつた。

　「撲つたな、此野郎。さあ何うでもしろ」

　丸で舞台の上でなければ見られないやうな活劇が演ぜられなければならなかつた。さうしてそれが宿中の視聴を脅かさなければならなかつた。（中略）

　「おれに何の不都合がある。彼奴さへゐなければ」

　彼は斯う云つて想像の幕に登場した小林を責めた。さうして自分を不面目にする凡ての責任を相手に脊負《しょ》はせた。（百八十一）

津田は、清子に会い、その真意をただすために温泉場へ来ている。その事実が世間に露呈すれば自分が「不面目」になる。そしてそうなれば責任が津田にあるのは当然である。そこで津田は、小林の心像を殴る行為を経て、事実が露呈する責任を小林に転嫁することを正当化し、不安を回避している。その結果津田は、清子と会う決心をし、下女に取り次ぎを頼むために、名刺に伝言を書くという行動を取り始めるのである。

　このように、『明暗』では〈心像への働きかけ〉の結果が、人物の心境を変化させ、その後の現実世界での人物の行動に反映され、プロットの展開にかかわっていくのである。

三　『明暗』以前の作品における心像描写

次に問題になるのは、このような〈心像への働きかけ〉の描写が『明暗』に固有なものであるのか否かという点である。この点を検証するために、漱石の他の作品における心像描写と、同時代の作家の作品における心像描写の様相をみていき、その上で『明暗』の心像描写が、漱石の内部において発展してきたものなのか、あるいは他作家の表現に源泉が認められるのかをみていきたい。

まず漱石の初期の作品を取りあげてみると、『倫敦塔』には、物語の主人公「余」が倫敦塔を訪れた際に、塔の歴史に関する「空想の舞台」を〈見る〉という描写が認められる。

> 余はジエーンの名の前に立留つたぎり動かない。動かないと云ふより寧ろ動けない。空想の幕は既にあいて居る。始は両方の眼が霞んで物が見えなくなる。やがて暗い中の一点にパツと火が点ぜられる。其火が次第〱に大きくなつて内に人が動いて居る様な心持ちがする。次にそれが漸々明るくなつて丁度眼鏡の度を合せる様に判然と眼に映じて来る。次に其景色が段々大きくなつて遠方から近づいて来る。気がついて見ると真中に若い女が座つて居る、右の端には男が立つて居る様だ。

右は、実際に存在する光景ではなく、脳裡に浮かび上がってきた光景を「余」が〈見て〉いる。漱石の心像を〈見る〉行為の描写の先駆といえるものである。しかし、『明暗』のように、「余」が脳裡に浮かんだ像に対して〈働きかけ〉ることはない。「余」はこの「舞台」をただ傍観するだけである。

漱石は『倫敦塔』「あとがき」で、話を構成する要素の大部分を、漱石の親しんだイギリスの戯曲や絵画から借りてきたという事情を述べている。物語のプロットの大半をそれらから取り込もうとしたとき、漱石は主人公に「空想の舞台」を見せるという手法を使い、物語に統一性を持たせようとしたのだろう。よって、『倫敦塔』の心像描写は、人物の心理を描くことに重きを置いているというよりは、あくまで物語を描くための仕組みとして用いられているものと考えられる。したがって、その性質、機能において、『明暗』の心像描写とは異なるものとして位置づけられるのではないだろうか。

次に、『坑夫』における、心像を〈見る〉描写の例を挙げる。

すると急にぐら〳〵と頭が廻つて、かたく握つた手がゆるんで来た。是は死ぬかも知れない。死んぢや大変だと、噛り附いたなり、いきなり眼を眠つた。石鹸球《しやぼんだま》の大きなのが、ぐるぐる散らついてるうちに、初さんが降りて行く。本当を云ふと、下を覗いた時にこそ、初さんの姿が、見えれば見えるんで、ねむつた眼の前に湧いて出る石鹸球の中に、初さんが居る訳がない。然し現にゐる。さうして降りて行く。如何にも不思議であつた。（七十三）

『坑夫』では、『倫敦塔』での例のように、戯曲をプロットの中に取り込むための仕組みとしてではなく、「自分」の意識を描写することを目的として、脳裡に浮かぶ像が描かれている。さらに、『坑夫』の心像描写で注目したいのは、次に挙げる例である。

自分はベンチへ腰を掛けた。受附はなかなか帰つて来ない。ぼんやりしてゐると、眼の前にジヤンボー（論者注　葬式のこと）が出て来た。金さんがよつしよい〳〵と担がれて来る所が見える。（九十三）

この脳裡に浮かんだ「ジヤンボー」の光景を〈見る〉ことは、「自分」の深層意識での死の予感と捉えることができるだろう。続く九十四章では、「自分」は「診察場」の「薬の臭」をかぐと、「もうやがて死ぬんだな」とはっきりと感じている。「自分」の意識の表面に死の予感が現れてくる、その前段階として、つまり意識の深層での、「自分」にも意識されるかされないかの段階での死の予感として、「ジヤンボー」の心像を〈見る〉描写はある。

このように、『坑夫』では、心像を〈見る〉行為の描写は、人物の意識を細密に描写する手段として用いられている。『明暗』の描写と近いものが感じられる。

そして、『明暗』の直前の作品であることで、『明暗』の描写との近づきが最も期待される『道草』においては、脳裡に浮かぶ像は専ら過去の情景となる。「それから舞台が急に変つた。淋しい田舎が突然彼の記憶から消えた。／すると表に連子《れんじ》窓《まど》の付いた小さな宅が朧気に彼の前にあらはれた。」（三十九）とあるように、健三の眺める「舞台」は過去であり、現在の健三はその「舞台」に上がることはなく、ただ眺めるのみである。健三は養父の島田や、島田に関連する人々に会うごとに、過去の情景を〈見る〉。従って回想の叙述は作品のうち少なくない量を占めるのだが、その中に登場する人物に、回想する主体である現在の健三が何らかの〈働きかけ〉を行う描写はみられない。

また、『道草』においては、回想の世界と、現在の主人公の心情とは切り離されて描かれている。過去の自分を〈見る〉ことで健三に湧き起こるのは、当時抱いていた感情ではなく、過去と現在の断絶を感じる心である。

零砕の事実を手繰り寄せれば寄せる程、種が無尽蔵にあるやうに見えた時、又其無尽蔵にある種の各自《おの〳〵》のうちには必ず帽子を被らない男（論者注　養父島田）の姿が織り込まれてゐるといふ事を発見した時、彼は苦しんだ。

「斯んな光景をよく覚えてゐる癖に、何故自分の有つてゐた其頃の心が思ひ出せないのだらう」（十五）

ここで「彼は苦しんだ」とある健三の苦しみは、回想した出来事そのものに喚起される苦しみではなく、その記憶に伴って当然喚起されるべき親しみや感謝の情が起こってこないという、あるべき姿と現実の間の較差によって、回想する行為の後に生まれる苦しみである。この点から、心像を〈見る〉最中に心境が変化するという『明暗』の〈心像への働きかけ〉とは一線を画しているように思われる。

以上のように、心像を〈見る〉という行為は、『明暗』以前の漱石の作品にも見られるものである。また、『坑夫』においては、心像が、その人物の意識のあり方を暗示している例――『明暗』の描写に近い例――も見受けられた。

心像の視覚的な描写は、漱石にとって意識的に、個々の作品の主題に応じた形態で、用いられ続けた手法であるようだ。しかし、『明暗』にみられるような、人物が心像に〈働きかけ〉る描写や、その〈働きかけ〉が人物の心境を変え、その心境の変化がプロットの展開に直截に関わっていく例は、これらの作品には見出しがたいように思われる。

この『明暗』の〈心像への働きかけ〉の描写は、どこから生まれてきたものなのだろうか。その源泉を探るために、漱石と同時代の作家の作品における心像描写のありようを確認することにしたい。

心像を〈見る〉描写は、はやく二葉亭四迷『浮雲』に認められる。主人公文三は、本田の影響を受けて軽薄になるお勢を案じるうちに、「おぷちかる、いるりうじよん」（第三篇　第十九回）を体験し、天井の木目から物理教師、学生らの姿、「えれくとりある、ましん」の心像を〈見る〉。文三が頭の中に思い浮かべる心像を一つ一つ追っていくことで、文三の意識の推移を切りとっている。意識の推移を視覚的に写したいちはやい例である。しかし、『明暗』のような〈心像への働きかけ〉は見られない。また、この刻々と移りゆく心像を〈見る〉ことが、文三の心境を変化させることはなく、物語を展開させる機能は担っていないようである。(3)

次に、尾崎紅葉『金色夜叉』(4)の例を挙げる。引用は、寛一の主家鰐淵家の息子・直道が、高利貸しという穢れた職業から足を洗うべきだと母親に訴えた後に〈見る〉光景である。

積悪の応報覿面の末を憂ひて措かざる直道が心の眼《まなこ》は、無残にも怨の刃に劈《つんざか》れて、路上に横死の恥を暴せる父が死顔の、犬に蹋《け》られ、泥に塗《まみ》れて、古蓆《むしろ》の陰に枕せるを、怪くも歴々《まざ〳〵》と見て、恐くは我が至誠の鑑は父が未然を宛然《さながら》映し出して謬《あやま》らざるにあらざるかと、事の目前《まのあたり》の真にあらざるを知りつゝも、余りの浅しさに我を忘れて衝《つ》と迸《ほとばし》る哭声《なき》は、咬緊《くひし》むる歯をさへ漏れて出づるを（後略）　（後編（壱）の二）

直道は、自分の想像であると解っていながらも、路上で死んだ父が、顔を犬に蹴られて泥まみれになって横たわっている様子を、「心の眼」で「歴々と見」ている。脳裡に浮かんだ像が、〈見る〉対象になっている。この父の死の光景は、「末が見えてゐるのに」という直道のもどかしい心理を劇的に表現していると同時に、物語の終末における直道の両親の死を暗示するものとして機能している。しかし、あくまでも結末の暗示にとどまり、この心像を〈見る〉ことが、この場面の直後の展開に影響していくわけではない。この後、直道は父親に高利貸しをやめるよう説得を試みるが退けられてしまい、場面は主人公間寛一の入院先に切り替わっている。

『明暗』と同時期までくだると、心像を〈見る〉ことを、人物の心理を暗示する方法として描くことは、かなり多くなってくる。その中から、一例として豊島与志雄『玉突場の一隅』[5]での例を挙げる。この作品では、三人の男による、玉突場の娘おたかをめぐる駆け引きが描かれている。おたかの心像を〈見る〉のは主人公・松井であり、そのおたかの心像は、彼女に対する松井の恋愛感情の高まりとかかわっている。

> その時松井の心におたかの顔がはつきり浮んできた。大きい束髪に結つてゐる、眉の濃い目元のしまつた男性的な顔付である。馬鹿に表情の複雑な眼が光つてゐる……。松井はその顔を不意にはつきり思ひ浮べたことを意識して、心にある動揺を感じた。　（一）

ここでは、主人公松井は、玉突場の娘おたかの顔を心象に思い浮かべ、その心像を〈見た〉ことに対して動揺を感じている。おたかを気に掛けていることを、自覚するのである。また、次の箇所では、松井が雨の日におたかと二人きりで会話したあとの心境の複雑さを表している。

> そして彼は泥濘の上に映つた足下の灯を見て歩きながら、おたかの顔を思ひ浮べた。今日初めて気が付いたあの肉感的な頰の魅力《ママ》が眼の前にちらついた。然しそれは、苛ら〳〵した興奮や、一種の敵意や、漠然とした侘びしさの被《ベール》を通して見た情慾であつた。　（三）

ここで松井が〈見た〉おたかの心像は、松井の「興奮」、「敵意」、「情慾」を表すものである。おたかの顔の局部的な描写、「肉感的な頰」の描写は、松井の恋愛感情の高まりを捕らえた描写として効果的である。ただ、プロットとの関連からみると、このおたかの心像描写は、その瞬間の松井の心情を表すもので、後の展開に直截の影響を与えるわけではないようだ。実際、引用部分直後の四章の冒頭部分には、「然しおたかの周囲にはそれきり何の変りもなかつた。ずる〳〵と引きずられてゆくやうな現状が続いた。」とある。

このように大正期には、心像を〈見る〉描写は、人物の心理を暗示する方法として有効に用いられていることが見て取れた。しかし、『明暗』に見られるような、心像に〈働きかけ〉る描写は、管見の限りでは見出せないようである。そこで、視点を変え、英文学からの摂取の可能性を探ってみたい。

四　*The Golden Bowl* における心像描写

The Golden Bowl（邦題『金色の盃』、一九〇四年一一月）は、アメリカの小説家 Henry James（一八四三〜一九一六年）の後期の長編小説であり、漱石の蔵書の中に見られるのはロンドン・メシュイン社から一九〇五年に出版されたもので、この作品については、『文学論』において、現代に不可欠な「解剖的観察力」を用いた描写に成功した例として言及されている。James についてはこの他『吾輩は猫である』や『思ひ出す事など』、「断片資料」などで触れられ、漱石は『文学論』執筆後も James への関心を持ち続けていたと思われる。

『明暗』と *The Golden Bowl* の関係については、すでに幾つかの指摘がある。特に詳細に論じられたものに、飛ヶ谷美穂子の論[6]がある。飛ヶ谷は『明暗』と *The Golden Bowl* の両作品に共通する点として、主にプロットの類似や、会話場面の描写の類似を挙げ、本文を対照させて論じている。本稿では、両作品について違った観点から考察を加えてみる。

『明暗』では、先にみたように、人物たちの〈見る〉行為が丹念に描写される。*The Golden Bowl* でも、〈見る〉行為は丹念に描写され、それは次の部分に端的に示されている。

> 二人〔マギーとアダム〕の関係は変わったのだった――その違いが彼女〔マギー〕の眼の前に照らし出されたのを彼〔アダム〕は再び見たのだった。（中略）そればかりか彼は、彼女が見たものを自分も見たという気持と同時に、彼女の見たものを自分も見たということを彼女が見たという気持を抱いた。(7)
>
> （第一部　第二章・二、傍点原文、〔　〕内論者注、以下同様）

両作品は、まず〈見る〉行為の描写への固執という共通点を持っているが、ここでさらに注目したいのは、『明暗』においてみられた、自分が〈見た〉心像に〈働きかけ〉るという描写が、この *The Golden Bowl* にもみられる点である。

The Golden Bowl では、心像に〈働きかけ〉る行為を視覚的にとらえることによって人物の心理が描写される。その描写は、父親に強い執着を持つ女主人公マギーの視点で語られる小説後半部において頻出する。

マギーは「そういう〔嫌な〕話に対しては彼女〔マギー〕の想像力が閉ざされていたかのような、感受性が封印されていたかのような」（第一部　第三章・十二）人物だと評される一方、父親から「穏やかで優雅で名前のない顔、個人的な特徴を感じさせない軽やかな身ごなし」（第一部　第二章・四）をもつと観察され、無垢であるが個性のない女性として描かれている。

そのマギーが、親友であり父の妻であるシャーロットと、夫アメリーゴの不倫の証拠となる「金色の盃」を手に入れた後、自らが心像に〈働きかけ〉ることで、また目の前の光景に自分の想像を重ねることで、シャーロットへの優越感、父親との一体感を感じ、不安を回避しようとする。その行為の反復によって、徐々にマギーは現実世界での父親との離別を受け入れ、夫に対して妻として、一人の女性として向き合うための成長を遂げる。以下、マギーの変化と〈心像への働きかけ〉の関わりをみていく。

次に挙げる例は、シャーロットが檻に囚われている像を〈見る〉ものである。

シャーロットの狙いは悩みを恋人の妻〔マギー〕に本気でぶっつけてみる機会を掴むことにしかないとは信じていても、その間マギーは、想像の中に浮かんでくる金めっきの金網や傷ついた翼、広くはあるが天井から吊された檻、永遠に安らぎを知ることのない住いに対して、眼をつぶることができなかった（中略）彼女はシャーロットの檻の周囲を歩き回った——用心深く、非常に大きな輪を描いて。遂に止むをえず話し合わなければならなくなった時には、彼女は自分が比較的外側で自然の胸に抱かれているように感じた——相手の顔は鉄格子の中から覗いている囚人のそれだったのだ。こうして最後には彼女には、シャーロットが鉄格子を破ろうと、見事な金めっきを施した控え目ではあるが頑丈な鉄格子を破ろうと、強暴な力を振りしぼっているように思われた。それを見て最初公爵夫人は、檻の扉が突然中側から開かれでもしたかのように、本能的に後ずさりをした。

（第二部　第五章・一、傍線論者）

檻に囚われたシャーロットを哀れんでいたマギーは、突如シャーロットが「鉄格子を破ろうと」する「強暴な」側面をあらわしたことにより、実際に「後ずさり」をしてしまう。この心像から、マギーの心理にはシャーロットへの恐れが浮かんできていることが読み取れる。そしてその心境の変化は、その場で「後ずさり」をするだけではすまされず、次の場面でのマギーの行動にまで影響を及ぼしている。

檻に囚われたシャーロットの心像を〈見た〉後、アメリーゴ夫妻、ヴァーヴァー夫妻、アシンガム夫妻らはフォーンズ荘に移り、そこである夜、ブリッジに興ずる。ブリッジができないマギーはひとりテラスに出て、部屋の外から、つまり隔離された安全な場所からは、裏切られた自分は当然の権利としてこの平和な団欒を壊すことができるのだという優位を感じる。ところが、その優越感は、シャーロットがブリッジの勝負から離れ、部屋の外へ出てくることで一転する。シャーロットが屋外に出てきた時、その印象は「強引に檻を破って逃れ出た野獣」（第二部　第五章・二）

と描写される。この表現は明らかに、檻を破ろうとするシャーロットの描写を受けてのものである。その猛々しい姿を見て、マギーは自分の今までの「強がり」を認め、自分の敗北を認める。このマギーの気弱さは、檻に捕らえられたシャーロットが、その檻を破るのを見、後ずさりをする――つまりシャーロットに威圧されるという反応と、対応するものである。

このように、〈心像への働きかけ〉によって生じた心理の変化が、後にマギーの取る行動に密接に影響を及ぼしていることが指摘できる。「強暴な」シャーロットの心像への恐れは、マギーの心理の深層に潜伏し続け、後に心像と同様の状況に出会った時に、その恐れが表層に浮かび、現実の行動が影響を受けているのである。

この後、シャーロットと不本意ながら和解したマギーは、父親から故郷アメリカにシャーロットを連れて帰るかもしれないと聞かされる。父とはいよいよ離れるのだと判った後、その不安から自らを守るためにマギーが〈見る〉心像は、さらに過激なものになっていき、それに伴ってマギーはますます父親との一体感、シャーロットへの優越感を深めていく。次に引用するのは、マギーが、客をもてなす妻シャーロットを眺める父親を見ている場面である。マギーは客に美術品について説明する彼女の声が、まるで悲鳴のようだと感じる。

> 次の瞬間、マギーが思わず発作的に父親の方を向いたのはそう感じたからである。「止めさせるわけにはいきませんか？　もう充分ではありませんか？」――自分が何かこういった疑問を抱いたというふうに彼女はあえて彼に想像してもらいたかった。（中略）彼もまた眼に不思議な涙を溜めて、彼女と全く同じ気持であることを告白したかのように見えたのは、その時のことである。「かわいそうに、かわいそうに」――彼の気持は真っ直ぐに伝わってきた――「彼女があんなに勿体ぶっているのは、ぼくのためなんだね？」（第二部　第五章・四）

眼に涙を溜めた父親の姿は、マギーが思い描いた父親の心像に〈見た〉ものであり、現実に父親が涙を浮かべているのではない。マギーは心の中で父親に語りかけ、その結果父親の心像に涙を〈見て〉、シャーロットへの同情と解釈する。この〈働きかけ〉は、父親が「彼女と全く同じ気持であること」、自分と一心同体であることを期待するマギーの心情を表すものである。この、現実に眼の前にいる人物から、その人物の主張を読み取るという行為は、『明暗』のお延が叔父の眼から「慈愛の言葉」を読み取る行為と重なってくる。

父親の心像との会話により、マギーは父親との意見の一致を確認した後、続けて夫の心像へも〈働きかけ〉る。想像の中でほこりっぽいロンドンまで彼を追いかけ、鎧戸を閉めて家具に薄色の覆いをかけた家、留守番が一人と女中が一人しかいない家の中へ入りこんだ時、彼女が見たものはシャツ一枚になってつぶれかかった梱包を解いている彼の姿ではなかった。

彼女が見たものはそんなことでは簡単に気持を紛らすことのできない彼の姿――閉めきった薄暗い家の中を部屋から部屋へ歩き回ったり、いつまでも深々としたソファーに身を沈めていたり、立て続けに煙草をふかしながら、その煙を通して眼の前を凝視している彼の姿だった。（中略）そんなふうに一人で物思いにふけるということは、まるで自分と二人だけになったような気持がするに違いない、と彼女は信じ続けた。（中略）全ては明らかだった――彼はある一人の声〔マギーの想像するシャーロットの悲鳴〕を聞かされるのが嫌で、逃げ出したのだった。（中略）彼女は、どのような報いがやってこようとも彼女の側でそれを待つ以外には彼の考えはありえないことを見てとって、まぶしさのあまり眼を覆った。こうして彼女は顔を覆ったままの自分に彼が寄り添うように近づいたことを長い間感じていた――ただし、しばらくたって画廊のあの不思議な悲鳴が避けがたい反響を繰り返し始めた時、それを聞いた彼の青ざめた顔が冷たく歪むのを彼女は意識したけれども。

（第二部　第五章・四）

ここでマギーは、夫が自分の事だけを考えているのだという思いを強める。そして、夫の心像から読み取った「彼女の側で待つ」という決心が、マギーに「寄り添う」アメリーゴの行動で表現されている。これは、主客は逆転しているが、『明暗』のお延が津田の心像に寄り添おうとする行為と非常に近いように思われる。

このように、マギーにとって〈心像への働きかけ〉は、父親や夫と一体となってシャーロットに同情を寄せることで、不安を回避し、またシャーロットより優位に立っていると確認する手段である。自らの〈見た〉心像は真実であると信じて疑わないことで、父親との離別に耐え、自立することができ、夫アメリーゴに、彼の妻として向き合うことが可能となる。

父親と夫との一体感を感じたマギーは、父との離別を受け入れ、シャーロットに「父親に対する」「所有権」を実際上譲り渡す行動に移る。これまでの〈心像への働きかけ〉によって、シャーロットは不安を抱いており、今自分は有利な立場にいる、と思い込むマギーは、父と決別し、夫の愛を取り戻すために、敗北を装う芝居をうつ。

本項の冒頭で指摘したように、マギーは、第一部では個性のない、無垢な存在として描かれていた。しかし、この場面でシャーロットへの同情を押し隠して敗北を装うマギーには、そのような面影はない。ここにいるのは夫の愛を取り戻すためなら「どんなことでも成し遂げることができる」（第二部　第五章・一）という気持を抱く、一人の意志的な女性である。〈心像への働きかけ〉を通じて不安を克服し、「夫と共に生きる」という意志の力を手に入れる—これは、『明暗』のお延に通じるものでもある。

五　心の眼

『道草』にいたって、女と男の考えを対等に、客観的に描き始めた漱石は、次の段階として、女の内面に深く入り込んで描く方法を模索したのではないだろうか。そのとき、女主人公マギーの内面を心理の襞々にまで分け入って精細に描写した *The Golden Bowl* にその方法を求めた。〈心像への働きかけ〉を描写することで人物の内面を描くという方法の受容が、今まではなかった活き活きとした女性・お延の描写を生んだのだろう。

*The Golden Bowl*では、最初はマギーにとって憶測でしかなかった事柄が、その後心像に〈働きかけ〉ることで、マギーの中でそれはもはや事実同然に確立されたものになっていく。それは「思い込み」ではある。しかし「真実」というものは、そもそも「事実」と「思い込み」が微妙に響きあって、その人にとっての唯一の「真実」となるのではないだろうか。ジェイムズの達成は、そのことを〈見る〉という行為を通して描出し得たことにある。現代の私たちも、相手の心像を思い描き、勝手に腹を立て、不安になり、あるいは期待する。「事実」と「憶測」が脳裡で影響しあい、自分にとっての「真実」をつくりあげている。ジェイムズは、現代に生きる我々も行っている精神的営みを、百年以上前に既に自覚し、描写していた。そこに漱石は眼をとめたのである。

お延が〈見る〉津田の心像も、津田が〈見る〉小林の心像も、結局は津田の姿、小林の姿を借りた自分自身の不安でしかない。彼らは自分の勝手な解釈を通して相手を〈見て〉、その結果「思い込み」を増幅させていくだけで、相手の「真実」の姿を見ること、相手との生身の関わりを放棄してしまっている[8]。それなのに、自らの〈見る〉力を信じる『明暗』の人物たちは、その事実に気づいていないのである。漱石は、『明暗』において、他人と同じ「真実」を共有できない人間たちの苦しみを、さまざまな「明」「暗」のもとで可視的に私たちの前に取り出してみせた。そしてそれを可能にしたのは、自らも苦しみにさいなまれながら、人間心理をどこまでも見つめようとした、漱石の「心の眼」であった。

〈注〉

（1）中村真一郎『再読　日本近代文学』（一九九五年一一月　集英社）に、次のように指摘がある。

日本の近代作家の特徴は、各文学世代が先進ヨーロッパ各国の最新の文学を読むことで自己形成をとげたので、前の世代の仕事とはそれぞれ断絶している点にある。これは遣唐使の時代以来、常にわが国の文学が、先進中国のその時代時代の風潮の影響によって、変遷して来たのの《ママ》近代版というべきである。従って、わが国の——話を近代に限っても、——文学の歴史を通観するには、縦の関係よりも横の関係、つまり同時代の西洋文学との因果関係の方が重要だということになるが、専ら縦の関係を研究すべき文学史の方法では、この縦よりも横の関係の方が本筋だという、実情にそった叙述は不可能である。（中略）

こうなると、わが近代文学の解読のためには、文学史の方法よりも比較文学の方法が、より有効だということになる。

（2）ルビは、岩波編集部が補填したもの。

（3）十川信介「『浮雲』のことば」（『明治文学　ことばの位相』二〇〇四年四月　岩波書店）「2　地質の断面図—『浮雲』の心理描写」に、ここで引用した心理描写に物語を進展させる機能はなく、さまざまなイメージの間をさまよったあげくに、またもとのお勢の問題に戻ってくる、との指摘が既にある。

（4）本文の引用は、『紅葉全集』第七巻（一九九三年一一月　岩波書店）による。

（5）本文の引用は、『編年体大正文学全集』第五巻　大正五年（二〇〇〇年一一月　ゆまに書房）所収のものによる。

（6）飛ヶ谷美穂子「「現代精神」を求めて—『黄金の盃』と『明暗』—」（『漱石の源泉—創造への階梯—』二〇〇二年一〇月　慶應義塾大学出版会）

（7）*The Golden Bowl*本文の引用は、『金色の盃』（上）（下）（青木次生訳　二〇〇一年八月　講談社文芸文庫）による。英文の引用は、紙幅の都合により割愛した。

（8）このコミュニケーション不全は、『明暗』の人物たちが交わす会話においても指摘できる。彼らは、相手の言葉の表層だけに反応し、その深層があらわす内実——相手の心に触れようとしないため、常に会話はうわすべりの「議論」となり、相手との相互理解を実現する「対話」とはならない。

付記　漱石の著作の引用は、以下の通りである。

『明暗』（『漱石全集』第十一巻　一九九四年一一月　岩波書店）
『坑夫』（『漱石全集』第五巻　一九九四年四月　岩波書店）
『道草』（『漱石全集』第十巻　一九九四年一〇月　岩波書店）
また、ルビは適宜省略した。

『明暗』の構造と語り手の場所

吉江　孝美

序

「何うしてあんな苦しい目に会つたんだらう」　荒川堤へ花見に行つた帰り途から何等の予告なしに突発した当時の疼痛に就いて、彼は全くの盲目漢であつた。其原因はあらゆる想像の外にあつた。…

「精神界も同じ事だ。精神界も全く同じ事だ。何時どう変るか分らない。さうして其変る所を己は見たのだ」

（一）

『明暗』の語り手は、それまで注意を払わなかった精神界に起こる「想像の外」のことがらに注意を注ぎ、ひとつひとつ切り開き診る医者の立場に立っている。医者小林が「切開です。…すると天然自然割かれた面の両側が癒着して来ますから、まあ本式に癒《なほ》るやうになるんです」（一）と云うように、切る人間の行為と「天然自然」の働きは切り離すことができない。『明暗』を読み解く上で、〈天然〉、〈自然〉という言葉は重要なキーワードとなる。

対症療法的に医者の力が病を「治す」のではない。医者の切り開く行為が、身体に備わっている「天然自然」に「癒る」本来の力を整えていくのである。同じように、作者の、解剖して観てゆく行為によって、病んだ精神が「自然」に「癒る」機会を整えていく。『明暗』の語り手は、「事実だから仕方がありません」（一）と、津田の身体がより健全な本来の姿を取り戻すべく、切り開いて「事実」を診ていく医者小林のように、病んだ人間と、人間の精神の事実をはっきり見据え、人間をより本来的で「本式」[1]な姿へと送り返すべく、「事実」を診て切り開いていく医者でもある。それは作家漱石が下した人間と人間精神の病の診断書であり、人間精神更生記[2]の「序」となるものである。

津田の病気は「結核性」の病気ではない（一）。医者が「何時でも。貴方の御都合の好い時で宜う御座んす」というように「日曜が延びて月曜にならうとも火曜にならうとも大した違にやならないし、又日曜を繰り上げて明日にした所で、明後日にした所で、矢張同じ」ような、ある点「楽な病気」（四）であり、「今迄の様にそつとして置いたつて宜かないの」（三）とお延が手術を延期させたがっているような延期可能な病である。仮橋で用が足りていることをよいことに、出水で壊れた「本式の橋」（百七十）を修復しないまま「何時迄も横着を極め込む」（百七十）〈軽便〉の鉄道会社のように、また「三四日等閑《なほざり》にして置いた咎が祟つて、前後の続き具合が能く解らな」くなった津田の読書（五）[3]のように、津田の病気も、人間の精神の病も延期可能な病である。しかし鉄道会社の電車は「何時迄も横着を極め込んだ」ために、とうとう脱線事故を起こした。「何でも手つ取り早く仕事は片付かないものさね。この軽便だつて左右でせう、貴方、なまじい彼《あ》の仮橋で用が足りてるもんだから」、「屹度《きつと》何かあるに違ねえと思つてたんだ」（百七十）と、温泉行きの電車に乗り合わせた爺さんに云わせている。こうした語りは「延期」する人間の精神世界においてそれぞれに関係し合っていることがわかる。お延の「延」は延期する人間の在り方を象徴的に示す名前である。「一旦解放された自由の眼で、やきもきした昨夕の自分を嘲けるやうに眺めた彼女（お延）が床を離れた時は、もう既に違つた気分に支配されてゐた」（五十八）〔傍線、（　）内、論者、以下言及しない限り同じ〕。自分を顧みることをどこまでも延期する『明暗』の登場人物の姿である。「叔母のように膏《あぶら》気が抜けて行くだらうとは考へられなかつた」お延—しかし「何時迄も現在の光沢《つや》を持ち続けて行かうとする彼女は、何時か一度悲しい此打撃を受けなければならなかつた」（六十）。また「再び故の道へ戻つて来た時は、前より急な傾斜面を通らなければならなかつた」（六十六）。「何等の予告なしに突発した疼痛」（前掲載）も、身を翻す燕のように津田のもとを去り関と結婚した清子（百八十三）との出来事も、「等閑《なほざり》にして置いた咎が祟つて」起こるべくして起こった出来事として作者は描いている。具体的で個別な出来事が象徴性にまで高められている。作者の自覚なしに描き得ない手法である。津田の以下の語りもそれを如実に示している。

「おれは今この夢見たやうなもの、続きを辿らうとしてゐる。…すべて朦朧たる事実から受ける此感じは、自分が此所迄運んで来た宿命の象徴ぢやないだらうか…」（百七十一）

由雄の「由」は、漠然とした「朦朧たる事実」に由りかかり、あちらこちら経由しながら、うろうろと歩きまわる、由雄の人生を象徴的に表したものであろう。

彼は実際廊下を烏鷺々々《うろ〱》歩行《ある》いてゐるうちに、清子を何処かへ振り落した。（百七十七）

温泉旅館で迷ってしまった由雄である。「ぐる〱廻つてゐるうちには何時か自分の室《へや》の前に出られるだらう」と思いながら、「…すぐ自分の居場所を彼に忘れさせ」（百七十五）た、とある。その刹那に予期なく清子に出会い、津田は狼狽する。これは単に温泉場での出来事ではない。彼の人生の象徴である。ここでも具体的な温泉場での出来事を語る語り手は、それを象徴にまで高める。

作者は、津田の友人小林に「十人が十人ながら略《ほぼ》同じ経験を、違った形式で繰り返してゐるんだ」（百五十八）と、いわせている。津田もお延も小林も自覚なしに自分の問題を延期し「烏鷺々々」している。「漠然とした人生観の下に生きて」（百十五）いる。しかし語り手である作者は、延期しない。処方箋を出すべく、「几帳面」に、「深く」突き込んで人間の精神の事実を、人間の経験を描きながら観ている。医者小林が診断を下し、症状に応じた「根本的手術」（一）を提案するごとく。ここにおいて多くの登場人物と語り手の間には決定的な非連続性が存在する。

彼（津田）は、今迄斯ういふ漠然とした人生観の下に生きて来ながら、自分ではそれを知らなかつた。彼はたゞ行つたのである。だから少し深く入り込むと、自分で自分の立場が分らなくなる丈であつた。

…哲学者でない彼は、自身に今迄行つて来た人生観をすら、組織正しい形式の下に、わが眼の前に並べて見る事ができなかつたのである。（百十五）

お延の蟠《わだかま》りは、一定した様式の下に表現される機会の来ない先に又崩されて仕舞はなければならなかつた。（八十六）

しかし「漠然とした人生観」を生きる津田と、それを観ることの出来る語り手との間には隔たりがある。そこに『明暗』の構造の特徴がある。

一　『明暗』における「天然」、「自然」

松岡譲は、当時『明暗』について単に冗長だと批判する批評家に対して、漱石の語ったところを次のように記している。

…随所に埋めてある芋を、段々掘り出し乍ら行く（此時先生は口のあたりに独特の微笑を見せて、芋を掘り出す手付をされた）ことになつてるのだから、その作者の意図を考へもせずに批評するのでは困る。一体あの人達といはず今の文壇全体が一種の恐露病に罹つて居て、さうした囚はれた尺度でもつて一律に作品をはかりたがるが、それ以外にも作品の形式なり傾向なりは充分にある筈だ。こんな意味の事を言つておられた事がある。其時の芋を掘るといはれた時の手付が今でも時々目に浮ぶ。…（「『明暗』の頃」『漱石全集』別巻）

『明暗』は、単に筋を読ませる小説ではない。漱石は新しい作品の形式を模索していた。「文展と芸術」で漱石は「芸術は自己の表現に始まつて自己の表現に終ると云ふのである。取も直さず、『特色ある己れ』を忠実に発揮する芸術に就いてのみ余は思索を費やして来たのである」と言っていた。『明暗』において、一つの事実や出来事は、次に起こってくる出来事や事件の単なる段階、要素に留まっていない。一つの出来事がすでに全体と呼応し響き合っている。したがってちりばめられた「芋」（出来事）をただ掘り起こすだけでは充分ではない。その「芋」がそれぞれどのように繋がり、響き合っているのか、その構造を支える「蔓」を観てとらない限り、『明暗』の全体は見えてこない。これに関連して、「団子を認めた彼女（お延）は、遂に個々を貫いてゐる串を見定める事の出来ないうちに電車を下りてしまつた。」（七十七）[4] という語りは注目に値する。「団子」を貫いている「串」が、「芋」と「蔓」との関係であり、出来事（事実）を貫く関係性でもある。この関係の世界が見えないまま、事実を拈定しても確かなものは見えてこない。では、『明暗』に横たわる数々の出来事から語り手は、何をどのように確かなものとして認めたであろうか。人間と、人間の精神の病をどのように観ていったであろうか。そこに「天然」、「自然」の役割が見えてくる。

暗い不可思議な力が右へ行くべき彼を左に押し遣つたり、前に進むべき彼を後ろに引き戻したりするやうに思へた。しかも彼はついぞ今迄の自分の行動に就いて他から牽制を受けた覚がなかつた。為《す》る事はみんな自分の力で為《し》、言ふ事は悉く自分の力で言つたに相違なかつた。（二）

…冒頭から結末に至る迄、彼女は何時でも彼女の主人公であつた。又責任者であつた。自分の料簡を余所にして、他人の考へなどを頼りたがつた覚はいまだ嘗てなかつた。（六十五）

しかし彼らは「暗い不可思議な力」に振り回されている。それは登場人物の「想像の外」（百三十五）にある「頭の中に入つてゐない事実」（百二十二）である。『明暗』がもつ構造の特徴の一つである。全体を貫く見えない関係の糸である。

漱石は「天然を作中に入れて引き立つ場合もあれば、入れなくて済む場合もある。[5]」と書いたことがある。『明暗』

で漱石は「天然」を自覚的に用いている。ただ「天」ということばを、観念的なものとして位置づけてはいない。『明暗』にでてくる「天」や「天然自然」ということばは、われわれが日常、慣れ親しんだことばとしてのみ用いられている。例えば、「天然自然に癒るんです」（一）に始まり、「…天から生み付けられた男（小林）」（八十一）、「人間らしく嬉しがる能力を天から奪はれたと同様」（百九）、「努力も意志もなしに、天然自然自分を解放して」（百十三）、「天然自然耳へ入つた」（百十九）、「…天然自然の積…技巧は少ない」（八十六）、「何の努力も要らない第二の天性」（六十一）[6]などがある。ここからいえることは、「天」や「天然」、「自然」ということばは、人間的意志や努力、技巧を越えたところの働きを意味しているということである。『明暗』で、漱石は「天」ということばに、それ以上の意味を付与してはいない。『明暗』という小説が、「暗い不可思議な力」、人間の「想像の外」（二、百三十五）、「ポアンカレーの所謂複雑の極地」（二）、お延の意志と努力という「小さな自然」を越えた「大きな自然」などを一つの大きなモチーフとしていることは周知の事実である。登場人物の理解、推測、把捉、意志、意図、技巧を越えたところに横たわる事実を描く語り手が確かにいる。

> 彼女（お延）は前後の関係から、思量分別の許す限り、全身を挙げて其所へ拘泥《こだわ》らなければならなかつた。それが彼女の自然であつた。…大きな自然は、彼女の小さい自然から出た行為を、遠慮なく蹂躙した。（百四十七）

また、「自然の勢ひ彼女（お秀）は夫の事ばかり考へてゐる訳に行かなつた」（九十一）といわれるときの「自然の勢ひ」は、お秀の決心や努力、意志や意図を越えたところのものである。「自分を泣き尽した時、涙はおのづから乾いた」（八十九）というときの「おのづから」、「努力もなく意志も働かせずに、彼は自然の力で其所へ押し流されて来た。…改めやうとする決心なしに、改たまつた夫の態度には自然があつた」（百十三）、「此所へ落ちて来るのは自然の結果でもあつた」（百三十七）、「強ひて寐ようとする決心と努力は、其決心と努力が疲れ果てゝ、何処かへ行つてしまつた時に始めて酬ひられた」（百七十七）という時の「自然」はすべて「自ずから然り」という、人間の意志と意図とは区別される、「不可思議な力」、「大きな自然」である。

しかし「天然」や「自然」は本来人間が追い求めて得られるような理想の対象となるものではない。求める以前に実在する事実である。「不可思議な力」の存在を、あるがままに「観る」ということ。そこには厳密なる科学者の眼が不可欠となる。医者小林は、友人小林のような観念主義的理想主義者とは異なる。同じ名をもつ医者小林との決定的な違いはここにある。医者小林は、それまで気付かれていなかった津田の病気を診て、切り開いて診断を下していく行為する科学者である。『明暗』の語り手も同じように、「不可思議な力」に引きずられながら、すべてを自分の力で言い、行っていると思い込む人間の病を解剖し、その存在の「事実」をはっきりと観て語る科学者である。医者が病の事実を診て語り手が精神の病を観るのは、自然が働きかけるのに最も好い状態に身体を整え、精神を整えるための、自覚された一つの行為なのである。老いゆく人間の身体が健全な青年の姿に戻ることがないのと同じように、精神の病も理想とする完治があるわけではない。

（三）

「是が癒り損なつたら何うなるんでせう」、「又切るんです。さうして前よりも軽く穴が残るんです」（百五十

どこまでも自分を、振り返り、観て行かねばならない。したがって「天然」や「自然」は目指す目標となるものではない。それは存在する事実である。岡崎義恵が陥った罠はここにあった。漱石の全テクストを遡ったとさえいいうる岡崎の壮大な「則天去私」における「天」の研究は、多くの示唆をわれわれにあたえてはくれるものの、岡崎は『明暗』における「天」に「倫理的」な意味を追い求めすぎた。その著『日本藝術思潮』（一九四三年　岩波書店）で岡崎は「天が寧ろ悪意を持つもののやうに取れる。……要するに『明暗』に用いられてゐる『天』の語から、我々は則天去私の内容を推定することはできない」、「果たして『明暗』がその手術を完了して、真に倫理的『天』の手からこの至純なものが人間に許されることを証し得るのであつたろうか」と問う。しかしこれは、問いの立て方そのものが間

違っている。漱石は真なる「倫理的『天』」など証するつもりは毛頭ない。岡崎は「天」ということばに観念的な理想を求め過ぎた。それは「暗い不可思議な力」、人間の「想像の外」(二、百三十五)に横たわる事実以上のものではない。

人間の努力と意図を越えた「不可思議な力」を組み込んで描いた典型的な『明暗』の一場面がある。吉川夫人が病院へ訪ねてくることを小林から聞かされた津田が、お延と吉川夫人が病院で鉢合わせすることのないようにと工夫(意図、技巧)を凝らす場面である。見舞いに来るのを見合わせるようにという手紙をわざわざ書いて車夫に託す。結果からみれば、津田の「意図」通り、手紙は間違いなくお延の手に渡る。彼の計算通り、病院でお延と吉川夫人が鉢合わせになることも避けられた。しかしその手紙は津田が予想もしていない形でお延の手に渡っていた。お延が病院にやって来なかったのは、津田のいいつけ(津田の意志、意図)に従ったのではなく、彼女の「意志」で、まずお秀の家を訪れた後、遅れて病院へやってきたのである。吉川夫人と鉢合わせにはならなかったものの、お延は病院から出て来る吉川夫人を目撃している。お延も津田もそうした経過を全く知らない。語り手は津田に「此異人種に近い二人が、狭い室で鉢合せをしずに済んだ好都合を、何より先にまず祝福した。」(百二十一〜百四十七)。自分の計画、意図どおりにことが運んだと思いこみ、喜ぶ津田である。この場面は、まさに人間の自意識の悲劇と喜劇である。結果からのみ判断すれば、津田の思いどおりにことが運んだようではあるが、そこには津田の「頭の中に入っていなかった事実」、「想像の外」(前掲載)の事実が横たわっている。実際お延は津田の手紙を病院から帰宅してのちに初めて受け取っている。語り手は、人間の想定を越えた事実が横たわっている現実を、ただ観ている。小説の冒頭で肉眼では見えない葡萄状の細菌を顕微鏡でみさせる場面をわざわざ取り入れたのも、日常の眼では見えないものを観て行こうとする漱石の思いが込められているといえよう。

ともかく漱石は、岡崎が望むような倫理的あるいは理想としての「天」を主張し描こうとしたのではない。漱石はむしろ、人間の頭で拵えた倫理や道徳以前のところで人間をとらえようとしている。木曜会の弟子達の前で、漱石が晩年語ったことばが思い起こされる。

ようやく自分もこの頃、一つのそういった境地に出た。「則天去私」と自分では呼んでいるんだが、他の人がもっと外の言葉で言い現してもいるだろう。つまり自分が自分がという所謂小我の私を去って、もっと大きないわば普遍的な大我の命ずるままに自分をまかせるといったようなことなんだが、そう言葉で言ってしまったんでは尽くせない気がする。その前にでると、普通偉そうに見える一つの主張とか理想とか主義とかいうものも結局ちっぽけなもので、そうかといって、普通つまらないと見られているものでも、それはそれとして存在が与えられる。（松岡譲『ああ漱石山房』一九六七年　朝日新聞社）

漱石は『明暗』を書きながら「天然」、「自然」という、一見つまらなさそうなものの存在をより確固たるものとして自覚していったはずである。

二　『明暗』における「明」と「暗」

「相変らず緩漫だな」、緩漫と思ひ込んだ揚句、現に眼覚しい早技で取つて投げられてゐながら、津田は斯う評するより外に仕方がなかつた。（百八十三）

津田の知つてゐる清子は決してせゝこましい女でなかつた。彼女は何時でも優悠《おつとり》してゐた。…彼は常に其特色に信を置いてゐた。さうして其特色に信を置き過ぎたため、却つて裏切られた。…二つのものを結び付けて矛盾なく考へようとする時、悩乱は始めて起るので、離して眺めれば、甲が事実であつた如く、乙も矢ツ張り本当でなければならなかつた。（百八十三）

さて、『明暗』について「形式論理には相容れないはずの二つの概念が結合して、新しい役割を担っている」と指摘したのは相原和邦である（『漱石文学の研究―表現を軸として』一九八〇年　明治書院）。相原の堅実な分析により、われわれは『明暗』のなかに、矛盾対立する「叙法描写」がいかに多く存在しているかを知ることができる。相原が「矛盾叙法」、「対比叙法」と名付けた描写は、前者が一段落内の文と文のつながりに限定されているにもかかわらず、全章において一二〇例を数え、後者も一定の限定付きであるにもかかわらず三九七例を数えていると指摘する。

「…其話を実は己は聞きたくないのだ。然し又非常に聞きたいのだ」彼は此矛盾した両面を自分の胸の中《うち》で自分に公言した時、忽ちわが弱点を曝露した人のやうに、暗い路の上で赤面した。（十三）

『明暗』の冒頭ですでに矛盾する人間の心の動きを漱石は描いていた。『明暗』のなかにはこうした相矛盾すると考えられる事柄が意図的に散りばめられている。それらは多方面に及んでいる。例えば登場人物の性格や性質についても「彼女（お延）の才は一つであつた。けれども其応用は両面に亘つてゐた。」（百十七）、「思ひの外に浪漫的《ロマンチツク》であつた津田は、また思ひの外に着実であつた」（百七十三）、「粗放のやうで一面に緻密な、無頓着のやうで同時に鋭敏な、口先は冷淡でも腹の中には親切気のある此叔父（岡本）」（六十二）、「お秀も小林の一面を能く知つてゐた。…さうして其一面は酒を呑んだ時杯とは、生れ変つたやうに打つて違つた穏やかな一面であつた」（九十八）等が散見される。「甲が事実であつた如く、乙も矢ツ張り本当でなければならなかつた」（前掲載）といわれたように、相矛盾、相対立する「明」と「暗」がそれぞれ事実であり、「明」と思っていたものが、ある時ある場合に「暗」になるという事実でもある。これらが単に一段落内の文と文の矛盾に限られていないところに『明暗』を語る難しさがある。

例えば、津田はお延の前で、常に「受け身」な人間であるかのごとく描かれている。「津田は我知らず此小さい眼から出る光に牽き付けられる事があつた」（四）、「彼女が一口拘泥《こだわ》るたびに、津田は一足彼女から退ぞいた。二口拘泥れば、二足退いた…」（百四十七）。しかし同時に語り手は、「彼女（お延）はたゞ随時随所に精一杯の作用を恣まゝにする丈であつた。勢ひ津田は始終受身の働きを余儀なくされた…所が清子を前へ据ゑると…段取は急に逆になつた。」（百八十五）。津田が清子の前で、津田の前のお延になっている。「眼で逃げられた津田は、口で追掛けなければならなかつた。」（百八十八）。津田は、まさに津田の前のお延である。「明暗双双」である。また、会社帰りに吉川夫人宅へ寄って帰宅した津田を出迎えるお延が、「今日も何処かへ御廻り？」「中《あ》て、みませうか」、「吉川さんでせう」（十四）という場面がある。「昨日の今頃待ち伏せでもするやうにして彼女から毒気を抜かれた」（十八）津田が、清子の前で、「僕が待ち伏せをしてゐたとでも思つてるんですか…貴女の湯《ゆ》泉に入る時間迄分りやしませんよ」（百八十六）と弁解している。そして、「然し貴女は今朝何時もの時間に起きなかつたぢやありませんか」（百八十七）と、打算的な自分を暴露している。清子は「あら何うしてそんな事を御承知なの」と問うが、津田は「ちやんと知つてるんです」と応えている。お延が津田の行動を計算するように、津田は温泉場で清子の行動を計算している。「同じ経験を、違つた形式で繰り返している」（前掲載）。「明」が「暗」になり、「暗」が「明」になっている。お延に毒気を抜かれた津田が、清子の前では、毒気を抜くお延になっている。同じ「待ち伏せ」という言葉が用いられているのも注意されてよいであろう。このように観ていくとき、『明暗』の筋とは直接関係のない場面―看護婦が薬を間違えたために知人が死んでしまったとの嫌疑をかけ、その看護婦を殴らせろと医局へ迫った人の話が挿入されている場面―さえも、『明暗』という作品全体のうちで、その意味（価値）を獲得する。全体との関係の中に置かれていることがわかる。

津田から見ると如何にも滑稽であつた。斯ういふ性質の人と正反対に生み付けられた彼は、其所に馬鹿らしさ以外の何物をも見出す事が出来なかつた。平たく云ひ直すと、彼は向ふの短所ばかりに気を奪《と》られた。さうして其裏側へ暗に自分の長所を点綴して喜んだ。だから自分の短所には決して思ひ及ばなかつたと同一の結果に帰着

した。（百十五）

「明」が「暗」になり、「暗」が「明」になっている事実が見えない、自分が見えていない登場人物。これが作家漱石が観た、人間の「病」である。お延に対して「又何か細工をするな」（百八十三）と見る津田だが、自分の細工（技巧）は見えない。また「自分の動機を明瞭に解剖して見る必要に逼られない」（百三十七）余裕ある吉川夫人―言われる通り「反省」からはほど遠い人間として描かれているにもかかわらず、同じクラブの仲間でもあるお延の叔父岡本に、その吉川夫人が「あなたと来たら何にも反省器械を持つてゐらつしやらないんだから、全く手に余る丈ですよ」（五十三）と言う場面をわざわざ設定している。また、妹お秀に対して「お前は器量望みで貰はれたのを、生涯自慢にする気なんだらう」（九十四）という津田自身が「彼は目鼻立の整つた好男子であつた。…彼は何時でも其所に自信を有つて」（百七十五）と語り手に言わせている。明らかに作者はある意図を持ってこのような場面を設定しているのである。「蔓」を動かすと「芋」がごろごろと動き出すように繋がっている。こうした矛盾があるにもかかわらず、われわれは、それらがあまりにもことがらに馴染んでいるため、またわれわれがそのような現実を実際生きているために、却ってこのような矛盾を通りすぎてしまうのである。「明」が「暗」になり、「暗」が「明」になっている。矛盾がいけないのではない。そうした矛盾の存在に気付けない人間に「病」が発症し、伝染し、混乱が引き起こされる。

此時突然卑近な実際家となつてお延の前に（お秀が）現はれた。お延は其矛盾を注意する暇さへなかつた。（百三十）

思ひの外に浪漫的であつた津田は、また思ひの外に着実であつた。さうして彼は其両面の対照に気が付いてゐなかつた。だから自己の矛盾を苦にする必要がなかつた。（百七十三）

読者としてはまず、このような矛盾に気が付かねばならない。津田の「性格にはお延ほどの詩《うた》がなかつた」（百五十四）という描写に拘泥し、津田が「詩」とは無縁で、吉川夫人の言う通り「貴方はあんまり研究家だから駄目ね」（十二）という一面だけを取り上げただ理屈の人とばかり思い込むなら、「思ひの外に浪漫的であつた津田」（百七十三）と、語り手にいわせている事実にわれわれは同意することができなくなる。「自己の矛盾を苦にする必要がなかつた」、自分を顧みることのない津田と同じ立場に追い込まれてしまう。ここでもやはり「…離して眺めれば、甲が事実であつた如く、乙も矢ツ張り本当」（前掲載）なのである。作者は、片方で読者に矛盾をつきつけ、われわれの悩乱を期待しつつ、片方ではそれに気付かれないように描いている。部分（芋、団子）は部分である。「芋」がどのように蔓と繋がっているのか。全体（蔓）との関係の中におかれて初めて部分（芋）の意味が明らかになる。

にもかかわらず、相原和邦は登場人物を大きく「論理」系と「事実」系に二分してしまう方法をとった。しかし、留意しなければならないのは、かりに登場人物を片方に固定してしまうならば、相原自身も指摘している「形式論理には相容れないはずの二つの概念が結合して、新しい役割を担っている」（相原、前掲載）ということの本質から外れてしまう。漱石は事実、形式論理には相容れることのない描写を敢えて行っている。性格や性質の固定は、『明暗』が目指すことがらの本質から離れたものになってしまうということである。相矛盾する、あるいは相反すると思われる「明」と「暗」について、いま仮に「論理」系を「明」とし、「事実」系を「暗」とするならば、漱石の描写においては、一人の人間のうちに「明」と「暗」の両方が備わっており、ある時、ある場合、「明」が表面に顕われ、ある時「暗」が顕われ、両方が事実である、ということを念頭において、ことがらを描いているということである。

作品の後半で清子に、「心理作用なんて六づかしいものは私にも解らないわ。たゞ昨夕《ゆうべ》はあゝで、今朝は斯うなの。それ丈よ」（百八十七）といわせたことがらは、決して清子に限られた事実でないことがわかる。ただ清子はそれをそれとして自覚している。したがってものごとに拘泥し、自分の意地を通そうとはしない。それが他の登場人物と対照をなす清子の特徴である。清子はその場で苦しむ。その場で驚く。津田に出会った時の清子の驚きは津田が受けた時のそれに比べると「十倍か強烈な驚ろき」であったのであり、「それ以上強烈に清子を其場に抑へ付けた」（百七十六）。しかし清子はそれを引きずらない、持ち越さない。鏡が対象物をありのままに映しながら、対象がなくなると、一点の影も残すことがないように、清子にとっては、一回一回が始まり終わっている。終わるというのは、誤摩化して忘れることではない。苦しんだ自己、驚いた自己を弁解することなく認めることができるということである。「…たゞ貴方はさういふ事をなさる方なのよ」、「私の見た貴方はさういふ方なんだから仕方がないわ」（百八十六）、「昨夕はあゝで、今朝は斯うなの。それ丈よ」という語調には、「自家を弁護」（三十五）し、それに拘泥しようとする清子はない。ここが他の登場人物にまだ観られない、清子の異なるところである。津田も、お延も、小林も、自己を弁護するか、他《ひと》を自分の思いどおりに変えようと企み、細工する。思いどおりにならない他（対照をなす他）を否定し、それによって心乱されている。「牽制された覚え」（六十五）がないまま牽制されている。清子は拘泥しない。「今」、「此処」を何の弁解もなしに肯定できる。

『明暗』執筆時、大正四年の断片に以下がある。

〇技巧の変化、（右、左、縦、横、筋違い）、さうしていづれも不成功の時、どうしたら成功するだろう？といふ質問を出して又次の技巧を考える。さうして技巧は如何なる技巧でも駄目だといふ事には気がつかず。人間の万事はこと〲く技巧で解決のつくものと考へる。さうして凡ての技巧のうちどれかが中《あた》るだらうと思ふ。彼等が誠に帰るのは何時の日であらう。彼等は技巧で生活してゐる。（「断片」『漱石全集』第二十巻）

自分の意志、努力、決意だけで生きていると思いこみ、思いどおりにことが運ばない時は意地でも押し通そうとする人間の姿。「好きなものに逃げられた時は、地団太《じだんだ》を踏んで口惜《くや》しがる」（百六十）登場人物。

…其我《が》がつまり自分の本体であるのに、其本体に副《そ》ぐはないやうな理窟を、わざわざ自分の尊敬する書物の中《うち》から引張り出して来て、其所に書いてある言葉の力で、それを守護するのと同じ事に帰着した。（百二十六）

　…自分（吉川）の無理といふものが映らなかつた。云へば大抵の事は通つた。たまに通らなければ、意地で通す丈であつた。（百三十七）

このような自分を日常生きてながら、その現実が見えない。彼らはその「対照の存在」（百七十三）を観ていない。したがってその存在を知らない。しかし「明」は「暗」により照らしだされ、「暗」は「明」によってのみ映し出される。「明暗双双、対揚をなす（両鏡互いに相照らし中心映像なし）」『槐安国語』(7)ということである。自分の見えない登場人物には当然どちらも見えない。

津田の妹お秀は「理窟つぽい女であつた」（百二十六）と同時に「突然卑近な実際家となつてお延の前に現はれ」（百二十）ている。どちらも本当なのだがそれが見えない。こうした描写は、まことに枚挙の暇(8)がない。一方方向な、一貫性ある人間の性格や性質の描写がよしとされていた当時の文壇とは、真っ向から対立する方向で漱石は『明暗』を描いていた。人間の性格を固定化するのではなく、「場」に応じて変化する人間を観て、描いている。「個」を実体的に捉える傾向にある、西洋的思考とは異なり、「関係」や「縁」の世界がまずあって「個」が成立するという東洋的な世界観でもある。

したがって相原が小林を論理系と事実系の「いわば二つの世界に通じている唯一の人間である」（相原、前掲載）といったことは、小林一人に限ったことではなく、すべての登場人物にあてはまる。『明暗』の冒頭で「精神界も同じ事だ。…何時どう変るか分らない。」といわれた所以も理解されよう。現象として顕われていない片面は、偶然か必然か、まだ現象していないものとして、あるいは本人からも、周囲の人からも見過ごされているものとして捉える必要がある。漱石は、相矛盾すると考えられる人間の性質、あるいは矛盾することがらの両面を、プロットとことがらに即すかぎりにおいて、敢えて意図的に描いている。

　明暗双双底時節。〔葛藤老漢、如牛無角、似虎有角。〕（牛の角無きが如く、虎の角有るが似し。）

『碧巌録』第五十一則（入矢編　二〇〇〇年　岩波書店）でいわれた、矛盾することがらそのままで事実であるという、近代の形式論理、合理的知性では届かない世界を、「八百五十倍」の「顕微鏡」（一）に映すがごとく観ていた。『明暗』執筆中の漱石が、久米正雄と芥川龍之介に宛てた書簡は周知の事実である。

　尋仙未向碧山行。住在人間足道情。明暗双双三万字。撫摩石印自由成。

　（句読をつけたのは字くばりが不味かつたからです。明暗双双といふのは禅家で用ひる熟字であります。…）

（『漱石全集』第二十四巻）

　加藤二郎は「『明暗』論—津田と清子—」（『漱石と禅』一九九九年　翰林書房）で、両極端ともいえる「聖女説」、「エゴイスト説」という二極分離した昨今の清子説について批判的な立場をとっている。的を得た指摘である。事実漱石は二極分離ではない在り方を模索しながら創作をしている。従って、かりに清子に「聖女」といわれるような「聖なる」部分があるならば、津田にも、お延にも、小林にも、「聖なる」部分があるということがいえなければならない。ただそれが見過ごされているか、現象として顕われる機会（縁、場）に恵まれていないと考えなければならないだろう。また清子が人間である以上、清子にも当然エゴイスティックなところがある、ということもいえなければならない。相原が指摘するように、清子が津田を許容することができずに、津田のもとを去っていったことも、そうした一面の現れと解することは可能であろう。ただ、それを「関との関係において、汚辱に満ちた現実に立ち続けている彼女は、まさに虚無の上に座しているのではないだろうか」（相原、前掲載）と推測するのは、『明暗』が中絶してしまっている以上、明確なことはいえないまでも、現存するテクストのうちで、そのように解釈するのは無理があるように思われる。津田の、清子の夫についての話題に屈託なく、「えゝ有難う。まあ相変らずです。時々二人して貴方のお噂を致して居ります」（百八十五）、「宅《うち》から電報が来れば、今日にでも帰らなくつちやならないわ」（百八十八）と応える清子、また「彼女の態度には二人の間に関を話題にする丈の余裕がちやんと具つてゐた」（百八十五）という語りの調子からも、そうした「虚無の上に座した」清子を読み取ることは難しい。ともかく、人物を固定してしまう方向ではなく、登場人物一人一人のなかに矛盾する両面が、時と場合によっていろいろな形をとって現象している、とする見方こそがテクストに即した捉え方である。『明暗』の登場人物のほとんどが、そうしたことに対して無自覚なまま、矛盾を矛盾として見ることもなく、そうした自己を顧みることもないままに日常を過ごしている。囚われの中にいる小さな自分をつっぱりながら生きて、「たゞ行ない」、「自分で自分の立場が分らなくなる」（前掲載）登場人物。プロットの存在する小説であるために、それぞれの登場人物に対して必ずしも均等に矛盾を描けているとはいえないが、作者がそれを意図的に描いていることは作品の構造からみて、ほぼ間違いない。「明」が「暗」になり、「暗」が「明」になりうるということである。

こうした「矛盾」のバリエーションは至るところで散見される。江藤淳が「狂言まわし」（『夏目漱石』一九六九年勁草書房）と言った吉川夫人についても同じである。かりに吉川夫人を「狂言まわし」というのであれば、津田にもお延にもそのような一面がある。つまり津田もお延も吉川夫人に相似する場面が、少し注意すれば見えてくる。温泉場へいった津田は清子との面会を確保するために、吉川夫人に自分が貰った果物籠を、吉川夫人から清子への見舞いだといって嘘をつく。

もとより嘘を吐く覚悟で吉川夫人の名前を利用した其時の津田には、もう胡麻化すといふ意識すらなかつた」

（百八十四）

また、お秀宅を訪れたお延も「お秀の気に入りさうな言辞を弄さなければならなかつた。所がお秀から見ると、それが又一々誇張と虚偽の響きを帯びて」（百二十五）と語り手にいわせ、「お延はすぐ其暗闇を衝かうとした。三度目の嘘が安々と彼女の口を滑つて出た」（百三十）とある。漱石は『明暗』で単なる「勧善懲悪」の沙汰を描いているのではない。吉川夫人を単に「狂言まわし」と決めつけるのは、あまりにもことを単純化しているといわざるを得ない。

近代の人間は、人やものごとを動きの中で捉えることを忘れ、固定化してしまうことにあまりにも慣れすぎた感を拭えない。漱石は人間に、ある特定の属性を付与して固定する方向とは全く逆の方向で『明暗』を描いている。そして属性ではなく、そこにことがらの法則を読み取ろうとしている。津田もお延も「狂言まわし」の吉川夫人になっている「明暗双双」という法則である。多くの論者の意見が一致しているごとく、また江藤も指摘しているごとく、語り手は登場人物のほぼ全員に対して、ある一定の距離をもって相対化しえている。

「明らさまな事実の報告」（百二十五）者であると語り手のいう小林ではあるが、自己の問題にはやはり盲目である。小林は津田に「厭なものを何処迄も避けたがつて、自分の好きなものを無暗に追懸けたがつてる」（百五十七）と津田のもっともらしい短所を言い当てる事実の報告者として描かれている一方、「下等社界の方に同情がある」（三十四）、「善良なる細民の同情者」であると吹聴する小林自身が「斯んな所にゐて、みんなに馬鹿にされるより、朝鮮か台湾に行つた方がよつぽど増しだ」（三十七）、「都落をやるんだよ。朝鮮へ落ちるんだよ」（三十六）といっている。小林は、まさに小林が非難する津田である。小林も「厭なものを何処迄も避けたがつて、自分の好きなものを無暗に追懸けたがつてる」のである。小林の言う通り「同じ経験を、違つた形式で繰り返している」（前掲載）。

江藤はこのような小林について「小林の欲するのは、社会的な解決であって、自己満足や自己救済なのではない。津田にはない同じ境遇の人間との連帯意識が小林という、このいやらしい皮肉屋には見受けられる」（江藤、前掲載）といい「貧乏分子と社会主義思想とを総合して、小林という、いやがらせをして歩く『自棄的闘士』の人間を創造した」（江藤、前掲載）という。しかし漱石は本当に江藤がいうような人物として小林をクリエートしているだろうか。たしかに理想を掲げる社会主義者のような一面を描いてはいる。しかし真なる意味において社会的解決を求めるものが、「斯んな所にゐて、みんなに馬鹿にされるより、朝鮮か台湾に行つた方がよつぽど増しだ」というであろうか。漱石は決して小林を江藤がいうような人物として描いてはいない。

原という青年芸術家が登場する場面を少し注意するなら一目瞭然である。小林が貧しい芸術家に、津田からもらった紙幣を三枚全部とり出して、それを食卓の上に並べて、必要なだけ持っていくようにと青年を促す場面である。お金に手を出さない青年に対して小林は「三枚のうち一枚を原の手に渡した。残る二枚を再び故《もと》の隠袋《ポケット》に収め」ながら「珍らしく余裕が下から上へ流れた…」（百六十六）という。ここで小林が三枚のうち二枚をポケットにしまい込んだという事実を、作者が描いていることを見過ごしてはならない。「下等社界の方に同情があるんだ」（三十四）と小林にいわせている一方で、漱石はむしろ、小林の観念論的理想主義者としての一面を間違いなく描いている。

彼の新調は何処かのデパートメント、ストアの窓硝子の中に飾つてある三つ揃に括り付けてあつた正札を見付けて、其価段通りのものを彼が注文して拵へたのであつた。（二十八）

見栄を張る津田やお延に似ている。

ことさらに爪先を厚く四角に拵へたいかつい亜米利加型の靴をごとごと鳴らして、太い洋杖《ステツキ》をわざとらしく振り廻す彼の態度は、丸で冷たい空気に抵抗する示威運動者に異ならなかつた。

…靴足袋まで新らしくしてゐる男が、他の着古した外套を貰ひたがるのは少し矛盾であつた。少くとも、其人の生活に横はる、不規則な物質的の凸凹《たかびく》を証拠立ててゐた。（三十三）

作者が、こうした場面をわざわざ描いているということに、注意しなければならない。医者のごとく全体を見渡しながら一歩一歩事実を切り開いていく理想とは異なり、こうした観念論的な理想主義はつねに危険を孕む。

「君は斯うした土方や人足をてんから人間扱ひにしない積かも知れないが」、小林は又斯う云ひ掛けて、其所いらを見廻したが、生憎《あいにく》どこにも土方や人足はゐなかつた。夫でも彼は一向構はずに喋舌《しやべ》りつづけた。「彼等は君や探偵よりいくら人間らしい崇高な生地をうぶの儘有《も》つてるか解らないぜ。たゞ其人間らしい美しさが、貧苦といふ塵埃で汚れてゐる丈なんだ。つまり湯に入れないから穢ないんだ。馬鹿にするな」、小林の語気は、貧民の弁護といふよりも寧ろ自家の弁護らしく聞こえた。…小林の言葉は段々逼つて来た。仕舞に彼は感慨に堪へんといふ顔をして、涙をぽたぽた卓布《テーブルクロス》の上に落した。(三十五)

他者のために流す涙はこうした逼ることばにはならない。「自家の弁護」が下等社界に対する「同情」の動機になっている。「其所には突飛があつた。自暴《やけ》があつた。満足の人間を常に不満足さうに眺める白い眼があつた」(九十八)と語り手に言わせていることも注意しなければならない。「生計向《くらしむき》に不自由のないものが、比較的貧しい階級から受けがちな尊大不遜の誤解を恐れ」(七十五)る神経質な岡本について語られている部分も注目されてよいだろう。語り手は「尊大不遜の誤解」が存在しうることを知っている。小林は確かに「事実の報告者」でもある。しかしどんなに事実を言い当てていようと、真なる同情、人間と人間の真なる関係はこのようなところに開かれない。自己弁護からくる同情は真に開かれた「同情」ではない。感情移入としての「同情」や三枚のうち二枚を自分のポケットに入れて、自己の安全を確保したのちに差し向けられるような「同情」は真なる同情からはほど遠い。江藤が小林についていう「同じ境遇の人間との連帯関係」は、むしろ危険な「連帯意識」である。漱石は、小林を貧民の同情者として描くどころか、人間の「同情」そのものの限界をみてとっている。したがってこれも小林に限られたことがらではない。吉川夫人に対して「他の世話を焼く時にする自分の行動は、すべて親切と好意の発現で、其外に何の私《わたくし》もないものと、天から極めて掛る彼女…」(百三十七)と語り手がいう場面がある。意識された「親切」や「同情」そのものを、漱石は問うている。そうしたことには思いも及ばない登場人物。

細君(吉川夫人)は快よく引き受けた。恰も自分が他の為に働らいてやる用事が又一つ出来たのを喜こぶやうにも見えた。津田は此機嫌のいゝ、そして同情のある夫人を自分の前に見るのが嬉しかつた。(十二)

吉川より貧しい階級ともいいうる津田に、同情を示すことで、自分の存在価値を確かめる吉川夫人の姿が映しだされている。小林が青年芸術家に対する態度に似ている。ある時、ある場合、「明」が「暗」になり、「暗」が「明」になる。そのような自己を顧みることのない登場人物の病を、作者は自覚しながら『明暗』を執筆していた。吉川夫人然り、お延然り、小林然りである。ほとんどの登場人物に共通したことがらとして漱石は描いている。自己が見えていない人間のうちに「病」を観ていた。

彼は実際廊下を烏鷺《ろう》々《く》歩行《ある》いてゐるうちに、清子を何処かへ振り落した。けれども自分の何処を歩いてゐるか知らないものが、他が何処にゐるか知らう筈はなかつた。（百七十七）

自分の居場所（此所）さえわからない津田。清子が津田の「救い主」であるとするのは早計である。まず津田本人の「気付き」という自覚がない限り、清子がそのきっかけを与えることはできても、問題はすべて「此所」にあるということに気付けない津田にあるのだから。だからといって、それが三好のいう「書かれなかった破局」（三好行雄『「明暗」の構造』『講座夏目漱石』一九八一年　有斐閣）ということを意味するのではない。「彼女（清子）に会ふのは何の為だらう」（百七十二）と、温泉場へやってきた目的さえ定かでない津田に、破局ということがどのように起こりえようか。目的も理想も定かでないところに破局はない。「自家の弁護」と「誤魔化し」あるのみである。

なるほど普段、打算的に動く津田が、「…昨夕はあゝで、今朝は斯うなの。それ丈よ」という清子の言葉に、「技巧に走らうとする彼を何処となく抑へ付けた」（百八十七）とある。お延や小林、吉川の前ではあまり見られなかった津田の所作である。自分と対照の存在である清子によって、自分が一瞬照らし出された。しかし留意しなければならないのは、それが決して清子の意図したものではないということである。清子は清子のままである。清子には津田を救おうなどという意図はどこにもない。そして実はどこにもないからこそ、津田を本来あるべき津田へと送り返すことができる。言葉や説明ではない。津田とは異なる清子の存在そのものが、無理な技巧に走ろうとする津田を抑えた。「明」の存在が、「暗」の存在を照らしだす。「暗」があって、「明」が明らかになる。もし津田に救われるという事態が起こりうるならば、まずそれは、彼自身の「気付き」からである。しかし果たして津田は、この一瞬の「気付き」

を、自覚にまでもたらすことができるのであろうか。現存するテクストは、そこまでわれわれに語ってはくれない。

三　語り手の場所

お秀に対する反抗心から、彼は何時の間にかお延に対して平たい旦那様になつてゐた。しかも其所に自分は丸で気が付かずにゐた。（百四）

…毫も其所に気が付かなかつた。彼女は自分を夫の前に開放しようといふ努力も決心もなしに、天然自然自分を開放してしまつた。（百十三）

「平たい旦那様」になっている津田、「努力も決心もなしに、天然自然自分を開放」しているお延。登場人物はそれに気付いてはいない。すでに救われている自己、「公平な光り」（百四十七）が放たれている事実、その「不可思議な力」に気付いていない。そこにじたばた劇が繰り広げられる。しかしそれを語ることのできる語り手は、それに気付いている。語り手は人間の「病」と、そうでない部分の両方（明と暗）を対照させて観ている。これが「天然自然割かれた面の両側が癒着して来ますから、まあ本式に癒るやうになるんです」（一）と医者小林に言わせたことがらでもある。登場人物との非連続性を、自覚的に組み込んだところに、『明暗』をそれまでの作品とは異質なものにしている。「気が付く」、「気が付かない」ということばが『明暗』の中に多く散見される所以である。

「気が付く」というのは、自分を変えることでもなく、自分を厭うことでもない。ありのままの自分を観て知るということである。ほとんどの登場人物が過ぎ去った過去、未だ来ない未来に拘泥し、見栄、自尊心という自意識にとらわれ「今」、「此処」を十全に生きられない。温泉場に立つ直前、青年芸術家の書いた手紙と知らず、それを読んだ津田が、それに気付き「あゝあゝ是も人間だ」という場面がある。

彼は何処かでおやと思つた。今迄前の方ばかり眺めて、此所に世の中があるのだと極めて掛つた彼は、急に後を振り返らせられた。さうして自分と反対な存在を注視すべく立ち留まつた。するとあゝ、あゝ、是も人間だといふ心持が、今日迄まだ会つた事もない幽霊のやうなものを見詰めてゐるうちに起つた。極めて縁の遠いものは却つて縁の近いものだつたといふ事実が彼の眼前に現はれた。（百六十五）

極めて象徴に富んだ一文である。ここまで来て津田は、「自分と反対な存在」にようやく「注視」(9)せざるを得なくなる。これまでの津田にはあまり見られなかった姿である。「後を振り返る」という「反省」は、後悔することでもなければ拘泥することでもない。相矛盾する「反対」のことがらに注意するということである。作者語り手の態度に通じる態度である。「前の方ばかり眺めて」未来のために、意地と努力でつっぱってきた人間には、その「未来」のために「此所」という「現在」が犠牲になっていることに気付けない。前ばかり眺めて、足下をみない人間、はかりごとの世界を生きる人間を、漱石は『明暗』で執拗に追ってきた。「虚偽に近い努力で」（九十二）、「予定の計画から見て」（百二十一）、「分別の結果…得策だらうと思案した。」（百四十六）、「度胸比べと技巧比べの演出」（百四十七）、「無理のない名案を工夫したと信ずる丈に」（百八十二）、「彼女は到底見込のない無理な努力をしてゐるといふ事には、ついに気が付かなかつた」（百二十七）。まことにこうした描写(10)も枚挙に暇がない。しかし語り手は、それをただ観ている。

大正五年十一月六日、小宮豊隆の作品に対する批評として宛てた書簡に次がある。

却説《さて》あの小説にはちつとも私はありません。僕の無私といふ意味は六づかしいのでも何でもありません。たゞ態度に無理がないのです。だから好《よ》い小説はみんな無私です。完璧な私があつたら大変です。自家撲滅です。だから無私といふ字に拘泥する必要は全くないのです。…此返事を書く主意は弁解しなくつてはゐられないからではありません。面倒だけれども、書いた方が君の為になると思つて書いたのです。決して私はありません。（『漱

石全集』第二十四巻）

「私はありません」という言葉の中に、「私《わたくし》なし」の態度を、日常において実践している漱石が見えてくる。この書簡は作品に向かう作者の態度について述べた書簡として興味深い。『明暗』の作者の態度に無理がないのは、ただ観る態度に徹しているからである。『虞美人草』を書くときの態度とは異なる。主人公藤尾に対して「あれは嫌な女だ。詩的であるが大人しくない。徳義心が欠如した女である。あいつも仕舞には殺すのが一編の主意である。うまく殺せなければ助けてやる。然し助かれば猶々藤尾なるものは駄目な人間になる。」（『漱石全集』第二十三巻　八四頁）と小宮豊隆に書き送っていたが、『明暗』の語り手には、非難のまなざしはない。『明暗』の一読者に宛てた書簡である。

あなたはお延といふ女の技巧的な裏に何か欠陥が潜んでゐるやうに思つて読んでゐた…

あなたの予期通り女主人公にもつと大袈裟な裏面や凄まじい欠陥を拵へて小説にする事は私も承知してゐました。然し私はわざとそれを回避したのです。何故といふと、さうすると所謂小説になつてしまって私には陳腐で面白くなかつたからです。

…私は明暗で、他から見れば疑はれるべき女の裏面には、必ずしも疑ふべきしかく大袈裟な小説的の欠陥が含まれてゐるとは限らないといふ事を証明した積でゐるのです。…

さう云ふ女の裏面には必ずしもあなた方の考へられるやうな魂胆ばかりは潜んでゐない、もつとデリケートな色々な意味からしても矢張り同じ結果が出得るものだといふのが私の主張になります。（『漱石全集』第二十四巻　五四六頁）

語り手でもある作者は、お延の技巧を非難する場所にはいない。自分も含めた、人間ひとりひとりのうちにデリケートな意味を認め、観ているからである。そこにこのような語りが可能となる。

今迄お延の前で体面を保つために武装してゐた津田の心が吾知らず弛んだ。…用心深い彼をそつと持ち上げて、

事件がお延のために彼を其所迄運んで来て呉れたと同じ事であつた。（百十三）

用心深い、計算高い津田の日常が、『明暗』の大部分を占めていながら、矛盾するかのような対照的な津田も描かれている。ここには疑い深い津田に対する語り手の非難の眼差しはない。すでにそのままで救われている津田の姿である。語り手は、登場人物を裁く場所にはいない。

　彼は何んな時にでもむかつ腹を立てる男ではなかつた。己れを忘れるといふ事を非常に安つぽく見る彼は、また容易に己れを忘れる事の出来ない性質《たち》に父母から生み付けられてゐた。（九十七）

　彼女は津田に一寸の余裕も与へない女であつた。其代り自分にも五分の寛ぎさへ残して置く事の出来ない性質に生れ付いてゐた。（百八十五）

「容易に己れを忘れる事の出来ない」津田を非難する響きはない。父母から生み付けられた性質、天性ともいいうる人間の気質の表裏一体性が考慮に入れられた上で淡々と語られている。したがって、語り手は江藤や相原がいうように[11]、実体化され、固定化された知識人や上流階級の事実を暴露し切り裁くような場所にはいない。かりに彼らを切り裁いているとするならば、それは知識人のうちに自分を映し、自己を観るという方向があってのことである。そこには決定的な違いが存する。

　けれども何時迄行つても傍観者の態度を離れる事が出来なかつた。それは彼（藤井）の位地が彼を余儀なくする許でなく、彼の性質が彼を其所に抑え付けて置く所為でもあつた。（二十）

「位地が彼を余儀なくする」、「彼の性質が彼を其所に抑え付けて置く所為」と、云える場所である。ここにおいて語り手と作者が重なる。作者はすべての登場人物の中に至らない自分を観ている。登場人物のひとりひとりが彼の分身でもある。至らない自己をみつつ語る語り手と、語りつつ自己を自覚する真っ只中にいる作者漱石がいる。

　私は私相応に自分の分にある丈の方針と心掛けで道を修める積です。気がついて見るとすべて至らぬ事ばかりです。行住《ぎようじゆう》坐臥《ざが》ともに虚偽で充ち〳〵てゐます。恥づかしい事です。（大正五年十一月十日　鬼村元成宛書簡『漱石全集』第二十四巻）

あなた方は私には能く解らない禅の専門家ですが矢張り道の修業に於て骨を折つてゐるのだから五十迄愚図々々《ぐずぐず》してゐた私よりどんな幸福か知れません、…貴方方は私の宅《うち》へくる若い連中よりも遥かに尊い人達です。是も境遇から来るには相違ありませんが、私がもつと偉ければ宅へくる若い人ももつと偉くなる筈だと考へると実に自分の至らない所が情けなくなります。（大正五年十一月十五日　富沢敬道宛書簡『漱石全集』第二十四巻）

『明暗』を書く中で作者は間違いなく、自分の至らなさをますます自覚せざるを得なくなった。「明」に浸りきったものは、「暗」の存在を知らない。同様、「暗」の真っ只中にあるものは「明」を知らない。対照させて両方を観るものだけが「暗」の何たるかを知り、「明」のなんたるかを知る。「病」を「病」と観ることの出来る語り手漱石は、すでに「病」の真っ只中にいる登場人物とは異なる。そしてそれが「天然自然」に病む人間を癒していく。木曜会で漱石は、「不合理なるが故に我信ず」というテルツリアヌスの言葉について次のように述べたという。

面白い言葉だが、何もそうなったら、不合理なるが故になんぞと殊更ひねらなくともいいじゃないか。もっとすなおに言ってのけたい気がするね。柳は緑花は紅それでいいじゃないか。あるものをあるがままに見る。それが信というものではあるまいか。（松岡、前掲載）

また晩年、漱石がノートに記した「断片」に以下がある。

○鑑賞は信仰である。己に足りて外に待つ事なきものである。始めから落付いてゐる。愛である。惚れるのである。

鑑定は研究である。何時迄行つても不満足である。諸所を尋ねあるき、諸方に持つて廻つて遂に落ち付かない。猜疑である。探偵であるから安心の際限がないのである。（『漱石全集』第二十巻　五四〇頁）

鑑賞とは、鏡のように照らして、照し出されたものを愛でるという意味である。鏡は対象をただあるがままに映す。「不可思議な力」に気付かないまま、一喜一憂し、「明」に囚われ「暗」に執着する日常の自分を含めた人間を、日常の「私」を去ったところで、漱石はあるがままに映し観ている。「信」が「あるがままに見る」ことだといえたのは、実体的な何かを信じて仰ぐようなものでないことをはっきり自覚できたからである。実在する喜び、悲しみ、苦しみ、愚かさをあるがままに観て信じること。そこにおいて、「鑑賞は信仰である」といえる。それは、岡崎（前掲載）がいうような単なる「運命諦観」の態度とは異なる。「癒り損なつたら」、「又切るんです」（百五十三）といえる場所である。漱石の「鑑賞」は、「今」、「此処」を開いていく努力のうちにある一歩である。「此所」を肯定する一歩。それはどこまでも続いて行く。一歩一歩切り開く行為の真っ只中にいる『明暗』を執筆する語り手漱石が「己に足りて外に待つ事なきもの」だと言えた所以である。「愛」といわれるのは、お延の「自分の斯うと思ひ込んだ人を飽く迄愛する事によつて、其人に飽迄自分を愛させせなければ已まない」（七十八）でもなければ、お秀の「雑誌に発表された諸家の恋愛観」から引き合いにだした、「たゞ漫然として空裏に飛揚する」（百二十六）奔放な「愛」とも異なる。また堀が津田に貸した「イングリッシ、ヰット、エンド、ヒユモア」（七十六）という本に書かれていた虚偽としてしか存在し得ない「愛」でもない。「お秀の口にする愛は、津田の愛でも、堀の愛でも、乃至お延、お秀の愛でも何でもなかつた」（百二十六）といわせているが、語り手作者の「愛」は、登場人物の「我《が》がつまり自分の本体」（百二十六）になっている「愛」とは、異なる「愛」である。それは、あるがままを、あるがままに認め観る「愛」である。語り手は、小林の「津田君、僕は淋しいよ」（三十七）、「僕はこれでも君から尊敬されたいんだ」（三十六）ということばに耳をすます。また、「淋しい心持が遠くから来た風のやうに、不意にお延の胸を撫でた…もう少しで涙が眼の中に溜まらうとした所を、彼女は瞬きで胡麻化した」（六十一）。語り手はそんなお延を観て知っている。「私を妹と看做《みな》してゐらつしやらない」（百二）というお秀、自分の「立場を他《ひと》から認めてもらいたい」津田（九十五）。「同じ経験を、違つた形式で繰返し」（前掲載）表現している登場人物を、語り手は静かに聞いているかのごとくである。漱石は、自分の存在を認めてもらいたいために、盲目的に他《ひと》の注意を引こうとする孤独で心飢えた人間の所作を多様な形で描いていた（拙論『人間形成と表現—夏目漱石と表現的世界』（付記）を参照されたい）。登場人物の声にならない声を聞いている。「欄干の下に蹲踞《うづく》まる乞食」をちょっと見た津田（十二）(12)。叔母に「心が派出で贅沢に出来上つて…始終御馳走はないか〳〵つて、きよろ〳〵其所いらを見廻してる」（二十七）と指摘されたように、津田が心飢えた乞食である。「縁の遠いものは却つて縁の近いものだつたといふ事実」（百六十五）である。明暗双双である。語り手は心飢えた「乞食の如く蹲踞《うづくま》る津田」（百七十四）を閑かに観ている。

このように語り手は、日常気付く事のない、「想像の外」（二、百三十五）に横たわる事実、「頭の中に入つてゐなかつた事実」（百二十二）を「一定の様式の下」に観ている。医者が一歩一歩と身体を切り開きながら津田の病を確認するように、「かつて思ひ至らな」（九十二）い、普段「気が付く」(13)ことのない根本的事実、囚われにある人間の精神の病を、一歩一歩と切り開く。ここに「則天去私」ということばの積極的な意味も開かれてくる。『明暗』の登場人物は「天」という「不可思議な力」の存在をしらないまま、それに逆らっている自分も、それにわれ知らず従わされている自身さえ知らず、意志と技巧の力で突っ走る。語り手だけが、それを俯瞰する。語り手は、登場人物とは異なり、「技巧ハ己ヲ偽ル者ニアラズ、己ヲ飾ルモノニアラズ人ヲ欺クモノニアラズ。己ヲ遺憾ナク人ニ示ス道具ナリ。人格即技巧ナリ」（大正四年「断片」『漱石全集』第二十巻）と、云える場所から観る。

「天」とは「不可思議な力」（二）である。この「不可思議な力」に即して事実をあるがままに観て行く態度—それが「則天去私」の態度である。語り手と作者の間、「書く」ことと生きる「実存」との間に、ギャップの存することは考慮してしかるべきであろう。しかし『明暗』の語り手と、作者漱石は交差し重なるところがある。それらが重なる場所とは、「気付き」の場所であり、それまでの〈私《わたくし》〉が破られるところである。それはまた、「想像の外」にあった、見えていなかった新たな自己を発見してゆく場所でもある。

漱石は「延期」しない。今ここで日常の自分を切り開き、新たな自己を発見してゆく。「己に足りて外に待つ事なき」（前掲載）、自由な働きの場所―「明暗双双三万字。撫摩石印自由成。」（前掲載）の場所―である。「自由」とは、「他から牽制を受けた覚がなかつた」（二）が、その「自由」に引きずられ、心乱される登場人物の「自由」ではない。また、「自由は何処迄行つても幸福なものだ。…だから物足りないものだ」（百七十三）といわれる空虚な「自由」でもなければ、清子の「昨夕はあゝで、今朝は斯うなの。それ丈」、という「自由」でもない。『明暗』を執筆する漱石は、清子の「自由」にも留まらない。天空に、ゆったり浮び漂いながら行き交う、自由無礙な白雲のように、自分を忘れて、自由に行き交う。お延になり、小林になり、津田になり、清子になる。ゆったりと「鑑賞」し、無礙に唱う「自由」である。

眼耳雙忘身亦失　空中獨唱白雲吟　（大正五年十一月二十日　作『漱石全集』第十一巻）

〈注〉

（1）「本式に癒る」（二）、「本式に感服」（七十四）、「本式の笑い」（八十三）、「本式の愛情」（百三十）、「本式の事実」（百五十三）「本式に云へば」（百五十八）、「本式の橋」（百七十）などが散見される。

（2）唐木順三『夏目漱石』一九六六年　国際日本研究所。

（3）前後の続きの具合がわからなくなった読書をする津田は「ただ頁をばら〳〵と翻して書物の厚味ばかりを苦にするやうに眺めた。すると前途遼遠といふ気が自から起つた」（五）とある。

（4）これに関連して、松岡譲は「『明暗』の頃」で「芋を掘り出す」話のあとに、漱石が「団子と串」の話を続けてしたことを記している。

（5）漱石は明治四十二年『国民新聞』に発表された「小説に用いる天然」で「天然を小説に用ふるのは、作者の心持ち、手心一つでせう…」と書いている。

（6）「今あなたの有つてゐるやうな天然其儘の器が完全に具はつて居りませんでしたから…すぐ天真の姿を傷けられます。」（五十一）、「女性としての天分」（五十五）「天の幸福を享ける事の出来た少数の果報者」（六十六）、「自分に当擦りを遣らせる天」（六十六）、「自分に許された小天地」（六十七）、「僕は是で天然自然の積なんですからね。奥さんよりも余程技巧は少ないと思つてるんです」、「天然自然の結果、奥さんが僕を厭がられる」、「天がこんな人間になつて他を厭がらせて遣れと僕に命ずるんだから仕方がない…天には目的があるかも知れません」（八十六）、「彼は天然自然の返事をお秀に与へるのが業腹であつた」（百四）、「不幸にして天が彼に与へて呉れなかつた幾分の直覚を、お延に許してゐた」（百十四）、「二人の間に一滴の霊薬が天から落されたやうな気がした」（百二十五）、「天恵の如く彼女の前に露出された」（百三十）、「天然自然来たやうな顔をして澄ましてゐる」（百四十）、「旨い口実が天から降つて来た」（百四十八）、「遠近の差等が自然天然属性として二つのものに元から具はつてゐるらしく見えた」（百七十七）

（7）漱石蔵書目録の中にある、白隠禅師著『槐安国語』（二〇〇三年　禅文化研究所）

（8）「彼女（お秀）の夫は道楽ものであつた。さうして道楽ものに能く見受けられる寛大の気性を具へてゐた。…斯んなに拘泥の少ない男が、また何の必要があつて、是非自分を貰ひたいなどと真面目に云ひ出したものだらうかといふ不審」（九十一）等数多くみられる。

（9）「底迄打ち解けた話は出来ないにした所で、たゞ相互の世界を交換する丈でも、多少の興味にはなつた。其世界は又妙に食ひ違つてゐた。一方から見ると如何にも迂濶なものが、他方から眺めると如何にも高尚であつたり、片側で卑俗と解釈しなければならないものを、向ふでは是非とも実際的に考へたがつたりする所に、思はざる発見がひよい〳〵出て来た」（七十五）ともある。

（10）「相手なりに順応させて行く巧者も心得てゐた」（百五十）、「…と鑑定した。…お延の彼に対する平生の素振から推して見ると、此類測に満更な無理はなかつた。…さへ想像した」（九十八）

（11）江藤淳は「お延や、あるいはお秀に比較して、夫である津田は彼女たちよりもはるかに同情にあたいしない俗物才子である。彼は知的な、自己満足な『紳士』であるが、共感力に乏しく、したがって想像力を極端に欠いた人間である。

漱石は、このような冷笑的で、自己の保身には極端に敏感な、洗練された感覚と強い虚栄心を持った、小心翼々なる上層階級の紳士を好んで描いたが、津田はその最たるものと思われる。作者はおそらくこのような人間の中に、あの奇形な明治文明の代表者を観ていたのだろう」とある（『夏目漱石』一九六九年　勁草書房）。また相原和邦は「『批評家』であり『観察者』である藤井は『活字で飯を食わなければならない』知識人である。その知識人は所詮実人生の喪失という致命的な代償を払うことによってしか、自己の機能を発揮し得ないという事情が明らかにされていることになる。…『明暗』に至ると、藤井の扱いに見られるように、知識人は端役として片隅に追いやられているばかりでなく、その働きがきわめて否定的にしか評価されなくなってきているわけである。」（「『明暗』と則天去私」『漱石文学』一九八〇年　塙書房）

(12)「乞食と彼との懸隔は今の彼の眼中には殆んど入る余地がなかつた。彼は窮した人のやうに感じた」（十三）とある。

(13)私見によると、本文で「気が付く」、「気が付かない」という語の使用は総計九十九回認められる。主要テーマと考えられる「想像の外」と密接に結びついた語としてそれらを捉えるならば、作者がそれらの語をあえて頻繁に用いたということは十分に考えられることである。またそれらのことがらを読者に印象づけるという意味において効果的な用い方であるといえよう。

付記　本論考は、大阪外国語大学に提出した博士論文『人間形成と表現—夏目漱石と表現的世界』の一部を再構成したものである。引用の『漱石全集』は、岩波書店（一九九三〜一九九七年版）に拠っている。ルビは適宜省略した。

『明暗』における作者の視座
――〈「私」のない態度〉の実践――

中村　美子

一

すでに、「『明暗』における「技巧」―津田とお延をめぐって[1]―」において述べたように、『明暗』は、一面において、結婚をめぐる男女の関係性を問題にした小説であると性格づけることができる。例を挙げるまでもなく、結婚後半年の津田とお延を核に、結婚生活の長い藤井夫婦、岡本夫婦、吉川夫婦が取り巻き、それぞれの生活を示し、ある時は年長者として若い新婚の二人に、結婚生活についてそれとなく語る。その他にも、結婚後数年経ったお秀と堀の夫婦、津田の元恋人の清子と関の夫婦も、津田とお延のそれぞれに自分なりのやり方で恋愛や結婚について語り、二人はその結果として自己覚醒を促される。さらに、これから結婚しようとする小林の妹お金と夫となる男、お延の従妹で小さな崇拝者である継子とその見合い相手の三好とを見守る周囲の様子が描かれる。そのような状況のただ中で、二人は自分たちの結婚生活を懸命に営む。それらを包括しつつ、『明暗』全編は日常的な生活の状況を詳細に描き出す。玉井敬之「漱石の展開　『明暗』をめぐって[2]」には、「状況の中で生起し変化するのは人間の心理であり、それが人間の関係を拘束するようにして『明暗』は進行している。」との指摘がある。生活の中で自分の状況を左右することになる相手の反応は、自分の言動によって違ったものになって出てくる。そのことを熟知した人間は、相手の反応に絶えず関心を抱き、注視し続ける。一方で、自分の言動が、相手の上に生じさせる反応を予測して、少しでも自分に都合のいい反応を導き出すべく、言動を調整する。それはつねに相手に対するある効果を期待して、話したり、行動したりすることでもある。そういったやりとりは『明暗』においては繰り返し描写され、この作品の特徴となっている。その言動はお延が自らと吉川夫人を比較する五十三章をはじめとして、「技巧」という言葉を用いて表現されている。例えば、津田とお延の繰り広げる「度胸比べと技巧比べ」（百四十七）の「暗闘」（同前）はその最たるものである。この夫婦は互いに相手に対して秘密を持つこともするし、一歩外に出れば処世のための交際術をも心得ている。お延の知らないところで、津田を抱き込んで、お延の教育の名の下（百四十二）に、夫婦関係を揺るがせるような策略が、吉川夫人によって運ばれていく。津田とお延はもちろん、この作に登場する多くの大人は「技巧」と無縁ではいられない。決して歓迎されはしないけれども、円滑な人間関係を営むために、ある時は潤滑油となり、半ば必要悪ともみなしうるという「技巧」観が、『明暗』からは、読み取ることができる。「技巧」的な意図を持った言動も、見る側の立場が違えば、好意からのみ出た親切と受け取られることもある。その逆に本人には偽りのない本心の表出と信じてなされる言動が、ほかの一面から見れば、「技巧」的な意図に満ちた言動と受け取られることもある。このような多層的な人間社会のありさまを、『明暗』という作品は読者に呈示してくれる。そして、夫婦という関係は、そのような人間同士の関係を集約したものとして、設定されているのではないかと思われる。

『明暗』の作者、夏目漱石が読者の一人である大石泰蔵[3]に宛てた、大正五年七月十九日付けの返信書簡に次のようなものがある。

まだ結末迄行きませんから詳しい事は申し上げられませんが、私は明暗（昨今御覧になる範囲内に於て）で、他から見れば疑はれるべき女の裏面には、必ずしも疑ふべきしかく大袈裟な小説的の欠陥が含まれてゐるとは限らないといふ事を証明した積でゐるのです。それならば最初から朧気に読者に暗示されつヽある女主人公の態度を君は何う解決するかといふ質問になり〔ま〕せう。然しそれは私が却つてあなたに掛けて見たい問に外ならんのであります。あなたは此女（ことに彼女の技巧）を何う解釈なさいますか。天性か、修養か、又其目的は何処にあるか、人を殺すためか、人を活かすためか、或は技巧其物に興味を有つてゐて、結果は眼中にないのか、凡てそれ等の問題を私は自分で読者に解せられるように段を逐ふて叙事的に説明して居る積と己惚れてゐるのです。斯ういふ女の裏面には驚ろくべき魂胆が潜んでゐるに違ないといふのがあなたの予期で、さう云ふ女の裏面には必ずしもあなた方の考へられるやうな魂胆ばかりは潜んでゐない、もつとデリケートな色々な意味からしても矢張り同じ結果が出得るものだといふのが私の主張になります。（大正五年七月十九日付け、漱石書簡）

ここでは、人間関係における「技巧」の機能する様を描出し、その裏面、「目的」として、「技巧」が生み出される現場にまで立ち入ろうとした作者の意図というものが、明らかに示されている。漱石が大石に宛てた書簡は、『明暗』に対する自注として扱いうるものとされている。その内容が大石のどういう指摘に応じたものであったのかということから読み直されるとき、その書簡は『明暗』に込めた作者の意図を知るための一つの手がかりとなるのではないかと思われる。

二

「夏目漱石との論争[4]」と題される短い文章において、大石は漱石との書簡でのやりとりについて述べている。大石が漱石に書簡を送ったのは二回である。その一回目は、大石のこの文章によると次のような内容である。

「明暗」は津田を主人公とする第三人稱小説である。が、今日までに理解さるるところでは、作者は津田の心の中にだけは自由に立ち入り、津田が何を考へてゐるか、どういふ心持でゐるかを讀者に報告出來るといふ建前を取つてゐる。津田以外の人物では彼と同様に重要な役割を勤めてゐる細君のお延に對してすら、この自由を保有して居らぬ。お延の考へなり、心持なりを明かにせんがためには女自身に語らせるか、でなければ、女の態度仕科《しぐさ》、表情等によつて間接に示すより外に方法はないことになつてゐる。結局、「明暗」は形式上では第三人稱小説であるけれども、實質は津田を説話者とせる第一人稱小説と異なるところがない。然るに、津田を病院に送つて置いて、お延が親戚の者と芝居見物に行く邊から、作者も津田を矢張り病院に置き去りにして、お延を追ひかけ、從來の津田付きの作者は忽ちお延付きの作者に早變りし、お延の心理を心のまゝに見透すことが出來るといふ能力乃至權利を勝手に獲得した。これは常識上ヘンではないか。お延の心理を見透して必ずしも悪いとはいはぬが、では何故に以前に夫婦差向ひでゐるやうな場合に、津田だけでなく、細君の心にも觸れることをせなんだか。「アンナ・カレニナ」ではトルストイは多くの人物の心の中に適宜に不自然でなく這入つてゐるやうだがといふことも申添へて、非難したのであつた。（傍線は中村による。）

それに対して漱石は、いささか素っ気なく、「私はあれで少しも変でないと思つてゐる丈です。但し主人公を取かへたのに就ては私に其必要があつたのです。」（大正五年七月十八日付け、漱石書簡）と述べる。その上でさらに、「アンナカレニナは第何巻、第何章といふ形式で分れてゐますが内容から云へば私の書方と何の異なる所もありません。私は面倒だから一、二、三、四、とのべつにしました。夫が男を病院に置いて女の方が主人公に変る所の継目はことさらにならないやうに注意した積です。」（同前）と説明する。大石は漱石の返答に対して不満を抱く。その不満は、「主人公のかはるところは特に目立たぬやうに作者はしたつもりかは知らぬが、私にはここが無理とも不自然とも見えたのでゐる《ママ》。」というものである。しかしその不満を漱石に直接ぶつけることはせずに、あえて観点を変えて今度はお延の扱いについて、次のように抗議する。

今までのところでは「明暗」の興味の中心はお延である。怜悧で、技巧に富んでゐるお延の胸の中には何があるか、この女は何を欲し、何を求めてゐるか、こういふところに、讀者――少なくとも私は最大の關心を置いてゐる。そこで作者は小説の運びの中にこれが解答を與へて呉れるのであるが、お延の心の中に這入り込まぬ方針である以上、事件の推移、その他客觀描寫の中に自らわかるやうにするといふ方法を取るに相違なく、それでこそ小説の面白さも生じ、作者の手柄もあらはれるのである。こう考へて期待してゐたところへ、案に反して作者は矢庭にお延の心の中に闖入し、女は津田に捧げてゐる愛情と同等の愛情を津田からも要求してゐる一個平凡の女性に過ぎぬといふことを作者自ら説明してしまうてはもはや興醒めではないか。これも亦小説作法の上から見て、拙劣な遣り方ではないかと無遠慮にいうたのであつた。

それに対して漱石が書き送ったのが、冒頭に引用したお延の「技巧」について説明する二回目の書簡である。漱石の返答は、お延を弁護する立場から語られたもので、お延が信用するに値する人物であるということでもって大石に応じようとしていると考えられる。二回の書簡のやりとりを通じて、大石は、「私としては解答の與へ方を問題としたのであつたが、漱石は解答の内容に失望したものと取つて、この點に最も力を入れて辯解説明してゐるやうだ。」と感じる。漱石の返答に対して、「私の問はんとしたところに對しては單に「段《だん》を逐うて叙事的に説明してゐるつもりです」といふてゐるのみである。」と不満を漏らす。

二人のやりとりを整理して考えると、大石の立場は『明暗』を、第三人称小説でありながら、実質的には津田を説話者とする第一人称小説であると規定している。その規定の上に立って途中で説話者がお延に変わることが「常識上ヘン」である、とする立場に立っている。人称の区別については、例えば、明治四十二年に出版された『小説作法』(5)において、田山花袋が次のように述べている。

万物に主観的なところ、客観的なところがあると均《ひと》しく、描法にも主観的、客観的の二法がある。

乃ち一人称で書く文章、『私は』と書き出して、自己の腹中を残す処なく描き出すものと、三人称で書く文章、『かれは』と作者が傍に立つて客観的に人間と人間の社会とを描くものとの二つがある。（第三編「初学者の為めに」）

このように文章の作法を二つにわけた上で、花袋は「此の一人称小説は自己の心理を描くには、非常に便利だ。ある人間のある時の感情とか悲劇とかと《ママ》書くには、無駄を書かなくつても好いので、此法を用ゆるを便とする。」（同前）としている。大石の書簡で用いたという「一人称」、「三人称」という言葉はこのような意味に用いられているのではないかと推測される。さらに花袋は、描写の方法として、「外面描写と内面描写——描写に就いて、この二つの区別は確かにある。」と述べている。その上で「外面描写は行為だけを書いて、心理を示さうとする行き方である。即ち人生の表面に現はれた現象だけを描くに留めて置くといふ描写法である。」（第七編「観察と描写」）とし、「内面描写とは、個人個人の腹の中を探つて書くといふ行き方である。即ち行為ばかりでは満足せず、心理までも説いて、その深い処に達しやうとする描写法である。」（同前）と説明している。花袋の言葉では、主観描写が一人称で書く描写法であり、客観描写が三人称で書く描写法ということになる。ここでの立場は、一人称と三人称を明確に区別し、一人称は人物の内面に立ち入り、三人称は立ち入らない、としているものである。大石の立脚するところは、おそらく花袋のこのような文学上の立場に近いものであるのではないかと考えられる。そのような立場からは、二つの手法の混合は、いわば例外的なものであり、はっきりと視点人物が変わる『明暗』の進行は、違和感を禁じ得なかったと思われる。

三

大石の用いる「第一人称小説」、「第三人称小説」という言葉から察せられるように、大石は一作を通じて人称を固定して書くべきとみなしているようである。一方の漱石は、大石のように、厳密に人称を区別することに意味を認めなかったようである。そのことは、二回目の書簡（大正五年七月十九日付け）において吐露される、「第一の書信を受け取つた時私は（実を云ふと）面倒な事を云つてくる人だと思ひました」という率直な感想にも表れている。大石が津田に用いる、「説話者」という言葉からも明らかであるように、ここで、問題の焦点となるのは視点人物である。漱石は当初面倒だと思ったけれども、二回目の書簡の後、なぜ主人公を変えたのかという言葉の底に隠された、筋の展開に関する大石のある期待というものに思い当たる。その期待とはこうである。津田とお延が向かい合う場面において、両方の人物の心理を自由に見下ろす視点を設定せず、津田からみた世界だけを描出してきたことを、実質的には津田を視点人物とする「第一人称小説」であるから、と大石は判断した。だから、後にお延の視点を通した描写が始まると、それだったら入院前に二人差し向かいでいるときは、なぜお延の心理に立ち入らなかったのか、という疑問を抱いたのである。そしてそのゆえんを、お延に魂胆や極端さなどの隠されるべき内面があったからであり、作が進むにしたがってその内実が明らかになっていくためであると考えて、種明かしとなるべきその後の作の展開に期待を抱く。その期待への失望感がなぜ主人公を変えたのかという問いになって、作者に対して発せられたと漱石は解釈する。だからこそ、漱石はそれをただそうとして、お延の心中には何ら隠すべきものはないということを説明する。

例えば岩野泡鳴は、「現代将来の小説的発想を一新すべき僕の描写論[6]」において、小説の描写における作者と作中人物の関係について、大正七年に理論立てて論じている。ほぼ同時代とはいえ、漱石の死後にあたり、当然『明暗』

(第一図)

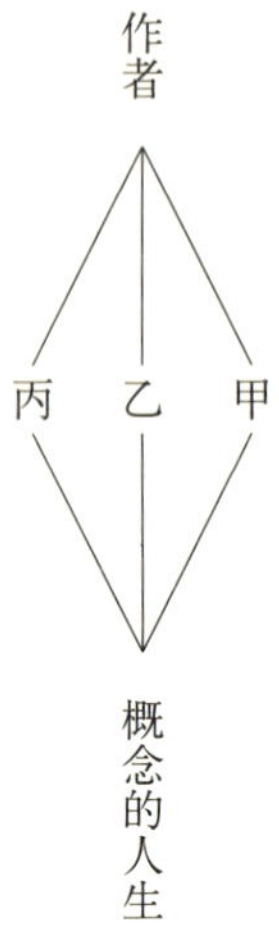

(第二図)

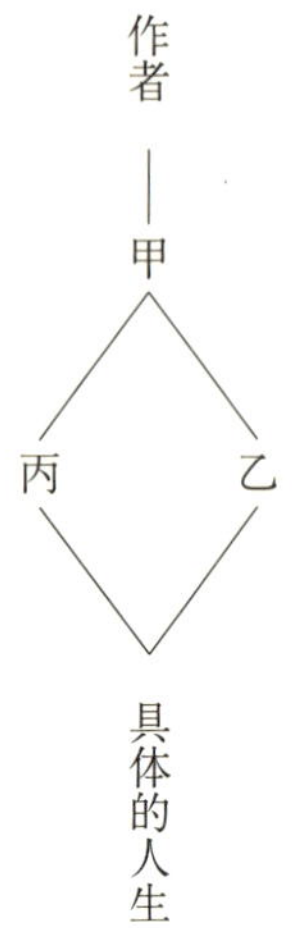

(第三図)

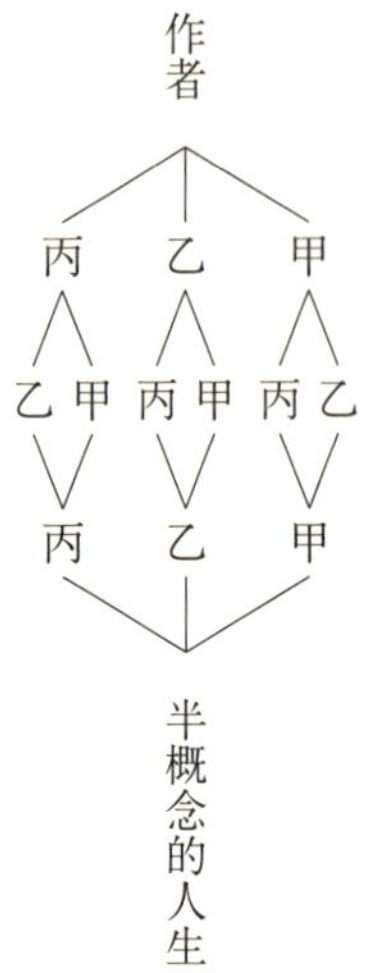

の執筆の際に発表されていたものではないが、日本の私小説の伝統に基づいた精密な分析であり、参照に値すると思われる。そこで泡鳴は、上のような三つの図を掲げて作者と作中人物の関係を整理している。三つのうちの第一図の場合は、作者が直接に語るもので、単純な鳥瞰的描写形式である。その左に挙げた第二図の場合は、三人称の形式をとりつつ、特定の主要人物（「甲」）を通して、作者が語る形式である。この場合、「作者は甲の気ぶんから、そしてこれを通して、他の仲間を観察し、甲として聞かないこと、見ないこと、若しくは感じないことは、全てその主人公には未発見の世界や孤島の如きものとして、作者は知つてゐてもこれを割愛してしまうのだ。」（注（6）岩野前掲論文）という条件で、特権を制限されている。第三図は、第二図と同様に作者が視点人物を通して制限された語りを繰り広げるが、その視点人物を第二図のように「甲」一人に限ってしまわない。「甲」「乙」「丙」それぞれの人物を通して、それぞれの見た世界を提示する形式である。泡鳴の図を用いて考えると、大石の立場は、第二図の形式によって、「甲」の立場に津田をおいて、津田の内面描写による作品として、『明暗』を読もうというものである。そして大石が例に挙げる『アンナ・カレーニナ』の、「トルストイは多くの人物

の心の中に適宜に不自然でなく這入つてゐるやうだ」という形式は第一図のもので、作者は外面描写で作を展開させる中で、必要に応じて自由に登場人物の内面を語るものであると思われる。『明暗』における漱石の立場は、この中では第三図に近いものであるのではないかと思われる。すなわち、津田が視点人物（「甲」）となって一人称による内面描写が繰り広げられる時には、お延（「乙」）については、津田の目を通した外面描写に留まっており、お延の内面に立ち入ることはない。逆にお延が視点人物となって一人称による内面描写が繰り広げられる時には、津田については外面描写となって、津田の内面に立ち入ることはない。このような、視点人物が交替する多層的な構造は、おそらく大石にとっては理解の外であったと思われる。作の当初、お延は見られる対象としてだけ存在していた。漱石にしてみれば、そのお延が視点人物を務めうる資格を持つということを示すために、道徳的に信頼できる人物であるということを大石に説こうとした。それによって作品の効果が左右されると考えていたとしても無理はない。このことが「私としては解答の與へ方を問題としたのであつたが、漱石は解答の内容に失望したものと取つて、この點に最も力を入れて辯解説明してゐるやうだ」という齟齬として、大石に意識されたと考えられる。

『明暗』の作中において、津田はお延が芝居に行こうとしていることを知らないし、お延は自分が岡本家の芝居見物に呼ばれたのは、見合いの目利きのためであるということを知らない。芝居見物の席で吉川は双眼鏡でお延を見るが、裸眼のお延からは先方の詳しい様子を見知ることはできない。岡本一家は、お延と津田の夫婦関係が、お延の自負していたほどにはうまくいっていないということを知らない。お延は夫である津田が過去に深く関わった清子という女性について具体的には何も知らないし、また、吉川夫人との間で画策された津田の温泉行きの本当の目的を知らない。小林は津田の未来に関わる津田の知らない真実を知っていて、津田にはっきりとは知らせない。『明暗』において繰り広げられるのは、一面的でしかありえない人間の現実生活における認識のありようと近似した世界である。漱石の二回目の返信はお延の「技巧」の裏には何ら隠すべき魂胆はないということを説明しているように読めるものである。作者が津田の心理を解剖する自由を有しているときに、同時にお延の心理を解剖しないのは、そこに隠すべきものがあったのではない。漱石は、その書簡で「もし読者が真実は例の通り一本筋なものだと早合点をすると、小説は飛んだ誤解を人に吹き込むやうになります。」と述べる。そして、大石の立場を「今迄の小説家の慣用手段を世の中の一筋道の真として受け容れられた貴方の予期を、私は決して不合理とは認めません」と評価した上で、大石に対して今まで知らなかった真を『明暗』において示すのだという自信を誇示している。書簡だけを読むと、小説の視点に関する立脚点を異にしているので、大石からすれば、的はずれな答えのように受け取られたのは無理もない。しかし、このように考えてくると、二人の間に大きな行き違いがあったとは言えない。お延の「技巧」の裏に隠された平凡さを力説することによって大石に応じたことに、自分の主要な関心に引きつけて答えたとすると、かえって漱石の『明暗』における意図があらわになるような気がするのである。

四

『明暗』を論じるに際して、執筆中の大正五年十一月十六日の木曜会で語られた「則天去私」の言葉がしばしば問題にされてきた。周知のように漱石自身がこの言葉について書いた文献は存在せず、謦咳に接した人々のいくつかの発言が残されているのみである。(7) 当然ながら、そこには、年月の経過による記憶違いや思いこみも含むであろうさまざまな発言が入り乱れている。(8) その中で最低限推定できるのは、佐々木充「『明暗』論の基底」(9) も指摘するように、「今、私が必要とするのは、右の、漱石没直後から十八年後にわたる木曜会関係者の複数の言に、漱石自身が「則天去私」と『明暗』とを、無関係なものとしてではなく考えていたらしいと、ほぼ断じてよいと思われる点である。」という点である。『明暗』との関わりにおいて整理すると、『明暗』は「則天去私」の態度で書こうとした。そしてその「則天去私」の態度とは、久米正雄「生活と藝術と」[10]による、「『私』のない藝術、箇を空うすることによつて全に達すると云ふ人生觀」とされるものである。そして文学の世界でその態度に立っているのはジェーン・オースティンであり、トルストイやドストエフスキーはむしろその逆の立場に立っている、ということになる[11]。要するに、オースティン的な、〈「私」のない態度〉で書かれようとしたものであるということが言えると考えられる。『明暗』は、

とすると、このような整理に基づいて、どういう態度を指して〈「私」のない態度〉とみなしていたのかを、『明暗』を解釈するに際して考えなければならないはずである。「私」のある方に挙げられたトルストイについて、森田草平「漱石先生と門下」[12]は、「作中の人物が人物自らの意志によって動かないで、作者の意志に依って無理に動かされて居る所がある。そこに作者の「私」が出ている。」と漱石が述べていたとしている。大石が例に引いたのもトルストイであったが、通常作者は公平に達観あるいは傍観し、鳥瞰的な描写を展開していく。その過程で適宜どの人物の内面にも自由に立ち入ることができる。これはいわば全知の神に近い視点に作者が立つことであり、この点について、「作者の意志に依って無理に動かされて居る」という感を述べたのではないかと思われる。オースティンについては、『漱石全集』第二十七巻の「蔵書への書込み（Austen）」に、*Pride and Prejudice*（1899）への書き込みとして所収されている次の短評がある。「完璧な人間はおらず、人間の良い所悪い所両面が出ている[13]。」、「文体は単調でどんな人間の心境を描くにもまた自然の現象を写すにも同じ調子で進んで行く。このやり方が作者自身の意図した描写の仕方である。」オースティンに関して語られた、このような態度が、〈「私」のない態度〉の一面を示していると思われる。オースティンの小説には、完璧な人間も最悪の人間もいない。淡々と尋常の人間を描写している。そのように、平凡な人間を単純な筆遣いで書く、という小説作法を好ましいものとして評価していることがうかがえる。

『明暗』において、登場人物達が点描されているのは、きわめてありふれた社会の、きわめてありふれた状況である[14]。しかもそこで発生する事態は、病気になる、金に困る、妻に経済を偽っている、芝居に行きたいことを夫に隠し

ている、兄妹仲が悪い、気にくわない友達がいる、など、いずれも身近にありそうなことばかりである。登場人物である津田は人間関係において「技巧」を用いる、いわば平凡な人物として設定されている。津田は、例えば、倫理というものさしに従って、厳しく自分に刃を向けることをしないし、親族や他人を多少犠牲にしても、己の利益を計ることに罪悪感を覚えはしない。お延は鋭敏であり、「技巧」的でもあるが、大石が考えたような、後の種明かしのために隠しておくような極端な魂胆を持たないという点では、やはり津田と同じく平凡な人物として設定されている。

そして、第三章において述べたように、それぞれの場面では視点人物の主観が前に出るけれども、その視点人物は交替していく。視点人物が変わることで、結果として読者は他の登場人物の知らない事実を知ることになる。同じ事実でも、かりにその知らせ方が、作者あるいは作者の分身のささやきによってなされる場合は、その内容は一定の拘束力を持って読者の読みを左右する。しかし、ある人物を視点人物として、他の人物の知らない事実を示唆するとしたら、そこには拘束力はなく、人によって感じ方の違う、いわば、複数の「事実」が存在することになる。このように考えると、『明暗』における視点の交替は、大石宛ての書簡（大正五年七月十九日付け）で述べた、真実は「一本筋」なものではないということの、漱石なりの読者への示し方であるのではないかと思われる。

かりに、泡鳴の第一図の形式のように、作者が全知の語り手として直接作中で語る場合や、第二図の形式のように、部分的に特権を制限されながらも作者を代弁する位置を得た語り手として語る場合は、そこに「作者」の人格的な気配は漂わせられているはずである。それに較べて、第三図の形式においては、視点の多重構造によって、「作者」の人格的な気配はぐっと薄められたものとなると考えられる。数人の視点人物を組み合わせる手法は、必然的にそれぞれの見解の普遍妥当性を弱める結果になるのである。これこそが、漱石の『明暗』において試みた、作者の「私」を消すための手続きである、と考えることができるのではないかと思われる。『文学論』では、「間隔論」の名において、「幻惑」の効果に関わって、人称と視点の問題を論じることが試みられている。佐藤裕子「小説の技法―『文学論』第四編をめぐる諸問題[15]」が指摘するように、漱石の作家生活は、『吾輩は猫である』や『倫敦塔』という一人称の語りに始まって、『虞美人草』や『三四郎』で三人称の語りに移行し、『彼岸過迄』、『行人』、『こゝろ』において、一人称と三人称が混在する多元的、重層的な語りの作品群を経て『明暗』に到る。その作家生活を通して、視点の問題は手法として模索されてきた。大正五年十一月二日の木曜会で、「もう一二年後にはその世界観に基いた文學概論を大學で講義してもいゝと云ふ意[16]」を語ったことは、『文学論』で扱ったような問題について、当時『文学論』で述べ尽くさなかったことを、確信を持って講じることができるという自信の表れであると考えられる。そして『明暗』において、描写を提示し、作中に作者の影を極力映さない。作中に作者の直接的な論評を挟むことで、読者の感情を一定の方向に向けてしまうという事態を、極力避ける。さらに一歩進んで、視点人物を交替させることで、それぞれの視点人物の影響力を相殺させる。これが〈「私」のない態度〉という言葉で語られた「則天去私」の創作手法であり、『明暗』において実践しようとしたものであったと考えることができると思われる。そこに繰り広げられる世界は物事について自分の見た一面しか知り得ないという、人間の現実生活でのありようと同じである。真実は「一本筋」なものではなく、いわば、複線的で人によって違ったり、他人との関係において制約されたりするものである。そのような形での、読者が今まで考えていたのとは違った「新らしい真に接触する事が出来た」（大石宛て大正五年七月十九日付け書簡）と感じるようなものを示そうとした。それがすなわち、漱石の目指した、作者の「私」を消す目的であったのではないかと考えられるのである。

〈注〉

（1）「解釈」第五十巻　第一・二号（二〇〇四年二月　解釈学会）二三頁。

（2）『日本文学講座　第六巻近代小説』（一九八八年六月　大修館書店）一一六頁。

（3）大石泰蔵については、山田昭夫に、「追跡・大石泰蔵「明暗」の自注書簡受信者」（「北海道新聞」一九九〇年一二月七日　夕刊）、「札幌農学校学生・大石泰蔵の肖像―夏目漱石と有島武郎の周辺―」（「藤女子大学国文学雑誌」第五十号一九九三年三月　藤女子大学藤女子短期大学国文学会）がある。特に後者は詳細で周到である。同論によると、大石は有島武郎に師事した文学好きの青年であり、その関係は並の師弟を超える親密なもので、有島の文学活動に直接関わっていた人物であるという。中央の文学者や社会主義者との交際があって、トルストイやバーナードショウのように菜食主義を奉じたという。その二頁に「北海道ニセコ町の有島記念館（2F、現在1F）に展示してある大石の顔写真キャプション」として、以下の略歴を挙げる。

〈大石泰蔵（明治21年＝一八八八〜昭和13年＝一九三八）
兵庫県出身、明治45年北大の前身東北帝国大学農科大学農学科卒、有島武郎の教え子。在学中「文武会々報」編集人・発行人。独立教会日曜学校の教師、社会主義研究会に参加、留寿都村の平民農場支援者。社会的実践型のプロテスタント。一時北竜村で開拓に従事、離道後、大正9年より大阪毎日新聞社々員。〉

（4）「文藝懇話會」第一巻第四號（一九三六年四月　文藝懇話會）。以下、大石の発言はすべてこの文章による。さらに、この中で大石は一〇頁にあたる冒頭に、起草の理由を次のように断っている。

この手紙は漱石最大の傑作とされる「明暗」の作意に就て珍らしくも作者自身で語つたものであり、現代のリアリズム文學論にも觸れ、様々の意味で興趣の深いものであると大阪朝日は述べてゐる。私としてはこの手紙が世に出た以上、ここに扱はるゝ問題の性質を明かにするために、當時どういふ風に漱石に抗議したかに就て語ることは必要であると思ふので、二十年來の沈默を破ることにしたい。

（5）『小説作法』は、一九〇九年、すなわち明治四十二年七月に、博文館から出版された。ただし、引用は、『定本花袋全集』第二十六巻（一九九五年六月　臨川書店）二五七頁による。

（6）「新潮」第二十九巻第四号（一九一八年＝大正七年十月　新潮社）初出。岩野泡鳴の図及び本文の引用は、『岩野泡鳴全集』第十一巻（一九九六年八月　臨川書店）三一三、四頁による。

（7）漱石の語った「則天去私」についての話を聴いた人々の発言は、初出の発表順に主なものを挙げると以下のとおりである。
・久米正雄　「生活と藝術と」（「文章俱樂部」八號〔一九一六＝大正五年十二月　新潮社〕初出、ただし、後に「日記一年」〔一九一七＝大正六年十一月　新潮社〕、「人間雑話」〔一九二二＝大正十一年十月　金星堂〕、『久米正雄全集』第十三巻〔一九三一年一月　平凡社〕に収録。）
・岡榮一郎　「夏目先生の追憶」（一）～（五）（「大阪朝日新聞」〔一九一六＝大正五年十二月二十、二十一、二十二、二十三、二十五日〕）
・森田草平　「漱石先生と門下」（「太陽」〔一九一七＝大正六年一月　博文館〕初出、ただし、後に『夏目漱石』〔一九四二年九月　甲鳥書林〕、『夏目漱石　筑摩叢書90』〔一九六七年八月　筑摩書房〕に収録。）
・安倍能成　「夏目先生の追憶」（「思潮」〔一九一七＝大正六年六月　岩波書店〕初出、ただし、後に『文藝』〔一九五四年六月　文藝社〕、『安倍能成選集』第三巻〔一九四九年二月　小山書店〕に収録。）
・松岡讓　「漱石山房の一夜―宗教的問答―」（「現代佛教」〔一九三三年一月　現代佛教社〕初出、ただし、後に『漱石先生』〔一九三四年一月　岩波書店〕に収録。）

（8）松岡陽子マックレインは「漱石とジェーン・オースティン」（『孫娘から見た漱石』〔一九九五年二月　新潮社〕一三八頁。）において、次のようにそれらの発言の共通点を三つに整理する。①「漱石は「則天去私」について死ぬほんの二、三箇月前まで話さなかった」、②「十一月十六日の最後の木曜会ではこの課題につき特に熱意を持って語った」、③「「則天去私」とは人が眼前に起こっていることを静かに見ることができる心境であり、ジェーン・オースティンはその作品の中でトルストイやドストエフスキーより「則天去私」の要素を示している、などと言った」という三点である。この整理は至当であると思われる。

（9）「国語国文研究」第八十五号（一九九〇年三月　北海道大学国文学会）九頁。

（10）注（7）久米前掲論文。ただし、引用は『全集』四三七頁による。

（11）すでに注（9）佐々木前掲論文、九頁に次のようにある。

以上の考察から、『明暗』―「則天去私」―オースティン *Pride and prejudice* という三点構造は、ほぼ確実に成立すると考えてよいのではないかと思われる。ただし問題は残るのであって、明治三十九年四十年の交に、あらためてオースティンを深く認識したと仮定して、ほぼそのころから始まった漱石の創作活動は、ただちにオースティン風に始ったのではないということである。むしろ漱石の作風は、オースティンと対蹠的な、いわば浪漫派から歩を起こしているのである。そして、その後約十年、漱石は徐々に変化してオースティンの「写実」に接近したのであった。

（12）注（7）森田前掲論文。ただし、引用は『叢書』一一頁による。

（13）漱石による書き込みの原文は英文。日本語訳は注（8）松岡陽子マックレイン前掲論文一二〇頁による。原文は以下の通り。

〔見返しに〕

humorous, easty

calm, serene, never excited

No page either describing nature or passion which may be called 'prose poetry', dramatic but not poetic nor romantic.

No arrant knave except Wickham, no perfect man, both sides of human nature are never lost sight of.

Little idioms, much less slang for there are no characters who use it.

The style so monotonous that it always goes at an even pace regardless of the particular phase of mind or the certain phenomenon of nature which it is the object of the author to describe adequately.

（14）『明暗』が「普通人の日常生活」を書いたものであるという指摘は、早く「時事新報」（一九一七＝大正六年二月二十日　時事新報社）五面（「文藝」欄）に、無記名の同時代評として見出せる。

本書は未完なりとて毫も其の藝術的讀者的興味を減ずべきものなし何となれば本書の人物も事件も普通人の日常生活を捉へたるものにて紙數が進めばとて別に異常の浪漫的事件の開展され期待さるるものに非ればなり而も本編の内容を價値づくる第一の權威は著者が年と共に深刻細緻を極め行ける心理的分析なり（「批評と紹介　明暗（夏

目漱石遺著）」）

（15）『漱石のセオリー――『文学論』解読』（二〇〇五年一二月　おうふう）一七三頁。

（16）注（7）久米前掲論文。ただし、引用は『全集』四三七頁による。

付記　『明暗』本文の引用は、『漱石全集』第十一巻（一九九四年一一月九日　岩波書店）による。

『明暗』一面
――津田とお延――

仲　秀和

一

『明暗』は、半月ぐらいの出来事を描いた小説である。津田が退院して小林に会うまでの日数が不明であるが、それも二、三日以内のことだろう。作品には他のそれと同じく「過去」が登場する。津田もまた「過去」を背負った男なのだが、その「過去」をふくめた出来事の経過をまとめてみると次のようになる。

まず、小説の現在を、大正四年の十一月はじめから中頃までと想定する。[1]「彼は身に薄い外套を着けてゐた。」(十三)「…近頃急に短かくなつた秋の日脚は疾くに傾いて、…」(十八)「『日中は暖かだが、夜になると矢張り寒いね』『うん。何と云つてももう秋だからな。実際外套が欲しい位だ』」(三十三)「インヴネスを着た小作りな男が、…」(三十五)「…彼女には、何よりも火鉢の傍が恋しかつた。彼女はコートを脱ぐなりまづ其所に坐つて手を翳した。」(百四十四)などの描写があり、晩秋を思わせる。又「で今月は何うするの。」(七)と、お延は、足りない金について津田に問いかけている。月のはじめを暗示する。そして、おそらく大正四年十一月九日から十六日まで作者が湯河原へ行った体験が、作品の季節と場面として採り入れられている。

次に、出来事の順に津田の「過去」を想定してみよう。

①大正三年四月の桜時分に、痔の発作をおこす。(「荒川堤へ花見に行つた帰り途から何等の予告なしに突発した当時の疼痛に就いて、彼は全くの盲目漢であつた。」(二))

②大正三年十一月下旬から十二月中頃までに清子との別離。(「彼は別れて以来一年近く経つ今日迄、いまだ此女の記憶を失くした覚がなかつた。」(百七十二))

③大正三年末、小林医院で関と出会う。

(「…彼が去年の暮以来此医者の家で思ひ掛けなく会つた二人の男の事を考へた。…他の一人は友達であつた。是は津田が自分と同性質の病気に罹つてゐるものと思ひ込んで、向うから平気に声を掛けた。彼等は其時二人一所に医者の門を出て、晩飯を食ひながら、性《セックス》と愛《ラヴ》といふ問題に就いて六づかしい議論をした。」(十七))

④大正四年一月から二月頃に、清子と関の結婚がある。津田と別れて一・二ケ月で清子は結婚したことになる。(「『突然関さんへ行つちまつたのね』『え、、突然。本当を云ふと、突然なんてものは疾の昔に通り越してゐましたね。あつと云つて後を向いたら、もう結婚してゐたんです』」(百三十九))

⑤大正四年二月から三月頃、津田とお延は京都の実家に戻っていて知りあう。(「始めて京都で津田に会つた時の事が思ひ出された。…取次に現はれたのは、下女でも書生でもなく、丁度其時彼女と同じ様に京都の家に来てゐた由雄であつた。」(七十九))

⑥大正四年四月中頃に、津田とお延は結婚する。津田は清子の結婚を知った後、お延と出会い、積極的だった彼女のアプローチにより結婚。昨年末の小林医院への通院は、清子に去られた衝撃のためかもしれない。(「『だけど、もう余つ程になるわね、結婚なすつてから』『え、もう半歳と少しになります』」(十)「お延は自分で自分の夫を択んだ当時の事を憶ひ起さない訳には行かなかつた。津田を見出した彼女はすぐ彼を愛した。彼を愛した彼女はすぐ彼の許に嫁ぎたい希望を保護

者に打ち明けた。さうして其許諾と共にすぐ彼に嫁いだ。」（六十五）
⑦大正四年夏（七・八月）に、小林と再会する。（「此夏会つた時の彼の異な服装もおのづと思ひ出された。」（二十六））
津田と小林は学生時代からの友達である。当時外套を津田が見せびらかしたのを小林は覚えている。二人が深夜非常線にかかったことをお延に告げる。「君にもまだ昔の親切が少しは残つてゐると見えるね。」（百五十七）と述べ、一方津田は、「君こそ昔を忘れてゐるんだよ。僕の方が昔の儘でしてゐる事を、君はみんな逆に解釈するから、交際が益面倒になるんぢやないか。」（百六十一）と語る。津田は大学卒業以後、上流階級志向が強くなり、実家や育てられた藤井の叔父の階級からの脱出願望が高まるのである。
⑧清子と津田の交際は、大正三年の数ケ月と想定出来る。父の関係で吉川の会社に就職した津田は、吉川夫人の紹介で清子を知り恋愛関係に入ったと考えられる。清子からの手紙が少なくないこと、林檎をむいてくれた姿勢を思い出していること、
「あ、此眼だつけ」二人の間に何度も繰り返された過去の光景が、ありくと津田の前に浮き上つた。其時分の清子は津田と名のつく一人の男を信じてゐた。…自分があればこそ此眼も存在するのだとさへ思つた。（百八十八）
とあり、津田は又二人の関係を小林に何度も語っている。
「君はあの清子さんといふ女に熱中してゐたらう。一しきりは、何でも彼でもあの女でなけりやならないやうな事を云つてたらう。それ許ぢやない、向ふでも天下に君一人より外に男はないと思つてるやうに解釈してゐたらう。所が何うだい結果は」（百六十）
と、小林は皮肉る。
⑨大正四年十月初め、「初秋の冷たい風が肌を吹き出した頃」（八十九）の日曜の朝、清子（そして吉川夫人）からの手

紙の束を、油を注いで燃やす津田を、お延は見ている。

⑩現在の清子は、ある温泉場に「流産後の身体を回復する」（百四十）ため留っている。流産は関の病気が原因と想像される。吉川夫人は、「津田を見て意味ありげに微笑した。」（同）のは、流産の原因をも見通したそれかもしれない。

二

ジェイン・オースティン『自負と偏見』の主人公エリザベスの妹メリーは、語り手により、「ただひとり不美人のほうだったので、自然学問や芸事には励みが出て、それだけに、なにかというとひどく見せたがった。」「虚栄からくる知ったかぶりや、妙な気取りもひどく鼻についた(2)」のに比べ、エリザベスの方は、ピアノはうまくなかったが自然であったため周りは喜んできいた、と語られる。そのメリーが言う。自負心というのは万人共通の弱点で、すぐ得意になるのが人間生れつきなのよ、つづけて、自負心と虚栄心の違いを指摘する。「自負心てのはね、どちらかといえばみづからを強くたのむことよ。…虚栄というのはね、他人からこう思われたい、ああ思われたいという気持なのよ」と。物語は、ダーシーとエリザベスの「高慢」と「偏見」を巡って、その誤解がとけ結婚に至るまでの経緯を中心として、周囲の家族、友人の、歯に衣を着せぬ会話や語り手の語りで進行する。ダーシーだけが「高慢」で、「プライドだけがいわば奴の親友だ」と言われるのではなく、コリンズも、エリザベスには、「ただ自惚れが強いだけで、高慢ちきな、心の狭いバカなのよ…あんな男と結婚しようなんて女に、ちゃんとした頭のいい女なんているはずないじゃないの。…」と批判の対象になるが、彼は自分が周囲からどう見られているかわからない思い込みのはげしい、自己批評のない喜劇的人物である。そして、このような余りにも遠慮のない会話や語りが、ユーモアを感じさせ笑いを誘う。たとえば『明暗』ならば、次のような部分はどう語られるだろうか。ダーシーからエリザベスへ。

「…あなたのご親類の社会的地位の低いことを、僕がよろこぶとでもお考えになるのですか？　新しくできる親類関係が、みんなはっきり僕より低いことを、これは目出度い、結構なことだとでも思うように、お考えになるのですか？…」

『明暗』の人物なら、このような階級蔑視の言葉は、口には出さず、心の中に沈め、その心理を詳細に語り手が語るところである。人間が「高慢」「偏見」や「虚栄心」からのがれられない姿を、好悪や思い入れを混じえないで淡々と描いてゆく。心に思ったことを、はっきりと論理的に明晰な言葉で、お互いに会話を交わす。これが『自負と偏見』である。

『明暗』の人物達も、よく喋る。対話劇というべき小説である。登場人物達はすべて鋭い意識家であり、相手の言葉だけに反応するのでなく、表情、物腰、言い方により、心の動き、意識の多層性を見破りそれを鋭く批判しあう。相手の心をえぐるように論争を仕掛ける。彼らの意識が捕えた「私の現実」というべきものを口に出し議論をし、そこに語り手も加わって人物の心理を分析的に詳述し、物語が進んでゆく。それぞれの意識が捕えた他者や世界との対立、対話で作品が成り立っているのである。自分の目が見た世界こそ実在だというかのように、人物達はよく語る。「津田から見たお秀」（百一）「私の目に映つた通りの事実」（百九）（お秀から津田夫婦に）、「お秀から見たお延」（百二十七）、「私の見た貴方」（百八十六）（清子から津田に）、「貴方の眼に映ずる僕」（百八十七）（津田から清子に）、というような表現が多いのはそのためである。[3]故に、登場人物達は常に相対化される。ある人物の側面は、また別の側面を持つというように描かれる。ナスターシャはムイシュキンの眼差しに照らされてこそ悲劇的なヒロインであるが、ロゴージン、ガーニャ・トーツキー、エパンチン将軍などの目で見れば「ソドム」的な女性であると、木下豊房は述べるが[4]、津田やお延の、小林、吉川夫人、藤井夫婦、岡本、継子、真事、そして語り手の目で見た姿はさまざまであり、後者の意識が捕えた二人を浮かび上がらせてゆく。例えば、津田にせよ、岡本から見れば「日本中の女がみんな自分に惚れなくつちやならない」（六十二）ような高慢で気障な男だろうが、継子から見れば妻の言うことをよく聞いてくれる優しい夫となり、藤井夫人からは誠意のない贅沢な男となる。真事からは「嘘つき」となり、吉川夫人からは、操りやすい、「眼鼻立の整つた好男子」（百七十五）となり、語り手からは虚栄心の強い見栄の張った男となる。お延も又、虚栄心の強い「派手好き」な女として描かれ、二人は似たもの夫婦という様相を呈する。Pride は、「自負」とも「高慢」とも訳されるように、この二つはほとんど同時に、同じ人間の中に存在すると言ってもよい。「高慢」にはすぐ「虚栄」が表裏一体としてある。それはまた「劣等感」「嫉妬心」に結びつく。「虚栄心や自尊心、支配欲といった対他関係における自意識の発動は、自己と他者との対等な内面的交渉を阻む」[5]という事からすれば、津田夫婦はいつまでも技巧、策略を弄し、嘘をつくことで内面的交流は起こらない。「淡白でない」「水臭い」関係しか築けないのであり、夫婦関係だけでなく、周りの人間との交流も深まらない。彼らはその虚栄のため、他からどう見られているかばかりを気にするのであり、からかわれやすく批判されやすい存在となるのである。そして、「高慢」「虚栄」と「劣等感」「嫉妬心」は、二人だけでなく他の人物すべての言動を左右し、それらの心理や意識の流れを微細に分析して描き出すのが『明暗』なのである。断罪もあるべき姿も語り手は込めようとはしない。事実そのままに描き出すだけである。そして、『道草』のような、人物や作品全体をおおう、温かさや優しさといったものはない。非情の文体をつくり上げ、その心理の分析の細密さ、心の底をえぐるような会話が、読む者に息苦しさを、時に、与えるのである。

三

作品の冒頭、津田は何故「偶然」を思ったのだろう。突然何が起こるかわからない肉体の変化から、精神の変化、即ち清子の心変わりによる二人の別離と、彼女と関との結婚から連想されたものであることはすぐにわかる。(6)二人が結婚し、津田が初めするつもりでもなかったお延と結婚したことを「偶然」ととらえ、それにおどろいている様相である。この意味で「偶然」とは、人間の意志意識で自由にならず、人を操ってゆくかのような「暗い不可思議な力」「運命」のようなものとして、津田はおそれているようなのだ。彼は自分が決断し行為したにもかかわらず、何物かに操られているように感じている。偶然の運命により運ばれているかのような自分を訝っている。それは、吉川夫人に言われ、清子に逢う事を決断し温泉場に向かう馬車の中で、何かに操られ運ばれていく感覚に襲われる時、はじめて意識化される。津田は、いわば夢の中にいるような気がすると言っているのだ。夢の中では、自分の行為が意志通りには自由にならず、何物かに動かされるようにしか行動できない。清子に去られて以後、夢のようにしか行動していないと感じている。直後お延と出会い、彼女の積極的な接近により、操られるように結婚したと感じている。お延から見れば、「最初無関心に見えた彼は、段々自分の方に牽き付けられるやうに変つて来た。」（七十九）のであるが、津田から見れば、清子に去られた衝撃の癒えぬまま、近づいてきた女が上司吉川の友人の姪だと知り、出世の利になると判断し、結婚を決意したのである。それは吉川夫人の手によってまとめられた。故に、結婚後半年をこえても、結婚したという実感がなく腰が座らないように自分でも感じているのだ。なぜお延と結婚したのか自問する理由である。周りには未だ「選り好みをして落ち付か」（三十）ないように見られ（藤井夫人）、「もつと上等なのを探し廻る気だろう」（百六十）と言われ（小林）、清子に未だ未練を持っているのだろうと指摘され（吉川夫人）、お延の他にまだ大事にしている人があるのだと指弾される（お秀）。

津田は大学卒業後、「ぜいたく」だ、結婚後は「変つた」「別の人」だとまで、藤井夫人や小林、お秀から言われる。三年ほど前卒業し、吉川の会社に入り夫人を知り、その中で、吝嗇な父や育てられた藤井の階級から吉川の階級への上昇を強く望み出したのである。それまで、小林とも友達であり「親切」であったこともあるが、卒業後は、軽蔑や侮蔑の言動が一層はげしくなったのであろう。津田は、小林の清子のことをほのめかす怖れだけでなく、自分への憎しみを感じるため、彼を拒否出来なくなっている。飲み屋への強制や脅迫に近い金の要求を断われない。三十円の送別金をわたすことを、お延にも不審がられてしまうのである。何をやるかわからないという小林の復讐を津田は恐れている。小林は『門』の安井の系譜につながる人物である。「蒙古刀」がかかっているのを見、再び安井出現の恐怖を宗助は感じながら春を迎える。小林は津田との送別会の後、再び現れることになるのか不明であるが、津田の妄想の中で現れ、彼を悩ませる。

津田は「始終貧乏してゐた」（二十）叔父の家と吉川の家を比べ、益々上昇志向を強くする。真事や一、藤井夫人と吉川夫人を比較せざるを得ない。そして、結婚後、お延との間に、「常に財力に関する妙な暗闘があった。」（百十三）彼は、結婚前には自分が「楽な身分にいる若旦那」（同）と彼女に吹聴していたのである。未来の妻に対する見栄であり、虚栄心からの嘘である。

　彼は腹の中で、嘘吐な自分を肯がふ男であつた。同時に他人の嘘をも根本的に認定する男であつた。それでゐて少しも厭世的にならない男であつた。寧ろ其反対に生活する事の出来るために、嘘が必要になるのだ位に考へる男であつた。（百十五）

お延に吹聴した嘘から、次々と津田は嘘をつく。父に毎月の補助分を返すつもりはないのに返すと言う。小林が来たことをお延にかくす。真事には買ってやろうと約束するだけである。清子に、療治に来ようと思った時、偶然吉川夫人に頼まれたのだと言う。弁解は白々しく、夫人にまた操られてやってきたことを清子は見破っているはずである。嘘を平気でつける男だと知っているからである。

物語の発端は、十一月に送ってくる予定の支送りが出来ないという父からの通知である。そして、入院費や生活費の不足がおこす夫婦の虚栄と高慢を描き出すのが中心軸である。彼等だけの虚栄と高慢が描かれるのではない。例えば小林にせよ、津田への批判は鋭いが、自分ほど辛酸をなめてきた人間はいないとする自負と、それを津田に認めてもらいたい虚栄がある。先生（藤井）は紙の上で経験を積んだだけだ、先生にドストエフスキーはわからない、僕は実践を積んできたのだ、と彼は語る。そして、それを根拠に津田を嘲弄するのである。

吉川夫人は、夫の社会的地位を武器に、年下の男の面倒をみることで自分の影響力を楽しむ道楽を持った女性である。三好と継子をひきあわせたのも彼女であるように、清子と津田を操ったのも彼女である。小林と同じく情報通の彼女は、鋭い「心理の観察者」（百四十一）でもある。

地位から云つても、性質から見ても、また彼に対する特別な関係から判断しても、夫人は決して彼を赦す人ではなかつた。永久夫人の前に赦されない彼は、恰も蘇生の活手段を奪はれた仮死の形骸と一般であつた。…自由の利き過ぎる境遇、そこに長く住み馴れた彼女の眼には、殆んど自分の無理といふものが映らなかつた。…自分の批判は殆んど当初から働らかないし、他の批判は耳へ入らず、また耳へ入れやうとするものもない…（百三十七）

夫人の意図は、若い男女を親切と世話という名目で自分の思い通りに操りたいのである。清子はこの夫人のやり方と、それに操られる津田を嫌い、離反したと考えられるが、夫人がお延を嫌いなのも、彼女が操れない「我」をもった「利かない気性」の「利巧な」女性だからである。「慢気が多いのよ」と夫人が津田に語るのは、同類の高慢な女への嫌悪のあらわれである。旅費さえ出して津田を清子の元へ行かそうとするのは、自分の面目をつぶした彼女への復讐の心理がある。昔の恋人を近づけることで、両方の家庭に波乱を起すことを望んでいるのである。旅費を出してもらうことで益々夫人に操られることになる自分に、津田は気づかない。お延をも「奥さんらしい奥さんに仕上げてみせる」とは津田が温泉場に行った後、お延に清子のことをにおわせ、妻の心得と言ったものを告げるのであろう。

しかし、お延も清子と同じく、夫人の予定通りには動かない、といった予測は成り立つ。

お秀も、「心理の観察家」として兄に対する。嫂になぜ気がねして言うなりになっているのか、何故「こわがつてゐる」のかの理由を見破るのである。「嫂さんより大事に思つてゐる人」とは清子か吉川夫人か。お延は、その言葉に女の影を連想するところから読者は清子を想定する。一方「お延と仲善く暮す事は、夫人に対する義務の一端だと思ひ込んだ。喧嘩さへしなければ、自分の未来に間違はあるまいといふ鑑定さへ下した。」（百三十四）とあり、出世の利のためお延の背後にいる吉川夫人を指しているとも読める。しかし、後にお秀の家で、清子を巡る攻防の会話があるところから、「大事にしてゐる人」とは未だ未練を持ち忘れられない人の謂だと考えられる。お秀は兄夫婦との病院での対決の後、吉川夫人にすべてのいきさつを話したが故に、二人への怒りが鎮まり、お延を訪ねたのである。夫人にすべてをあずけるよう言われたのであろう。お秀から見たお延は、「派手好き」で、返還すべき金で指輪を買わせ、兄に嘘を言わせたのは嫂だ、と彼女は父に伝えている。自分に比べ、お延は二人暮しで自由であり、経済にも不自由はない。特に、放蕩家の夫との関係が意識の底で不満をつのらせているのである。それがお延に対する嫉妬の根にある。堀から器量望みでもらわれたこと（五・六年前、女学校卒業後すぐ結婚）がお秀の自負であり虚栄である。さらに、本から得た知識を顕示し、理屈と議論により相手を屈服させることに得意を感ずる女でもある。「…妹として悲しみます」という話し方は、借りてきた文章体そのままではないか。「心からの後悔」を強制するその高慢に、また、強制により、それは望み得ないことに、お秀自身は気づかない。しかし、妹であるお秀が何故敵同士のように兄に反発するのか。それは、普段から、兄に軽蔑され、馬鹿にされてきたためなのである。

…平生から低く見てゐる妹に丈は、思いの外高慢であつた。さうして其高慢な所を、他人に対してよりも、比較的遠慮なく外へ出した。…お秀にはたゞ彼の中心にある軽蔑が、微温い表現を通して伝はる丈であつた。（百二）

そして、兄妹の喧嘩が始まる。「…己の頭の中にある事実が、お前のやうな教養に乏しい女に捕まへられると思ふのか。馬鹿め」「さう私を軽蔑なさるなら…」（百二）というように。つづいてお秀の兄追窮となるのである。テキストには「軽蔑」の語が頻出し（五十六回）、その主体はほとんど津田とお延である。とりわけ、津田の対小林、対お秀に多いのである。それだけ彼等に対して高慢であるということだが、そのため二人の「復讐」を受けなければならないということなのだ。彼らの自尊心を傷つけていたのである。「軽蔑」の語とともに頻出するのが「冷笑」である。「冷笑《あざ》ける」「冷笑《ひや》かされる」「冷笑《せせらわら》う」などとルビをふられ、自分の高慢と相手への軽蔑をこめた語として使用される。「軽蔑」や「冷笑」でもってしか相手と関係を結べない人々の物語が、『明暗』の一面である。そして、軽蔑するばかりの津田が、反対に軽蔑されることを最も恐れている相手こそが、妻のお延なのだ。自分以上に、富に重きを置く妻の性格を知っているゆえに、又自分も、富から「愛其物が生れると迄信ずる事の出来る」（百十三）ゆえに、妻の手前を「取繕はなければならないといふ不安があつた。ことに彼は此点に於てお延から軽蔑されるのを深く恐れた。」（同）のである。

四

津田もお延も、幼少時より両親から離れて叔父夫婦に育てられる。彼女の容貌は次のようである。

　細君は色の白い女であつた。その所為で形の好い眉が一際引立つて見えた。彼女はまた癖のやうに能く其眉を動かした。惜い事に彼女の眼は細過ぎた。御負に愛嬌のない一重瞼であつた。けれども其一重瞼の中に輝やく瞳子は漆黒であつた。だから非常に能く働らいた。（四）

語り手は彼女を不器量とは言っていない。しかし、「細い目」が繰り返し強調するように語られ、継子、お秀、清子と比較される時、「容貌の劣者」のお延像は読者に伝わる。佐藤泉は「美禰子」や「静」に触れ、謎めいた女は美女でなければならなかった。しかし「『明暗』のお延は、決定的に非美人である。彼女の内面を書く小説文体によって、また非美人であることによって、お延は謎の女という、それまでの物語機能上の位置を拒絶している。」と指摘する。[7] 美女は周りから注目されるが、お延はされない。継子と一緒に歩いていても、人々の目は彼女に向く。お秀が器量望みでもらわれたことを知った時、「ことにお延のやうな女に取つては、羨ましい事実に違なかつた。」（百二十七）と語られる。自分の容貌についての劣等意識がお延に浮上するのは、叔父を訪問しその会話の中で、継子と比較されるため見合に同席させられたのではないかと疑うところである。「容貌の劣者」として継子と並ばされたのではないかという疑いは、お延を傷つけ、ついには涙ぐませる。この訪問の翌日、お時に向かって、いくら利巧でも気が利いていても器量が悪いと損だ、「あたしのやうな不器量なものは」（八十）と自嘲する。自分を不美人と思っている自意識は、同年代の女に競争意識を持たずにはいられない。自分と比較して考え優越性を確かめずにいられない。継子に対し、「水の滴たる許の」彼女を「軽い嫉妬の眼で視る」ばかりでなく、彼女の未来を「私よりも可哀相です」（五十一）と心の内で言う。お秀の夫が放蕩者だとわかった時、「淡い冷笑のうちに、復讐をしたやうな快感さへ覚えた。」（百二十七）とまで語られる。

さらに、お延の劣等意識は、彼女の出自にもある。叔母との会話。

> 「そりやお前と継とは……」
> 中途で止めた叔母は何をいふ気か解らなかつた。性質が違ふといふ意味にも、身分が違ふといふ意味にも、また境遇が違ふといふ意味にも取れる彼女の言葉を追究する前に、お延ははつと思つた。それは今迄気の付かなかつた或物に、突然ぶつかつたやうな動悸がしたからである。（六十七　傍線は論者による。）

お延は『虞美人草』の小夜子のように、女学校を東京で、というように遊学したわけではなく、小さいうちから叔母夫婦（岡本）にあずけられ、継子と姉妹のように育ててもらったのであろう。彼女の実家は、おそらく裕福ではない。父は神経痛に悩まされ、結婚の支度も岡本にしてもらっている。それを思い、出自を意識した瞬間である。容貌と出自の劣等意識は、「持つて生れた気位」の上に、お延の性格を育て上げたのであろう。「意地の強い」（六十二）

「利かない気性」（七十二）で、「虚栄心の強い」（百二十六）「負け嫌いな」（百二十九）性格をである。メリーではないが、その劣等意識を補完するためにも、彼女はより「利巧」で「気が利いてゐ」なければならない。賢く鋭いという自負こそが、お延を支えているのである。「愚鈍といふ非難を」「火のやうに恐れてゐた。」（四十七）のであり、小林の売り言葉に、「人に笑はれる位なら、一層死んでしまつた方が好いと思ひます」（八十七）とも言い放つのである。自負と一体の、高慢と虚栄の発露である。小林を軽蔑するのは、単に「貧乏」で「地位がない」からである。藤井に対しても、単に理屈をもて遊んでいるだけの人と軽蔑していたが、地位がなく境遇の貧しいお延自身の出自の劣等意識が、より貧しく地位のない者への優越意識となって投影されているのである。その中には、出自への嫌悪がふくまれている。しかし、両親から離れ、かわいがられはしたが甘えることなく育った彼女は、何事も一人で決定し行動しなければならなかった。孤軍奮闘しなければならなかった。彼女こそ「憑《よ》り掛《か》り所のない女」（百四十九）にちがいないのである。『行人』において、二郎の語る、「こんな問題（論者注・結婚問題）になると自分でどん〳〵進行させる勇気は日本の婦人にあるまいからな」（「兄」五）とはちがった、新しい時代の「勇気」ある女性として、お延はいる[8]。そのためには、両親から離れて育つ必要があったのである。「彼女はいつでも彼女の主人公であつた。また責任者であつた。」（六十五）。夫の愛を求めるため、技巧を弄し、眉を動かし、自分に注目させようとする。冒頭のすずめの巣や、翌日の薄化粧して夫の前に現れる場面のように、必死に夫の注意を引こうとしている。津田も嘘をしばしばつくが、お延は嘘をついて夫をひきつけ、あるいは事の真相を知ろうとするのである。岡本へ金をもらうために行ったと言う、吉川夫人にきいたとお秀に言う、すべてを知った、ひどい人だ、と夫に言う、のである。語り手はこのようなお延に、時に「気の毒な」（百四十七）「可憐な」（同）「不幸な」（百五十）という形容を与える。津田には与えない。何も知らされず、一人孤独な彼女を愛《いとお》しむかのようである。継子の見合であることを唯一人知らされず、夫の秘密の清子のことを、周りの人物達―小林、吉川夫人、藤井夫人、お秀―は知っているにも拘らず一人だけ知らないのである。叔父の岡本と吉川の親しさも知らず、夫と吉川夫人の関係も知らない。そして、負け嫌いなゆえに、自分と相手の女を常に比較し、競争しているお延は、逆に、比較されるのは「始めから嫌ひ」（百三十）で、「絶対に」愛されることを希求するのである。「愛することにより愛させる」と継子に叫ぶように言う時、愛することがそのまま愛されることになるとは限らず、強制により愛は望み得ないことにお延は気づかない。彼女の夫への愛は、津田から見ると次のようになる。

堂々と愛の擒になるのではなくつて、常に騙し打に会つてゐるのであつた。お延が夫の慢心を挫く所に気が付かないで、たゞ彼を征服する点に於てのみ愛の満足を感ずる通りに、負けるのが嫌な津田も、残念だとは思ひながら、力及ばず組み敷かれるたびに降参するのであつた。（百五十）

お延は常に夫の先回りをして、彼を自分の思う通りに動かし、操ろうとする。そこに彼女の「愛」の認識の誤りがある。彼女は、吉川夫人にもお秀にも嫌われている。「継子さんは得な方ね。誰にでも好かれるんだから」（六十七）と言うように、自分が人に好かれたいのに、好かれないところがあることを意識している。その理由の一つが、自負からくる高慢と虚栄であることには、気づいていない。

彼女もしばしば相手を「軽蔑」する。小林を、お秀を、継子を、軽蔑する。そして、夫を、同じように「軽蔑《さげす》む」そぶりを見せることがある。質屋に行ったことがあるのかと津田に問われて、私が行くはずがないという意味を込めて、夫に返す時である。今月は金は送れないという義父の手紙を見ようともしない。津田の自分や自分の親への妻の「軽蔑」の恐れは、根拠のないものではなく、普段の彼女の態度からもきていたのである。しかし、彼女の内なる心理は、「夫の虚偽を責めるよりも寧ろ夫の淡泊でないのを恨んだ。彼女はたゞ水臭いと思つた。何故男らしく自分の弱点を妻の前に曝け出して呉れないのかを苦にした。」（百十三）というものであったが、自分の態度が、そして、夫を自由に操れないのは、「人間でありながら人間の用をなさないと自白する位の屈辱として」（四十七）感じる心が、津田の心を開放しないということには、気づかない。

このような、相手の軽蔑を恐れ、緊張し、「直に向き合」ったことのない津田夫婦に、開放されたような時間が唯一おとづれるのが、病院でお秀が去った後に、二人が向き合う場面である。津田も「体面を保つために武装してゐた」（百十三）のが、自然に弛む。それに応じて、相手のお延も「天然自然自分を開放してしま」（同）う。ゆえに、二人は「何時になく融け合」（同）うのである。相手が変れば自分も変るというように、関係がその中の人物の内面と態度を変えてゆくのである。

お秀が去る直前の三人の争いは、『明暗』の中でも最も白熱した対話の一つになっているが、それを語り手は、次のように批評する。

傍《はた》から見た其問題は決して重要なものとは云へなかつた。遠くから冷静に彼等の身分と境遇を眺める事の出来る地位に立つ誰の眼にも、小さく映らなければならない程度のものに過ぎなかつた。彼等は他から注意を受ける迄もなく能くそれを心得てゐた。けれども彼等は争はなければならなかつた。彼等の背後《せなか》に脊負《しょ》つてゐる因縁は、他人に解らない過去から複雑な手を延ばして、自由に彼等を操つた。（百七）

父の支送りの停止からおこる、津田夫婦の生活費や病院費の不足、それは大した金額であるとは三人とも認めていない。その金を巡る三人の攻防。お秀は、今まで自分を馬鹿にしてきた兄を屈服させることを望み、津田とお延は、頭を下げるのは嫌なのだ。「彼等の背後に脊負つてゐる因縁」とは、三人の自負、高慢、虚栄、嫉妬、劣等感が、お互いの中に入り込み、生み出していった関係のことである。それらが、彼等を操り、ひきずり回し、敵対させるのである。『明暗』の主要登場人物達は、すべて「手前勝手」で、高慢と虚栄に満ちているように見え、その世界は「人間心理の百鬼夜行図[9]」となっているのである。書く作者は「俗了」された気分になるのも当然のことであろう。高慢と虚栄の人物の代表、津田は「夢」から覚め、新しい世界と自分に気づき、変るのか、お延はどうなるのか。津田らしからぬ感慨を抱く、清子に会いにゆく馬車の中での場面は、覚醒しそうな何かの予感を感じさせはする。
彼は忘れた記憶を思ひ出した時のやうな気分になつた。「あゝ世の中には、斯んなものが存在してゐたのだつけ、何うして今迄それを忘れてゐたのだらう」…冷たい山間の空気と、其山を神秘的に黒くぼかす夜の色と、其夜の色の中に自分の存在を呑み尽された津田とが一度に重なり合つた時、彼は思はず恐れた。ぞつとした。（百七十二）
しかし、温泉宿に着いた彼は、再び普段の彼に戻り、清子の部屋を訪ねる時は、下女に軽薄な軽口をたたき、吉川夫人の見舞いだと嘘を言って果物を渡すのである。作品の冒頭近く、藤井夫人に軽薄な軽口をたたき、批判される彼と全く変ってはいないのである。津田の覚醒は来ないだろう。おそらく、唐木順三の云う「津田の精神更生記」[10]となることは、ないだろう。お延も、吉川夫人の教育を無視し、温泉場に来て、病院での津田とお延の対決（百四十六〜百五十二）以上の波乱があるだろう。あるいは、今までの作品と同じく、急激な終結の仕方をするかもしれないとも、考えられるのである。

〈注〉

（1）漱石は執筆時や前数年の事件、出来事を作品中に取り入れていることが多いので、『明暗』の場合も、三好が第一次世界大戦勃発（大正三年）前後にドイツを脱出してきたという（五十二）ことから、作品の現在が大正三年とも推定できるが、彼の脱出が、見合の前年だとした場合、大正四年となる。又、津田が温泉場へ行く時、そのモデルが湯河原だとすると、「去年の出水」（百七十）の「出水」が大正三年（岩波『漱石全集』の注による。）となり、作品の現在は大正四年となる。後者をフィクション世界に直接導入する必要はないので、大正四年は確定ではない。『虞美人草』（明治四十年）では「東京勧業博覧会」（同年）が採り入れられ、『三四郎』（明治四十一年）は、「リボン流行」（明治四十年）、「本郷座ハムレット上演」（明治四十年）、『それから』（明治四十二年）では、「日糖事件」（同年）、『門』（明治四十三年）では、「伊藤博文暗殺」（明治四十二年）などが採り入れられている。

（2）ジェイン・オースティン『自負と偏見』（中野好夫訳　上・昭和三十八年六月二刷／下・昭和三十九年九月二刷　新潮文庫）以下の引用も同じ。

（3）これに類似の表現は次のようである。

「…叔母さんの眼に僕は何う見えるんです」（二十七）「斯ういふ世帯染みた眼で兄夫婦を眺めなければならないお秀」（九十一）「彼女から見た其時のお延」（百六）「ことにお延にはさう見えた」（百十）「彼から見た妹」（同）「津田から見たお延」（百十三）「彼の見たお延（百十六）「津田の観察した彼女」（百十七）「お延から見た此主人」（百二十三）「お延から見ると」（同）「女の方から見たら」（百二十八）「津田の知つてゐる清子」（百八十三）

（4）木下豊房『ドストエフスキーその対話的世界』（平成十四年二月　成文社）

（5）木下豊房　注（3）前掲書

（6）津田が「彼の女」清子のことを突然思い出したのは、別れてちょうど一年近くになったためでもある。季節のめぐりとともに、彼女と別れた時のことがよみがえってきたのである。

（7）佐藤泉『漱石　片付かない〈近代〉』（平成十四年一月　日本放送出版協会）

（8）「妾なんか丁度親の手で植付けられた鉢植のやうなもので一遍植られたが最後、誰か来て動かして呉れない以上、とても動けやしません。」（『行人』「塵労」四）と二郎へ訴えるお直とは、全くちがった女性の登場なのである。

（9）三好行雄『明暗上―作品解説』（昭和四十八年六月　重版　旺文社文庫）

（10）唐木順三『夏目漱石』（昭和四十一年八月　国際日本研究所）

付記　『明暗』本文の引用は、『漱石全集』（一九九四年一一月　岩波書店）による。

三人の女
——お延・お秀・吉川夫人——

玉井敬之

一

『明暗』は東京大阪の「朝日新聞」に百八十八回にわたって連載された。発端から十五日前後の出来事が書かれているが、その後この小説がどのような展開をしたかは未完に終わったために予測できない。小説はいうまでもなくどこでどのように始まり、どのように終わろうとも自由であり、その空間や時間がどのように設定され、またその中で何が如何に書かれようともほとんど制約のないジャンルである。にもかかわらず小説には始まりがあり、何時かは終わらなければならない。極めて自由ではあるがその世界には時間と空間の枠がはめられているのである。『明暗』にはその終わりがないのだが、百八十八回までの空間は、津田由雄とお延を中心にして展開することになるが、その夫婦の家からみて由雄の叔父藤井の家は「市の西北の高台の片隅」にあって、「半分道程《はんぶんみちほど》川沿の電車を利用する便利」（二十一）さの所にあり、「歩いたところで、一時間と掛からない近距離」とされている。延子の叔父岡本は「藤井の家と略《ほゞ》同じ見当に」（五十九）あり、岡本は時々藤井を訪ねている（七十五）。また藤井の息子の真事と岡本の息子一《はじめ》は同じ小学校の同級であることや、お延が岡本へ向かう道は、二、三日前藤井の家を出た津田と小林とが酒場《バー》を出て歩いた通り（五十九）でもあって、津田の家は藤井と岡本の家とは近距離にあることが分かる。

津田が入院する診療所は勤め先の帰りにあり（十七）、お時が津田に電話を掛けた際に通話の行き違いで直接に診療所に駆けつけるくらいの距離にある。この診療所は漱石が痔の手術をした神田錦町にあった佐藤診療所がモデルになっていることでは諸説が一致している。漱石は明治四十四年九月から通院し、大正元年九月二十六日に手術を受け、十月二日まで入院した。佐藤診療所は神田錦町一丁目にあった。津田の妹お秀は堀庄太郎に器量を望まれて嫁いだ。その堀の家も神田にあった。他に吉川邸、劇場が舞台になっている。このように見てくればこの小説の舞台はほぼ特定することが可能であり、武田勝彦の『漱石の東京』Ⅱ（二〇〇〇年二月　早稲田大学出版部）などでそれが試みられてもいるが、ここではこれ以上のことは考えない。一応は山の手と下町の境界を挟んでのある場所としておこう。

『明暗』の時間は津田が診察所で痔の手術をすすめられた時から始まり、津田が湯治先の温泉での二日目に当たる百八十八回で中絶した。朝日新聞に連載された漱石の小説は『行人』の中絶を除いていずれもおおむね百十回から百三十回あたりで終わっているから、『明暗』はこれまでに見られない長い連載であるということができる。ようやく後半に入りかけたところで中絶したと思われるが、それもここではあえて意識しないでおこう。小説の季節は漱石が佐藤診療所で手術を受けた時期と重なるか、あるいはそれよりも一ケ月ほど遅れる中秋または晩秋である。このほぼ十五日間に描かれる小説の場は繰り返すことになるが主として津田の住居、藤井の家、岡本の家、診療所、堀の家で、津田の家を中心に半径二、三キロほどの空間と二週間前後の時間が『明暗』の世界である。この限られた時空で津田夫婦を中心とした濃密な人間関係が展開していく。

津田の父は十年程前、「突然遍路に倦み果てた人のやうに官界を退」（二十）いて実業に従事し、神戸に過ごした後、京都に土地を買い「終焉の土地」としている。このように書かれてはいても「閑静な都」に「隠棲」し「終焉」を迎えるに相応しい人物であるとは限らないだろう。その父から津田を託されていた藤井は「端的な事実と組み討ちをして働いた経験のない」「人生の批評家」であり、「活字で飯を食はなければならない運命の所有者」(同)であった。斜に構えた人生を送ってきたといってもいいだろうか。その藤井はお延に対して距離を置いている。一方お延の義理の叔父岡本は娘の継子、百合子と同様にお延を可愛がっているが、その夫の津田をどのように思っているのかは明らかではなく、むしろ好意を抱いているとは思われないのである。また津田の上司吉川は、津田の父や藤井とは知己の関係にあるが、津田には上司として接するにとどまっている。しかし、その夫人は津田に好感を持っている。津田の妹お秀は義姉に好意を抱いているとは言い難いのである。総じて津田由雄、お延を見る周囲の目は父親と知己の関係にある吉川、岡本、それに藤井の夫婦といえども同じではない。岡本を除いて藤井夫婦、吉川夫婦はお延に温かい目を注いでいるとはいえず、お延は孤立している。結婚して半年ばかりの三十歳と二十三歳の夫婦(十)にたいして周囲の見る目、接し方が異なっているのである。

二

津田由雄が痔の手術をしたのは小説では五日目にあたる。その日のお延の夕方からの行動を追跡してみよう。「手術後の夫を、やつと安静状態に寐かして」(四十五)お延は叔父岡本に誘われていた劇場に走る。そこには従妹継子の見合いの席が設けられて、吉川夫婦も立ち会っている。その席を立つころになって夫人から「延子さん。津田さんは何《ど》うなすつて」(五十五)と聞かれている。夫人のこの場面での言動に「今頃になつて夫の病気の見舞をいつてくれる夫人の心の中には、已《やむ》を得ない社交上の辞令以外に、まだ何か存在してゐるのではなからうかと考へ」(同)、お延は不審と疑惑を感じ、夫人の言葉には皮肉が込められているように思うのだ。そこにお延の悧巧さというものが見られるのではなかろうか。このときのお延の行動は叔母でさえも、「能く来られたのね。ことによると今日は六づかしいんぢやないかつて、先刻継と話してたの」（四十六）といっているように、夫を持つ身として、とくに夫が手術した直後の行為としては世間の常識から離れていたといえる。

手術の翌日、お延は病院に電話をかけて津田の容態を聞いているのだが、その時のことが次のように書かれている。

彼女は其所《そこ》で別々の電話を三人へ掛けた。其三人のうちで一番先に択ばれたものは、やはり津田であつた。然し自分で電話口へ立つ事の出来ない横臥状態にある彼の消息は、間接に取次の口から聞くより外に仕方がなかつた。たゞ別に異状のある筈はないと思つてゐた彼女の予期は外れなかつた。彼女は「順当で御座います、お変りは御座いません」といふ保証の言葉を、看護婦らしい人の声から聞いた後で、何の位津田が自分を待ち受けてゐるかを知るために、今日は見舞に行かなくつても可いかと尋ねて貰つた。すると津田が何故かと云つて看護婦に訊き返させた。夫の声も顔も分らないお延は、判断に苦しんで電話口で首を傾けた。こんな場合に、彼は是非来てくれと頼むやうな男ではなかつた。然し行かないと、機嫌を悪くする男であつた。それでは行けば喜こぶかといふと左右《さう》でもなかつた。（五十八）

そこで夫への「一種の感情」から「今日は岡本にいかなければならないから、そちらへは参りません」という言づてを看護婦に依頼している。津田由雄の夫としての見栄もここで暴かれているが、これはお延がそのように見ていたのか、あるいは語り手がそのように判断していたのか、必ずしも分明ではない。次に岡本にかけ、最後に由雄の妹お秀に電話で津田の手術について簡単に伝えて、午後は叔父の岡本の家に行って半日を過ごす。しかし、やはり夫の見舞にも行かないお延の行為は特異といえるだろう。自らの興味と欲求は夫婦の関係を押し退けるくらい強いのだ。岡本の家から帰ることになって「先刻《さつき》お前を泣かした賠償金だ」、「お延、これは陰陽不和になつた時、一番よく利く薬だよ。大抵の場合には一服呑むとすぐ平癒する妙薬だ」といって小切手を渡される（七十六）。この叔父は「初対面の時から津田を好いて呉れなかつた」（六十五）はずであるが、この「妙薬」が効果を現すのはもう少し後のことになるだろう。ここに小説における状況の変化をもたらす布石がしかれているのである。お延は帰宅して小林が訪ねて来たことを知る。

小説では七日目、津田の手術後三日目には午前に小林が訪ねて、津田との約束だといって外套を取りに来る。それを津田に確かめるためお時に「自動電話」を掛けに行かせている間に小林との激しい応酬となり、その中で「いや、実はあなたの知りたいと思つてる事がまだ沢山あるんですよ」「ぢや、あなたの知らなければならない事がまだ沢山あるんだと云ひ直したら何うです。それでも構ひませんか」（八十四）と小林に暗示めいたことを言われる。これは一昨日劇場での吉川夫人に抱いた不審と疑惑にも関わることであろう。電話での応対が不十分であったために病院まで行ったお時から、お秀が見舞に来ていたことを知る。小林が帰った後、お延は遅い昼食を摂って病院の夫のところに行くと、お秀との間で京都にいる父母のことで口論になっていたが、「それ丈なら可いんです。然し兄さんのはそれ丈ぢやないんです。嫂さんを大事にしてゐながら、まだ外にも大事にしてゐる人があるんです」（百二）というお秀の言葉が病室の内から襖を通して聞こえてきたのである。

父からの送金をめぐる兄とお秀との口論にお延も加わることになり、三人の意中を探る確執は文字通り三つ巴の展開になっていくが、岡本から貰った小切手を持っているお延とお秀の意地とでは勝敗は明らかであった。

お延は微笑した。すると津田も微笑した。其所には外に何にもなかつた。たゞ二人がゐる丈であつた。さうして互の微笑が互の胸の底に沈んだ。少なくともお延は久し振に本来の津田を其所に認めたやうな気がした。（百十一）

岡本の言葉の通り「陰陽和合」の妙薬として小切手は利いたのである。

小説の八日目、術後四日目のお延は次のように描かれている。

其日のお延は朝から通例のお延であつた。彼女は不断のやうに起きて、不断のやうに動いた。津田のゐる時と万事変りなく働らいた彼女は、それでも夫の留守から必然的に起る、時間の余裕を持て余す程楽な午前を過ごした。午飯《ひるめし》を食べた後で、彼女は銭湯に行つた。病院へ顔を出す前に一寸綺麗になつて置きたい考へのあつた彼女は、其所で随分念入りに時間を費やした後、晴々《せい〳〵》した好い心持を湯上りの光沢《つや〳〵》しい皮膚に包みながら帰つて来ると、お時から嘘ではないかと思はれるやうな報告を聴いた。

「堀の奥さんが入《い》らつしやいました」（百二十二）

お延は「既定のプログラムを咄嗟の間に変更した。病院は抜いて、お秀の方へ行先を転換しなければならないという覚悟を極め」（百二十二）お秀の許に駆けつけるのだ。お秀の嫁ぎ先である堀の家は「大略《おほよそ》の見当から云つて、病院と同じ方角にあるので、電車を二つばかり手前の停留所で下りて、下りた処から、すぐ右へ切れさへすれば、つい四五町の道を歩く丈で、すぐ門前へ出られた」（百二十三）のである。

お延とお秀の間で内心を探るかのようにして始められた会話は展開するにしたがって、ただの一言で瞬時に攻守ところを変え、あるいは優劣の経緯が織るように変わり、それにともなって二人の意識と心理の変化を詳細に記述する緊迫した情景が展開される。

「津田はあたしの夫です。あなたは津田の妹です。あなたに津田が大事なやうに、津田はあたしにも大事です。たゞ津田のためです。津田のために、みんな打ち明けて話して下さい。津田はあたしを愛してゐます。津田が妹としてあなたを愛してゐるやうに、妻としてあたしを愛してゐるのです。だから津田から愛されてゐるあたしは津田のために凡てを知らなければならないのです。津田から愛されてゐるあなたも亦、津田のために万《よろ》づをあたしに打ち明けて下さるでせう。それが妹としてのあなたの親切です。あなたがあたしに対する親切を、此場合お感じにならないでも、あたしは一向恨みとは思ひません。けれども兄さんとしての津田には、まだ尽して下さる親切を有つてゐらつしやるでせう。あなたはそれを充分有つてゐらつしやるのは、あなたの顔付でよく解ります。

あなたはそんな冷刻な人では決してないのです。あなたはあなたが昨日御自分で仰しやつた通り親切な方に違ひないのです。」（百二十九）

夫の手術後を顧みず、観劇に走ったお延にとってはこの言葉が空しいものであることは、利口なお延自身が一番よく知っているのではないだろうか。昨日と違ってお延の思い詰めた嘆願にもかかわらず形勢は逆転したのである。お秀を訪ねたその帰途お延は医者の所に向かうつもりでいたが、

此時お延の足は既に病院に向つて動いてゐた。

堀の宅《うち》から医者の所へ行くには、門を出て一二丁東へ歩いて、其所に丁字形を描いてゐる大きな往来を又一つ向ふへ越さなければならなかつた。彼女が此曲り角へ掛つた時、北から来た一台の電車が丁度彼女の前、方角から云へば少し筋違《すぢかひ》の所、で留つた。何気なく首を上げた彼女は見るともなしに此方側の窓を見た。すると窓硝子を通して映る乗客の中に一人の女がゐた。位地の関係から、お延はたゞ其女の横顔の半分若くは三分一を見た丈であつたが、見た丈ですぐはつと思つた。吉川夫人ぢやないかといふ気が忽ち彼女の頭を刺戟したからである。（百四十三）

通り過ぎる電車の窓に吉川夫人とおぼしい姿を見て、「自分に対して仕組まれた謀計《はかりごと》が、内密に何処かで進行してゐるらしいと迄癇付《かんづ》」（同）き一旦は帰宅する。そこで津田からの伝言を読み、病院へと向かう。

三

お秀の家から病院までの距離はおそらく歩いて十五分くらいであろう。お秀の嫁ぎ先は、一口でいふと、ハイカラな仕舞ふた屋と評しさへすれば、それですぐ首肯《うなづ》かれる此家の職業は、少なくとも系

統的に、家《うち》の様子を見た丈で外部から判断することが出来るのに、不思議なのは其主人であつた。彼は自分が何《ど》んな宅《うち》へ入つているか未だ曾て知らなかつた。そんな事を苦にする神経を有《も》たない彼は、他から自分の家《か》業柄を何とあげつらはれても一向平気であつた。道楽者だが、満更無教育なたゞの金持とは違つて、人柄からいへば、斯んな役者向の家に住ふのは寧ろ不適当かも知れない位な彼は、極めて我の少ない人であつた。悪く云へば、自己の欠乏した男であつた。何でも世間の習俗通りにして行く上に、わが家庭に特有な習俗も亦改めやうとしない気楽ものであつた。斯して彼は、彼の父、彼の母に云はせると即ち先代、の建てた土蔵造りのやうな、さうして何処かに芸人趣味のある家に住んで満足してゐるのであつた。（百二十三）

とされているのである。

十川信介は「他から自分の家業柄を何とあげつらはれても」という記述から「あまり喜ばれない家業が想像される」（『漱石全集』第十一巻『明暗』注解）としている。そのうえに「道楽もの」（九十一）で津田と診療所で顔を合わせている。この診療所は「華やかに彩られたその過去の断片のために、急に黒い影を投げかけられ」（十七）た人が受診するところでもあり、妹婿もその一人であったのだ。このような人物に器量を望まれてもらわれたのがお秀なのである。

彼女の夫は道楽者であつた。さうして道楽ものに能く見受けられる寛大の気性を具へてゐた。自分が自由に遊び廻る代りに、細君にも六づかしい顔を見せない、と云つて無暗に可愛がりもしない。是が彼のお秀に対する態度であつた。彼はそれを得意にしてゐた。道楽の修業を積んで始めてさういふ境界に達せられるもののやうに考へてゐた。人世観といふ厳めしい名を付けて然るべきものを、もし彼が有つてゐるとすれば、それは取りも直さず、物事に生温《なまぬる》く触れて行く事であつた。微笑して過ぎる事であつた。何にも執着しない事であつた。呑気に、づぼらに、淡泊に、鷹揚に、善良に、世の中を歩いて行く事であつた。それが彼の所謂通《つう》であつた。（九十一）

お秀は「放蕩の酒で臓腑を洗濯された」（同）ような人と結婚したのである。江戸下町の頽廃的な空気の中に通人を装うように生きている男がお秀の夫なのだ。この描写には幕末から東京にかけての旧家、名主であった夏目家のかつての雰囲気や夏目金之助の兄たちの姿が投影されているかも知れない。このような家にお秀が嫁ぐことについて京都に隠棲した父は反対しなかったのだろうか。疎髯を生やし明詩を愛読している漢学者然とした父の風貌と堀家やお秀の夫とは結びつくとは思えないのである。それにもかかわらず父は長男の津田よりもお秀の夫には信頼を抱いているような気配が感じられる。父は金持ちであることに信を置いているのであろうか。そこで思い合わされるのは藤井が「兄貴はそれでも少し金が溜つたと見えるな。あの風船玉が、じつと落ち付けるやうになつたのは、全く金の重みのために違ない」（二十）と評していたことであろう。

お秀はすでに「二人の子持」（九十一）のうえに、堀の家には姑や弟妹や親類の厄介者まで同居していたのである。「自然の勢ひ彼女は夫の事ばかり考へてゐる訳には行かなかつた。中でも母には、他《ひと》の知らない気苦労をしなければならなかつた」（同）のだ。そのようなお秀に対して「津田はあたしを愛してゐます。津田が妹としてあなたを愛してゐるやうに、妻としてあたしを愛してゐるのです。だから津田から愛されてゐるあたしは津田のために凡てを知らなければならないのです」（百二十九）というお延の言葉が受け入れられるはずがなく、その独善的なともとれる言葉と態度に「延子さんは随分勝手な方ね。御自分独り精一杯愛されなくつちや気が済まないと見えるのね。」（百三十）とお秀から言葉を返されるのは当然であったといえるだろう。

四

「器量望みで貰われた」お秀は当然のことながら変わった。津田はお秀に対して「お秀、お前には解らないかも知れないがね、兄さんから見ると、お前は堀さんの所へ行つてつから以来、大分変つたよ」（百）という。「そりや変る筈ですわ、女が嫁に行つて子供が二人も出来れば誰だつて変るぢやありませんか」とお秀は答え、「兄さんこそ違《ちが》つたのです。嫂さんをお貰ひになる前の兄さんと、嫂さんをお貰ひになつた後の兄さんとは、丸で違つてゐます。誰が見たつて別の人です」（同）と言い返すのである。津田が変わったことはお秀だけでなく、すでにお延も感じてはいたことであった。お延は初めて京都であったころの津田を思い出しながら、

お延の眼には其時の彼がちら〳〵した。其時の彼は今の彼と別人ではなかつた。といつて、今の彼と同人《にん》でもなかつた。平たく云へば、同じ人が変つたのであつた。最初無関心に見えた彼は、段々自分の方に牽き付けられるやうに変つて来た。一旦牽き付けられた彼は、また次第に自分から離れるやうに変つて行くのではなからうか。

彼女の疑は殆んど彼女の事実であつた。（七十九）

と感じていたのである。

そのお延もまた叔父の岡本から見れば「この子は嫁に行つてから、少し人間が変つて来たやうだね。大分臆病になつた。それもやつぱり旦那様の感化かな。不思議なもんだな」（六十五）といわれているのだ。

『明暗』は結婚が男や女にどのように影響するのか、結ばれた男と女の間に生ずる心理的な親和と違和、当の本人には気付くことができない、微妙な心理的作用を坩堝のなかに投げ込んだ小説だったのである。お延は岡本から変わったといわれた。津田はお延が、お延は津田が変わったと感じている。夫と妻の違和、その差異から疑惑が生まれるのである。その違和、差異を埋めるもの、埋めようと努めることがお延にとっては「愛」というものであっただろう。「誰でも構はないのよ。たゞ自分で斯うと思ひ込んだ人を愛するのよ。さうして是非其人に自分を愛させるのよ」（七十二）とお延は結婚を目前に控えた継子の前でいっているが、夫との間に隙間の生まれた不安を打ち消そうとする虚勢のようなものも同時に感じざるを得ない。継子はまだ結婚していない。つまり継子はまだ変わっていないから、お

延のいう「愛」はこの時空しく響くだけであろう。「お延の腹の中を知らない継子は、此予言をたゞ漠然と自分の身の上に応用して考へなければならなかつた。然しいくら考へても其意味は殆んど解らなかつた」（同）のである。結婚した夫婦の間に「愛」は必要なのだろうか。継子には漠然と通じたお延の「愛」はすでに二人の子持ちであるお秀にまで迫っていく。「一体一人の男が、一人以上の女を愛することが出来るものでせうか」とお延はお秀に質問する。お秀の答えは女の自分に分かるはずがないというものであった。「一体津田は女に関して何んな考へを有つてゐるんでせう」。お秀の答えは「それは妹より奥さんの方が能く知つてる筈だわ」（百二十八）であった。

お延は会社に勤めている夫と二人だけの生活であり、昼は女中と暮らしている。「愛」をめぐってお秀との違いがその会話に現れている。「お前に人格といふ言葉の意味が解るか。高が女学校を卒業した位で、そんな言葉を己《おれ》の前で人並に使ふのからして不都合だ」（百二）と津田は怒りのあまりにお秀にいっているが、ここには学歴のみではなく、商家の嫁にたいする知的レベルへの見下した態度が見られるだろう。「書物と雑誌から受けた彼女の知識は、たゞ一般恋愛に関する丈で、毫も此特殊な場合に利用するに足らなかつた」（百二十八）とお秀について書かれているが、その知識が叔父藤井の影響によるブッキッシュなものであったとしても、「女学校を卒業」しているこの商家の妻と、「経済学の独乙書」（三十九）を読む会社員の妻とが交える会話は、夫あるいは男に対する見方は別にしてその口調と内容は、十分に対抗しうるものであり、その中味に置いて拮抗しているといえるだろう。そのために「秀子さん、あなたは基督《キリスト》教信者ぢやありませんか」（百二十九）と苦し紛れな言葉をお延は発しなければならなかったのである。たしかにお秀から受ける印象は商家の妻としては珍しいといえるのかも知れない。

女は結婚すれば変わるというのが、漱石の文学で繰り返し問われてきたモチーフであったが、それは男も同様に変わることを意味する。そこから相手に対する心理的違和と接近、葛藤や解釈が生まれるが、それは疑惑をともなうことなしにはあり得ない。夫が変わったという疑惑から生じた隙間に吉川夫人や小林が付け入るのである。

五

津田の家と病院をめぐる空間でめまぐるしく状況が変化するが、津田はその変化を動かす主体にはなっていない。状況に立ち向い、その状況に変化をもたらすのが主人公といえるならば、今のところ、津田はその資格に欠けているところがあるといわざるをえない。津田の性格は「余計者」に近いといえるだろう。その変化は津田がいなければ存在できなかった人物でもある三人の女性によってなされている。それを動かす力を担ったのが電話という新しい交通手段であった。三人はこの電話を十分に活用している、また活用することができる女性であった。

交通は人間関係を規定する。小林が津田と約束した外套を取りに来たとき、お延はお時に「自動電話」を掛けさせに行かせるが、この電話に行き違いが生じた。

然しお時のぢかに来る前に、津田へ電話の掛つてきた事も慥《たしか》であつた。彼は梯子段の途中で薬局生の面倒臭さうに取り次ぐ「津田さん電話ですよ」といふ声を聞いた。彼はお秀との対話を一寸已めて、「何処からです」と訊き返した。薬局生は下りながら、「大方お宅《たく》からでせう」と云つた。冷淡な此挨拶が、つい込み入つた話に身を入れ過ぎた津田の心を横着にした。芝居へ行つたぎり、昨日も今日も姿を見せないお延の仕うちを暗に快よく思つてゐなかつた彼を猶不愉快にした。

「電話で釣るんだ。」（九十八）

電話が近代文学に登場するのは明治三十年代からであろう。漱石の場合は『吾輩は猫である』三のなかで金田家の令嬢が「噂にきく電話といふもの」を掛けている。以後漱石の作品では電話は馴染みの深い小道具になった。これまでは距離を隔てた相手には手紙や葉書で伝達するほかになかったものが、電話という新しい手段が加わることによりその伝達が簡便かつ即時に行われるようになったのである。津田は手術の前日にしておかなければならない注意を病院に聞こうとして、お延に「なに電話でだよ。訳やない」（十九）といっているが、電話による伝達と応答の効果が現れている場面であろう。しかしこのときは電話が通じなかったようである。その反面、伝達が筆記に頼っていたときは受け手の意中を配慮して言葉を選択し、受け手もまた文面から相手の意図を忖度する余地と時間が残されていたが、電話での伝達は言葉で即時に発し、即時に受け止め判断を下さなければならないのだ。通信の速度化にともない情報の正確さは欠かせないものになるが、電話での会話は相手方の顔が見えないために伝達するものの僅かな言動にも誤解や不信の入り込む隙間が生まれることも避けられないだろう。このようにして津田は病院に顔を出さないお延に不信感を抱くようになっていたのである。

電話が社会の身分や地位を示す道具であったことは、逓信総合博物館監修『日本人とてれふぉん』（一九九〇年九月NTT出版）のなかに幾つかのエピソードによって紹介されている。同書では「大正一〇年の東京の電話市価は一七五〇円～二一五〇円になっている」（一二五頁）と記しているように岡本や吉川、堀のような富裕な家には電話を設けることが出来ても、「物質的に不安なる人生の旅行者」（二十一）である藤井の家では出来なかったのである。お延が岡本に「掛けて見るったつて、あすこにゃ電話なんかありゃしないわ」（六十九）と答えている口調には余裕のない藤井への軽侮が感じられる。お延もお秀も電話をよく利用しているが、結婚してまだ間もない津田の家にも電話が設けられていないのだ。そのためにお延は小林を待たせてお時に自動電話を掛けに行かせたのである。

お時が掛けた電話は次のような過程を経て津田に届いたはずである。先ず受話器を取り送話器の側面にあるハンドルを回し、交換台を呼ぶ。交換手が出てくると、それに病院の電話番号を告げて一旦受話器を置いて待つ。交換台から病院に繫がると、あらためてベルが鳴る。再び受話器を取ると、交換手を通してお時に伝えられる。お時の受話器には看護婦が、次いで薬局生が応対した。受話器を通して聞こえる看護婦や薬局生の声は「書生だか薬局員だか〻始終相手になつて、何か云ふけれども、それが又ちつとも要領を得なかつた。第一言語が不明瞭であつた。それから判切《はつきり》聞こえる所も辻褄の合わないことだらけだつた」（八十七）のである。この間五、六分くらいだろうか。通信ケーブルの条件などから受話器を通して聞こえる「言語が不明瞭」な状態は、病院の側にもお時の側にも生じていたのではないだろうか。新版の『漱石全集』第十一巻の注解で十川信介は「故障、盗難の事故が多く、何時までも利用者の不平が絶えなかった」ことに触れている。また電話機は受話器と送話器とが別になっており、送話器は固定されていたから、話し手が受話器を耳に当てて話すときに送話器との間にやや距離が生まれることもありうるのだ。要領を得なかったお時は電車で十五分足らずで病院に着く。津田の家から自動電話のあるところまでは玄関から表を出て電車通りを半丁ほど行ったところにあり（十九）、そこから病院には電車で十五分（九十八）足らずとされている。お時が電話を掛けに出て、帰ってきた間に要した時間はほぼ一時間前後ではなかろうか。

お時が病院に着いたとき、そこにお秀が来ていたのはお延の電話で知らされたからである。お秀が来ていたことをお時から知らされ、お延は病院に行くのだが病室の襖越しに聞こえてきたのは、前にも引用した「嫂さんを大事にしてゐながら、まだ外にも大事にしてゐる人があるんです」（百二）というお秀の言葉であった。お延はお時が津田の許に行っている間に小林の話を通して夫への疑惑を深め、病院に着いたときお延はこの言葉を聞いたのである。

電話という機器が夫婦と兄妹の間にあって重要な小道具となった。夫婦の齟齬は電話という鮮やかに触手される有形の器具、ただそれだけでは何らの意味もなく、働きもしない抽象的な物体が、言葉を伝達する道具になることによって、夫婦と兄妹の関係に介入する具体的な物質に変わったのである。それは表情や筆跡とはまったく関わりなく、声のみによって判断する交通手段であった。

『明暗』の時間では八日目、手術から四日目、津田を見舞った翌日のお秀は吉川と藤井を訪ね、その帰りに津田の家によるが、その時お延は銭湯に行っている（百二十二）。昨日は兄を見舞って病院で半日を過ごし、今日は午前中に三軒の家を訪ねているお秀の行動は幾世代からの家業を継ぐ大家族の当主の妻としてはやはり特異であろう。お秀は藤井の所で小林に会っている。その小林は帰りに病院に津田を見舞った。小林によってお秀が吉川を訪ねたことを知った津田は吉川夫人が来ることを怖れ、お延に病院に来ることを止める伝言を病院に頼むのだが、その時お延は堀を訪ねお秀と会っていたので、津田の恐れたとおり、その伝言はお延にはすぐには手渡されなかった（同）のである。吉川夫人との会話が進んでいるときに、お秀からの電話が夫人に掛かり、「今迄延子さんが秀子さんの所へ来て話してゐたんですつて。帰りに病院の方へ廻るかも知れないから、一寸お知らせするつて云ふのよ。今秀子さんの門を出た許《ばかり》の所だつて。――まあ好かつた悪口でも云つてる所へ来られやうもんなら、大恥を掻かなくちやならない」（百四十二）と笑いながらいって吉川夫人は早々に退散する。

『明暗』は電話が最大限の効用を発揮している作品だといえるだろう。電話は即時に会話ができるのだ。その結果時間が刻々と細密に刻まれ明確に限定されていく。堀の家を出たお延が車窓に夫人を見て、病院へ行くのを思いとどまったのはこの時である。津田がお延を待っていた手術後の四日目の午後、百十六回から百四十三回までの十八回、「日のとぼとぼ頃」までの時間は三、四時間であろう。この間に病院では小林と吉川夫人が見舞いに訪ね、堀の家にお延が来ている。二つの場所で緊迫した状況が展開していたのである。回数を順に追わなければならないのが小説であり、そのなかで物語が展開するから、物語は時間によって成立し、語り手も読者も時間のなかに置かれて、世界の出来事をともに体験する。『明暗』は一刻一刻の緊迫した時間が、その制約を越えて、各場面が同時に進行していくかのように読者に感じさせるのだ。その同時進行を繋ぐ事が出来たのは、お秀が病院にいる吉川夫人に掛けた電話である。『明暗』という小説の濃密な世界を支えているもの、津田をめぐる人間関係を結びつけているもの、登場人物の行動と心理、状況の急激な転換を引き起こしているものは、おそらくようやく裕福な市民にも使われ出した電話という手段、利器であろうか。

百三十七回以降は津田の過去、おそらくはこの小説の核心にあるものに吉川夫人は触れていくことになるのだ。津田の意識に埋もれていた清子の消息が吉川夫人によって明らかにされる。それを見計らっていたかのようにお延が堀の家を出たことを、吉川夫人にお秀から電話が掛かってくるのである。この時の電話と吉川夫人の行動から読者の脳裏には堀の家を出たお延の姿が鮮明に浮かんでくるだろう。そうしてその読者の鮮明な像に応えるかのように「此時お延の足は既に病院に向つて動いてゐた」（百四十三）のである。「動いてゐた」という表現にもお秀との会話の遣り取りで惨めな思いを嘗めさせられたお延の切羽詰まった歩きようが想像されるだろう。昨日から続いた今朝の爽快な気分は僅かの間に敗北感に取って代わられたのである。その途中で電車の窓に吉川夫人の姿を見たのだ。津田の病室と堀の家での情景がほとんど共時的に記述されていて、小説が文字や行を追って書かれ読まれる時間芸術であるにもかかわらず、時を刻むことで、時間が劇的に短縮し、緊迫した空間がここで生まれている。お秀の家を出たお延が、病院へは「距離にすればもう二三丁といふ所迄来」て（同）いたのに、電車の窓に見えた吉川夫人の姿を見て家に引き返すのだが、このとき「彼女の頭は急にお秀から、吉川夫人、吉川夫人から津田へと飛び移つた。彼女は何がなしに、此三人を巴のやうに眺め始めた」（同）のであり、その孤独感が伝わってくるだろう。そこでようやくにして津田の簡単な手紙を見ることになるのだ。

お延が疑惑と孤独の中にいるとき、このいかにも曰くありげな記述はサスペンスにみちている。それらはお延を芯にして独楽が回るかのように動きながら、お延には何一つその事柄が知らされていない。それは小林によって暗示された夫由雄に関わるある一つのことのようで、いうまでもなくそれは妻としてのお延にも深く関わること、そのためお延はどうしても知る必要があり知っておかなければならないこと、しかも自分以外は凡ての人が知っていることであるにもかかわらず、それをお延だけが知ることができない事柄のようなのである。それは本来なら夫である津田の口から話されるべき事柄であるにもかかわらず、津田は口を噤んでいるのだ。そのためにお延の津田への疑惑はますます深くなっていくのである。言葉の僅かな行き違い、一片の紙切れに書かれた伝言が時間を経てお延に伝わり、お延の不安を増幅させる。時間が物語の地盤であるとトーマス・マンはいっているが（『魔の山』七　高橋義孝訳）、物語も時間を創造するのではないだろうか。『明暗』もまた時間というものの面白さを堪能させてくれる小説なのだ。

付記　底本には新版『漱石全集』第十一巻（二〇〇三年二月　岩波書店）を用い、ルビは適宜省略した。

ii 『明暗』第二部を中心に

漱石文学と「鏡」の表象
——「吾輩は猫である」から「明暗」まで——

木村　功

はじめに

現代人の生活は、毎朝鏡を覗き込み、そこに映る自分の容姿を整えてから始まるといっても過言ではない。通勤・通学路にあるロードミラー、自動車を運転するものにとっては、サイドミラーやバックミラーは、死角を補うためには不可欠の道具である。このように鏡は日常生活と密接に結びついた道具であり、それを見る行為はわれわれ現代人の日常生活には必須の習慣的行動になっている。

わが国の鏡の歴史を簡単に振り返ると、容器に水をはった水鏡に始まり、青銅・金属を用いた金属鏡がつくられ、明治期からはガラスに銀・スズアマルガムを塗布したガラス鏡が一般に使用されている[1]。川崎寿彦によると、このガラス鏡は一五〇七年頃にヴェネチアで発明されたもので、対象物を正確かつ鮮明に映し出す点で画期的な発明品であった。この発明によって、「中世から近世への移行期に、〈鏡〉の比喩の用法にいちじるしい変化が生じた。「映像という間接的なものしか与えない」鏡は、いつしか影が薄れ、かわって「外界の実体を正確に再現する鏡」が輝かしく登場[2]」した。リアリズムの先駆けである。また語源については諸説あるが[3]、鏡は「影身」「影真見《まみ》」「我皃見《わがかたちみ》」であり、

「鏡面に映った自分の影を見るという義から発生した言葉である」(4) という意見を支持したい。

漱石の文学テクストでも、登場人物たちが鏡に映った自分を見る場面は頻出する。尋常中学校と師範学校の生徒同士の喧嘩にまきこまれた「おれ」が負傷の加減を鏡で確認する行為や（「坊っちゃん」）、「御作さんは及び腰になつて、障子の前に取り出した鏡台を立ちながら覗き込んで見た。さうして、わざと唇を開けて、上下とも奇麗に揃つた白い歯を残らず露はした」（「永日小品」人間）というような身だしなみを確認する所作がそれに当たる。

また「彼女の持つた心の鏡に映る神経質な夫の影は、いつも度胸のない偏窟な男であつた」（「道草」六一）という一文に見られる場合は、「鏡」は物質的な鏡ではなく、お住の心の隠喩となっている。したがってそこに映る夫の「影」も、鏡が映す実際の姿形などではなく、「度胸のない偏窟な男」という心象に刻まれた評価に他ならない。漱石は、このように鏡を、心の隠喩としても用いている。

そして、「大患に罹つて生か死かと騒がれる余に、幾日かの怪しき時間は、生とも死とも片付かぬ空裏に過ぎた。存亡の領域が稍明かになつた頃、まづ吾存在を確めたいと云ふ願から、取り敢へず鏡を取つてわが顔を照らして見た。すると何年か前に世を去つた兄の面影が、卒然として冷かな鏡の裏を掠めて去つた。骨許意地悪く高く残つた頰、人間らしい暖味を失つた蒼く黄色い皮、落ち込んで動く余裕のない眼、それから無遠慮に延びた髪と髯、――どう見ても兄の記念であつた」（「思ひ出す事など」三二）という表現に到っては、漱石が鏡に見出しているのは病み衰えた自分の鏡像ではなく、若くして亡くなった兄の「記念」という心象に他ならない。言い換えれば、鏡に見出されているのは、現在のありのままの自分の姿ではなく、自分の姿をベースに記憶が加わることによって新たに再構成された心象であるということになるだろう。川崎寿彦が、以下のように説く所以である。

鏡が「映す」ものでありながら「顕す」ものであるという二面性は、おそらくそのままイメジというものの二面性とつながっているのだろう。そもそも〈イメジ〉という概念が、二つのまったく違った方向を指し示す。そ

の語が一つには「外界の模像」を意味し、もう一つには「内界の反映」を意味するからである。（中略）

鏡の奥をのぞきこむ行為は、自己の心理の深層をのぞきこむような、畏怖に満ちた体験である。心象としてのイメジの問題は、鏡を軸にして、肖像《にすがた》としてのイメジの問題とからんでいく。[5]

漱石テクストにおいて表象される「鏡」でも、ただの鏡像の意味で用いられるだけでなく、登場人物の心の比喩として、更には大患後の作家自身が鏡に見出したような「自己の心理の深層」の投影というものに到るまで、鏡を用いることで多様かつ独自の文学の世界を構成していたことが推測できる。本論では与えられた紙幅の関係で、そのすべてに言及することは出来ないが、生活習慣に基づく鏡の用例ではなく、文学テクストとして特徴的な意味を持つ主要な用例を取り上げて、漱石テクストに表れた鏡を用いた表現とその機能について考察してみたい。[6]

一　自意識としての鏡

漱石テクストにおいて鏡は、まず自意識を表出するための媒材として登場してくる。

漱石のテクストを読んでいると、明治時代では女性の使う鏡台や手鏡は別として、鏡は現代のように家庭や地域のいたる場所で見かけるものではなく、「鏡と云へば風呂場にあるに極まつてゐる」（「吾輩は猫である」九章）という記述や、「それから」の代助が風呂場で身だしなみを整えたりするように（第一章）、「風呂場」という屋内空間と結びついているか、あるいは「夢十夜」の第八夜や「草枕」「門」に認められるように「床屋」「髪結所」に備え付けられているものであった。近代社会においては、現代人が男女を問わず手鏡を所有して自分の容姿を随時チェックする習慣はなかったのであり、したがって男性が鏡を見るということは、女性が鏡台などに向かうような日常的な意味とは異なって、有徴化された行為とみなされるようなのだ。

「吾輩は猫である」九章では、風呂場から持ってきた鏡を机に向かいながら「甚だ熱心なる容子を以て一張来の鏡を見詰めて居る」苦沙弥の姿が、猫によって延々と「写生」されている。苦沙弥には痘瘡の痕が頭頂部まで及んでおり、これを隠すために髪の毛を伸ばしているのだが、この髪を整えるために苦沙弥は鏡を日々利用しているのである。そしてこの日の苦沙弥は、痘瘡の痕をとどめる自分の顔をつらつら眺めて、「「成程きたない顔だ」」と一人慨嘆しているのだった。猫はその姿を、以下のようにコメントする。

> 鏡は己惚の醸造器である如く、同時に自慢の消毒器である。もし浮華虚栄の念を以て之に対するときは是程愚物を煽動する道具はない。昔から増上慢を以て己を害し他を戕ふた事蹟の三分の二は慥かに鏡の所作である。（中略）然し自分に愛想の尽きかけた時、自我の萎縮した折は鏡を見る程薬になる事はない。妍醜瞭然だ。こんな顔でよくまあ人で候と反りかへつて今日迄暮らされたものだと気がつくにきまつて居る。そこへ気がついた時が人間の生涯中尤も有難い期節である。自分で自分の馬鹿を承知して居る程尊とく見える事はない。此自覚性馬鹿の前にはあらゆるえらがり屋が悉く頭を下げて恐れ入らねばならぬ。当人は昂然として吾を軽侮嘲笑して居る積りでも、こちらから見ると其昂然たる所が恐れ入つて頭を下げて居る事になる。主人は鏡を見て己れの愚を悟る程の賢者ではあるまい。然し吾が顔に印せられる痘痕の銘位は公平に読み得る男である。顔の醜いのを自認するのは心の賤しきを会得する楷梯にもならう。頼母しい男だ。是も哲学者から遣り込められた結果かも知れぬ。

猫は、鏡が「己惚の醸造器である如く、同時に自慢の消毒器である」というように、「浮華虚栄の念」を持つ者には「愚物を煽動する道具」となり、「自分に愛想の尽きかけた時、自我の萎縮した折は鏡を見る程薬になる事はない」と、鏡の人間心理に及ぼす相反的な機能を指摘している。しかしその前提になっているのは、「己惚」「自慢」という語にも窺えるように自意識に他ならず、鏡が自意識と結びついて表現されていることは明らかである。その上で苦沙弥が、「鏡を見て己れの愚を悟る程の賢者」ではないにしても、痘瘡で「顔の醜いのを自認する」ことから「心の賤しきを会得する」位の「頼母しい男」ではあること、自意識過剰の人間ではないことを皮肉混じりに述べているのである。

その苦沙弥も、一一章での友人たちとの議論の中で、鏡に言及している。

「今の人の自覚心と云ふのは自己と他人の間に截然たる利害の鴻溝があると云ふ事を知り過ぎて居ると云ふ事だ。さうして此自覚心なるものは文明が進むに従つて一日〳〵と鋭敏になつて行くから、仕舞には一挙手一投足も自然天然とは出来ない様になる。ヘンレーと云ふ人がスチーヴンソンを評して彼は鏡のかゝつた部屋に入つて、鏡の前を通る毎に自己の影を写して見なければ気が済まぬ程瞬時も自己を忘るゝ事の出来ない人だと評したのは、よく今日の趨勢を言ひあらはして居る。寐てもおれ、覚めてもおれ、此おれが至る所につけまつはつて居るから、人間の行為言動が人工的にコセつく許り、自分で窮屈になる許り、世の中が苦しくなる許り、丁度見合をする若い男女の心持ちで朝から晩迄くらさなければならない。悠々とか従容とか云ふ字は劃があつて意味のない言葉になつてしまふ。（後略）」

明らかなように、苦沙弥がヘンレーのスティーヴンソン評を引用しているのは、始終鏡で自分の姿を確認せねばおれないようなスティーブンソンの自意識過剰ぶりと、「おれが至る所につけまつはつて居る」「今の人の自覚心」の問題を連結させることで、人間が過剰な自意識に領有されている「今日の趨勢」を指摘しようとするからである。猫が鏡に〈己惚の醸造器／自慢の消毒器〉としての相反的特性を見出した時に、どちらにも自意識が前提とされていたように、苦沙弥の場合も猫の指摘する前者の方の機能、すなわち「今の人の自覚心」の比喩として鏡を用いていることが分かる。

そしてこの苦沙弥の主張を跡付ける存在こそが、「それから」の長井代助であることは見やすいであろう。「それから」では、都合四回代助が鏡を見る場面が出てくるが、その中でも代助が風呂場で鏡を見入る第一章の場面は、代助という人間像を表す特徴的な場面として重要視されている。

其所（木村注—風呂場）で叮嚀に歯を磨いた。彼は歯並の好いのを常に嬉しく思つてゐる。肌を脱いで綺麗に胸と背を摩擦した。彼の皮膚には濃かな一種の光沢がある。香油を塗り込んだあとを、よく拭き取つた様に、肩を揺かしたり、腕を上げたりする度に、局所の脂肪が薄く漲つて見える。かれは夫にも満足である。次に黒い髪を分けた。油を塗けないでも面白い程自由になる。髭も髪同様に細く且つ初々しく、口の上を品よく蔽ふてゐる。代助は其ふつくらした頬を、両手で両三度撫でながら、鏡の前にわが顔を映してゐた。丸で女が御白粉を付ける時の手付と一般であつた。実際彼は必要があれば、御白粉さへ付けかねぬ程に、肉体に誇を置く人である。彼の尤も嫌ふのは羅漢の様な骨骼と相好で、鏡に向ふたんびに、あんな顔に生れなくつて、まあ可かつたと思ふ位である。其代り人から御洒落と云はれても、何の苦痛も感じ得ない。それ程彼は旧時代の日本を乗り超えてゐる。

鏡に映し出される「歯並」、皮膚の光沢、「黒い髪」と「髭」、「ふつくらした頬」と、代助が己が容姿を惚れ惚れと確認しているまなざしを辿ることで、読者は代助が己が「肉体に誇」を抱く「旧時代の日本を乗り超え」た人物であることを如実に理解する。自分を「たゞ職業の為に汚されない内容の多い時間を有する、上等人種」（三）と考える代助のナルシシズムを表現した場面として捉えられることも多く、またその通りなのだが、ここで代助が自分を羅漢と対照させながら「肉体の誇」を抱くような自意識を発現させている条件こそ、風呂場にある鏡であることを確認したい。『それから』では、鏡は自意識の発生と結びつくと同時に、それを象徴する道具として用いられているのである。

しかし一方で代助は、平岡から「「つまり自分の顔を鏡で見る余裕があるから、さうなるんだ。忙がしい時は、自分の顔の事なんか、誰だつて忘れてゐるぢやないか」」（六章）と批判されている。自意識が鏡を見ることができる「余裕」の産物であることを指摘する平岡の言葉は、言い換えればその「余裕」が奪われた時に鏡と自意識の親和関係にも変容が生じることを意味している。事実七章では、以下のような場面が確認できる。

代助は又湯に這入つて、平岡の云つた通り、全たく暇があり過ぎるので、こんな事迄考へるのかと思つた。湯から出て、鏡に自分の姿を写した時、又平岡の言葉を思ひ出した。幅の厚い西洋髪剃で、顎と頬を剃る段になつて、其鋭どい刃が、鏡の裏で閃く色が、一種むづ痒い様な気持を起さした。是が烈敷なると、高い塔の上から、遥かの下を見下すのと同じになるのだと意識しながら、漸く剃り終つた。

代助の鋭敏な神経が変調を来たしており、代助が鏡像から影響を受けていることがうかがえる。第一章の代助と比較すれば明らかであるが、第一章の代助は語り手が「彼」と三人称で物語っていることとも関連して、まなざす権力の主体は代助の身体を観察する側にある。しかしこの場面における代助は、「鏡の裏で閃く色が、一種むづ痒い様な気持を起さした」（傍点木村）とあるように、鏡像側からの影響を受けているのである。代助の、微妙ではあるが自意識の明らかな変化が、鏡に相対する代助のまなざす権力の揺らぎとして顕在化している。

以上漱石テクストでは、鏡が自意識の比喩、あるいはそれを象徴する道具として用いられていることが確認できた。そして「それから」七章でみたような鏡をまなざす視線を捉えて、登場人物の動揺と変容を描いて見せたのが「明暗」の一七五章である。

二　自己分裂を映す鏡

啄木の『一握の砂』（明治四三年一二月一日　東雲堂書店）には、「鏡屋の前に来て／ふと驚きぬ／見すぼらしげに歩むものかも」という一首がある。たまたま通りかかった鏡屋の前で、ふと自分の歩く姿を認め、その見すぼらし気な姿に驚かざるを得なかった寂しい心境を詠んだ作品である。この歌には、鏡によって当人自身が一撃を加えられた経験が刻まれている。漱石自身にも、「馬上青年老／鏡中白髪新」（「無題」明治四三年一〇月二七日）の漢詩があり[7]、明治四四年秋には「鬢の影鏡にそよと今朝の秋」という、鬢に新たな白髪を見出した秋の朝の心境を一句に詠んでいる。このように鏡には、当人の姿を映すというだけでなく、思いもよらぬ事実を鏡を見る当人自身に開示して見せる機能がある。自分自身のことは、自分が一番よく知っているという我々の先入観を打ち壊すのが、鏡なのである。

「明暗」の後半で、吉川夫人に指嗾されて清子の静養する温泉場に向かった津田は、風呂場からの帰途旅館内で迷ってしまう。困惑する津田の前に現れたのは、渦を描く水と鏡であった。鏡の始まりが水鏡であったことを想起するならば、津田の視線が水（渦）から鏡へとうつることに、文化的・語義的な類縁関係さえ見出すことができる巧みな場面である。

　あたりは静かであつた。膳に向つた時下女の云つた通りであつた。（中略）其静かさのうちに電燈は隈なく照り渡つた。けれども是はただ光る丈で、音もしなければ、動きもしなかつた。たゞ彼の眼の前にある水丈が動いた。渦らしい形を描いた。さうして其渦は伸びたり縮んだりした。

　彼はすぐ水から視線を外した。すると同じ視線が突然人の姿に行き当つたので、彼ははつとして、眼を据ゑた。然しそれは洗面所の横に懸けられた大きな鏡に映る自分の影像《イメジ》に過ぎなかつた。鏡は等身と云へない迄も大きかつた。少くとも普通床屋に具へ付けてあるもの位の尺はあつた。さうして位地の都合上、やはり床屋のそれの如くに直立してゐた。従つて彼の顔、顔ばかりでなく彼の肩も胴も腰も、彼と同じ平面に足を置いて、彼と向き合つた儘で映つた。彼は相手の自分である事に気が付いた後でも、猶鏡から眼を放す事が出来なかつた。湯上りの彼の血色は寧ろ蒼かつた。彼には其意味が解せなかつた。久しく刈込を怠つた髪は乱れた儘で頭に生ひ被さつてゐた。風呂で濡らしたばかりの色が漆のやうに光つた。何故だかそれが彼の眼には暴風雨に荒らされた後の庭先らしく思へた。

彼は眼鼻立の整つた好男子であつた。顔の肌理も男としては勿体ない位濃かに出来上つてゐた。彼は何時でも其所に自信を有つてゐた。鏡に対する結果としては此自信を確かめる場合ばかりが彼の記憶に残つてゐた。だから何時もと違つた不満足な印象が鏡の中に現はれた時に彼は少し驚ろいた。是が自分だと認定する前に、是は自分の幽霊だといふ気が先づ彼の心を襲つた。凄くなつた彼には、抵抗力があつた。彼は眼を大きくして、猶の事自分の姿を見詰めた。すぐ二足ばかり前へ出て鏡の前にある櫛を取上げた。それからわざと落付いて綺麗に自分の髪を分けた。（一七五）

「明暗」の後半場面中でも、津田の内面に迫った箇所である。「白い瀬戸張のなかで、大きくなつたり小さくなつたりする不定な渦」から妙な刺激を受けた津田が、その目を転じたときに目に入った「人の姿」、そしてそれが等身に近い姿見に映る「自分の影像《イメジ》」であることが判明したとき、彼はその事実に安心するどころか、自身の鏡像に脅かされたのである。かつて越智治雄は、「「其意味が解《げ》せ」（百七十五）ない不可解な自己。こうした自己認識はたとえ持続しなかったにせよけっして無意味ではない。大きな自然に一瞬触れた津田に自身の存在そのものが触知されようとしている(8)」と解したが、湯上りにもかかわらず血色が悪いことや、濡れた頭髪が「彼の眼には暴風雨に荒らされた後の庭先らしく思へた」、「姿見に映る気味の悪い自分の顔」（一七七）という一連の記述は、むしろ津田が鏡像から受け取った強い違和感ばかりを読者に伝えている。普段から自らを、「眼鼻立の整つた好男子であつた。顔の肌理も男としては勿体ない位濃かに出来上つてゐた」と自認していた津田にとって、それが受け入れ難い自己像の出現であったことを物語っているのは明らかである(9)。啄木と漱石、あるいは津田を通して表れた、鏡像を見たことで当人に喚起された不本意な自己像の出現は、一体何を意味しているのであろうか。

思うにここには、対象物を正確かつ鮮明に映し出すガラス鏡の登場によって発見され、一九世紀以降の人間の自己認識をめぐる問題が表れている。

我々は自分の身体を所有しながらも、自分の全身像を捉えようとするときには、鏡に映る自分の姿を経なければ理解できない。手足や胴体といった個所などは部分的に見ることはできるが、顔を含めた全体を一度に見ようとするときには、鏡を用いなければならない。しかもその鏡像は左右が反対であるから、一度脳裏で鏡像を反転させることで、自分の容姿を再構成するのである。このように我々は、自分の容姿を頭の中で再構成することで、イメージとして「自分」を作り出しているわけであり、我々が自分だと思い込んでいるものは、他者が捉える自分の客観的な姿形ではなく、あくまでイメージ＝自己像であるといわなければならない。

したがって津田が鏡に映る自分について、「何時もと違つた不満足な印象が鏡の中に現はれた時に彼は少し驚ろいた。是が自分だと認定する前に、是は自分の幽霊だといふ気」に襲われたとき、そこではイメージとしての自己像からの乖離が表現されているということになる。似た例として、「門」の一場面が挙げられよう。

> 年の暮に、事を好むとしか思はれない世間の人が、故意と短い日を前へ押し出したがつて齷齪する様子を見ると、宗助は猶の事この茫漠たる恐怖の念に襲はれた。成らうことなら、自分丈は陰気な暗い師走の中に一人残つてゐたい思さへ起つた。漸く自分の番が来て、彼は冷たい鏡のうちに、自分の影を見出した時、不図此影は本来何者だらうと眺めた。首から下は真白な布に包まれて、自分の着てゐる着物の色も縞も全く見えなかつた。其時彼は又床屋の亭主が飼つてゐる小鳥の籠が、鏡の奥に映つてゐる事に気が付いた。鳥が止り木の上をちらり〳〵と動いた。（一三）

明らかなようにこの場面では、鏡の中の宗助と鳥の鏡像が対照的に描かれている。籠の中の小鳥が小鳥として明確に鏡の中でも認知されている一方、宗助本人は鏡像の自分自身を「此影は本来何者だらうと眺め」るのであり、ここに自分と鏡像との乖離を認めることができる。津田や宗助に生じたこれらの現象は、一体何を意味しているのだろうか。

船木亨は、「わたしがわたし自身の鏡像を見ていると知りうるのは、鏡像におけるわたしのまなざしが、まっすぐにこちらに向かってくるからである」とした上で、「しかもそこでは、まなざしが転回することによって対象と鏡像を見いだすのではなく、自分のまなざしが含まれたまま身体の向きが逆転されてしまっている——身体は逆転し、逆転される。すなわち、われわれが鏡をまなざし、鏡映反転した身体が出現する瞬間に、まなざしはおのずから鏡像の身体のほうへと転換されてしまい、鏡像のまなざしこそが視点を定めているように見えはじめるのである」と指摘する。「鏡のなかでまなざしを見つめるとき、われわれは逆に鏡のなかにいて、そこから自分を見ているような気がしてくる。——〈見ること〉そのことが、逆転しはじめるのだ」。つまり鏡像側に主体の意識が移行しており、まなざしは鏡像の方から発せられることになる。そしてそれは我々が、髪型を整えたり、化粧をしたり、髭を剃ったりする日常生活の中で体験している事態に他ならない。さらに船木は、以下のようにいう。

> サルトルは、他者に関して、わたしは相手をまなざしによって対象化するか、相手のまなざしによって対象化されるかの二者択一であると述べている。どちらかが一方的に主観となり、他方がただの対象に化してしまうというのである。とすれば、鏡のまえで生じていることは、対象に向かってまなざしている単一で代替不可能な存在者であるはずの主観的意識が、鏡像の身体がもつまなざしによってとってかわられ、わたしが単なる対象になってしまうという「事件」なのではないか——これはまさしくスキャンダルである。意識という観点からすると、鏡は、世界の認識中心の二重化ないし脱中心化という異常事態を表現している。そして、その結果として、わたしは身体の向きを、まなざしをもつ鏡像の身体を原点として規定しなおすように促される。わたしの鏡像が、わたしのからだに乗り移って、クーデターのように、まなざしの権力を奪取しようとする。わたしは単一の存在であるはずなのに、そこに、わたしを見つめているわたしのまなざしを発見する。それをしっかり見ようとすればするほど、どちらがどちらを見ているのか、わたしは分裂させられてしまう[10]。

以上の船木の考察を参照すると、津田が鏡に映った「自分の幽霊」と遭遇したり、宗助が「此影は本来何者だらうと眺めた」りした「事件」が意味しているのは、まなざす権力の主体であるべき津田・宗助自身の自己分裂という状況の出現なのであり、「明暗」一七五章や「門」一三章の鏡の場面はまなざす側の権力の喪失状態に陥ってしまった津田と宗助を表していることが分かる。われわれは鏡をまなざし、鏡像から反転したまなざしを確認する事で唯一の「自分」のイメージを形成する。しかし鏡像を通して「自分」を構築することで、われわれは実は鏡に視線を奪取されているのであり、鏡をまなざしている「自分」を確認することは、鏡を起点としてその「自分」をまなざすことにもなり、どちらがまなざし／まなざされているのか、まなざすことで相手を対象化する権力を解体させる危険をはらんでいる。温泉場で津田が遭遇したのは、このような危険が顕在化した稀有な瞬間に他ならなかったのである。

ではなぜ津田の場合、このような決定的な自己分裂の一瞬が出来したのかという疑問が生じるだろう。そもそも津田は「容易に己れを忘れる事の出来ない性質」（九七）の自意識家で、お延の前で必要以上に経済面で見栄を張ろうという意識や、お延に対して清子との関係を隠匿する一方で密会を試みるように、「利害の論理《ロジツク》に抜目のない機敏さ」（一三四）を発揮して虚栄と虚偽に基づく新婚生活を送って来ていた。しかし実父や妹のお秀、小林からも非難されるような自己中心的な生活から離脱し、温泉場のある町の「丸で寂寞たる夢」（一七一）のような非日常的時空間へ移行した結果、その自己中心性が弛緩したことで「夢のやうなものに祟られてゐる」（同）という意識が顕在化し、鏡の中に「夢中歩行者《ソムナンビユリスト》」（一七七）としての姿が顕在化したのだと考えられる。(11)

ここで前出船木は、「自分の身体が反射された鏡像を、（中略）むしろ反省的意識の原光景として理解することもできるのではないだろうか」と述べ、「反省とは、光をあてることでも同一物を見いだすことでもなく、眼が光景に奥行を見いだすように、思考の世界に奥行を開いて、複数の観点を移動しつつ他者の思考へと転生する受動的能動性を身につけること(12)（後略）」であると説く。鏡に映っているものはあくまで光学的に発生している反射映像に過ぎず、鏡像が対象物と同じように奥行きを持つものであるかのように解釈しているのは、我々なのである。この意味で津田が鏡像を「自分の幽霊」と解釈したことが意味しているのは、非日常的な時空で自己中心的な意識を弛緩させた津田が、明らかにその思考法を変容させる「反省」をしたことによって「自己」を見出したことであり、しかし「彼は此宵の自分を顧りみて、殆んど夢中歩行者《ソムナンビユリスト》のやうな気がした」（一七七）と評するように、それは受け入れがたい「自己」像であったということに他ならない。

そうして「凄くなつた」津田は、ここで「抵抗力」を示す。「自分の幽霊」として分裂した「自己」像を再構成するために「彼は眼を大きくして、猶の事自分の姿を見詰めた。すぐ二足ばかり前へ出て鏡の前にある櫛を取上げた。それからわざと落付いて綺麗に自分の髪を分けた」という行動を採ることで、まなざしの主体をこちらへ回収し事態の収拾に努めようとする。(13) そして「胡乱なうちにも、此階子段丈は決して先刻下りなかつたといふ慥かな記憶が彼にあつた。其所を上つても自分の室へは帰れないと気が付いた彼は、もう一遍後戻りをする覚悟で、鏡から離れた身体を横へ向け直した」。津田は「鏡から」身体を離すことでまなざす主体の分裂という事態を収拾し、鏡像である「反省的意識の原光景」から離脱することで、「夢遊病者」（一八二）から日常の津田へと回帰したのである。

「明暗」執筆中の漱石には、「吾面難親向鏡親／吾心不見独嗟貧」（「無題」大正五年一〇月一五日）という漢詩がある。自分の顔を見ることは難しいので鏡で自分の顔を見るのだが、自分の心を見るものはないという心の「貧しさ」を嘆いている。津田にとって旅館の姿見（鏡）と対面した一瞬は、まさに「反省」を通じて自分の心と向き合う機会であったのだが、津田は自らそれを拒絶して去っていったのである。

「明暗」における鏡は、主体のまなざしを顕在化させることで自己分裂を顕在化させると同時に、「反省」という他者の思考法を生み出す受動的能動性を発現させる装置であった。しかし、自己中心的な態度を貫く津田にとって、自分を省察する態度や、鏡に見出された「自己」に関わる事実などは無意味なものであった。鏡像との対面場面からは、津田に根深く巣食っている「容易に己れを忘れる事の出来ない性質」（九七）の問題が浮かび上がってくる。

三　実体／鏡像の権力関係の解体

「明暗」から遡った漱石の短編・中編の文学テクストでも、鏡を用いた独創的な表現が認められる。「薤露行」（「中央公論」明治三八年一一月）の題材に、テニスンの「シャロット姫」"The Lady of Shalott"が用いられていることは周知のとおりである。シャロットの女には、「シヤロツトの女の窓より眼を放つときはシヤロツトの女に呪ひのかゝる時である。シヤロツトの女は鏡の限る天地のうちに跼蹐せねばならぬ。一重隔て、二重隔てゝ、広き世界を四角に切るとも、自滅の期を寸時も早めてはならぬ」（鏡）という事情があり、それにもかかわらずランスロットを見たために、呪いが成就してシャロットの女は破滅してしまう。

このシャロットの女は、「有の儘なる浮世を見ず、鏡に写る浮世のみを見るシヤロツトの女」（同）とあるように、現実世界そのものではなく、鏡に映る世界を現実世界として見る人物として登場している。ここで「鏡」の章と、テニスンの「シャロット姫」とを比較してみたい。

And moving through a mirror clear
That hangs before her all the year,
Shadows of the world appear.(14)

引用した「シャロット姫」（第二部）では、「shadows」という言葉があり、また第二部末尾でも、恋人たちの姿を見たシャロット姫が、"'I am half sick of shadows,' said ／ The lady of Shalott."と語っており、テニスンの詩では、シャロット姫が現実世界のうごく「影」を、鏡を通して見ていることを自覚していることが分かる。

しかし、漱石のシャロットの女は、「明らさまに見ぬ世なれば影ともまこととも断じ難い。影なれば果敢なき姿を鏡にのみ見て不足はなからう。影ならずば？――時にはむら〳〵と起る一念に窓際に馳けよりて思ふさま鏡の外なる世を見んと思ひ立つ事もある」（同）とあって、自分の住む世界と「鏡の外なる世」とが、「影ともまことも断じ難」く並立しているのである。そして自分の目で鏡に映る世界が、影かまことであるかどうかを確認したいという危険な欲望を抱くようになっている。

読者にとって鏡が映すものが鏡像であり、実体の「影」であるという主従の権力関係は自明の事柄であるのだが、〈影／まこと〉の二項対立の葛藤を生きるシャロットの女が登場することによって、語り手は「まこと」の世界であるはずの我々の現実世界が、逆に「影」、言い換えれば幻である可能性を提示してみせるのであり、読者の持つ実体／鏡像という現実認識の権力関係に揺さぶりをかけているのである。

翌年発表の「草枕」（「新小説」明治三九年九月）では、「見る」「観察する」「鑑識する」と段階を経て「見る」能力が特権化される画工が登場し、那古井を舞台に、特に那美との関係において「観察」が実践される[15]。

ところが、「草枕」の中には特権化されているはずの「見る」ことが唯一機能しない場面がある。すなわち、画工のまなざしに障害が発生した事例が存在しているのである。

既に髪結所である以上は、御客の権利として、余は鏡に向はなければならん。然し余はさつきから此権利を放棄したく考へて居る。鏡と云ふ道具は平らに出来て、なだらかに人の顔を写さなくては義理が立たぬ。もし此性質が具はらない鏡を懸けて、之に向へと強ひるならば、強ひるものは下手な写真師と同じく、向ふものゝ器量を故意に損害したと云はなければならぬ。虚栄心を挫くのは修養上一種の方便かも知れぬが、何も己れの真価以下の顔を見せて、是があなたですよと、此方を侮辱するには及ぶまい。今余が辛抱して向き合ふべく余儀なくされて居る鏡は慥かに最前から余を侮辱して居る。右を向くと顔中鼻になる。左を出すと口が耳元迄裂ける。仰向くと蟇蛙を前から見た様に真平に圧し潰され、少しこゞむと福禄寿の祈誓児《もうしご》の様に頭がせり出してくる。苟も此鏡に対する間は一人で色々な化物を兼勤しなくてはならぬ。（五）

「髪結所」の鏡が粗悪品で、客の顔がまともに映らないことをユーモラスに表現しているのであるが、本来鏡を通じて行う自己確認が、この那古井の「髪結所」では出来ないということだけではない。「右を向くと顔中鼻になる。左を出すと口が耳元迄裂ける。仰向くと蟇蛙を前から見た様に真平に圧し潰され、少しこゞむと福禄寿の祈誓児の様に頭がせり出してくる。苟も此鏡に対する間は一人で色々な化物を兼勤しなくてはならぬ」というように、ここの鏡を見ている間は、顔の一部分がデフォルメされるばかりか、自分以外のなにものか「化物」へと変異《メタモルフォーゼ》していく情況が出現しているのである。まなざす視線に呼応して然るべき同一物として自己像が映るどころか、変異した顔によって逆に自己が領有されてしまうという事態は、本来鏡を用いて自分自身を対象化し管理下に置く近代的な自己意識の障害となるばかりか、逆に鏡に相対している間、自己像を超現実的なものへ変容させる事態に陥っているとさえいえるだろう。ここでは、シャロットの女を悩ます〈影／まこと〉の二項対立の図式どころではなく、「まこと」であるべき自己が「化物」としての鏡像（幻）に領有されてしまうという転倒した事態が物語られていたのである。

このことと関連して、鏡が池の場面で「一層の事、実物をやめて影丈描くのも一興だらう。水をかいて、水の中の影をかいて、さうして、是が画だと人に見せたら驚ろくだらう。然し只驚ろかせる丈では詰らない。成程画になつて居ると驚かせなければ詰らない」（一〇）と画工が述べていることにも注意しておきたい。「影」を「実物」よりも優位に描くという画工の逆転した発想にも、一般的認識を転倒させようとする意図が確認できる。「草枕」は、もともと「非人情」というフィクショナルな観点で世界を再構築しようと企図する画工の物語世界であったが、鏡や鏡が池の場面はそのような観点と連動し、補強する役割を果たしていたのである。

最後に「夢十夜」（「東京朝日新聞」・「大阪朝日新聞」明治四一年七月）の第八夜を検討してみたい。第八夜は床屋を舞台に展開するのだが、主人公の自分は、画工とは違って「自分の顔が立派に映つた」鏡を通して、窓外の景色やら、庄太郎とその連れの女の姿などを次々に紹介していく。

真中に立つて見廻すと、四角な部屋である。窓が二方に開いて、残る二方に鏡が懸つてゐる。鏡の数を勘定したら六つあつた。

自分は其一つの前へ来て腰を卸した。すると御尻がぶくりと云つた。余程坐り心地が好く出来た椅子である。鏡には自分の顔が立派に映つた。顔の後には窓が見えた。それから帳場格子が斜に見えた。格子の中には人がゐなかつた。窓の外を通る往来の人の腰から上がよく見えた。

当初鏡が映し出す背後の光景を物語っていたのだが、こちらの世界に存在しない女を見つけ出してしまうことで、第八夜は一瞬にして不気味な物語へと変容してしまう。

自分はあるたけの視力で鏡の角を覗き込む様にして見た。すると帳場格子のうちに、いつの間にか一人の女が坐つてゐる。色の浅黒い眉毛の濃い大柄な女で、髪を銀杏返しに結つて、黒繻子の半襟の掛つた素袷で、立膝の儘、札の勘定をしてゐる。札は十円札らしい。女は長い睫を伏せて薄い唇を結んで一生懸命に、札の数を読んでゐるが、其の読み方がいかにも早い。しかも札の数はどこ迄行つても尽きる様子がない。膝の上に乗つてゐるのは高々百枚位だが、其の百枚がいつ迄勘定しても百枚である。

自分は茫然として此の女の顔と十円札を見詰めて居た。すると耳の元で白い男が大きな声で「洗ひませう」と云つた。丁度うまい折だから、椅子から立上がるや否や、帳場格子の方を振返つて見た。けれども格子の中には女も札も何にも見えなかつた。

「色の浅黒い眉毛の濃い大柄な女で、髪を銀杏返しに結つて、黒繻子の半襟の掛つた素袷で」という女の容姿の紹介は、この女のリアリティを明確に支えている。しかしそのような「確実」に存在するはずの女が、鏡から眼を転じて帳場格子の中を見たときに、一転消失してしまうのである。鏡が幻を映していたのか、自分の目が鏡の中に幻を見ていたのか。読者はそこで、そもそもこれは「夢」というフィクショナルな図式の中で物語られたテクストであったことに思い到る。夢だから、〈影／まこと〉が並立する世界像が出現することも可能なのである。

このように第八夜では、「夢」という図式に拠りながら、鏡の中の女のエピソードを配置する事によって、実体側のまなざしの権力が鏡像との間で発生させる認識の主従関係を脅かし、実体／鏡像の二項対立を解体させることで、鏡をまなざす側である「自分」という権力の主体性を不安定化させることに成功しているといえよう。

まとめ

以上のように主要な用例をもとに、漱石テクストにおいて鏡がどのような機能を果たしているのかを分析してきた。考察の結果をまとめれば、左記のようである。

一、鏡は、当時の日本人や登場人物の自意識の比喩、象徴として用いられた。

二、鏡は、主体のまなざしを顕在化させることによって自己分裂を発生させると同時に、「反省」という受動的能動性を発動させる機能をもっており、「明暗」一七五章で現れた津田の鏡像である「自分の幽霊」は、津田の自己分裂と「反省」の出現として描かれていた。

三、鏡は、実体／鏡像の主従関係を逆転させたり並立させたりすることで、実体中心の世界観を解体したり、あるいは鏡像側を中心化したりすることで、実体側のまなざしの権力を相対化、ないし不安定化させる機能が認められた。

漱石の創作期間に当てはめると、一と三がほぼ並行して表れて、二に落ち着いていくように見えるが、これを漱石の進化と捉えるのではなく、鏡に関してはこのようなバリエーションをその文学世界の中に保有していたと見るのが妥当であろう。また漱石テクストの、鏡を用いた表現法に関する一番の独創性は、代助や津田のような自意識を発現させるまなざす側の権力を、相対化したり解体したりする二と三において認められると考える。それは取りも直さず、近代日本人の自意識の在り方を批判的に捉える漱石テクストの特徴をなしているといってよい。

〈注〉

(1)　朝倉治彦等編『事物起源辞典（衣食住編）』（一九七〇年三月二五日　東京堂出版　五七、五八頁）

(2)　川崎寿彦『鏡のマニエリスム』（一九七八年九月一〇日　研究社出版　二六、二七頁）

(3)　川崎寿彦は、「わが国の古代の鏡は、赫見《かがみ》、すなわち「日神の御光を模して造れり」と伝えられ、そのためにつねに円いかたちをとったと説明される」（注(2)前掲書、一七頁）とする。『言海』も「赫見ノ義」（明治二二年五月　六合館。後、二〇〇四年四月七日　ちくま学芸文庫）の説を採る。

(4)　由水常雄『鏡「虚構の空間」』（一九七八年一一月三〇日　鹿島出版会　二〇、二一頁）

(5)　注(2)前掲書、三八頁

(6)　例えば漱石テクストでは、「琴のそら音」に認められるような懐中手鏡に死者の姿が映るという怪異をモチーフとした例などもあるが、紙幅の関係で言及出来なかった。改めて別稿を期したい。

(7)　なお、『漱石全集』第一八巻の一海知義の注解には、「鏡中の白髪をなげく句は、唐詩にすくなくない」（二七五頁）という指摘があり、漱石自身の感慨というよりも文学的題材として詠まれた可能性も否定できない。

(8)　越智治雄「明暗のかなた」（『文学』第三八巻第一二号　一九七〇年一二月一〇日　岩波書店。のち『漱石私論』一九七一年六月三〇日　角川書店　三六八頁）

(9)　芳川泰久は、津田が姿見の前で「鏡像段階の幼児の仕草を反復してみせる」ことで、「母親との分離を果しているのだ」（『漱石論　鏡あるいは夢の書法』一九九四年五月二〇日　河出書房新社　一五二頁）と述べている。しかし、この場面の津田を鏡像段階の幼児に擬えるのであれば、津田がそれまでの自分に抱いていた自己像も鏡像に依るものであった以上、「母親との分離」は既に果されていたものと見なければならない。

(10) 船木亨『〈見ること〉の哲学―鏡像と奥行―』（二〇〇一年一二月二五日　世界思想社　五八、五九頁）
(11) 加藤二郎は、「温泉宿で自己の帰るべき部屋を見失い、宿の廊下をさ迷った津田は、そうした自己の姿を「夢中《ソムナン》歩行者《ビュリスト》」（百七十七）、「夢遊病者」（百八十二）として告げるが、その在り方が外ならぬ津田の現実の日常性」（「『明暗』論―津田と清子―」」「文学」第五六巻第四号　一九八八年四月　岩波書店、のち『漱石と禅』一九九九年一〇月二〇日翰林書房　一八一頁）であると述べる。しかし、東京での自己中心的な自意識家である側面も、津田の日常性を構成しているのであり、この両方に及ぶ意識を有することこそ津田の日常性と考える。
(12) 注(10)前掲書、一八六、一八七頁
(13) この行為については鈴木暁世にも、「櫛で融かすという行為は、『猶の事』『わざと』と修飾されることにより、『何時もと違つた』状態から、本来あるべき自分への回帰を果たすべく、『自分の幽霊』を習慣化された『自分』に取り込み同一化させるという意味を持っている。」（「鏡の中の幽霊――『明暗』における「記憶」」「阪大近代文学研究」第四号二〇〇六年三月　大阪大学近代文学研究会）という指摘がある。
(14) 西前美巳編『対訳テニスン詩集』（二〇〇三年四月一六日　岩波文庫　三〇頁）。テニスンの「シャロット姫」は、『1842年詩集』版に基づく。
(15) 「草枕」における「鏡」の問題については、既に拙稿「『草枕』――鏡・「顔」・領有される那美」（「国文学　解釈と鑑賞」第六六巻第三号　平成一三年三月　至文堂）でも論じた。論旨には、重複する部分がある。

付記　漱石の文学テクストの引用は、『漱石全集』全二八巻（二〇〇二年四月一〇日〜二〇〇四年九月二八日　岩波書店）に依った。適宜ルビは廃した。また「一握の砂」の引用は、金田一京助等編『石川啄木全集』第一巻（一九七八年五月二五日　筑摩書房）に依った。

「清子」考

西川正子

一

津田が吉川夫人に問い詰められて、彼としては珍しく素直に心中を開陳する場面がある。百三十九回、「解らないんです。考へれば考へる程解らなくなる丈なんです」。これは又、清子とはいかなる人物であるか、あるいは作者漱石は彼女をどのような存在として描いていこうとしていたのかを考えて、考えあぐねている読者の言葉にも置き換えられるであろう。清子は、私にとっては、読むたびにその人となりが変化して見える、気になる人物である。解釈は、常に二転三転する。

一方、漱石は『明暗』執筆を遡ることおよそ十年、「文学論」（一九〇七年五月　大倉書店）において、「余は芭蕉若くは寒山が果して解釈者の如き意味を以て俳句を作り、詩句を聯ねたりや否やを知らず、（後略）[1]」と実作者の視点から問いかけていた。佐藤裕子は右記を引用して、「作った本人も予想もつかないような解釈が行われて、作品が一人歩きする状況を諷するこの一文は、ある意味でバルトの「作者の死」を先取りして言い換えているものと読めるだろう。[2]」と述べている。『明暗』の世界は、登場人物と作者と語り手と読者が、平凡かつ不可思議な人生という道を手探りで歩みながら、一筋の光を行く手に望むに似ている。

清子の人となりについては彼女が姿を現す以前にも幾つかの形で言及、暗示があった。例えば、清子が津田ではなく関と突然結婚してしまった事実についての吉川夫人の無遠慮な次の言葉――「清子さんは何故貴方と結婚なさらなかつたんです」「清子さんの方は平気だつたんぢやありませんか」（百三十九）。小林のほのめかし――「向ふでも天下に君一人より外に男はないと思つてるやうに解釈してゐたらう。」（百六十　傍点引用者）。語り手の次の言葉――「世話好な夫人は、此若い二人を喰つ付けるやうな、又引き離すやうな閑手段を縦まゝに弄して、そのたびに迷児々々したり、又は逆せ上つたりする二人を眼の前に見て楽しんだ。」（百三十四）。津田と一体化した語り手――「不意に自分を振り棄てた女の名が、（後略）」（百三十七）。作品開始早々の津田の心内語――「精神界も同じ事だ。精神界も全く同じ事だ。何時どう変るか分らない。さうして其変る所を己は見たのだ」「何うして彼の女は彼所へ嫁に行つたのだらう。それは自分で行かうと思つたから行つたに違ない。然し何うしても彼所へ嫁に行く筈ではなかつたのに。」（二）。そして、間接的にではあるが、温泉宿の女中の批評、「若いお美くしい方です」（百七十二）「もう一人奥にゐらつしやる奥さんの方がお人柄です」（百八十）など。

ここで、考察にあたっての一つの手掛かりとして、漱石の次のお延評を手元に置いておこう。『明暗』の作者が一読者の批判に答えて、お延がどのような女性であるか丁寧に説明している書簡である。

> まだ結末迄行きませんから詳しい事は申し上げられませんが、私は明暗（昨今御覧になる範囲内に於て）で、他から見れば疑はれるべき女の裏面には、必ずしも疑ふべきしかく大袈沙〔裟〕な小説的の欠陥が含まれてゐるとは限らないといふ事を証明した積りでゐるのです。（後略）
>
> 斯ういふ女の裏面には驚ろくべき魂胆が潜んでゐるに違ないといふのがあなたの予期で、さう云ふ女の裏面には必ずしもあなた方の考へられるやうな魂胆ばかりは潜んでゐない、もつとデリケートな色々な意味からしても

矢張り同じ結果が出得るものだといふのが私の主張になります。（大正五年七月十九日　大石泰蔵宛書簡(3)）

「斯ういふ女の裏面」には驚くべき魂胆が潜んでいるとは必ずしもいえないという、作者によるこのお延造型論は清子に応用できるであろうか。それとも、まったく違う視点が必要となってくるのであろうか。以下、津田の転地静養先、「温泉場」での清子との再会場面に焦点を絞って、清子はいかなる人物であるのか、『明暗』においてその存在がどのような意味を持っているのかを考察していきたい。

二

清子と「別れて以来一年近く経つ」（百七十二）て津田が初めて聞く清子の言葉、声、そして読者が初めて聞く清子の言葉は、

「何うもお土産を有難う」（百八十四）

であった。簡単で尋常な挨拶言葉である。それに続く語りの文も、「是が始めて彼女の口を洩れた挨拶であつた。」と、念を押している。以降の会話も、かつて二人の間にその後の人生を変えてしまうような「事件」があったとは思えない自然さで運ばれている。「あら何うして」「ぢや来る途中始終手にでも提げてゐらしつたの」「えゝ、だつて同じ人間ですもの」に見られる、当時の東京中産階級の親しみのこもった女性言葉、口調からは、二人が改まった挨拶を要しない関係であること、二人の別れがそんなに昔のことではないことなどが窺える。

客を迎える部屋の「改ま」り方、津田から見て「不器用」で、「何だか子供染みて」いて、「間の延びた」清子の「挙動」、一見屈託のない挨拶のやりとり、これら三つの矛盾した、異なる位相は、どれもまぎれもない「事実」なのである。

しかし、その前に、津田と清子の偶然とも言える前夜の邂逅（百七十六）があった。それから清子の部屋を訪れるまでの津田の心中が葛藤そのものであったことは、百七十七の津田の心理描写や、一夜明けた百七十八「彼を苦しめた清子」なる用語に明らかであろう。その津田の思考過程と心理を表現する文体は、清子の以降の言動と好対照をなしている。津田の「인식의 여행」[4]（認識の旅）とは無縁の心のたたずまいを清子は示していると言えるであろうか。仲秀和（「漱石—『夢十夜』以降—」）は次のように述べている。

要するに、清子の硬く蒼くなった変化の理由を、未だ津田に心が残り思っているため再会に驚いたのか、反対に、全く彼には未練もなく忘れていたも同然なので驚いたのか、その解釈の間で葛藤する彼の意識を描いた叙述なのである。このような意識の多層性の流れを比喩的に詳しく叙述するのが、『明暗』の特色なのである。また、緻密で分析的な心理を読む息苦しさを読者が感じる原因ともなるところであろう。[5]

反対に、清子の場合、その心理の綾が描かれることがない分、そのあっさりとした、「淡白」な、「単純」な言動の前に、津田ならずとも、こう考えたくもなる。「此女は今朝になつてもう夜の驚ろきを繰り返す事が出来ないのかしら」（百八十六）と。

それにしても、「昨夕」の清子の反応、予期せぬ邂逅に対するあの「驚ろき」「棒立」「蒼白く」云々とは何だったのだろう。

無心が有心に変る迄にはある時が掛つた。驚ろきの時、不可思議の時、疑ひの時、それ等を経過した後で、彼女は始めて棒立になつた。（後略）

清子の身体が硬くなると共に、顔の筋肉も硬くなつた。さうして両方の頬と額の色が見る〳〵うちに蒼白く変つて行つた。（後略）

津田は思ひ切つて声を掛けやうとした。すると其途端に清子の方が動いた。（百七十六）

と、作者は心理学者のように、研究医のように、清子の反応、その変化を観察、分析し、記録している。

再会の最初の場面は夜、宿の風呂場の近く、廊下でであった。これが東京のどこかでということなら、たとえ突然であっても、有りうることとしてある程度の心づもりはあったであろうし、これほどの驚きとはならなかったであろう。しかし、ここでは突然の、それも思いがけない場所での邂逅である。驚くのも無理はない。しかも、津田自身も、この場面では、あれほどまでに思いつめていた清子のことすら念頭になかった、つまり、その存在を忘れていたという。この時、津田が鏡の中に写る自分を「幽霊だといふ気」だったと考えているのは象徴的である。清子にも、かつて自分が振り捨てた男の「幽霊」に出くわしたような驚きがあったのではないか。その後の変化、棒立ちとなり、硬くなり、蒼白となっていく変化には、やがて百八十六で明らかになるように、「故意」に津田に「待ち伏せ」をされたというような、恐怖にも近い衝撃があったことが推測される。

津田は部屋に帰ってこの場面を反芻しながら、清子が「もつと複雑な過去を覿面に感じてはゐないだらうか」として、そこに希望を繋いでいるが、当の清子には、この間、津田が期待するような深い未練、例えば、罪の意識を思わせるような感情、悔恨などがあるわけではない。未練らしきものが洩れるのは、津田という人間は「待ち伏せ」をするような人間であるとあっさりと言ってのけた、「たゞ貴方はさういふ事をなさる方なのよ」（百八十六）ぐらいである。それも、「仕方がないわ」という、一種の諦念のもとに発せられた言葉、口調に窺われるものである。

「棒立」直後の彼女の行動、上り口の電灯を消し、電鈴で下女を呼ぶ行動、所作は、不意打ちを食らって判断停止に陥った人によくあるように、咄嗟の反射的行動と解することも出来よう。しかし、それを津田は、「凡てが警戒であつた。注意であつた。さうして絶縁であつた。」と解釈している。唐突な再会の直後、最初に動いたのは清子の方である。これは、吉川夫人に翻弄されながら膠着状態であった二人の関係で、先に動いたのが清子であった事実を想起させる。今回のこの場面は、言わば、前回の変奏であると見ることも出来る。手順を踏んで実現するであろう翌日の対面がどのようなものになるか、一読者としては、ページを繰るのももどかしい程である。

翌朝、いよいよ対面となり室に入った津田の前で、清子の行動は又違った形で津田を驚かせ、悩ませるものであった。部屋のしつらえは客を待ち受ける格好であるのに、肝心の「主人側の清子」は、「客を迎へるといふより偶然客に出喰はしたといふ」ような態度で、縁側の隅から姿を現した。その上、「彼女は先刻津田が吉川夫人の名前で贈りものにした大きな果物籃を両手でぶら提げたまゝ、縁側の隅から出て来たのである。」前夜の清子の反応を肯定的に、否定的に、あれこれと「解釈」し、解析しながら煩悶する津田にとって、清子の翌日の言動は、又新たな「解釈」を迫るものとなったのである。

語り手は清子の所作をこう解釈している。「反逆者の清子は、忠実なお延より此点に於て仕合せであった。もし津田が室に入つて来た時、彼の気合を抜いて、間の合はない時分に、わざと縁側の隅から顔を出したものが、清子でなくつて、お延だつたなら、それに対する津田の反応は果して何うだらう。」「其上清子はたゞ間を外した丈ではなかつた。」（以上傍点、引用者）語り手は、清子の所作を、「彼の気合を抜いて」「わざと」「間を外した」云々と述べている。しかし、果してそうであろうか。作者（語り手）はそう解釈しているが、作者の被造物である清子なる人物は、ここで作者をも欺いて、一人歩きを始めているのではないだろうか。そう考える根拠は二点ある。

まず、率直に、清子は相手の気合を抜いて、間を外して、わざと何かをするような計算高い人物であるとは、これまでの文脈から考えて、到底思えないということである。又、一面、聡明な女性ではあるが、お延の日常に散見するような芝居をうつ人物、演技をする人物とも思えない。ここは、やはり、津田の見た、考えた「解釈」の方が、清子の本質に近いのではないか。すなわち、「彼女の所作は変に違なかつた。少くとも不器用であつた。何だか子供染みてゐた。」津田の心内語、「滑稽だな。如何にも貴女らしい滑稽だ。さうして貴女はちつとも其滑稽な所に気が付いてゐないんだ」が、最も清子に近い解釈ではないだろうか。前述の語り手の解釈と津田の解釈のずれが、清子の単純に見えて、捉えどころのない人となりを更に増幅しているような感がある。
あるいは又、次のようにも考えられないだろうか。つまり、一視同仁、客観的である筈の語り手が、主人公津田に接近するあまり、「清子とお延」をめぐる津田の心内語・意識と交錯し、清子よりは寧ろお延に相応しい、前述のような表現となった。例えば、百七十二・津田の独白部分で、普通なら「自分」と記すべきところ、「彼」となっている事実を問題として、本稿テクストの「注解」（十川信介）は次のように述べている。

（前略）、身を乗り出すように主要人物に密接する姿勢は、この小説の書き手の特徴であり、それが、津田の心内語であるにもかかわらず、つい「彼」という表現を生んでしまったとも考えられる。(6)

この「注解」の考察は示唆に富む。あるいは、と考えてみた次第である。
更に、百八十八（未完の最終回）、清子の果物籠に対する軽い疑念、拘りである。お延や津田は一々の現象に対して、拘り、囚われ、「何故」と問わずにはいられない人物である。『明暗』一篇における「何故」の頻度数は八十八回。対して、清子はなにものにも囚われない。「何処迄も逼ら」ない。従って、「何故」から自由な女性として描かれていた筈である。吉川夫人の津田への見舞いである果物籠、すなわち、津田が清子への挨拶として利用した果物籠、咄嗟の方便としての嘘に対して、珍しく清子が「然し考へると可笑いわね。一体何うしたんでせう」といって、拘る場面。この軽い不審感、拘りが、前述の津田を迎えるにあたっての立ち居振る舞いに、少なからず影響を与えていたのではないだろうか。思ってもいない人からの見舞いを、これまた思ってもいない人、むしろ意外な人、普通なら会うのを避ける、あるいは遠慮しなければならない人から貰った。当の大きな果物籠を扱いかねて、どうしたらよいか分からなくて、手に提げたままうろうろ。世間にはままあることである。津田が思ったように、彼女はこういう場合に当意即妙の演技や「細工」ができない、いい意味で「不器用」な女性なのであろう。その証拠に、津田が室に入って、顔をあわせてからのそれからの清子の挙止動作は、別に特別のものではない。問題の贈り物は「下女」の手に渡り、彼女は当然のように、見舞いへの礼を述べて挨拶としている。

つまり、語り手が「わざと」と解説した清子の挙動も、わざとではなく、「間の延びた挙動」（百八十四）として捉えるほうが、作品に即して、自然なのではないだろうか。その清子が、以下に続く、どちらかというとちぐはぐな会話の中で、実に自然な口調で、しかし、実に思い切ったことを口にするのであるが、それはもう少し後のこととなる。

三

再会の挨拶の流れとして、津田は我知らず、清子の夫、自分の友人である「関」を話頭に上せた。以下、二人の応対を簡単に追ってみる。

○「関君は何うしました。（後略）」
　←「え、有難う。まあ相変らずです。時々二人して貴方のお噂を致して居ります」（百八十五）
○「昨夕は失礼しました」
　←「私こそ」
○「実は貴方を驚ろかした後で、済まない事をしたと思つたのです」
　←「ぢや止して下されば可かつたのに」
○「僕が待ち伏せをしてゐたとでも思つてるんですか、冗談ぢやない。」（百八十六）

清子の返事はいずれの場合にも、「すら〳〵と」出ている。因縁のある関の話題も、前の晩の不意打ちのような邂逅も「過去」とは何の関係もないかのようだ。清子は、尋常のプロセスを経て結婚した、ごく普通の妻としてしか思えない姿で、津田と読者の前に座っている。作者は、「彼女の態度には二人の間に関を話題にする丈の余裕がちやんと具つてゐた。それを口にして苦にならない程の淡泊さが現はれてゐた。」と記している。それは、津田の予想通りであり、又、予想外れでもあった。このようにして、津田は過去の「女主人公」を昔のままにそこに見出して満足を覚えると同時に、失望を繰り返しながら、進んでいかざるを得ない。

それでは、清子にとって、津田との「過去」は一体何だったのだろう。ヒントはやはり二人の会話にあった。繰り返しとなるが、風呂場の近く、廊下での予期せぬ再会。それは偶然といって然るべきものであった。しかし、清子にはそれが偶然とは思われず、津田の「待ち伏せ」を疑っている。「待ち伏せ」は、「故意」を「認めてゐるらしい清子の口吻」に対して津田が使った言葉であり、間接的な表現で清子が肯定したものであるが、一言で言えば、清子の意想外の反応に驚く余り、普段の用心を忘れた津田の、語るに落ちるであろうか、「待ち伏せ」という人格に関わる言葉を口にしたのは、清子ではない。当の津田であったところに、又、その言葉を清子が無邪気に首肯したところに、そして、「待ち伏せ」ではないという津田の弁明に素直に合点させているところに、作者漱石の腕の冴えをみる思いがする。偶然の予期せぬ出会いの中にも「待ち伏せ」云々の可能性が伏在している津田の本質が、読者の前に明らかになってくるからである。

翌日の対面の場面、かつても今も「鷹揚」で、「優悠」としている、「逼らない人」であり、「落付」、「何時でも苦がなさそう」な清子が、疑いを抱いている。それを知って、津田は驚く。そうして、何故待ち伏せなどと思ったか、清子にその理由を問い質す。お互いに嚙み合わない押し問答を繰り返した挙句、次のような問答が展開された。

「然し自分の胸にある事ぢやありませんか。（後略）」

「私の胸に何にもありやしないわ」

　単純な此一言は急に津田の機鋒を挫いた。同時に、彼の語勢を飛躍させた。

　（中略）

「訳ないぢやありませんか、斯ういふ理由があるから、さういふ疑ひを起したんだつて云ひさへすれば、たつた一口で済んぢまう事です」

　今迄困つてゐたらしい清子は、此時急に腑に落ちたといふ顔付をした。

「あゝ、それがお聴きになりたいの」

「無論です。先刻からそれが伺ひたければこそ、斯うして執濃く貴方を煩はせてゐるんぢやありませんか。それを貴女が隠さうとなさるから――」

「そんならさうと早く仰やれば可いのに、私隠しも何にもしませんわ、そんな事。理由は何でもないのよ。たゞ貴方はさういふ事をなさる方なのよ」

「待伏せをですか」

「えゝ」

「馬鹿にしちや不可せん」

「でも私の見た貴方はさういふ方なんだから仕方がないわ。嘘でも偽りでもないんですもの」

「成程」

　津田は腕を拱いて下を向いた。（百八十六）

続く百八十七の冒頭文
しばらくして津田は又顔を上げた。

こうして、議論のような問答のようなものが再開、続いてゆく。この場面での「たゞ貴方はさういふ事をなさる方なのよ」は辛辣そのものである。「清子」という謎を解くべく、ここまで津田と「認識の旅」（鳥井正晴　前出）を共にしてきた読者にとって、まさに青天の霹靂とでもいうべき言葉であろう。しかし、肝心の津田にとってはそうではなかった。将来の伴侶になるものと信じ、安心しきっていた女性から、今このような「屈辱的な形」[7]（大岡昇平）の言葉を言われて、「成程」ですませるものだろうか。むきになって否定するか、弁解、反論するか、あるいは、思いがけない言葉に黙り込むか、それが普通ではないだろうか。しかしここは津田である。この期に及んでもなお清子の言葉は頭に響くだけで、胸には響かないらしい。己惚れが強すぎるのか、ある意味、鈍いのか、あるいは清子の言葉を文字通り受け入れるにはあまりに彼女を愛しすぎていたのか、半ば無意識に認めたくなかったのか、あるいは「何故」に囚われすぎていたためか。この「成程」は、納得したという意味であるより、半ば判断停止の心理作用から発せられた言葉のようなものではなかったか。

いずれにしても、貴方は待ち伏せをするような人間なのだという、人格の否定に匹敵する言葉が二度繰り返されたばかりで、この現存テクスト最大のハイライトともいうべき場面は、残念なことに観点がずらされていってしまうのである。この、やっと合点がいったという風な、すらりと出た言葉の言外には、そういう津田が自分は嫌いなのだ、夫とすることは出来なかったのだという清子の「事実」の一端、津田のどうしても解らなかった「何故」の答が（津田にとって思いがけない、受け入れ難いものであっても）示されていると思われる。

百八十七と百八十八は又、前章の核心の周辺を観点を変えながら、二人の食い違いを浮き彫りにしたまま、それでも、曲がりなりにも津田の「何故」に答えるべく議論の焦点が、行きつ戻りつしながらも、絞られていく気配である。

それにしても、気になるのは清子の発話の姿勢である。「たゞ貴方はさういふ事をなさる方なのよ」にしても、「でも私の見た貴方はさういふ方なんだから仕方がないわ」にしても、それらが、その前後の「あゝ、それがお聴きになりたいの」「そんならさうと早く仰やれば可いのに、私隠しも何にもしませんわ、そんな事。理由は何でもないのよ。」から導かれての言葉であることを勘案すれば、どちらからも情念のようなものは感じられない。敢えて言うなら、ここにあるのは諦念に近い自然な感情の発露ではなかろうか。

しかし、前後を切り離して、「たゞ貴方はさういふ事をなさる方なのよ」だけをとりだして聞いてみると、また違った印象を受ける。ここには、信じていた人に裏切られた者のかすかな怨念のようなもの、情念が透けて見えるようである。清子には、津田への裏切り、心変わり、「反逆者」の意識はなかったのかもしれない。反対に、裏切られたのは清子の方であったという解釈も、この会話の場面では、成り立つ。過去の清子には津田に対する「信と平和の輝きがあつた」という。この述懐が津田の独りよがりでないとするなら、清子もやはり「津田と名のつく一人の男」の言動に裏切られた存在であったと言うことができる。ただ、津田が気が付いていないということだけであるのかもしれない。

清子の使った「仕方がない」は、「事実」と同様に、作中に頻出する言葉である。頻度数で言えば、九十回を優に超える。その多くは、やむを得ない事実に対して使われている。中でも重要なのは、やはり、清子の言葉であろう。

○「だけどそれは仕方がないわ、自然の成行だから」（百八十五）

○「だつてそりや仕方がないわ。」（百八十六）

○「でも私の見た貴方はさういふ方なんだから仕方がないわ。嘘でも偽りでもないんですもの」（同右）

○「承認しなくつても、実際蒼くなつたら仕方がないわ、貴方」（百八十七）

この清子の「仕方がないわ」には何の衒いも計らいも無い。それに対して、以下の津田と清子の問答、鳥井正晴の言う「'선문답'에 가까운 츠다와 교코의 문답」(8)（禅問答にも似た清子の問答）、後藤明生の言う「二人の対話の何ともいえない滑稽さ」(9)の中で発せられた「仕方がない」と「事実」は、珍しく切羽詰った、熱を帯びたものとなっている。

「だつてそりや仕方がないわ。疑つたのは事実ですもの。其事実を白状したのも事実ですもの。いくら謝まつたつて何うしたつて事実を取り消す訳には行かないんですもの」

「だからその事実を聴かせて下されば可いんです」

「事実は既に申し上げたぢやないの」

「それは事実の半分か、三分一です。僕は其全部が聴きたいんです」

「困るわね。何といつてお返事をしたら可いんでせう」

「困るわね。何といつてお返事をしたら可いんでせう」は、「私の胸に何にもありやしないわ」と共に、何の衒いも計らいもない分、夢見る津田にとっては最後通牒一歩手前のような残酷さをもって発せられている。同情に値しない津田ではあるが、百七十一の述懐、「…、実は突然清子に脊中を向けられた其刹那から、自分はもう既にこの夢のやうなものに祟られてゐるのだ。」を髣髴する現実が繰り広げられていると言っては、言い過ぎであろうか。

次に、「それはそれ、是は是」（百八十三、津田の心内語）の再現ともとれる「たゞ昨夕はあゝで、今朝は斯うなの。」（百八十七、清子）に注目したい。

四

前夜の驚愕と今朝の「平気」、落ち着きの理由を聞かれて、清子が津田にした返答はやはりあっさりしたものであった。

「心理作用なんて六づかしいものは私にも解らないわ。たゞ昨夕はあゝで、今朝は斯うなの。それ丈よ」

「説明はそれ丈なんですか」

「え、それ丈よ」（百八十七　傍点、引用者）

このような状況での「たゞ」は清子の性格を表徴するものの一つである。前回百八十六に、津田はまだ気が付いてはいないが、極めて印象的な、津田にとっては致命的とも言える言葉が発せられていた。「たゞ貴方はさういふ事をなさる方なのよ」の「たゞ」である。次章の「たゞ」とそれに続く「え、それ丈よ」は、普通であれば、にべもなく、と形容されて然るべきものである。後藤明生の言う「いよいよ大詰め」の結果がこの簡単な一言、二言であった。

以上、数例に見られるように、清子の言動には苦悩と名づけるものが見当たらない。作中の言葉を借りるなら、津田の所謂「悩乱」が無い。百八十三、津田にとっての「それはそれ、是は是」は、あらゆる解釈、考察の果て、「悩乱」という結果になった。

津田の知つてゐる清子は決してせゝこましい女でなかつた。彼女は何時でも優悠してゐた。何方かと云へば寧ろ緩漫といふのが、彼女の気質、又は其気質から出る彼女の動作に就いて下し得る特色かも知れなかつた。彼は常に其特色に信を置いてゐた。さうして其特色に信を置き過ぎたため、却つて裏切られた。少くとも彼はさう解釈した。さう解釈しつゝも当時に出来上つた信はまだ不自覚の間に残つてゐた。突如として彼女が関と結婚したのは、身を翻がへす燕のやうに早かつたかも知れないが、それはそれ、是は是であつた。二つのものを結び付けて矛盾なく考へようとする時、悩乱は始めて起るので、離して眺めれば、甲が事実であつた如く、乙も矢ツ張り本当でなければならなかつた。（百八十三）

清子にとっては、ただ、それはそれ、是は是である。その理由は、言うまでもなく、清子は「二つのものを結び付けて矛盾なく考へようと」しないからである。矛盾する二つのものの並立は、紛れもない「事実」として考えれば、そこには何の矛盾もない。現実に働きかけて、現状を打破、変えようとする津田とお延、この二人に作者は「悩乱」を使っている。お延の「悩乱」（百四十八）――「悩乱のうちにまだ一分の商量を余した利巧な彼女は、（後略）」と、前述の津田の「悩乱」(百八十三)である。概ね受身で、現実に働きかけない清子には「悩乱」はない。「悩乱」の無いところに「慰撫」の必要もある筈もない。お延に対して抱いた津田の都合のよい感慨「畢竟女は慰撫し易いものである」(百五十)がまったく通用しない女性の登場であろう。

それでは、清子と関の結婚は一体何であったのだろう。清子が津田を振り捨てて、あっという間に津田の友人関と結婚していた。この事実に対して、清子のしたたかさを指摘する見方もある。そうであろうか。例えば、津田の挨拶に返した清子の次の言葉、「時々二人して貴方のお噂を致して居ります」から見て、夫の関は津田と清子の関係を知らずして結婚し、今も知らないと考えて間違いがない。清子の方はどうであったのか。関が津田の友人と知っていて、突如結婚してしまったのか。あるいは結婚の話が持ち上がり、結婚話がまとまった時点では、清子はまだ関が津田の友人であることを知らなかったのか。前者の方が小説としては刺激的で面白いのであろうが、私は清子は関と津田の友人関係をその時点では知らずに結婚を承諾したのではないかと考えている。結婚披露宴の招待状を津田は貰っているわけであるから、早い時点でわかったであろうが、その時の清子は、やはり受身で、運命のようにその事実を受け入れたのではないか。例えば、津田の人生に対する真面目さ、誠実さに欠ける本質を見抜き(10)、結婚を断念したそのあたりで、関なる人物からの、多分人を介してであろう、真面目な結婚の申し込みがあり、清子が素直にそれに応じた。このように想像してみたのであるが、どうであろうか。それが、吉川夫人と津田には「平気だつた」と見えたのであろう。確かに、津田と清子のそう遠くない過去の因縁を考えれば、前述の「時々二人して貴方のお噂を」云々は、単なる挨拶であるとして百歩譲ったとしても、引っかかるところである。しかし、「私の胸に何にもありやしないわ」という「単純な此一言」(百八十六)、「何もかもう忘れてゐるんだ、此人は」(百八十七)と思ってそこに「それが又清子の本来の特色である事にも気が付いた」に結び付けて考えれば、それも別に不思議ではない。

「利巧」なお延も、理屈好きのお秀も、世話好きで「専横を恣にする」権勢家の吉川夫人もよく動く。相手に働きかけ、相手を変えることに情熱を注ぐ。しかし、清子は動かない。相手に働きかけない。たとえ清子の翻身、心変わりが津田にとっては「眼覚しい早技で取つて投げられ」たようなものであったとしても、「不意に」津田を「振り棄てた女」と思われても、清子には「早技」とか「不意に」という特別の意識はなかったのではないか。先程も述べたように、津田の友人と故意に結婚したとは、とても考えられない。宿での予期せぬ邂逅に「棒立」となった清子に、かすかな罪の意識の残像、心の影を想像するのみである。吉川夫人に翻弄されながら、同時にその夫人を利用する、それを又一面得意に思っている、そんな津田の本質を清子は直感し、洞察し、理解し、去った。今は、関の妻である。問題のある夫ではあろうが、その夫のあるがままを受け入れ、妻としてゆるやかに、動じずに、誠実に生きようとしている。以下の引用は未完の小説『明暗』の最終部分である。

「奥さん」と云はうとして、云ひ損なつた彼はつい「清子さん」と呼び掛けた。

「貴女は何時頃迄お出です」

「予定なんか丸でないのよ。宅から電報が来れば今日にでも帰らなくつちやならないわ」

津田は驚ろいた。

「そんなものが来るんですか」

「そりや何とも云へないわ」

清子は斯う云つて微笑した。津田は其微笑の意味を一人で説明しようと試みながら自分の室に帰つた。

『明暗』は、十川信介が指摘しているように、「矛盾対立する価値観の対立とそのたえざる反転」(11)が一つの大きな特徴であった。その中で、津田もお延も苦しみ、それぞれに事態を打開すべく、持てるだけの知恵を絞り、戦い、奔走した。きわどい「嘘」をつき、ある時は泣き、ある時は二人で「微笑」し(百十一)、「歯を露はす迄に口を開けて、一度に声を出して笑ひ合つた」(同)。しかし、互いの「懸引」「暗闘」は、状況に応じて、繰り返される。これに対して、清子は「二つのものを結び付けて矛盾なく考へよう」とするのではなく、二つの「事実」を矛盾のまま止揚した。それが清子の「微笑」であったのではないだろうか。

本稿一で、作者漱石のお延造型論は清子に応用できるであろうかと問題提起した。清子は世に言う聖女でもなく、悪女でもない。多少の誇張はあるにしても、お延のように、今でもどこかに一人はいそうな女性である。津田が自己認識の過程で変っていくとするなら、やはりその契機は清子とお延であっただろう。津田にとってあの「厄介な」小林はどうであろうか。加藤二郎は、「『明暗』に於て清子と小林とは津田にとっての立ち現われとしては全く逆の相貌を呈しているとは言え、二人はある一つのものの異なった表現的な現われとも言える様にも思われる。[12]」と述べている。清子は直截に津田の本質を突き、小林は悪意と善意の綯い交ぜの中で津田の本質をほのめかし、暴露する。

心理小説『明暗』において、お延は視点人物の一人として緻密かつ執拗とも言える心理描写がなされていた。しかし、清子の内面は書かれていない。読者は作品に描かれた限りの清子の言動を読み、津田を中心とする人々の折々の清子観、解釈、思いを通して、彼女の心の内、心の奥を想像し、解読するほかはない。何故清子の心理分析、心理描写はなされなかったのか。次に引用するのは、後藤明生の問題提起である。「ただし、清子と津田の対話場面には、一つの大きな問題がある。それは、津田の「嘘」ははっきり書かれるのに対して、清子の言葉には、注釈がつかない。（中略）つまり、清子の深層部は書かれていない[13]」。

「清子の言葉には、注釈がつかない」という後藤の指摘は重要である。つかないというよりは、本来清子には「注釈」は不必要であったのではないだろうか。清子は、何事に対しても、それはそれ、これはこれであって、その両者を関連付けてあれこれ考えるタイプではない。「注釈」、「解釈」の「悩乱」が無いところに、内面の「悩乱」がある筈がない。その逆も又然りである。清子が珍しく拘った「お見舞」の果物籠、それについてのやりとりがあったが、彼女の納得の仕方はやはりあっさりとしたものであった。正直なものであった。又、一度は恋人であった津田への何の拘りもなく、気遣いも無く、無頓着のようですらあった。「訳さへ伺へば、何でも当り前になつちまふのね」（百八十八）。このような発言が出来る女性の内面は、あるいは「無」「空」に近いのかもしれない。あくまでも「真実相」（百四十七）を知るべく戦い、苦しむ主人公二人の間に存在する清子の在り方は、津田を、そしてお延を映し出す鏡のようなものであったのではないだろうか。

〈注〉

（1）「漱石全集」第十一巻（一九九五年八月　岩波書店）
（2）佐藤裕子「漱石のセオリー――『文学論』解読」（二〇〇五年十二月　おうふう）
（3）「漱石全集」第二十四巻（一九九七年二月　岩波書店）
（4）鳥井正晴「《명암》론의 전제」（「『明暗』論の前提」）（김정훈『명암』（金正勲翻訳『明暗』）、二〇〇五年七月、범우사）。なお、日本語訳に関しては、鳥井正晴氏の教授を頂いた。
（5）仲　秀和「漱石――『夢十夜』以降――」（二〇〇一年三月　和泉書院）
（6）十川信介「注解」（「漱石全集」第十一巻一九九四年十一月　岩波書店）
（7）大岡昇平「『明暗』の終え方についてのノート」（「大岡昇平全集　19」一九九五年三月　筑摩書房）
（8）注（4）に同じ。
（9）後藤明生「文学が変るとき」（一九八七年五月　筑摩書房）
（10）漱石の『こゝろ』（大正三年）は、「真面目」が人の道において如何に大切か、人の心と心に架ける橋ともなり得ることを繰り返し説き、表現していた。津田に欠けていたものの一つが、その意味での真面目さであったと考えられる。
（11）注（6）に同じ。
（12）加藤二郎「漱石と禅」（一九九九年十月　翰林書房）
（13）注（9）に同じ。

付記　作品を引用するにあたっては、「漱石全集」（全二十八巻　別巻一　一九九五年版　岩波書店）を使用した。ルビは省略した。

夏目漱石『明暗』論
――清子らしさとは何か？――

吉川　仁子

はじめに

「明暗」は、周知の通り、漱石の最後の作品である。大岡昇平[1]『小説家夏目漱石』（一九八八年五月　筑摩書房）は、「明暗」について「これまで自分の書いたもののすべてを網羅するという、いわばこの世への別離の調子を持っているようにも見え」ると指摘しているが、それは大いに首肯される。たしかに、「明暗」は、それまでの作品と似た部分を多く持っている。が、また同時に、それまでの作品とは異なる、それまでの作品を裏切る部分も多く持っている作品である。ここでは、各作品との対応を個々に細かく挙げることはしないが、他作品との類似と相違のいくつかを手がかりに、漱石が「明暗」で試みていたものを探ってみたい。

一

「明暗」の冒頭近くに、次のような津田の述懐がある。

「此肉体はいつ何時どんな変に会はないとも限らない。それどころか、今現に何んな変が此肉体のうちに起りつゝあるかも知れない。さうして自分は全く知らずにゐる。恐ろしい事だ」

「精神界も同じ事だ。精神界も全く同じ事だ。何時どう変るか分らない。さうして其変る所を己は見たのだ」

（中略）

彼は思はず唇を固く結んで、恰も自尊心を傷けられた人のやうな眼を彼の周囲に向けた。（二）

津田は、恋人だった清子の突然の翻意を経験している。彼にとって、清子が突然に去って行った事件は、「聞きたくない」（十三）一方で、また「然し又非常に聞きたい」ものであり、彼は、「別れて以来一年近く経つ今日迄、いまだ」（百七十二）清子の「記憶を失くした覚がな」い。清子との別れは、「たゞ不思議」（百三十九）で、「突然なんてものは疾の昔に通り越して」「あつと云つて後を向いたら、もう結婚してゐた」というように、津田にとって全く思いがけなく、納得のいかないものであった。

清子との別離は、その後お延と結婚し新婚生活を送っている津田の現在に、影を落とすものとなっている。津田の妹・お秀は、兄について、お延を嫁に貰う前と貰った後とでは「誰が見たつて別の人」（百）であり、お延と結婚する前は「もつと正直で」（百二）「少なくとももつと淡泊」だったと述べている。津田の友人・小林も、「丸で人間が生れ変つたやうなもの」（八十二）と、津田を評している。お秀と小林は津田の変化を結婚後の変化としているが、津田とお延の結婚は、津田と清子との別離の結果に成っており、比較の対象としての結婚以前には清子のことが当然含まれている。したがって、津田の結婚後の変化とは清子との別離後の変化だと言ってよいだろう。また、お秀らは津田の結婚後の変化を指摘するが、妻のお延は、結婚当初と現在の夫を比べて、「同じ人が変つた」（七十九）と、感じている。彼女は津田の心が「自分から離れるやうに変つて行く」のではないかという不安を感じているが、さらに、小林に「あなたの知らなければならない事がまだ沢山ある」（八十四）という言葉を聞かされ、清子の存在を遠く仄めかされることによって、不安は「疑惑の焔」（八十九）へと燃え上がる。津田は、小林の「今の君は決してお延さんに満足してゐるんぢやなからう」（百六十）という問いかけに、「世の中に完全なもののない以上、それも已を得ないぢやないか」と答えている。津田は、清子との別れに納得しないままお延と結婚し、お延に満足しているわけではない。それが、お延の感じる夫の変化の原因になっているのである。それぞれが感じている津田の変化は、清子と結びつくものであるという点で共通している。

このように、小説内の現在より以前に、ある事件が起きており、それが、主人公の現在に影響を与えているという構成は、漱石の作品によく見られるものである。例としては、「それから」、「門」、「彼岸過迄」、「こゝろ」が挙げられるだろう。「それから」では代助の周旋による三千代と平岡の結婚、「門」では宗助が御米と結ばれたこと、「彼岸過迄」では須永の出生の問題、「こゝろ」では先生がKを出し抜いてお嬢さんと婚約した後にKが自殺してしまったことが、過去の事件として、それぞれの主人公の現在に大きく影を落とし、彼等を変化させるものとなっている。この点については、すでに多くの論者の指摘があり、漱石作品の多くが過去のある事件をめぐって展開していることについて、平野謙「夏目漱石」（『芸術と実生活』二〇〇一年、岩波現代文庫所収、初出は『群像』一九五六年一月―二月）は、「こゝろ」をひとつの達成とし、「『それから』から『こゝろ』にいたる作品群の最も見やすい特徴は、すべてその主人公が「過去をになった人間」として設定されている点だろう」と述べている。また、平岡敏夫「「消えぬ過去」の物語―漱石への一序説―」（『文学』一九七三年四月）は、「「過去」が方法として抜きがたく登場してくる」点を「漱石の小説の特徴」としている。「明暗」においても、津田は、清子との別離という過去の事件によって変化を見せており、この点は、漱石の他作品と類似している。しかし、過去が津田をどのように変えたかという点で、過去の事件の持つ意味が、「明暗」は、他作品と異なっているように思われる。

作品に、しばしば過去を登場させることには、どのような意味があるのだろうか。それについて考える時、ヒントとしたいのは「それから」である。前述したように、「それから」では、三千代と平岡が結婚した三年前が過去の事件と呼びうるものだと考えられ、それが、代助の変化の起点にもなっているが、まさに、その時期に重なる「三四年前」(「それから」五の二)に、代助が「平生の自分が如何にして夢に入るかと云ふ問題」に囚われ、睡眠と覚醒の境界を捉えようと試みたことが述べられている。

夜、蒲団へ這入つて、好い案排にうと〳〵し掛けると、あゝ此所だ、斯うして眠るんだなと思つてはつとする。すると、其瞬間に眼が冴えて仕舞ふ。しばらくして、又眠りかけると、又、そら此所だと思ふ。代助は殆んど毎晩の様に此好奇心に苦しめられて、同じ事を二遍も三遍も繰り返した。仕舞には自分ながら辟易した。どうかして、此苦痛を逃れ様と思つた。のみならず、つく〴〵自分は愚物であると考へた。自分の不明瞭な意識を、自分の明瞭な意識に訴へて、同時に回顧しやうとするのは、ジエームスの云つた通り、暗闇を検査する為に蠟燭を点したり、独楽の運動を吟味する為に独楽を抑へる様なもので、生涯寐られつこない訳になる。と解つてゐるが晩になると又はつと思ふ。

山崎正和「『それから』の時間」(『不機嫌の時代』昭和五一年　新潮社)の指摘するように、代助は「意識が変化する姿」「流動する時間そのものの姿」に興味を寄せていると言える。代助が、「意識が変化する姿」や「流動する時間」に興味を寄せるのは、三千代の結婚ということに関わっている。(2) 代助は、京阪地方へ出発する新婚の平岡夫婦を見送りに行った際、平岡の得意そうな様子を見て「憎らしく」(「それから」二の二)思っており、既にこの時に、代助が、平岡と三千代を取り持った自分の行為に違和感を持っていることが窺える。つまり、三千代が平岡の妻となって初めて、代助は、三千代という存在の意味に気づき始めたのである。流れる時の中で、代助は気づいた時には既に三千代を失っていたのであり、その意味で、自ら気づかぬうちに、決定的な〈過去〉を背負ったのだと言えるだろう。覚醒と睡眠の境を探るという行為は、意識の変化の極点を探ることである。それは同時に、〈現在〉が決定的な〈過去〉へ変わり行く点を見極めようとすることに重なるものであろう。代助が自らの意識の変化の極点を探るのは、彼が、自分が気づかぬうちに三千代を失っていたこと、言い換えれば、自分の心を自分で測りえなかったことにこだわり続けているからであろう。つまり、「それから」における〈過去〉は、自分でありながら自分を知りえない、自らの測りがたさという問題と関わっている。人が決定的な〈過去〉を背負うということは、自らの測りがたさに直面するということと同じだと言えよう。「世間は何うあらうとも此己は立派な人間だといふ信念」（「こゝろ」下　五十二）が「Kのために美事に破壊されてしまつて、自分もあの叔父と同じ人間だと意識した時、私は急にふら〳〵しました」という「こゝろ」の先生もまた、決定的な〈過去〉を背負った人物、すなわち、自らの測りがたさに直面した人物の一人である。

このような自らの測りがたさへの漱石の問題意識は初期のエッセイ「人生」に、すでに如実に表れている。「われは人間に自知の明なき事を断言せんとす」「若し人生が数学的に説明し得るならば、若し与へられたる材料より、Xなる人生が発見せらるゝならば、若し人間が人間の主宰たるを得るならば、若し詩人文人小説家が記載せる人生の外に人生なくんば、人生は余程便利にして、人間は余程ゑらきものなり」など、「人生」の中には、人間が自らを知り得ない存在であることが語られている。漱石は、常に関心を寄せつづけた自らを知り得ぬ人間の姿を呈示するために、〈過去〉を繰り返し作品に描いたのではないだろうか。〈過去〉は取り返しのつかぬものである。しかし、〈過去〉は取り返しがつかないということにおいて問題なのではなく、取り返しがつかぬものを引き受けるまで全く無自覚である己の危うさこそが、そこに問われているのである。〈過去〉は自らを知り得ぬ人間の姿を提示するための必然だった。

人が測りがたいものであり、突然変わるものであるということは、既に見たように、「明暗」の先に引用した津田の言葉の中にも語られていた。そして、先の引用部分に続いて、津田は、「所謂偶然の出来事といふのは、ポアンカレーの説によると、原因があまりに複雑過ぎて一寸見当が付かない時に云ふ」（二）という、友達から聞いた話を思い出す。

彼は友達の言葉を、単に与へられた新らしい知識の断片として聞き流す訳に行かなかつた。彼はそれをぴたりと自分の身の上に当て嵌めて考へた。すると暗い不可思議な力が右に行くべき彼を左に押し遣つたり、前に進むべき彼を後ろに引き戻したりするやうに思へた。しかも彼はついぞ今迄自分の行動に就いて他から牽制を受けた覚がなかつた。為る事はみんな自分の力で為、言ふ事は悉く自分の力で言つたに相違なかつた。

「何うして彼の女は彼所へ嫁に行つたのだらう。それは自分で行かうと思つたから行つたに違ない。然し何うしても彼所へ嫁に行く筈ではなかつたのに。さうして此己は又何うして彼の女と結婚したのだらう。それも己が貰はうと思つたからこそ結婚が成立したに違ない。然し己は未だ嘗て彼の女を貰はうとは思つてゐなかつたのに。偶然？　ポアンカレーの所謂複雑の極致？　何だか解らない」（二）

右に述べられている内容は、自我の限界を問う、重いものである。自分の意志が自分を裏切るとしたら、自分の意志とは何なのか？　それは、裏返せば、自らの測りがたさということに重なっている。津田の言葉は、漱石が〈過去〉を担う人物を描くことを通して問い続けた問題に通じており、津田は、他作品の主人公たちの直面した問題の答えを、既に作品冒頭部から先取りして与えられているかのようである。しかし、〈過去〉を担った他作品の主人公たちが、その〈過去〉と向き合ううちに、例えば、「それから」の代助や、「こゝろ」の先生が、社会への積極的な働きかけを失うまでであったのに比し、津田はどうだろうか。他作品の主人公たちに比べて、津田が通俗的な存在であることはすでに指摘があり、平野謙（前掲。[3]初出は『漱石全集13』一九六一年　角川書店）は彼を「ツマラン坊」と評した。津田と彼等の違いは何だろうか。津田は己の肉体的な「変」（二）には慄いているが、「精神界」の変については、彼が見たのは、自らの変ではなく、清子の変であった。自分の意志が自らを裏切っているように感じながらも、津田は、

「何だか解らない」と締めくくり、それ以上の追究はなされない。「自分の行動に就いて他から牽制を受けた覚がな」く、「為る事はみんな自分の力で為、言ふ事は悉く自分の力で言つたに相違な」いとする津田は、自らの測りがたさを、そして、自分の意志を超えた「暗い不可思議な力」を、承認してはいないのである。他作品の主人公たちが、過去を通して己の測りがたさに直面しているのに対して、津田は、過去を通して、人は突然変わるものであるということは痛感しても、自分もそうだとは言い切れないところにいる。「自分を知らぬ人間」（越智治雄「明暗のかなた」『漱石私論』昭和四六年　角川書店）がここにいる。前述したように〈過去〉を担うことが、自らの測りがたさに直面すること、すなわち、「自分を知らぬ」ことを知ることだとするならば、冒頭における津田は、まだ、〈過去〉を担ってはいないのだ。津田は、事件を経た現在という他の主人公達と同じ位置に立っているが、彼等が感じている自らの測りがたさを知ったがゆえの慄きは感じていない。人は変わるものだという認識を持ちながらも、自分の意志の力を疑いきれない津田の存在は、人が自らの測りがたさに気付くことの困難を示している。作者はそのような津田を通して、人間が自らを知り得ぬという問題を、根本から改めて問おうとしているといってもよい。清子との事件は、津田にとって、「未練」（百三十八）の対象としてあるが、果して、彼は、他作品の主人公達のような〈過去〉を担うのだろうか。

二

小説内の現在より以前に属する津田と清子の経緯は次のように説明されている。

有体にいふと、お延と結婚する前の津田は一人の女を愛してゐた。さうして其女を愛させるやうに仕向けたものは吉川夫人であつた。世話好な夫人は、此若い二人を喰つ付けるやうな、又引き離すやうな閑手段を縦まゝに弄して、そのたびに迷児々々したり、又は逆せ上つたりする二人を眼の前に見て楽しんだ。けれども津田は固く夫人の親切を信じて疑がはなかつた。夫人も最後に来るべき二人の運命を断言して憚からなかつた。のみならず時機の熟した所を見計つて、二人を永久に握手させようと企てた。所がいざといふ間際になつて、夫人の自信は見事に鼻柱を挫かれた。津田の高慢も助かる筈はなかつた。夫人の自信と共に一棒に撲殺された。肝心の鳥はふいと逃げたぎり、遂に夫人の手に戻つて来なかつた。（百三十四）

二人の経緯を見るとき、際立つのは吉川夫人の存在である。二人の仲は吉川夫人に翻弄された挙句に壊れたと言える。右からは、そもそもの津田の清子への愛が、吉川夫人によって仕組まれたものであったことがわかる。津田は、万事、吉川夫人の操り人形のようだったのであり、そんな津田に、清子が愛想をつかして去って行った可能性もある。(4)また、吉川夫人は、既に、津田と清子の仲立ちにおいて自分の計略の失敗を経験しているにもかかわらず、今度は、「お延の教育」（百四十二）という理由のもと、津田に清子のいる温泉へ行くことを勧める。「まあ見て入らつしやい、私がお延さんをもつと奥さんらしい奥さんに屹度育て上げて見せる」、「細工はりう〳〵仕上を御覧うじろ」という言葉からは、自分の思惑への強い自信が窺える。彼女は、その「自由の利き過ぎる境遇」（百三十七）に「長く住み馴れた」ゆえに、「自分の無理」を自覚しない。

ことに困るのは、自分の動機を明瞭に解剖して見る必要に逼られない彼女の余裕であつた。余裕といふよりも寧ろ放慢な心の持方であつた。他の世話を焼く時にする自分の行動は、すべて親切と好意の発現で、其外に何の私もないものと、天から極めて掛る彼女に、不安の来る筈はなかつた。自分の批判は殆んど当初から働らかないし、他の批判は耳へ入らず、また耳へ入れやうとするものもないとなると、此所へ落ちて来るのは自然の結果でもあつた。

このように、他人が自分の思い通りになることをまるで疑っていない、すなわち、自分の意志が全能であるかのように思っている吉川夫人は、これまでの漱石作品には見当らない人物である。

これまでの作品に見当らない人物としては、もう一人、小林を挙げることができる。「貧乏」（八十四）で、「地位がな」く、「無籍もの、やう」でありながら、「分を弁へ」ない人物として、お延は小林を侮蔑しているが、一方で「不気味」にも感じている。「富や地位に重きを置くお延にとって」小林が不気味なのは、「彼には「富裕」の側の人々にとっての常識が全く通用しないからである」とする橋川俊樹「『明暗』—富裕と貧困の構図—」（『稿本近代文学』七　一九八四年七月）の指摘は、その通りであろう。お延にとって、小林は、予測のつかない相手である。お延は「奥さん、僕は人に厭がられるために生きてゐるんです」（八十五）という小林の発言を聞き、「別世界に生れた人」のように感じている。また、小林の発言に不安を募らせ、「あなたは私を厭がらせるために、わざ〳〵此所へ入らしつたと言明なさるんですね」（八十六）と尋ねたお延に対して、小林は次のように述べている。

「僕は自分の小さな料簡から敵打をしてるんぢやないといふ意味を、奥さんに説明して上げた丈です。天がこんな人間になつて他を厭がらせて遣れと僕に命ずるんだから仕方がないと解釈して頂きたいので、わざ〳〵さう云つたのです。僕は僕に悪い目的はちつともない事をあなたに承認して頂きたいのです。僕自身は始めから無目的だといふ事を知つて置いて頂きたいのです。然し天には目的があるかも知れません。さうして其目的が僕を動かしてゐるかも知れません。それに動かされる事が又僕の本望かも知れません。」

小林の特異な点は、自分の意志を超えた天の存在を語っている点である。自分の行動は、自分の意志ではなく、天が決めるものだという右の発言は、嫌がらせに対する無責任な言い逃れに過ぎないだろうか。そうではあるまい。小林は、「生れてから今日迄ぎり〳〵決着の生活をして来」（百五十七）ており、「丸で余裕といふものを知らずに生きて来た」人物である。彼は、自分の意志ではどうにもならないものを、生活の苦闘の中で思い知っている。そうした生活の中で培われた目は、彼を侮蔑する人々の弱点を見据えている。小林は、「生きて丶人に笑はれる位なら、一層いと不可ませんよ」と忠告し、津田に対しては「君の腰は始終ぐらついてるよ」（百五十七）と指摘する。

死んでしまつた方が好い」（八十七）と言うお延に、「さういふ考へなら、能く気を付けて他に笑はれないようにしな

　このように、小林は、自分の意志がどこまでも通じると思っている吉川夫人や、「為る事はみんな自分の力で為、言ふ事は悉く自分の力で言つた」（二）と考えている津田、自らの結婚に際して何時でも自分が自分の「主人公」（六十五）で「責任者」であったとされるお延など、自分の意志に重きを置く人々と対照的な人物である。小林は、余裕がある故に意志を尊重できる人々が、意志を重んじるがゆえに陥る危険を見抜いているのである。大岡信[5]は、「小林には、彼の境遇そのものによって、津田にはない透視力があった」と指摘している。大岡は小林について、「漱石が『明暗』の中で描いた人物達のうちで一番漱石の思想に近かった」とし、その小林に「最も卑しい（少くとも『明暗』の中では）位置と心情しか与えなかった」点に「漱石の実践したリアリズム（ここではもう「則天去私」の方法と言っていいであろう）の、峻厳な姿を見ることができる」と指摘している。

　ここで、「則天去私」について伝えられている漱石の言葉を、周知のものであるが引用しておこう。

　「漸く自分も此頃一つのさういつた境地に出た。『則天去私』と自分ではよんで居るのだが、他の人がもつと外の言葉で言ひ現はしても居るだらう。つまり普通自分自分といふ所謂小我の私を去つて、もつと大きな謂はば普遍的な大我の命ずるまゝに自分をまかせるといつたやうな事なんだが、さう言葉で言つてしまつたんでは尽くせない気がする。その前に出ると、普通えらさうに見える一つの主張とか理想とか主義とかいふものも結局ちつぽけなもので、さうかといつて普通つまらないと見られてるものでも、それはそれとしての存在が与へられる。つまり観る方からいへば、すべてが一視同仁だ。差別無差別といふやうな事になるんだらうね。今度の『明暗』なんぞはさういふ態度で書いてゐるのだが、自分は近いうちにかういふ態度でもつて、新らしい本当の文学論を大学あたりで講じて見たい」（松岡譲『漱石先生』昭和九年一一月　岩波書店）

右を「明暗」に当て嵌めるなら、「自分自分といふ」「小我の私」に囚われているのが、吉川夫人や津田、お延たち、小林は「大我の命ずるまゝに自分をまかせ」ているということになる。大岡は、[6]「則天去私」を「一視同仁」という作品構築の態度として捉えており、それに賛同するが、つまり、それはこの作品では、「小我」に囚われる人間が悪で、「大我」に自分を任せる人間が善であるというようには描かれてはいないということであろう。そして、作者は自分の思想に近い小林に肩入れしないのと同様に、「小我の私」に囚われているお延については次のように描く。

彼女は前後の関係から、思量分別の許す限り、全身を挙げて其所へ拘泥らなければならなかつた。それが彼女の自然であつた。然し不幸な事に、自然全体は彼女よりも大きかつた。彼女の遥か上にも続いてゐた。公平な光りを放つて、可憐な彼女を殺さうとしてさへ憚からなかつた。

彼女が一口拘泥るたびに、津田は一足彼女から退ぞいた。二口拘泥れば、二足退いた。拘泥るごとに、津田と彼女の距離はだん〳〵増して行つた。大きな自然は、彼女の小さい自然から出た行為を、遠慮なく蹂躙した。一歩ごとに彼女の目的を破壊して悔いなかつた。彼女は暗に其所へ気が付いた。けれども其意味を悟る事は出来なかつた。彼女はたゞそんな筈はないとばかり思ひ詰めた。さうして遂にまた心の平静を失つた。（百四十七）

お延は、津田の秘密をつかもうと、必死であるが、その彼女の試みは、「大きな自然」に妨げられている。夫の秘密に執着するお延の行為は、〈私〉に満ちている。しかし、その彼女は「可憐」と評されているのである。お延は、決して罰せられてはいない。ただ、人間の意志は万能ではなく、人間の意志を超えたものが存在するのだということがここには示されている。人間の意志を超えたものが確かにあるとするならば、自らの意志を頼む人の営みはすべて「可憐」だと言うしかない。

「一視同仁」という作品世界構築の態度を考える時、吉川夫人と小林という、共にこれまでの作品には登場しなかったような対極的な二人が登場することの意味は大きい。そして、対極的な二人のどちらにも荷担せず、また、どちらも周囲の人物を困惑させるものを持つ人物として、同等に描いている点が重要であろう。対極を成す二人を同等に描くことは、二人を両極とする全ての登場人物を同等に描く「一視同仁」という作品世界構築の態度を鮮明に示すものだと言える。

人々が同等に描かれるとはどのようなことなのか。想起されるのは「三四郎」の一節である。

「ある状況の下に置かれた人間は、反対の方向に働らき得る能力と権利とを有してゐる。（中略）——所が妙な習慣で、人間も光線も同じ様に器械的の法則に従つて活動すると思ふものだから、時々飛んだ間違が出来る。怒らせやうと思つて装置をすると、笑つたり。笑はせやうと目論んで掛ゝると、怒つたり。丸で反対だ。然しどつちにしても人間に違ない」（「三四郎」九の三）

右は、「三四郎」の広田先生の言葉である。続いて、「ぢや、ある状況の下に、ある人間が、どんな所作をしても自然だと云ふ事になりますね」と聞かれた広田先生は、「えゝ、えゝ。どんな人間を、どう描いても世界に一人位はゐる様ぢやないですか」と答え、さらに、「実際人間たる吾々は、人間らしからざる行為動作を、何うしたつて想像出来るものぢやない。たゞ下手に書くから人間と思はれないのぢやないですか」と述べている。この一連のやりとりは、自然主義文学からの「拵えもの」批判に対する反論として解されているが、まさに、ここには人間のリアリティということが語られている。人間は法則通りではなく、目論見を裏切る存在であること、「どんな所作をしても自然だ」ということは、どんな所作をするかわからないという不可解さと表裏であること。測りがたいということにこそ、人間のリアリティがあるのである。

吉川夫人は津田と清子の仲を思い通りに操ろうとした。つまり、吉川夫人は、人間を法則に従わせようとしたのだが、清子はその目論見から外れて、「反対」に動き、津田から離れて行ったのである。人は、どのようにも動き得るのである。それぞれの人物がどのようにも動き得る測りがたい人間として在ること、「明暗」に描き出されているのはまさにそのことであり、それを可能とするのが「一視同仁」の態度であったろう。
それでは「明暗」において清子はどのように描かれているか見てみよう。

三

清子は、「せゝこましい女でな」（百八十三）く、「何時でも優悠して」、「何方かと云へば寧ろ緩漫」と評されており、「敏捷」（百二十二）、「怜俐」（百四十三）と評されるお延とは対照をなす女性である。清子と津田との対面の場面では、「お延なら」（百八十四）、「相手がお延だとすると」（百八十五）、「相手は既にお延でなかつた」などの表現が見え、清子とお延は殊更に対比されている。津田が、清子の前にいる時の心持を見てみよう。

斯んな場合に何方が先へ口を利き出すだらうか、もし相手がお延だとすると、事実は考へる迄もなく明瞭であつた。彼女は津田に一寸の余裕も与へない女であつた。其代り自分にも五分の寛ぎさへ残して置く事の出来ない性質に生れ付いてゐた。彼女はたゞ随時随所に精一杯の作用を恣まゝにする丈であつた。勢ひ津田は始終受身の働きを余儀なくされた。さうして彼女に応戦すべく緊張の苦痛と努力の窮屈さを嘗めなければならなかつた。

所が清子を前へ据ゑると、其所に全く別種の趣が出て来た。段取は急に逆になつた。相撲で云へば、彼女は何時でも津田の声を受けて立つた。だから彼女を向ふへ廻した津田は、必ず積極的に作用した。それも十が十迄楽々と出来た。（百八十五）

「緊張の苦痛と努力の窮屈さ」を強いてくるお延と、全く逆の清子。こうした二種類の女性像の対照は、漱石作品にはよく見られるものである。例えば、「虞美人草」では、「我の女」（「虞美人草」十二）である藤尾と、「家庭的の婦女」（「虞美人草」六）とされる糸子。また、「三四郎」では、美禰子とよし子が対になっている。

三四郎はよし子と初対面のとき、次のように感じている。

三四郎は此表情のうちに嬾い憂鬱と、隠さゞる快活との統一を見出した。其統一の感じは三四郎に取つて、最も尊き人生の一片である。さうして一大発見である。三四郎は握りを把つた儘、――顔を戸の影から半分部屋の中に差し出した儘、此刹那の感に自己を放下し去つた。

「御這入りなさい」

女は三四郎を待ち設けた様に云ふ。其調子には初対面の女には見出す事の出来ない、安らかな音色があつた。純粋の小供か、あらゆる男児に接しつくした婦人でなければ、かうは出られない。馴々しいのとは違ふ。初から旧い相識なのである。同時に女は肉の豊でない頰を動かしてにこりと笑つた。蒼白いうちに、なつかしい暖味が出来た。三四郎の足は自然と部屋の内へ這入つた。其時青年の頭の裡には遠い故郷にある母の影が閃めいた。

（「三四郎」三の十二）

右の、三四郎がよし子に対して抱く印象は、美禰子に対して抱いた「矛盾」（「三四郎」二の四）や「オラプチユアス」（「三四郎」四の十）という印象とは対照的である。佐藤泰正『明暗』（『夏目漱石論』昭和六一年　筑摩書房）は、「よし子はまさに清子の素型といってもよかろう」と指摘している。また、内田道雄『明暗』（『日本近代文学』五　一九六六年一一月）は、清子の理想化は留保しつつも、「お延の背後には、藤尾や美禰子、直子やお住が居ると同様に、清（『坊っちゃん』）、糸子（『虞美人草』）、よし子（『三四郎』）、お貞（『行人』）などが、清子に流れこむ水流を漱石の中に形造っていることは疑いない」と述べている。清子の系譜の女性達がどのように評されているかを見ると、糸子については「尊い女だ」（「虞美人草」十七）、お貞は「宅中で一番慾の寡ない善良な人間」（「行人（塵労）」四十九）「あ、云ふのが幸福に生れて来た人間だ」と述べられている。清子の系譜には、さらに、「彼岸過迄」の作(7)、「道草」の御縫を加えることができるだろう。作は、須永に「一筆がきの朝貌の様」（「彼岸過迄（須永の話）」二十九）だと評される。須永は「作の顔を見て尊とい感じを起し」、作に向って「考へる事がな」くて「仕合せだ」と述べている。「道草」の御縫については、彼女が不治の病にかかっているという報知を聞いた健三は、次のように思っている。

もし交際といふ文字を斯んな間柄にも使ひ得るならば、二人の交際は極めて淡くさうして軽いものであつた。強烈な好い印象のない代りに、少しも不快の記憶に濁されてゐない其人の面影は、島田や御常のそれよりも、今の彼に取つて遥かに尊かつた。人類に対する慈愛の心を、硬くなりかけた彼から喚り得る点に於て。また漠然として散漫な人類を、比較的判明した一人の代表者に縮めて呉れる点に於て。（「道草」六十二）

以上見てきたように、清子の系譜に属する女性たちに「尊い」「幸福」など、最高度の形容がなされている点は注目される。彼女たちに共通するのは、彼女たちが、あまり自我を主張しないということである。よし子は「母」のイメージと重ねられているが、坊っちゃんを常に心配する清や、家庭的な糸子にも、そのイメージはある。子を受け入れ、愛情で包み込む母は、自我を主張する存在とは対極にあると言える。また、御縫は、我の塊であるかのような島田夫妻と対比され、彼女が我にともなう不快の記憶と無関係である点が健三には尊く感じられている。作は「考へる事がな」い点を、お貞は「慾の寡ない」点を肯定されおり、二人とも我を離れた人物と見なされている。

それに対して、もう一方の系譜の女性達は、例えば、藤尾は「飛び上りもの」（「虞美人草」十七）、美禰子は「心が乱暴」（「三四郎」六の四）、お住は「しぶとい」（「道草」五十四）と評される。彼女達は、自我をしっかり持った女性であるが、我を持つ女性たちがこのように批判的な扱いを受けるのは、漱石作品の男性主人公の多くが、自らの自我の働きが強すぎることに苦しんでいることによるだろう。「行人」の一郎は、「何も考へてゐない、全く落付払つた」（「行人（塵労）」三十三）顔が「非常に気高く見える」と述べている。このことばは、自我の働きゆえの苦悩の深さを明らかにするものとして理解できる。彼等にとって、我を持つ女性達は、常に対立し続ける存在である。つまり、男達に自我の苦しみを最も熾烈に感じさせるのが彼女達なのである。故に、彼等は、我を主張しない女性達を尊いものと見、そこに安らぎを感じているのだと考えられよう。類型的とも言いたくなるほど何度も用いられる対照的な女性像の図式には、男達の安らぎへの強い希求を見て取ることができる。しかし、そこには、男性の側の手前勝手な言い分が満ちているように思われる。

　前述したように、「明暗」にも二種類の女性像の図式が見られるが、それも、やはり、安らぎへの希求を示すものであろうか。確かに、津田は、清子に、お延にはない安らぎを感じ「伸び〳〵した心持で清子の前に坐つてゐ」（百八十五）る。清子が津田にとっての理想的な女性として意識されていることは確かだろう。そして、ここで注意したいのは、〈清子らしい〉という表現である。彼は、籃を下げたまま縁側からあらわれた清子を見て、その間を外した挙動に、「其所に如何にも清子らしい（傍線筆者、以下同じ）或物を認めざるを得」（百八十三）ず、「滑稽だな。如何にも貴女らしい滑稽だ。さうして貴女はちつとも其滑稽な所に気が付いてゐないんだ」と思う。また、籃が重かったと言った津田に対して、清子は「ぢや来る途中始終手にでも提げてゐらしつたの」（百八十四）と尋ね、その質問が津田には「如何にも清子らしく無邪気に聴えた」。〈清子らしい〉ということばは、「滑稽」、「無邪気」など、津田の心を緩める好ましいものに関わり、津田の清子への肯定と結びついたものである。

　「明暗」において、〈らしさ〉という語が頻出することについては既に指摘がある。[8] 津田は、お秀からは「兄さんらしくない」（百二）ことを責められ、吉川夫人からは「男らしく」（百三十六、百四十、百四十一）せよと言われ、小林からは「君が是から夫らしくするかしないかが問題なんだ」（百六十一）と言われている。また、吉川夫人の「私がお延さんをもつと奥さんらしい奥さんに屹度育て上げて見せるから」（百四十二）という言葉もある。石原千秋「修身の〈家〉／記号の〈家〉『明暗』」（『反転する漱石』一九九七年一一月　青土社）は、これらの「〜らしく」について、「大正期に定着した保守派の道徳観の中心的概念（＝建前）」であったが、「「〜らしくあれ」とは、実際にはそうでない場合に使われる言葉」であり、「実質としての〈家〉や家族主義道徳観がすでに解体の危機に瀕していることをも暗示している」と指摘している。外にも作中で〈〜らしさ〉を含む表現を拾ってみると、「妹らしからざる」お秀（九十六）、「女らしい所がなくなつ」（六十）た叔母、のように、否定の形で用いられたり、「男らしく」「振舞」（五十五）う吉川夫人（＝女らしくない吉川夫人）などの例が見られ、〈らしさ〉ではなく、〈らしくない〉が頻出している。つまり、〈らしさ〉の頻出するこの作品は、〈らしさ〉を裏切ることで成り立っていることがわかる。

このように、〈らしさ〉が否定の形で登場している中で、先に述べた〈清子らしさ〉だけは肯定されているといってよい。〈男＋らしさ〉のような〈属性＋らしさ〉の否定を、石原の論から学んで、保守的道徳的規範の崩壊とすれば、「明暗」の〈らしくない〉人々は保守的道徳的規範をすりぬける個性を持っていると言える。一方、〈清子＋らしさ〉のような〈固有名＋らしさ〉は、属性に関わらないその人の個性を問題とし、一見、この表現も個性の重視に結びついているように見える。しかし、その重視された個性と生身の清子は果たして一致しているだろうか。唯一肯定されているように見える〈清子らしさ〉もまた、崩壊を免れないもののようである。

津田は、清子の突然の翻意がどうしても納得し難い。彼は、「緩漫」（百八十三）という「特色に信を置き過ぎたため、却つて裏切られた」と解釈しているが、裏切られてなお、「当時に出来上つた信はまだ不自覚の間に残つてゐた」という。

「あの緩い人は何故飛行機へ乗つた。彼は何故宙返りを打つた」

疑ひは正しく其所に宿るべき筈であつた。けれども疑はうが疑ふまいが、事実は遂に事実だから、決してそれ自身に消滅するものでなかつた。

反逆者の清子は、忠実なお延より此点に於て仕合せであつた。もし津田が室に入つて来た時、彼の気合を抜いて、間の合はない時分に、わざと縁側の隅から顔を出したものが、清子でなくつて、お延だつたなら、それに対する津田の反応は果して何うだらう。

「又何か細工をするな」

彼はすぐ斯う思ふに違なかつた。所がお延でなくつて、清子によつて同じ所作が演ぜられたとなると結果は全然別になつた。

「相変らず緩漫だな」

緩漫と思ひ込んだ揚句、現に眼覚しい早技で取つて投げられてゐながら、津田は斯う評するより外に仕方がなかつた。

津田は、自分が信じる〈清子らしさ〉に反する彼女の翻意を認めることができない。語り手が「反逆者」と語っている清子を、津田は、どうしても「反逆者」として認めたくない。そして、目の前の清子に〈清子らしさ〉を見つけ出そうとする。〈清子らしさ〉への全幅の信頼といってもよいが、裏切られてもなお揺るがない信頼は、思い込みではなかったか。

津田は、階段の上で再会した時の清子の驚きに「望みを繋」(百七十七)ぎ、「今の自分に都合の好いやうにそれを解釈して見」たり、翌日、部屋で対面したときには、清子が夫である関の話を平気ですることに「不満足」(百八十五)を感じたりしている。清子は津田に対して、「淡泊」「鷹揚」であり、津田を「失望」(百八十七)させる。そして、清子は対面した津田に向って、「貴方はさういふ事(筆者注：待伏せ)をなさる方なのよ」(百八十六)「私の見た貴方はさういふ方なんだから仕方がないわ」と述べている。〈あなたは待伏せをするような人だ〉という、この言葉は、誉め言葉ではない。と言うより、むしろ、ここには清子の津田への否定がはっきりと示されている。自分の本質をずばりと言いあてられて、津田は「成程」と「腕を拱いて下を向」く。しかし、ここまで決定的にネガティブな評価を下されながらも、なお、津田は眼前の清子に以前の清子と同じものを見出そうとするのである。

お延と清子という対照的な女性を登場させることは、これまでの作品と同じパターンのように見えるが、それまでの作品における、我を持つ女を批判的に描き、我を出さない女を好意的に見るという図式は、恐らく「明暗」のものではない。加藤二郎「『明暗』論―津田と清子―」（『漱石と禅』一九九九年一〇月　翰林書房）(9)の指摘するように清子の津田からの離反には「意識的自覚的な決断」がある。それを認められず津田は、清子に、自分の求める〈清子らしさ〉だけを見つけようとするが、〈清子らしさ〉を裏切るものとして、清子は登場しているのである。それは、津田の求める〈清子らしさ〉が、すなわち、安らぎを与える存在が、幻想であることを示すものである。

おわりに

漱石は、自らの測りがたさに直面し慄く主人公達を描きつづけてきた。しかし、多くの人間は、自らを知り得ぬことに思い至らぬままに、自分の意志を信じて生きている。「明暗」において、描かれているのはまさにそのような人々である。「一視同仁」の態度で描き出されたのは、人が、善でも悪でもなくどのように振舞うかわからない不可解なものであるということであった。人間の不可解性の認識は、先に引用した「人生」や、「性格なんて纏つたものはありやしない」（「坑夫」三）という「坑夫」の無性格論にも求められるが、そのような直接的な「論」の形ではなく、「明暗」では、それぞれの登場人物の思惑が鬩ぎあう作品世界そのものによってそれを示しえていると言えるだろう。そして、人間の不可解を津田につきつける人物として清子は存在したと考えられる。

清子らしさとは、何か？　それは、確かに、津田の理想であったと同時に、彼の幻想でもあった。かつての清子について、津田は、自分を信じ、「信と平和の輝き」（百八十八）をたたえた眼で見つめてくれたと回想する。彼は、「自分があればこそ此眼も存在するのだとさへ思」っている。その眼と同様に〈清子らしさ〉もまた津田があればこそのもの、つまり、津田が作り上げたものにほかならない。目の前の清子が、〈清子らしい〉と見える清子が、自分るはずである。

を否定したのだと受け入れる時、そこに、津田は、〈らしさ〉でくることのできない、全く不可解な他者を見つけるはずである。

また、作者漱石にとっても、それまでの作品の女性像の系譜から考えて、清子は、理想の女性像であったと思われる。しかし、彼女をも不可解な存在の一人として示す時こそが「一視同仁」の態度での作品構築が果たされる時でもあった。〈清子らしさ〉は現実を捉えようとする作者にとって打ちこわさねばならぬものであった。

津田は、〈過去〉を担うだろうか。津田は、〈清子らしさ〉の崩壊を受け入れた時、過去を担うかも知れない。それは清子が不可解であると知ることであると同時に、清子らしさを信じた自分の不可解にも直面することだからである。「明暗」において、これまでの作品と似ている所は、これまでの作品を超えてゆくためにあった。超えて行きついた先が測りがたい人間がそのことを知らずに生きている現実世界であるならば、そのような〈片づかない〉現実を、不可解であることすら知らず自らの意志を信じ「可憐」（百四十七）に生きる人間の世界を描いた「明暗」は、未完であることがもっともふさわしい作品と言えるのかも知れない。

〈注〉

（1）「初期作品に氾濫した「水」が」出てくることや、軽便の中の「相客との対話には『猫』の落語調があ」ることなどを挙げている。

（2）拙論（「『それから』小考―〈過去〉の了解―」『叙説（奈良女子大学）』二四　平成九年三月）で、覚醒と睡眠、生と死、正気と狂気など、代助の関心を寄せる意識の変化と、〈過去〉と〈現在〉の関係の重なりについて考察した。

（3）平野謙は、「『それから』の主人公が代助であり、『こゝろ』の主人公が先生であるという意味においては、津田は一篇の主人公となるだけの人間的魅力をそなえていない。津田は代助や一郎や先生をはるかに下廻る、平均型のインテリにすぎない」と述べている。

（4）水村美苗（『続　明暗』平成二年九月　筑摩書房）には、「「すると、僕が吉川の細君の云ひなりになつてたから厭になつたんですか」／「夫もありますわ」」という会話がある。

（5）『明暗』『漱石作品論集成　十二巻』一九九一年一一月　桜楓社。東京大学卒業論文として一九五二年一二月に提出。

（6）大岡（注5に同じ）は、「則天去私」について、「漱石にとっては、そこに到りたいと切望される世界ではあったにせよ、現実に小説に現れる場合には、全く彼の願望とはうらはらな、然し厳密に「去私」の実践である所の、リアリズムという方法で、彼の言葉を借りれば「一視同仁」の態度として現れるほかなかった」と述べている。

（7）加藤二郎「『明暗』論―津田と清子―」（本文既出）は「主人公の安息の場であり、又能動性の契機であり得るような一連の女性の人物の系譜」の中に「彼岸過迄」の作も加えている。

（8）本文に引用した石原の論のほか、橋川俊樹「『明暗』―富裕と貧困の構図―」（本文既出）は、「この作品は津田、そしてお延に対し様々の「らしさ」が要求され、彼らがそれぞれに〝自我〟と折り合いをつけながらどう対処していくかが重要なポイントになっている」と述べている。また、飯田祐子「『明暗』論―女としてのお延と、男としての津田について―」（『文学』季刊五―二　一九九四年四月）は「女らしくない」という語に着目し、結婚した女性が「「女らしくな」くなる代わりに、結婚後は」「「主婦」という役割」を期待され、「「国民」を再生産する場である家庭を管理する任務に、母としての女らしさは必要とされてもセクシャルな女らしさは不要である」と述べている。

（9）加藤は、清子とそれまでの清子の系譜の女性達との違いを、「清子が津田からの離反者」、「津田にとっての外ならぬ「反逆者」（百八十三）として立ち現われている」点に見、「比喩を言えば、『坊っちゃん』の清が、彼女の意識的自覚的な決断によって坊っちゃんの前から姿を消したということであり、その時坊っちゃんは果して如何にして振舞い得るのかという問である」と述べている。

付記　本文引用は『漱石全集』（全二十八巻・別巻一　岩波書店　一九九三年版）による。引用箇所は、「明暗」については章数のみを、「明暗」以外の作品については、作品名と章数を記した。引用箇所は、直前の箇所と同じ場合は記していない。

津田の「夢」
——清子との邂逅——

田中邦夫

はじめに

『明暗』後半部（温泉場の場面）の導入部分の特徴は、津田の意識が、「夢」と結びついているところにある。津田は温泉場のある駅に降り立ったとき、目に映る町の様子を「寂寞たる夢」と感じ、ここに来た理由を「夢を追懸《おっかけ》やうとしてゐる途中なのだ」と意識する。津田のこの「夢」の感覚は、彼が温泉街への入り口で巨岩や古松と出逢い、奔《ほん》湍《たん》の音に心を洗われる一連の場面や、温泉街の電灯の光を運命の象徴として感じる場面をも貫いている。宿屋に着いた津田は、廊下で迷い、清子と遭遇することになるが、その遭遇場面もまた、夢の中の出来事として描かれている。この時津田は皎々と辺りを照らしだす電灯の光のもとで、洗面台で渦となって流れる水を見て「常軌を逸した心理作用の支配」を受ける。津田は洗面台の横にかけられた鏡に映る自分の幽霊のような姿と対面し、ついでその向かい合わせに付けられた「階子《はしご》段」を見上げ、階上の人の気配に驚く。こうして津田はその階子段の上に姿を現した清子と遭遇することになる。翌日津田は、その時の自分を「殆んど夢中歩行者のやうな気がした」と回想している。すなわち、清子と遭遇する一連の場面は、すべて「夢」と関連して描き出されているのである。『明暗』後半部の導入部分を彩っているこのような「夢」とはいかなる意味を持つものであろうか。

「夢」は極めて多義的であり、右の場面の夢の意味も様々なレベルで読み取ることができる。しかし留意すべきは、『明暗』後半部執筆直前まで作者漱石が、『明暗』創作と並行して禅的な詩を作り続けていたことである。このことは、これら一連の「夢」の場面が漱石が漢詩で詠っている禅的な「夢」と関係していることを示していると考えられる。

そこで本稿では、右に挙げた一連の夢の場面の意味を、津田が清子と遭遇する意味を中心に、漱石詩やその背景にある禅的イメージとの関係で、考えてみたい。

一

a

先ず「夢」が禅的雰囲気に彩られていることからみていこう。

百七十一回の津田は、清子のいる温泉場の停車場に降り立った時、次のような感慨を覚える。
A　靄《もや》とも夜の色とも片付かないものゝ中にぼんやり描き出された町の様は丸で寂寞たる夢であつた。自分の四辺にちら〳〵する弱い電燈の光と、その光の届かない先に横はる大きな闇の姿を見較べた時の津田には慥かに夢といふ感じが起つた。
B　——新とも旧とも片の付けられない此一塊《ひとかたまり》の配合を、猶の事夢らしく粧《よそほ》つてゐる肌寒と夜寒と闇暗《くらやみ》、——すべて朦朧たる事実から受ける此感じは、自分が此所《こゝ》迄運んで来た宿命の象徴ぢやないだらうか。
先ず右に引いた津田の感慨の前半（A）の描写のうちにある「寂寞たる夢」から考えてみよう。漱石はこの場面を書いた十六日後の、大正五年十一月二十日に創作した彼の最後の漢詩（「真蹤寂寞杳難尋」）において、「寂寞」を禅的な真実世界の形容として用いている。『明暗』のこの場面で津田が懐く「寂寞」という印象と、この詩の「寂寞」とは繋がっていると考えられる。すなわちこの場面で津田の感じる「寂寞」の背景には、禅でいう真実世界の根源としての「虚」や「空」が存在し、津田の「寂寞」という感慨は、現実（俗世界）の対極にある真実世界の根源を意味する禅語「寂寞」のイメージと繋がっていると考えられる。

　またこの場面の「夢」は、禅語「夢幻空華」とも関係があろう。この禅語は、現実は実体のない「夢幻」に過ぎない（無価値なもの）という意と、実体のない「夢幻空華」こそ「諸仏の本源」であり、心のなかの「仏性」[1]なのだ（価値あるもの）という意との両義がある。この場面の「夢」は後者の意味で用いられていると考えられる。漱石がその漢詩において、座禅三昧にある観念世界を、「夢」として詠っている例は多い（後述）。これらのことから、この場面での「寂寞たる夢」には、「禅的真実世界の顕現の場」という意味が重ねられているといえよう。

　次に彼の眼前にひろがる風景――「弱い電燈の光」と「大きな闇」とが交差している風景――について考えてみよう。津田はその風景を前にして、現実とは異なる次元の世界――明と暗の世界――に降り立ったという印象を持つ。この「弱い電燈の光」と「大きな闇」の対比には、禅語「明暗」（仏教的宇宙観[2]）が重ねられていると考えられる。

　以上のことを考えるならば、この場面での町の様子から受けた「寂寞たる夢」という印象や、「弱い電燈の光」と「大きな闇」の交差した世界から受けた津田の「夢」という印象には、たとえば、「浄極まり光通達して、寂照にして虚空を含む、却《かえ》り来たって世間を観ずれば猶お夢《ママ》中の事に似たり」（＝清浄な光明は全世界普く照らし、空寂として虚空を含んで至らざる所無く、そこから世間を見れば夢幻の如し[3]）といった禅的世界の雰囲気が重ねられているといえよう。

　次に後半の部分（B）について考えてみよう。この場面における新旧の融合への思いは禅の意識と結びついている。（この場面の「新旧」は、大正五年十月十八日の漱石詩「旧識誰か言う別路遥かなりと　新知却《かえ》って客中にありて邀《むか》う」と関係があると思われる。）このような視点からするならば、津田が自分の印象を「宿命の象徴」と感じていることには、その背後に次のような作者の描写意図が存在していると考えられる。――津田は清子に会うためにここへやってきた。津田自身は自覚できていないが、その津田の行動を支配しているのは、彼の感ずる「暗い不可思議な力」（二回）すなわち禅的な「自然」なのである。――

右のような角度からこれらの場面を理解するならば、この場面の禅的雰囲気に彩られた津田の感慨には、作者の次のような思い――津田は無自覚ではあるが、真実世界の顕現である「夢」の世界にこれから入っていくのだという思い――が塗り込められていることに気づくのである。

b

次に「夢」の持つ禅的雰囲気の意義について考えていこう。

右に見た津田の印象を禅的雰囲気で彩っている作者漱石の創作上の目的は、文字通りの禅的真実世界（悟りの世界）を描き出すことにあるのではなく、津田の意識世界の内奥を描き出すためであったと考えられる。すなわちこれらの場面で描き出されたその禅的雰囲気は、津田の内面世界を描くための「芸術的環境」(4)であると考えられる。そのことは、漱石が描き出した津田のこの感慨が、津田に対して清子に会うことの意味を考えさせていくことに繫がっていることからも明らかである。

作者は、禅的な雰囲気に彩られたこのような雰囲気の中で、津田に次のように清子との関係を考えさせていく。

おれは今この夢見たやうなもの丶続きを辿らうとしてゐる。東京を立つ前から、もつと几帳面に云へば、吉川夫人に此温泉行を勧められない前から、いやもつと深く突き込んで云へば、お延と結婚する前から、――それでもまだ云ひ足りない、実は突然清子に脊中を向けられた其刹那から、自分はもう既にこの夢のやうなものに祟ら

れてゐるのだ。さうして今丁度その夢を追懸やうとしてゐる途中なのだ。（百七十一回）

この場面の描写によれば、「夢」の内実は津田の清子への思いである。津田は吉川夫人の教育によって我執の人となり、清子に見捨てられた。吉川夫人は清子と会って「未練」をはらせと津田に温泉行を約束させた。津田の清子への「夢」は吉川夫人によれば、カラリと覚めるべきものであった（と津田は考える）。吉川夫人やその意見に従った時点での津田の意識にあっては、「夢」は無価値なものであり、迷いの世界を意味していた。しかし今の津田は、そうではないと感じる。このことは、今の津田にあっては、清子は津田にとって彼の根源的意識(5)と結びついており、「夢」はその根源的意識（内なる人間）が顕現する場であることを示しているのである。

さらに津田は次のように考えていく。

今迄も夢、今も夢、是から先も夢、その夢を抱いてまた東京へ帰つて行く。それが事件の結末にならないとも限らない。いや多分はさうなりさうだ。ぢや何のために雨の東京を立つてこんな所迄出掛て来たのだ。畢竟《ひつきよう》馬鹿だから？　愈《いよいよ》馬鹿と事が極まりさへすれば、此所《こゝ》からでも引き返せるんだが（傍線は筆者（田中）、以下同じ）

右の文の特徴は、津田の意識が二つの声に分化していく有様を描いているところにある。傍線部では未分化であった津田の意識から、第一の声が分離して顔を出し、「いや多分はさうなりさうだ」と、そのまま東京に帰ろうと主張する。すると第二の声が、「ぢや何のために雨の東京を立つてこんな所迄出掛て来たのだ」と第一の声を批判し、「夢」を実現させるべきだと主張する。「畢竟馬鹿だから？」ということばには、「馬鹿」という言葉をめぐって第一と第二の声が対話していることを示している。この場面で第二の声は、〈夢を実現させるためには思慮分別を捨て、内なる自分に従う「馬鹿」にならなくてはならない〉と主張していた。それに対して、第一の声は、お前が「分別」の持ち主なら、そんな「馬鹿」な行為はすべきでないと主張しているのである。その第一の声が、「愈《いよいよ》馬鹿と事が極まりさへすれば、此所《こゝ》からでも引き返せるんだが」と遠慮がちにつぶやいているのは、第一の声が第二の声の反論を予想して、自分の主張が通らないことを知っているからである。

作者は、津田の意識をその内奥における二つの意識の対話として描き出しているのである。

右に見てきたような禅的意識に彩られた「夢」と、その禅的「芸術的環境」の中で描かれた津田の意識のありようとの関係を考えるならば、漱石が、温泉宿のある駅に降り立った津田に、あたりの町の風景を「寂寞たる夢」と感じさせている理由——禅的雰囲気によって津田の意識を彩っている理由——は、この場面から、作品世界が津田の内面世界に入り、津田の内奥における意識の動き（二つの意識の対話）を描き出すために必要な条件——「芸術的環境」（＝芸術的枠組み）——の創出のためであったといえよう。

二

津田は宿の馬車に乗り、温泉街に入っていく。その道中は津田が「夢」の世界（津田の内面世界）に入っていくというイメージと重ねられている。

百七十二回で津田を乗せた馬車は目的の温泉街の近くで「大きな岩のやうなもの」に遮られ、御者はそこから馬の口をとって進むことになるが、その時の津田の目には、高い「古松」らしい木が映り、耳には、「奔湍《ほんたん》」の音が突然聞こえだす。そしてその「松の色と水の音」は「全く忘れてゐた山と渓《たに》の存在を憶《おも》ひ出させ」、それは清子の面影を津田に強く意識させるのである。[6]

この場面の岩・松・奔湍の音には、禅の世界でいう「自然」が重ねられている。たとえば『十牛図』第九「返本還源」では「水は自から茫茫　華は自から紅なり」と詠われており（図には流水と岩とその上に咲く花とが描かれている）、このような禅的な「自然」[7]の世界がこの場面に投影されていると思われる。

津田は「古松らしい」木と、突然聞こえてきた奔湍の音に接して、「あゝ世の中には、斯《こ》んなものが存在してゐたのだつけ、何《ど》うして今迄それを忘れてゐたのだらう」と「述懐」し、その意識は清子へと繋がっていく。

このことは津田が、「岩」と「古松」らしい木と、「奔湍」の音に代表される「自然」（『十牛図』でいう「返本還源」の世界）――すなわち夢――の中に入り込むことによって、自分の内面世界にある根源的意識（＝禅的「自然」・本来の面目・「内なる人間」）に帰っていく（目覚めていく）ことを象徴している。

この場面で津田は次のように考えていく。――自分を清子の許へ追いやる者は誰だろうか。吉川夫人？　それともやっぱり自分自身？　――作者は「此点で精確な解決を付ける事を好まなかつた津田は、問題を其所《そこ》で投げながら、依然としてそれより先を考へずにはゐられなかつた」と描き、彼を清子の許へ鞭打つ主体についての言及を避けている。しかしもちろんここで作者は、その主体が禅的な「自然」（津田が感じる「暗い不可思議な力」＝津田の第二の声(8)）であることを言外に示しているのである。

続いて津田は「彼女に会ふのは何の為《ため》だらう。……彼女、は何んな影響を彼の上に起すのだらう」と考える。作者はその時の津田の意識を次のように描き出す。「冷たい山間《やまあひ》の空気と、其山を神秘的に黒くぼかす夜の色と、其夜の色の中に自分の存在を呑み尽された津田とが一度に重なり合つた時、彼は思はず恐れた。ぞつとした」と。

彼はなぜ「ぞつとした」のであろうか。それは、清子と会うことは津田の第一の声（彼の意識を支配している世俗意識）が、禅的な「自然」（＝彼の第二の意識）によって、追い払われるであろうことを津田（の第一の声）が感じているからである。

このような状態の中で、津田の乗った馬車は「早瀬の上に架け渡した橋の上」を通った。すると「幾点の電燈」が津田の瞳に映った。彼は「其光の一つが、今清子の姿を照らしてゐるかも知れないとさへ考へ」、「運命の宿火だ。それを目標《めあて》に辿りつくより外に途はない」という気分に支配される。

津田の瞳に映るこの「幾点の電燈」の光には、人を真実世界（悟りの境地）へと導く法灯のイメージ――『碧巌録』(9)第十六則「灯影裏に行くが如くに相似たり」（灯火を頼りに暗闇を歩くような気持ちであった）という禅語のイメージ――が重ねられていると考えられる。すなわち電灯の光を「運命の宿火だ。それを目標《めあて》に辿りつくより外に途はない」と感じる津田の意識には、禅定の世界に入っていく禅僧の想念のイメージが重ねられているといえよう。このようにしてこれらの場面では、禅的雰囲気の世界（芸術的環境）において、その「不可思議な力」（禅的な「自然」）に導かれて、津田は自分の内面世界の深部に降り立ち、そこで、清子と出会うことになるのである。

三

a

次に津田が清子と出会う場面（百七十五・百七十六回）を見ていこう。

津田が清子と遭遇する場面の最初で、この出来事が夢の中のことであり、それが「非日常」での出来事であることが強調されている。先ずこの描写から見ていこう。

（津田は宿の風呂場からでた後、廊下で迷う。）最初の彼は殆んど気が付かずに歩いた。是が先刻《さつき》下女に案内されて通つた路《みち》なのだらうかと疑ふ心さへ、淡い夢のやうに、彼の記憶を暈《ぼか》すだけであつた。

この場面の「淡い夢のやうに、彼の記憶を暈《ぼか》すだけであつた。」という描写は、もちろん百七十一回の津田が温泉場の停車場で降りたときに感ずる思いと繋がっており、この「夢」は禅定の世界をイメージさせていく。漱石がその漢詩において座禅三昧にある観念世界を、「夢」と表現している例は多く、この場面の「夢」も次に引くような漱石詩の「夢」と繋がっていると考えられる。たとえば、大正五年九月六日「虚明道の如く夜霜の如し……幽燈一点高人の夢―茅屋三間処士の郷……」、大正五年九月九日「白蓮暁に破る詩僧の夢―」、大正五年十月十一日「空中に耳語す啾啾の鬼―夢に蓮華を散じ我を拝して回る」など。これらの詩における「夢」は、座禅三昧における観念世界を意味している。『明暗』百七十五回のこの場面の夢も、漱石の漢詩が詠う「夢」と同じ意味で用いられており、この場面での夢の強調は、清子と津田の出逢いが、現実ではないもう一つの心の世界での出逢いなのだという意味が込められているといえよう。

以上見てきたように、百七十五回の「淡い夢のやうに、彼の記憶を暈《ぼか》すだけであつた」という書き出しには、津田の清子との出逢いが「禅夢」に類する場（非日常における場）での出逢いなのだという意味が込められているのである。

b

次に、その「禅夢」すなわち非日常の場を具体的に考えていこう。

彼は廊下で迷う。その時「電燈で照らされた廊下は明るかつた」。その「電燈で照らされた廊下」の尽きた場所から「筋違《すぢかひ》に二三段上《あが》ると」洗面所があった。その洗面所では、「きら〱する白い金盥《かなだらい》が四つ程並んでゐる中へ、ニツケルの栓の口から流れる山水だか清水だかゞ絶えずざあ〱落ち」ていた。（百七十五回）

留意すべきは、この時の津田の意識が次のように記されていることである。

（その静かさは）人が何処にゐるのかと疑ひたくなる位であつた。其静かさのうちに電燈は隈なく照り渡つた。けれども、是はただ光る丈で、音もしなければ、動きもしなかつた。たゞ彼の眼の前にある水丈が動いた。

この文章は津田が非日常の世界に入ったことを象徴的に示している。まず、そのことから考えてみよう。傍線部のうちにある指示語「是」は何を指すであろうか。前の続きからすれば、表面的には、「電燈」である。しかし「電燈」が「ただ光る丈で、音もしなければ、動きもしなかつた」という表現は常識的な文章とはいえない。なぜなら、電灯が〈光るだけ〉で〈音もしない〉〈動きもしない〉のは当然過ぎるからである。また次に続く、「彼の前にある水丈が動いた」との関係もわかりにくい。ここでの「是」の内容が、「ここに出現した非日常の世界」という意味であると理解するとき、はじめてこの文章の前後の続きが理解できる。以下、ここに描かれた、電灯の光と水について考えていこう。

まず電灯の光について考えてみよう。

津田が廊下で迷ったとき、「電燈で照らされた廊下は明るかつた。」と描写され、津田はその「電燈で照らされた廊下」をうろつく。そして洗面所の流水の渦が「妙に彼を刺戟した」時、再び「隈なく照り渡」る電灯の光が描写される。この時点で、電灯の光は禅書類が描く次のような仏法の光（虚明）に変貌していったと考えられる。

『碧巌録』第九十則「智門般若体」（本則の評唱）「心月孤円にして、光万象を含む。光、境を照らすに非ず、境も亦た存するに非ず」（盤山宝積禅師の詩）。頌の評唱「一片虚凝《きょぎょう》にして謂情《いじょう》を絶す……只だ這の一片、虚明にして凝寂《ぎょうじゃく》なり。……謂情とは即ち是れ言謂《ごんい》情塵《じょうじん》を絶するなり。」（ここでいう、「一片虚凝にして謂情を絶す」とは、山田無文解説によれば〈我もなければ天地もない。ただ皎々たる月の明るさ（＝仏法＝般若の光）だけが存在する〉という状態をいう。）

『信心銘』[10]「虚明自ら照して　心力を労せず　非思量の処　識情測り難し」（梶谷宗忍訳――「形のない光明がちゃんとものを映し出して、こちらの意識を働かせるまでもないのである。思慮分別を超えたその世界は、知識や情意で測ることが出来ない。」）

禅書類が記すこの仏法の光（虚明）は、漱石詩では、次のように詠われている。

1　大正五年九月六日の詩の首聯、頷聯――「虚明道の如く夜霜の如し　迢逓として証し来たる天地の蔵　月は空階に向かって多く意を作《な》し　風は蘭渚従《よ》り遠く香を吹く」

2　大正五年九月九日の詩の頸聯――「道は虚明に到りて長語絶え　烟は曖曃に帰して妙香伝う」

漱石は彼の座右の書であった禅書類に頻出する「(仏)光」(=虚明)を『明暗』のこの場の電灯の光に重ね合わせているると考えられる。すなわちここでの明るさの異様なまでの強調(11)は、この場面の津田が、仏法の光(虚明)に包まれて、現実とは異なる世界に入ったことの象徴表現なのである。

次に、洗面所の水について考えてみよう。

その渦となって流れる水の音は最初は「ざあ〳〵」と聞こえていたが、途中からその音が消えていく。このことはこの時津田が、光や水と一体になった境地に入ったことを示している。その境地は、次のような禅の境地が踏まえられていると考えられる。

1　『碧巌録』第六則(雲門日日好日)頌「徐《おもむろ》に行いて踏断す流水の声」(山田無文解説――「谷川のほとりを静かに歩いて行くと、始めのうちはザワザワと水の流れが聞こえておるが、しばらく行くうちに、水の音が聞こえなくなって来る。(中略)天地と我と一枚になっていけば、山もなければ水もない、我もない、そういう境地が自ずから開けて来る。」)

2　『槐安国語』巻四「白雲堆裡、白雲を見ず、流水声中、流水を聞かず(12)」(道前宗閑解説――「無心の境界」をいう。)

『明暗』のこの場面で、水音が消えることには、右に見たような禅的境地が踏まえられている。すなわち『明暗』のこの場面に現われた「非日常の世界」とは、〈天地と我とが一体になった世界〉(=座禅三昧の観念のうちにのみ現われる観念世界=無心の境地)であったと考えられる。

電灯の光と洗面所の水は、最初は日常世界の「光」であり、「水」であった。ところが、「白い瀬戸張のなかで、大きくなつたり小さくなつたりする不定な渦が、妙に彼を刺戟した」時点で、彼は「光」と「音」と自分の意識とが一体になった世界——「非日常」の「夢」の世界（末木氏のいう「神仏出現の場」、すなわち津田の内にある根源的意識の出現の場）——に入ったのである。

四

作者漱石は、右に設定した「夢」の場において、津田の意識の奥底へと降り立ち、津田の意識の根源における二つの意識の関係を描き出すことになる。その描写のために、漱石はまず「鏡」という道具を用いている。(13) 以下、この場面の「鏡」の場面を検討していこう。

a

先ず、鏡の意味について考えていこう。

先に見た洗面所の横にかけられた大きな鏡が「非日常」の場の出現に続いて、次のように描き出される。

　彼はすぐ水から視線を外した。すると同じ視線が突然人の姿に行き当つたので、彼ははつとして、眼を据ゑた。然しそれは洗面所の横に懸けられた大きな鏡に映る自分の影像《イメジ》に過ぎなかつた。……彼は相手の自分である事に気が付いた後でも、猶鏡から目を放す事が出来なかつた。（百七十五回）

右の場面は大正五年十月十五日に創った詩「吾面難親向鏡親」の次の首聯を利用していると考えられる。(14)

　吾面難親向鏡親　吾心不見独嗟貧……（吾が面親しみ難きを鏡に向って親しむ　吾が心見えず独り貧を嗟《なげ》く……）

当該詩の「鏡」は、次に引く『碧巌録』第九則や第九十七則等にみえる「鏡」（すなわち「仏心」や師家の境地）を踏まえている。

『碧巌録』第九則「趙州四門」の垂示「明鏡、台に当たって妍醜自ずから辨ず。……漢去り胡来たり漢去る。」（山田無文解説――「鏡は無心であるが、鏡に向かう人間のほうが、いい顔か悪い顔かと自分でわかるのである。……漢人が来れば漢人が映り、胡人が来れば胡人が映る……毎日、いろいろなものが来たり去ったりするが、鏡は後に何も残さない。鏡は本来無一物である。」）

『碧巌録』第九十七則「金剛経罪業消滅」（頌の評唱）「明珠、掌に在り……他此の珠を得て、自然に用いることを会す。胡来たれば胡現じ、漢来たれば漢現ず、万象森羅、縦横顕現す。」（山田無文解説――〈本来無一物という心、すなわち〉「その仏心の珠が手に入るならば、自由に使っていくことができなければならん。（中略）森羅万象ありのままに映していく。それが仏心のはたらきでなければならん。しかも男が前に座れば、鏡の中も男。女が前に座れば、鏡の中も女。我と他人の区別のない、そういうはたらきが珠のはたらきでなければならず、仏心のはたらきでなければならん。」）

次に、漢詩で詠われている「貧」について考えてみよう。陳明順『漱石漢詩と禅の思想』（平成九年　勉誠社）によれば、「心が貧しい」とは「心空」の謂いであり、「何の貪欲もない」の意、すなわち「漱石自身の心に分別妄想がなくなって、無念無想の境になったという禅旨を見せる意」とする。漱石の悟道意識という観点からは従うべきであろう。しかし私見によれば、当該詩で「吾」の顔が「親しみ難く」「心が貧しい」と詠っていることの内実は、漱石の作者意識が紡ぎ出している津田の自己意識の「貧しさ」なのである。このような理解の方向からするならば、首聯は次のような意識世界を詠っていると理解できよう。――私は津田の心を映す「鏡」として存在しているのであるが、鏡に映った津田の心は醜く、今は津田のなかにあるはずの本当の心を見つけることが出来ず、その心の貧を歎くのである。――

私見によれば、右に見たような、禅的な意味を持つ「鏡」や、十月十五日の漢詩の首聯が『明暗』のこの場面に取り入れられているのである。このような観点からするならば、この場面の鏡とは、鏡の前に立つ津田の意識をあるがままに映し出すと同時に、その意味を津田に示す存在であることに気づくのである。

b

次に鏡に映った津田の意識についてみていこう。

湯上りの彼の血色は寧ろ蒼かつた。彼には其意味が解せなかつた。久しく刈込《かりこみ》を怠つた髪は乱れた儘で頭に生ひ被さつてゐた（中略）何故だかそれが彼の眼には暴風雨に荒らされた後の庭先らしく思へた。（百七十五回）

作中での津田は鏡に映った自分の姿の異様さにこのように気づく。しかし津田はその意味を解することが出来ない。語り手は津田の意識に映る自分（＝津田）の顔の印象の意味を読者に示すこともない。この点には津田の意識を映し出す禅的鏡に成りきった漱石の作者意識を見ることが出来る。

右の場面に続いて、津田の意識が次のように描かれていく。

何時《いつ》もと違つた不満足な印象が鏡の中に現はれた時に彼は少し驚ろいた。是が自分だと認定する前に、是は自分の幽霊だといふ気が先づ彼の心を襲つた。凄くなつた彼には、抵抗力があつた。彼は眼を大きくして、猶の事自分の姿を見詰めた。すぐ二足ばかり前へ出て鏡の前にある櫛を取上げた。それからわざと落付いて綺麗に自分の髪を分けた。

津田は鏡に映る自分の姿を「自分の幽霊」と感じ、鏡に映る自分の姿に抵抗する。その「抵抗力」が津田に、眼を大きくして自分の姿を見つめさせ、櫛を取り上げ、わざと落ち着いてきれいに自分の髪を分けさせたのである。この

「抵抗力」とは、「何時もと違った不満足な印象」（鏡に映った自分自身の醜悪さ）を認めることを拒否しようとする彼の世俗的意識に他ならない。

それではこの場面で何が津田に「不満足な印象」を懐かせ、鏡に映る自分の顔を「自分の幽霊」と断定させたのであろうか。それはこの夢の場（非日常）を支配している雰囲気の根源にある禅的「自然」（＝「仏心」）に他ならない。別言すれば、禅的自然に同化した彼の根源的意識（彼のうちにある人間的意識＝第二の意識＝「内なる人間」）が、己の我執に彩られた世俗意識（第一の声）を「醜悪」なものとして認識しているのである。そしてこのことは彼の内面において、彼の世俗意識（我執）と、彼の本来の意識（内なる人間）とが相戦っていることを意味している。しかしその戦いは津田にあっては、まだ葛藤として自覚されていない段階――すなわちその戦いが、意識と「無意識」の境界線上――でおこなわれていることをも示しているのである。

津田の心を映し出す「鏡」に徹している漱石の作者意識は、鏡に映る津田の内面――彼の世俗意識と彼の根源的意識との関係――をこのように描き出しているのである。

五

右の場面に続いて、自分の部屋を探すもとの我に立ち返った津田が、「洗面所と向ひ合せに付けられた階子段《はしご》を見上げ」る場面が描き出される。この階子段を見上げる場面で、津田は清子と出会う事になるが、この「階子段」もまた、「鏡」と同様、禅的なイメージを創り出すための重要な道具立てであった。漱石は「階子段」が持つ禅的雰囲気（イメージ）のなかで、津田を清子と遭遇させ、津田の内面における二つの意識の動きを浮き彫りにしているのである。以下このことを考えていこう。

a

まず、「階子段」の禅的イメージから見ていこう。

この階子段の描写は、既に引いた九月六日の漱石詩の頷聯「月は空階に向かって多く意を作《な》し」の「空階」（人のいない階段）のイメージと関係している。この「空階」のイメージは、次に引く『碧巌録』第四十三則「洞山無寒暑」（頌の評唱）の「韓獹」（韓家の犬）が、月影をつかもうとして階段をうろつく、次の引用部分のイメージと重なるものであろう。

> 洞山答えて道わく、何ぞ無寒暑の処に向かって去らざると。其の僧一えに、韓獹の塊を逐うて連忙して階に上って、其の月影を捉うるに似て相似たり（山田無文解説――「洞山は僧に向かって『何ぞ無寒暑の処に向かって去らざる』と答えて、そこに影を出して見せたのであるが、僧はそれに向かってついて回っておる。これはまるで負けん気の強い韓家の犬が、せわしく階段を上っていって、月影を追い回しているようなものではないか。」）

『碧巌録』第四十三則「洞山無寒暑」のこの場面では、無寒暑の場所（＝絶対相）を悟ることのできない僧が犬（「韓獹」）に喩えられているが、この「韓獹」のイメージが清子の精神的境位を知ろうとして知ることができない津田の精神的ありようの描写に重ねられていると考えられる。

　このような禅的イメージのある「階子段」を間において、作者は津田に清子と遭遇させるのである。

b

　次に階上に現われた清子と出会う直前の津田の意識の動きを見ていこう。

（津田は階子段の上の一室から障子が開きその後閉め切られる音を聞いた。）ひつそりした中に、突然此音を聞いた津田は、始めて階上にも客のゐる事を悟つた。といふより、彼は漸く人間の存在に気が付いた。今迄丸で方角違ひの刺戟に気を奪《と》られてゐた彼は驚ろいた。勿論其驚きは、微弱なものであつた。けれども性質からいふと、既に死んだと思つたものが急に蘇つた時に感ずる驚ろきと同じであつた。彼はすぐ逃げ出さうとした。それは部屋へ帰れずに迷児《まご》ついてゐる今の自分に付着する間抜《まぬけ》さ加減を他《ひと》に見せるのが厭だつたからでもあるが、実を云ふと、此驚ろきによつて、多少なりとも度を失なつた己れの醜くさを人前に曝すのが恥づかしかつたからでもある。（百七十六回）

右の場面で注意すべきは、彼は人の気配に驚くが、その「性質」は「既に死んだと思つたものが急に蘇つた時に感ずる驚ろきと同じであつた」と描き出しているその「驚ろき」の内実であろう。この「驚ろき」は、彼が「すぐ逃げ出さうとした」理由（「実を云ふと、此驚ろきによつて、多少なりとも度を失なつた己れの醜くさを人前に曝すのが恥づかしかつたからでもある。」）と繋がっている。以下、この繋がりからこの場面の「驚ろき」の意味を考えていこう。

先ず「驚ろき」の性質から考えていこう。この場面における津田の「驚ろき」と同じ表現を持つ箇所が百五十四回にある。この百五十四回の「驚ろき」はこの場面の津田の「驚ろき」と同質であると考えられる。

百五十四回――（津田は温泉場に立つ前に、小林に金を渡さねばならなかった。津田は、小林に会って断ってきてあげましょうかというお延の申し出を逸らし、お延の「夫のために出す勇気」を「妄想」と評してからかう。）彼の性格にはお延ほどの詩がなかつた……お延の詩、彼の所謂妄想は、段々活躍し始めた。今迄死んでゐると許り思つて、弄《いぢ》り廻してゐた鳥の翅《つばさ》が急に動き出すやうに見えた時、彼は変な気持がして、すぐ会話を切り上げてしまつた。

右の場面についてはかつて論じたことがあるので、ここでは、その結論のみを記す。百五十四回を執筆した日の午後に創作した漢詩と百五十四回のこの部分を重ね合わせるならば、百五十四回のこの部分には次のような意味が込められていることが分かる。——津田は、お延の心を自分の心と同様な「仮死」の状態だと考え、お延の「夫のために出す勇気」をからかう（弄ぶ）。しかしお延はその心の奥に、世俗意識とは異質な真実の心を持っていた。このお延のうちに眠っていた（我執とは無縁な）その「内なる人間」（＝本来の面目）が意識の前面に立ち現われようとしていた。それを薄気味悪く感じた津田は、これ以上お延の人間的な内面世界（真実世界）が立ち現われないように「会話を切り上げ」たのである。——

右の百五十四回の〈今まで死んでいると思っていたものが急に蘇ったときに感ずる驚き〉とは、生死のレベルにおいて立ち現われる人間の内にある根源的意識——生死のレベルから「生」の意味（自分の生き方や意識のあり方）を捉え直す意識——が世俗的意識と接触し、その世俗意識を突き破ろうとする時に生ずる感覚であろう。それは日常的意識を支配している「我執」とは異質な己の内部に存在している人間としての本来の意識（ドストエフスキーのいう「内なる人間」＝禅でいう「本来の面目」に繋がる意識）の立場に触れ、その見地に目覚めることを意味しているのである。

右の「今迄死んでゐると許り思つて、弄《いぢく》り廻してゐた鳥の翅《つばさ》（＝お延の「夫のために出す勇気」）が急に動き出すやうに見えた時」の「彼の変な気持」と、百七十六回の「既に死んだと思つたものが急に蘇つた時に感ずる驚ろき」とは重なると考えられる。すなわち、百七十六回の微弱な「驚ろき」とは、津田の内奥において、彼の根源的意識が世俗意識と接触して摩擦を引き起こしている状態を示していると考えられる。

次に右に見た「驚ろき」の意味と彼が「すぐ逃げ出さうとした」理由——「此驚ろきによつて、多少なりとも度を失なつた己れの醜くさを人前に曝すのが恥づかしかつた」——との関係を考えていこう。語り手の視線を通して浮き彫りにされているこの時の津田の意識を支配しているものは、彼の世俗意識——計算ずくで冷静に行動することをモットーとする意識——である。この意識からするならば、この「驚ろき」によって「度を失なつた」ことは「己れの醜くさ」であり、「人前に曝すのが恥づかし」いことなのである。すなわち、彼がその「驚ろき」によって「すぐ逃げ出さうとした」ことは、自分の心を支配している世俗意識が彼のうちにある根源的意識を押さえ込もうとしていることを示しているのである。

以上見てきたように、津田の「驚ろき」とは、彼の世俗意識と彼の心に存在している根源的意識との対話論争の、津田の意識への現われなのである。

C

その後、津田は平生の「我」に戻る。しかし「自然の成行《なりゆき》はもう少し複雑であつた。」と作者は津田の意識の動きを描き出している。

以下、この場面で漱石が描き出す「もう少し複雑であつた」「自然の成行《なりゆき》」の内実を見ていこう。語り手は「我」に返った後の津田の意識を次のように描き出している。

「ことによると下女かも知れない」斯《こ》う思ひ直した彼の度胸は忽ち回復した。（百七十六回）

語り手は津田のこの「回復した」意識を「既に驚ろきの上を超える事の出来た彼の心」と説明し、それが彼の平常心（世俗意識）であると描き出している。しかしこの段階でも彼は清子のことを失念していた。そして「其本人」が目の前に現われたとき、彼は「今しがた受けたより何十倍か強烈な驚ろきに囚はれ」彼の足は立ちすくむ。

彼は平常心（世俗意識）を取り戻していた。換言すれば津田の世俗意識は己の内なる根源的意識を押さえ込むことが出来た。しかし彼の夢中での平常心（世俗意識）は思いがけずに清子の姿を認めることで、「今しがた受けたより何十倍か強烈な驚ろき」によって打ち砕かれてしまったのである。

このことは如何なることを意味するか。既に指摘したように、彼が人間の存在に気づいたときに生じた「微弱な」

「驚ろき」と清子の姿を見て生じた「何十倍か強烈な驚ろき」とは、その程度に違いがあるものの同質である。このことは、清子の姿を認めて生じた津田の「何十倍か強烈な驚ろき」とは、彼の意識の内にある根源的意識（＝「内なる人間」の意識）が、彼の平常心（世俗意識）を突き破って立ち現われた時の感覚であり、それが津田の意識に大きな影響を与えていることの表現なのである。

以上見てきたように、漱石がこの場面で「自然の成行はもう少し複雑であつた」と記して描き出している事柄は、根源的意識に対する世俗意識の、一時的勝利と決定的敗北という、津田の内奥における二つの意識の争いの経緯にあったのである。

d

漱石はこれらの場面で津田の意識の動きに焦点を当てているのであるが、ここで清子が津田を見て「蒼白」になった意味を考えておこう。

彼女が何気なく上から眼を落したのと、其所に津田を認めたのとは、同時に似て実は同時でないやうに見えた。（中略）無心が有心に変る迄にはある時が掛つた。驚ろきの時、不可思議の時、疑ひの時、それ等を経過した後で、彼女は始めて棒立になつた。（中略）清子の身体が硬くなると共に、顔の筋肉も硬くなつた。さうして両方の頬と額の色が見る〳〵うちに蒼白く変つて行つた。其変化があり〳〵と分つて来た中頃で、自分を忘れてゐた津田は気が付いた。「何うかしなければ不可《いけな》い。何処《どこ》迄蒼くなるか分らない」（百七十六回）

右の場面で作者は、津田を認めた清子の内面を、「無心が有心に変る迄にはある時が掛つた。驚ろきの時、不可思議の時、疑ひの時、それ等を経過した後で、彼女は始めて棒立になつた」と描き出している。このことには、漱石が清子の意識の変化を描き出そうとしていることを示している。しかし漱石が清子に焦点を当てているのは、その禅的境地であり、清子が「蒼白」となったこともその境地のありようと関係があろう。この時蒼白になった清子は、次の日には蒼白になったことにまったくこだわらない。この清子の意識のありようには、清子が『碧巌録』第四十三則「洞山無寒暑」の境地を生きていることが示されていると考えられる。次の日の清子との対話で津田は、清子がその時の津田の行為が故意（待ち伏せ）であると認識していることを知って驚き、なぜそのように考えるのかと詰問する。それに対して、清子は「貴方はさういふ事をなさる方なのよ」「私の見た貴方はさういふ方なんだから仕方がないわ」と答える。(15)このことからも知られるように、津田と出会った清子が「蒼白」となったのは、鏡に映る津田の〈そういうことをする〉心（＝津田の世俗的意識＝第一の声）の「醜悪さ」に接したが故なのである。（清子の位置からすれば、鏡は階子段のちょうど下方の正面に位置する）。清子とは禅的鏡と同様、津田の内面に光を当ててその内面の二つの意識（表層〈世俗〉の意識と根源的意識〈「内なる人間」〉）の関係を浮き彫りにする存在として設定されている。この観点からするならば、〈蒼白になった清子〉とは、鏡に映る自分の醜悪な心を（批判的に）認める津田の根源的意識の外化に他ならない。私見によれば、『明暗』における清子とは、バフチン（『ドストエフスキーの詩学』第五章、一九九五年三月　ちくま学芸文庫）が指摘するドストエフスキー『悪霊』のスタヴローギンと対話する高僧チーホンのような役割――スタヴローギンの「内なる人間」を浮き彫りにする役割――を担っているといえよう。この観点からするならば、清子の「蒼白」は、津田の第一の声（世俗的心）の「醜悪さ」を浮き彫りにし、その「醜悪さ」を津田に認識させていく役割を担っているといえるのである。

六

最後に、津田が清子と遭遇した翌日の回想を通して、津田の「夢」の意味を確認しておこう。

百七十七回の語り手は当時を振り返った津田の意識を次のように描き出している。

彼は此宵の自分を顧りみて、殆んど夢中歩行者《ソムナンビユリスト》のやうな気がした。……ことに階子段の下で、静中に渦を廻転させる水を見たり、突然姿見に映る気味の悪い自分の顔に出会つたりした時は、事後一時間と経たない近距離から判断して見ても、慥かに常軌を逸した心理作用の支配を受けてゐた。常識に見捨てられた例《ためし》の少ない彼としては珍らしい此気分は、今床の中に安臥する彼から見れば、恥づべき状態に違なかつた。然し外聞が悪いといふ事を外にして、何故あんな心持になつたものだらうかと、たゞ其原因を考へる丈でも、説明は出来なかつた。／それはそれとして、何故あの時清子の存在を忘れてゐたのだらうといふ疑問に推《お》し移ると、津田は我ながら不思議の感に打たれざるを得なかつた。

右は津田が「常識」（世俗意識）を取り戻し、その「常識」（世俗意識）に支配された立場からの回想である。ここでいう「常軌を逸した心理作用」とは、彼が禅的な光に包まれ天地と一体となった無我の境地に立った時の心の動きであり、この境地において、津田は「常識に見捨てられ」（すなわち世俗意識が消え）、おのれの内なる根源的意識に立ち戻った瞬間を経験したのである。しかし常識を取り戻した今の立場からすれば、それは「恥づべき状態」として認識されるべき事柄なのである。漱石は津田を「夢中歩行者」のような意識（非日常の意識世界）[16]においた。この場面の津田は「夢中歩行者」の状態であったがゆえに、その夢の中で、己の根源的意識に出逢い、己の意識を支配している世俗意識の醜悪さと向き合い、さらに己の根源的意識の外化である清子と出会うことによって、己の世俗意識の「醜悪さ」を清子の「蒼白」の意味を通して知ることになるのである。このような漱石の描写意図からしても、この「夢中歩行者」のような状態――津田の「常識に見捨てられた例の少ない彼としては珍らしい此気分」――こそは作者が津田の深層意識の動きを描き出すために創り出した「芸術的環境」であるといえるのである。

津田の「何故あの時清子の存在を忘れてゐたのだらうといふ疑問」についていえば、彼は、禅的な無心の境地、たとえば、『碧巌録』第三十四則「仰山不曾遊山」（頌の評唱）に引く、法眼文益和尚の悟りの境地――「理極まって情謂を忘ず、如何が喩斉有らん」（山田無文解説――「真理の真っただ中に飛び込むならば、言葉もなければ分別もなくなる。知解分別一切忘れてしまう。その心境は譬えようもないものである。」）――に似た無心の境地にいたからであった。作者は、このような「無心」の場（意識と無意識の境）という禅的雰囲気に津田を置くことによって、すなわち津田内部に存在する二つの意識（根源的意識と世俗的意識）が対等の関係において出会える「芸術的環境」に津田の意識をおくことによって、津田の意識の内奥における二つの意識の位置を客観化して描き出すことが出来たのである。

おわりに

『明暗』後半の温泉場の導入部分では、津田の「夢」（彼の意識内での出来事）が持つその禅的雰囲気が強調されていた。そして清子との出逢いも、禅的な「夢」のうちでの出来事であった。津田の「夢」の内実である禅的イメージとは、津田の内面における表層の意識（世俗的意識）と深層の意識（根源的意識＝「内なる人間」）との関係を描き出すための「芸術的環境」として書き込まれているものであった。作者漱石は、「夢」という津田の根源的意識が顕現できる場を創り出し、そのなかで（津田の根源的意識の外化である）清子と遭遇させ、おのれ自身と対話させることによって、津田の内奥における世俗意識と根源的意識との関係を描き出しているのである。

〈注〉

（1）末木文美士「仏教と夢」（『文学』第六巻第五号　二〇〇五年九・一〇月号　岩波書店）によれば、「夢は、仏教の中で両義的である。それは神仏出現の聖なる場であるとともに、そこから脱すべき迷妄の世界でもある。」という。
（2）「明は差別の現象で、偏位を示し、暗は平等の理体で、正位を示す」（『禅学大辞典』一九七七年六月　大修館書店）。「明暗雙雙底」は、「差別の現象世界と平等の絶対世界が互いに相即し、融合していること」（同上）。『明暗』のこの場での明と暗の対比は、このような仏教的宇宙観の根源的感覚の表現である。
（3）『槐安国語』巻五、頌古評唱第二則、「もと楞厳経巻六に見える文殊の偈」（道前注、注（12）参照。）
（4）バフチン著『ドストエフスキーの詩学』（一九九五年三月　ちくま学芸文庫）第二章一三二頁の次の記述が参考になる。「主人公像の構築において自意識が主調音となるためには、彼の言葉が自己を開き自ら説明することを促すような芸術的環境を作ることが必要である。（中略）そこではあらゆるものが主人公の肺腑をえぐり、彼を挑発し、問いつめ、さらには彼と議論したり愚弄したりするのでなくてはならない。」
（5）人間の意識にあっては、現実世界の中での様々な物質的条件に生きるための世俗意識と、その物質的条件に縛られずにあるべき人間的「生」を生きようとする人間としての根源的意識が存在する。この人間のうちにある根源的意識は、ドストエフスキーのいう「人間の内なる人間」（注（4）バフチン前掲書一七五頁）、北村透谷の「秘宮」（明治二十五年九月の評論「各人心宮内の秘宮」）、禅的思惟でいう、人間の内にある「仏心」といった観念で表現される。
（6）この場面の「岩」「古松」「奔湍の音」、続いて描かれる「早瀬の上に架け渡した橋」は、現実世界〈俗世〉と「夢の世界」〈禅的な「真実世界」〉への入り口に位置しているものとしての象徴であろう。この場面での「岩」には、漱石詩が詠う「石門」（俗世界と真実世界との境界にある結界門）のイメージが投影されていると思われる。作者が描くこの場面での津田の感慨は、津田が現実世界から「夢」の世界に入っていく繋ぎ（芸術的環境）の役割をしている。
（7）上田閑照・柳田聖山著『十牛図　自己の現象学』（一九八二年三月　筑摩書房）の柳田聖山解説では、「霊機」の訳に「ふしぎな自然の働き」を当てる。その説明に「法そのものの動きとみてもよい」とする。この「自然」は『明暗』百四十七回では、「大きな自然は彼女（お延）の小さい自然から出た行為を遠慮なく蹂躙した」と書き込まれている。
（8）清水孝純（「『明暗』キー・ワード考―〈突然〉をめぐって―」九州大学教養部『文学論輯』一九八四年八月）は、津田を追いやるものを「彼の存在の晦冥の根本に横たわる」ものであり、「自分の中の、ふれるべからざる人間的な実質として眠らせていた」もの、「津田の心の奥底にひそむ裸形の人間としての連帯の感情」とする。これを本稿の観点からいえば、津田の内なる「自然」（＝津田の第二の声）ということになろう。

（9）本稿で利用した『碧巌録』本文と解説は、山田無文『碧巌録全提唱』（昭和六十三年七月　禅文化研究所）による。

（10）『禅の語録』（十六）昭和四十九年七月　筑摩書房（梶谷宗忍、訳注解説）

（11）平岡敏夫（『漱石研究』一九八七年九月　有精堂）は「照明効果満点の静寂のなかに清子を出現させたことの意味が問われなければならない」と強調している。本稿では、その問題提起の大切さの意味を禅の問題として理解する。

（12）道前宗閑訓注『槐安国語』（平成十五年十一月　禅文化研究所）

（13）芳川泰久（『漱石論――鏡あるいは夢の書法』一九九四年五月　河出書房新社）はフロイドやラカンの精神分析の方法を援用して、この場面を「鏡像段階」の主体という観点で分析している。私見の分析の観点とは異なるが、重要な視点である。

（14）拙稿「漱石詩「吾面難親向鏡親」（大正五年十月十五日）―漱石の悟道意識と『明暗』執筆意識―」（『会報　漱石文学研究』第二号　二〇〇五年十一月　漱石詩を読む会発行）参照。

（15）このような清子の意識のあり方は、禅的世界から遠い読者にとっては、不自然なこととして感じられよう。しかしこの場面で漱石は、清子の意識を「洞山無寒暑」の境地に生きる意識として描き出していることが留意されねばならない。

（16）加藤二郎（「『明暗』論―津田と清子―」『文学』五十六巻四号　一九八八年四月　岩波書店）は、「宿の廊下をさ迷った津田は、そうした自分の姿を「夢中歩行者」（百七十七）、「夢遊病者」（百八十二）として告げるが、その在り方が外ならぬ津田の現実の日常性なのであり」と評している。しかし私見によれば、その理解は『明暗』設定に即していえば、逆ではないかと思われる。

付記　『明暗』の本文は『漱石全集』第十一巻（一九九四年十一月　岩波書店）による。ルビは適宜省略した。

『明暗』論の前提
——総論にかえて——

鳥井正晴

一　一〇〇年の宿題・『明暗』研究の難しさ

一〇〇年来の「宿題」が、解けたらしい。一〇〇年前、フランスの数学者・ポアンカレが提示した難問「ポアンカレ予想[1]」を、今年、ロシアの数学者グレゴリ・ペレルマンが解いたという。学問の長いスタンスと、人類の「叡知」の営みに驚嘆させられる。

『明暗』は、大正五年（一九一六年）の発表であるから、今年（二〇〇六年）で、ちょうど九〇年になる。「拡がりと深い奥行きのある、質量ともヨーロッパの近代小説と雁行しうるような作品を書きはじめたという認識はだれしも持つだろう」（篠田一士[2]）、「漱石文学の最高の作品であるだけでなく、日本の近代文学全体を見渡しても、ヨーロッパの一九世紀リアリズムの骨格をこれほど正統に伝えた本格的客観小説はそんなにない、その最高峰の一つだという評価をほぼ獲得しています」（三好行雄[3]）、「「明暗」は我々の有つ最高の心理小説である（中略）若し、リアリズムといふ言葉を、我々の先人の仕事に用ひるとすれば、私は何よりも先づ「明暗」のリアリズムを不朽の記念碑として想ひうかべるであらう」（加藤周一[4]）と、評家の見解は、『明暗』を最高峰の小説と見ることでは一致している。『明暗』

という、類いまれな「達成」への賛嘆の評価軸は動かないであろう。

戦後二〇年（一九六〇・七〇年代）、漱石の研究は頓に自覚的になり始め（所謂「研究」という名に値する）、質・量ともに正鵠にして膨大な漱石関係の論文が量産される。昭和四〇年代以降、「国文学」「解釈と鑑賞」といった国文学専門雑誌誌上では、相次いで漱石の特集が何度も組まれた。

昭和五三年五月の「国文学・特集夏目漱石 出生から明暗の彼方へ」は、「三好行雄・石井和夫・石崎 等・大野淳一 共同討議『明暗』と則天去私」の特集である。昭和六一年三月の「国文学・特集漱石「道草」から「明暗」へ」は、「漱石の帰結 対談大岡昇平・三好行雄」の特集である。最近では、小森陽一・石原千秋編「漱石研究」（翰林書房）の終刊号（平成一七年一一月）も、『明暗』の特集で閉幕した。鳥井正晴・藤井淑禎編『漱石作品論集成【第十二巻】明暗』（平成三年一一月、桜楓社）には、二三本の『明暗』論が収録されている。

「この間の二十年（戦後二〇年・昭和四〇年代からさらに二〇年間―論者注）の漱石研究の歩みがいろいろな形であったわけです。これは研究自体が一種のドラマのようなところがあって」とは、平岡敏夫[5]の発言であるが、漱石の研究はまさに「時代の意識」そのものと、刺し違えてきたドラマでもあった。

ために、漱石研究には、「作品別研究史」がそれなりに蓄積されている。『明暗』の「作品別研究史」に関しては、

①山田　晃「作品論・同時代批評と評価の変遷史「明暗」」（「解釈と鑑賞」昭和三九年三月）
②中島国彦「作品別・夏目漱石研究史 明暗」（「国文学」昭和五一年一一月）
③相原和邦「「明暗」と則天去私」（三好行雄・竹盛天雄編『近代文学』4、昭和五二年九月、有斐閣双書）
④三好行雄「明暗」（「国文学」昭和六二年五月）
⑤三好行雄「夏目漱石 明暗」（「国文学」昭和六二年七月）
⑥申《シン》　賢周《ヒョンジュ》「『明暗』研究史論」（「湘南文学」平成元年三月）

⑦石原千秋「夏目漱石『明暗』」（「解釈と鑑賞」平成五年四月）
⑧石原千秋「明暗 研究の現在」（「国文学」平成六年一月）
⑨申　賢周「夏目漱石『明暗』研究史の一側面―外国人による『明暗』研究―」（「湘南文学」平成九年三月）
がある。

しかし今般、改めて作品別「明暗研究史」を通観してみて、何故か「虚しさ」を覚えたというのが私の偽らざる感想である。漱石の「研究自体が一種のドラマのようなところ」があって、加えて漱石研究という膨大な蓄積とその圧倒的な総体が、漱石研究を正鵠に前へ推し進めるというダイナミズムの中に、私たち漱石研究者はいるのに然りである。『明暗』を前にしては、「研究」という名の弁証法は機能し得ないのだろうか。多分に止揚《アウフヘーベン》しにくい事情が、『明暗』には他の漱石作品とは違って、『明暗』にのみ固有の「当為」として現象してしまうからであろう。

その点、中島国彦[6]の要約は、象徴的である。

ダイナミックともいえる戦後の「道草」研究と比較して、「明暗」を論じた三〇編ほどの諸論考を選び一覧して感じられるのは、「明暗」という未完の作品の取り扱いにくさ、更にいえばその画期的な文学世界の全てのものから規定されない不思議な独立性とでもいったものである。「道草」研究に一つの確かな発展が見られるとすれば、戦後の「明暗」研究には原点への絶えざる引き戻しの構造というべきものが感じられ、私のこの研究史も「道草」と違ったスタイルを帯びざるを得ない。

＊　＊

漱石の研究は、その蓄積の圧倒的な総体故に、研究を前に進めるダイナミズムがあると云ったが、それと相反する様相が、同時併行としてある。研究が進めば進むほどに（論文が量産されればされるほどに）、「混迷」の様相を呈している。実は、「漱石研究の現在は、多様で活発で混沌としているとしか言いようはないが（中略）現在限りなくひしめいている漱石研究」（平岡敏夫[7]）という現況である。『明暗』論は、「『明暗』と共に、論も、解決のない、出口のない、濁流に呑みこまれる」（米田利昭[8]）、「『明暗』論が活性化すればするほど、混迷の度はいっそう深まる観」（三好行雄[9]）がある。

先の申 賢周の「『明暗』研究史論」（平成元年）は、『明暗』論四〇〇編以上を渉猟し、六一人の論究に解題を付したものであるが、その中で申は、「戦前戦後を通じて発表された夥しい研究成果が総て、研究の現在の状況の中に引き継がれているとは言えない」と、溜息を漏らしている。漱石の「研究史」には詳しい平岡敏夫[10]にも、「作品論・同時代批評と評価の変遷史「道草」」（昭和三九年）に、「いったいに漱石論は厖大な数のわりに研究史的蓄積がとくに作品論の上ではあまりなされていない」と、溜息が既にあった。就いては、内田道雄[11]の「座談会・夏目漱石研究の回顧」（平成七年）に云うところの、「研究史というのはなかなか難しいと思います」の一言は、なまなかに重い（殊に『明暗』に於いては）。

* *

『明暗』は、作者病臥のため中絶した「未完」の作品である（現に残されてあるのは一八八章で、「結末」が手渡されていない）。漱石「最後」の作品である。漱石「最大」の長編である。執筆半ば八月一四日午後（この日の午前には、『明暗』第八九章を執筆―推定）より、「漢詩」を創り出す（午後の漢詩創作は、病床に伏す前々日の一一月二〇日まで続き、七〇余首）。一一月九日の木曜会で漱石は、「則天去私」のことを語る。一一月一六日の木曜会（最後の木曜会となる）でも、再び「則天去私」を語ったなど〳〵、『明暗』論固有の問題が多分に存している。

更に、内容的にも『明暗』は、作品そのものの「主題」が摑みにくい作品である。作者と臍の緒の繋がった主人公が消えて、作者の肉声の所在が解りにくい。唐木順三[12]の「『明暗』論」は、『明暗』論の古典であるが、古くて今なお新しい問題を提起している。その「まへがき」に云う。

『明暗』は扱ひにくい作品である。『道草』までは一直線に進んでゐて、整合的に扱へる。といふのは、漱石内部のイデェが主題となつて作品そのものを引つぱつてゐるからである。ところが『明暗』にいたると、作者がそこで何を言はうとしてゐるのか、どういふ問題に苦しんでゐるのかが表面に出てゐない。それは未完に終つたといふことからくるばかりではない。創作方法の相違からくるのである。

更に、顕現してある作品世界が、一個の「宇宙」そのものであるが故に、論者のあらゆる「視点」を呑み込んでしまう絶対的容量が、『明暗』にはある。というより論者は己が「文学観」を「宗教観」を、ひいては「人生観」を、語ってしまいかねない。相原和邦(13)の「「明暗」と則天去私」の結びの発言は、身につまされる。

則天去私という概念に託した漱石の真意の究明が必須であると同時に、作品「明暗」の具体的分析と論者自身の人生観・文学観が根本から問われるべき問題であることは動くまい。

右の発言に対しても即、三好行雄(14)にダイレクトなコメントがある。

相原和邦さんが「『明暗』と則天去私」という研究史の要約を書いています。その結びのあたりに、「（前略）論者自身の人生観・文学観が根本から問われるべき問題である」というようなことが書かれてますんで、すこし心萎える思いでもあるわけですけれども……。

斯くして、『明暗』の論者は、一見、作品『明暗』を論じているかに見えながら、実は論者の「恣意」（そして殆ど正確に論者自身の背の高さを反映してしまう）を、吐露してしまうことになりがちな作品で、『明暗』はある。漱石の研究者も、『明暗』を論じることは、難しい。というより漱石研究者のその「見識」（その漱石論）が、試される場でもあるだろう。以上述べたことは、漱石研究者には既に自明のことばかりであるが、『明暗』を論じるにあたり云っておかないと、私の気が済まない。「ポアンカレ予想」は、一〇〇年ぶりに解けたという。果して『明暗』は、九〇年解けない人類の「気掛りな宿題」（第七七章）として、私たちの前にある。

二 『明暗』第一部・polyphony, carnival

日本の近代文学全般を見渡しても、『明暗』が polyphony を描き得たその数少ない小説であることは、いわれて久しい。polyphony とは、「複数の旋律が同時に進む多音声の様式」をいう音楽用語であるが、それぞれに独立して互いに融け合うことのない多くの声（コーラス）と意識たちが、『明暗』には飛び交っている。

○彼はついぞ今迄自分の行動に就いて他から牽制を受けた覚がなかった。為《す》る事はみんな自分の力で為《し》、言ふ事は悉く自分の力で言ったに相違なかった。（第二章）

○其所《そこ》には無関心な通り掛りの人と違った自分といふものが頑張ってゐた。（第一八五章）

津田は、自身の「眼」で舞台を観、自身の「耳」で、他者の言葉を聞く。

○冒頭から結末に至る迄、彼女は何時でも彼女の主人公であった。又責任者であった。自分の料簡を余所《よそ》にして、他人の考へなどを頼りたがった覚はいまだ嘗てなかった。（第六五章）

○彼女は、一直線に自分の眼を付けた方ばかり見た。（第六五章）

お延は、自身の「耳」で他者の言葉を聞き、自身の「眼」で舞台を観る。

『明暗』の登場人物はすべて、自身のイデーの人である。彼等の発話が、極めてリアルな迫力をもっているのは、それぞれが「意識」の本質を語っているからである。

ミハイル・バフチンが、『ドストエフスキーの詩学』[15]に云うところの言説の多くは、『明暗』を考えるには、この上ない示唆に富む。

イデエの人が主人公となるのである。（中略）ドストエフスキーの主人公とはイデエの人であって、性格でも気質でも社会的タイプでも心理的タイプでもない。そのように外面化され完結した人間像と、自立的価値を持つイデエのイメージとは、当然ながら結びつき得ないのである。

（中略）

ドストエフスキーは芸術家であるから、哲学者や学者が自分のイデエを作り出すのと同じように自らのイデエを作り上げたわけではない。彼が作り出したのはイデエの生きた像である。それは彼が現実そのものの中に見出し、聞き取り、時に予測したイデエ、すなわちイデエ＝力としてすでに生きている、もしくは生まれようとしているイデエの像なのである。

ドストエフスキーは、まさに「他者のイデー」を描き得た。ドストエフスキーを待って、真に「他者のイデー」を描くことが出来た。そしてバフチンは、「芸術家ドストエフスキーは常に評論家ドストエフスキーに勝利する」[16]と、結語するが、漱石も同様、『明暗』という言語芸術の中に、「他者のイデー」を、「存在のできごと」[17]「できごととしての実在」[18]を彫琢《ちょうたく》した。「今」「ここで」「このように」[19]でしかない、津田の、お延の、お秀の、小林の、吉川夫人の、それぞれ登場人物の営為がある。それぞれのその営為を「美的に完結したできごとの結構」[20]として、漱石は作品に形象せしめた。

続けてバフチンが云う、「文学のカーニバル化」の提言も、『明暗』に即関係するであろう。

カーニバルとは、フットライトもなければ役者と観客の区別もない見せ物である。カーニバルでは全員が主役であり、全員がカーニバルという劇の登場人物である。カーニバルは観賞するものでもないし、厳密に言って演ずるものでさえなく、生きられるものである。

『明暗』の登場人物は、全員が「カーニバルという劇」（「明暗」という時空）の、「生きられる」人物である。polyphonyとカーニバルの概念は、内的必然する不即不離の関係にある。

＊　　＊

かつて岡崎義恵[21]は、「日本文芸の様式的特徴」を、次のように言明した。

「優雅可憐、渾一的無構造的、単純素樸、現実的情調的、直観的感性的」という諸特徴を挙げたことがあり、その後また大学の講義に際し、これを一層要約して「抒情的、印象的、単純、優雅」とし、すべてこれらの特徴の因って生ずる根源的特性として、「年少的」という日本的性格を指示したことがある。（中略）

文芸作品そのものの上に現れた、最も具体的な特徴を指すならば、むしろその形態上の特性である所の「渾一的」「非構築的」という点を挙げるのが適当である。

『明暗』は、まさに「日本文芸の様式的特徴」とされる「情調的感性的」「非構築的」とはおよそ正反対の、「非情調的非感性的」「構築的」な作品である。日本の近代文学全体を見渡しても、『明暗』ほどに、主題と構想と表現（文体）の完全一体となった、これほどにすぐれて「構造的」「構築的」な近代小説も少ない。

それ故に、作品『明暗』に描かれる場面〳〵は、「絵画のようなもの」として示されている。その点、大岡信[22]の詩人の感性は、『明暗』という作品の風体をよく捉えているだろう。

第一章からずっと、ちょうど油絵なんかやる人が他の人の絵を批評するときに使う言葉で「絵の具がキャンバスに食いついている」という言い方がありますが、『明暗』というのは最初から絵の具がキャンバスに食いついているから、食いついている絵が毎回毎回何枚も出てくる感じで、そういう意味でストーリーを追いかけていくだけの小説ではないんですね。（中略）しっかりとひとつひとつの絵の具の色なりが、絵としてがっしりとついていて、フワフワとしていない、流れていない。そういう意味では漱石の筆は、あそこへいって対象にむかって爪を毎回たてているような感じがしますね。だからあそこに出てくる人物たちは、ぜんぶ非常に明確なんです。それぞれの「場面〳〵」（一枚〳〵の書き割りの時空）は、所謂、張り子の「書き割り」空間では断じてない。

○彼女は暗闇《くらやみ》を通り抜けて、急に明海《あかるみ》へ出た人の様に眼を覚ました。さうして此雰囲気の片隅に身を置いた自分は、眼の前に動く生きた大きな模様の一部分となつて、挙止動作共悉く是から其中に織り込まれて行くのだといふ自覚が、緊張した彼女の胸にはつきり浮んだ。（第四五章）

作品の一枚〳〵の「書き割り」には、それぞれの登場人物の「生」の織物が、絵画的・有機的に造形されている。

三　「認識」の旅へ（橋を渡つて）

「意識」たちのカーニバルを、漱石は徹底的に描いた。「小さく映らなければならない程度のもの」（第一〇七章）に、しかし拘泥《こだわ》りながら「争はなければならな」（同）い人間の「宿業」が、「今」「ここで」「このように」でしかない具体的な「存在の出来事」として、万華鏡《まんげきょう》的世界を織りなしているのが、『明暗』の第一部である。

換言すればそれは、真の意味で相会《あいあ》うことの出来ない「近代の自我」たちの、永久に続く悲劇を云うものである。既に、明治三六年一〇月制作の、水彩画「書架図」には、「You and I and nobody by」と明記されている。明治三七年四月創作の「英詩」にも、「We live in different worlds, you and I.（中略）We cannot meet , you and I」の一節が見える。作品上の形象でいっても、早くも朝日新聞入社第一作の『虞美人草』（明治四〇年六月）に、「哲学者は二十世紀の会話を評して肝膽相曇らす戦争と云つた」（第六章）と書き込まれている。「個」と「個」との相会うことのその問題は、「我」と「汝」の形而上学的課題は、作家以前からの、漱石根幹の命題であった。

○彼は、談話の途中でよく拘泥《こだは》つた。（中略）「思慮に充ちた不安」とでも形容して然るべき一種の匂も帯びてゐた。（第一一章）

○此場を何う切り抜けたら可いか知らといふ思慮の悩乱でもあつた。（第一二四章）

○此様子では行つた所で、役に立たないといふ思慮が不意に彼女に働らき掛けた。(第一四四章)
○彼女は前後の関係から、思量分別の許す限り、全身を挙げて其所へ拘泥らなければならなかつた。それが彼女の自然であつた。(第一四七章)

拘泥り・「思慮に充ちた不安」と括弧付きでその肝心が示される、「近代の自我」の在りようである。既に作家以前の作品『野分』(明治四〇年一月)の、文学者である白井道也が「江湖雑誌」に載せた論評も、「解脱と拘泥」であった。北山正迪(23)の洞察は、故に、『明暗』論の基本的命題である。

近代の自我が、その危機とされる自閉性を脱皮することが出来るか否かは近代そのものの問題でもあろう。『明暗』はその点「近代」そのものを問題としているとも言いえよう。(中略)

無意識の偽善という自意識のもつ本質的な不安を、漱石は『明暗』では「思慮に充ちた不安」としているのであって、勿論それは『彼岸過迄』の「恐れる男」と別ではない筈である。そうした自我のもつ内的不安は『明暗』に於いては、もしその愛が成就しないなら、換言すれば「人」と「人」との出会いが成立しないなら、「愛」の場に於いては近代の自我の、自我であることに基づく悲劇は永久に続くことをいう性質のものであろう。その柱として置かれているのが、津田とお延の一組の夫婦である。夫婦の関係は、夫婦の関係以前に「人間」と「人間」の関係を代表している。津田は、「人間」(近代の自我)の任意の代表であり、お延も「人間」(近代の自我)の任意の代表である。津田とお延の間に、果して、「keine Brücke führt von Mensch zu Mensch.(人から人へ掛け渡す橋はない)」(『行人』「塵労」第三六章、大正二年)のであろうか。

*　　*

斯くして津田は、「近代の自我」の、その宿痾の課題を背負って旅に出る(というより、旅に放り込まれる)。
○明る朝は風が吹いた。其風が疎らな雨の糸を筋違に地面の上へ運んで来た。(第一六七章)

第二部（第一六七章以降）、小説のトーンは明らかに変容する。

清子の居る温泉場に到るには、津田は、「汽車」（列車）を何度も乗り継がねばならない。「列車」の乗り換えのモデルについては、今回、荒井真理亜の「『明暗』の旅・その交通系」に、サンプリングがある。
○先刻迄疎らに眺められた雨の糸が急に数を揃へて、見渡す限の空間を一度に充たして来る様子が、比較的展望に便利な汽車の窓から見ると、一層凄まじく感ぜられた。（中略）彼は荒涼なる車外の景色と、其反対に心持よく設備の行き届いた車内の愉快とを思ひ較べた。身体を安逸の境に置くといふ事を文明人の特権のやうに考へてゐる彼は、此雨を衝いて外部《そと》へ出なければならない午後の心持を想像しながら、独り肩を竦めた。（第一六八章）
「汽車」は、漱石文学にあっては、文明の象徴・近代の代名詞であった。『草枕』に、「汽車論」がある。
愈《いよく》現実世界へ引きずり出された。汽車の見える所を現実世界と云ふ。汽車程二十世紀の文明を代表するものはあるまい。（中略）轟と音がして、白く光る鉄路の上を、文明の長蛇《ちやうだ》が蜿蜒《のたくつ》て来る。文明の長蛇は口から黒い烟を吐く。（『草枕』第一三章）
動く東京（近代）の真ん中に、三四郎を放り込むのも、「汽車」である。
汽車丈《だけ》が凄じい音を立てゝ行く。三四郎は眼を眠つた。（『三四郎』第一章）
文明の象徴たる「汽車」は、しかし『明暗』にあってはあろうことか、「軽便」は脱線をする。
○汽車といふ名を付けるのは勿体ない位な車は、（中略）何時の間にか山と山の間に割り込んで、幾度も上つたり下つたりした。（中略）
「脱線です」（第一七〇章）
比喩として、磁石の針（汽車）の指すのが近代だとすれば、この場合針は近代を指針していない。津田の「文明人の特権」は、もろくも破れる。「近代」への乖離・逆のベクトルがある。

〇冷たい山間《やまあい》の空気と、其山を神秘的に黒くぼかす夜の色と、其夜の色の中に自分の存在を呑み尽された津田とが一度に重なり合つた時、彼は思はず恐れた。ぞつとした。

御者は馬の轡《くつわ》を取つたなり、白い泡を岩角に吹き散して鳴りながら流れる早瀬の上に架け渡した橋の上をそろ〳〵通つた。（第一七二章）

第一六七章以降、明らかな転調が用意され、津田の前に別の世界が出現する。『倫敦塔』（明治三八年）の主人公「余」が、テームズ河に架かる「塔橋」を渡り、異空間（倫敦塔という）に馳せ参じたと同じく、津田は、「早瀬」（モデルに戻せばふじき河）に架かる「橋」（モデルに戻せば藤木橋）を渡る。塔橋を渡った「余は此時既に常態を失つて居る」ように、橋を渡った津田も「常軌を逸した心理作用の支配」（第一七七章）を受けることになる。東京から温泉場に至る道筋（第一六七章〜第一七二章）は、日常から非日常への掛け橋・能にいう舞台（異空間）への通路「橋懸《はしがか》り」である。『倫敦塔』に比して、『明暗』は「橋懸り」も長い。

『無門関』は、中国宋代禅宗の公案集である。その巻頭「無門慧開」の自序には、「大道無門（大道無門―大道に入るに門はなく）透得此関（此の関を透得《とうとく》せば―無門の関を透過して）」と、頌《じゅ》（うた）に宣言されている。清子の姓が「関」であることは、象徴的であろう。津田は、関所を越え、大道の門に到り得るか。

桶谷秀昭(24)に、問題は「津田自身」の思念との指摘がある。

津田を追いつめるのは、津田自身の思念の弁証であって、清子ではないということである。清子は津田の弁証を果て迄ひっぱっていく、彼女自身は無意識の牽引力である。

果して、津田の「認識の旅」は、必然であった。

四　『明暗』第二部（第一夜）・鈴の音がけたゝましく鳴って

温泉宿到着の当夜、津田は、清子と「不意打」の邂逅（第一七六章）をする。

○津田は思ひ切つて声を掛けやうとした。すると其途端に清子の方が動いた。くるりと後を向いた彼女は止まらなかつた。津田を階下に残した儘、廊下を元へ引き返したと思ふと、今迄明らかに彼女を照らしてゐた二階の上り口の電燈がぱつと消えた。津田は暗闇《くらやみ》の中で開けるらしい障子の音を又聴いた。同時に彼の気の付かなかつた、自分の立つてゐるすぐ傍の小さな部屋で呼鈴《よびりん》の返しの音がけたゝましく鳴つた。（第一七六章）

夙に、加藤二郎[25]の「温泉宿での二人の再会は、清子の津田からの離反の或る種の再現であったとも見得るということかも知れない。」との指摘があるように、この劇中劇は、津田と清子の「関係の謂」の総和であろう。

永井愛と小森陽一の「対談　迷宮としての『明暗』[26]」に、次の発言がある。

（小森）夜の旅館の電灯に照らされた渦を巻く水です。この水からふっと目をそらし、ぬれた自分の姿を見る。
　このときイケメン津田が崩壊する。（中略）

（永井）津田は清子がとつぜん出てきたことに驚いただけでなく、清子の驚愕の表情に、無防備な場所での自分という人間に対する非言語的な全感想、むき出しの本音の感想を見てしまう。

津田（の人格）は、清子の全否定に会う（あたかも師家にふられた、帰れと云う鈴の如く）。

○棒のやうに硬く立つた彼女が、何故それを床の上へ落さなかつたかは、後から其刹那の光景を辿るたびに、何時でも彼の記憶中に顔を出したがる疑問であつた。（第一七六章）

津田は、「認識」の課題を背負う。「絵になる女」（『草枕』『三四郎』）が問いかけるものは「認識」の課題である。

五　『明暗』第二部（翌朝）・津田の入室

翌朝、津田は、正式に清子の部屋を訪ねる（第一八三章）。公案修行は、「学人《がくにん》」（修行者）は独り、「師家《しけ》」（正師の印可を持つ禅の指導者）の室内に這入り、公案に見解《けんげ》（自己の見解）を呈する仕方で行われる。「独参」「入室《にっしつ》」と云われる。喩えてみれば、いよ〳〵学人の、師家の部屋への、「入室」[27]である。師家の真価（本領）は、入室してみないと分からないという。更に、「初関」で勝負も決まるという。「初一関」の透過に、両者（学人と師家）の全存在が懸けられるという。

○清子は始めて其姿を縁側の隅から現はした。それ迄彼女が其所で何をしてゐたのか、津田には一向解せなかつた。（中略）有体に云へば、客を迎へるといふより偶然客に出喰はしたといふのが、此時の彼女の態度を評するには適当な言葉であつた。（中略）彼女は先刻津田が吉川夫人の名前で贈りものにした大きな果物籃《かご》を両手でぶら提げたまゝ、縁側の隅から出て来たのである。（中略）彼女の所作は変に違なかつた。少くとも不器用であつた。何だか子供染みてゐた。然し彼女の平生を能く知つてゐる津田は、其所に如何にも清子らしい或物を認めざるを得なかつた。（第一八三章）

「十牛図」の第一〇位・「第十　入鄽垂手《にってんすいしゅ》」に描かれる、「無位の真人」も「ひさご」を提げている。果物籃を提げて現れる清子の飄々とした所作は、それにも似た自在を彷彿させる。少なくとも、近代理性の徒・津田の知解分別には、「解せない」ものとして、私たちの前に、初めて清子はその姿を現す。

清子との対話は、遺されてある六章分（第一八三章～第一八八章）に過ぎないが、二人の「対話」には、一貫した大きな構造が見える。

○「何だか話が議論のやうになつてしまひましたね。僕はあなたと問答をするために来たんぢやなかつたのに」
清子は答へた。
「私にもそんな気はちつともなかつたの。つい自然其所へ持つて行かれてしまつたんだから故意ぢやないのよ」
「故意でない事は僕も認めます。つまり僕があんまり貴女を問ひ詰めたからなんでせう」（中略）
「ぢや問答序《ついで》に、もう一つ答へて呉れませんか」（第一八七章）

室内は、師家と学人の一対一の、生死を懸けた「法戦」の場である。津田と清子の対話（その内実）は、さしずめ差し迫った法戦の「問答」そのものである。その場〳〵で、その相手次第に当機即妙に用いられる公案は、「現成《げんじょう》公案」といわれるが、「つい自然其所へ持つて行かれてしまつた」問答の、しかし内容そのものは、津田が年来抱え込んでいた「課題」性そのものである。

津田は一貫して、「the reason why」（何故《なぜ》の訳《わけ》）を問うて已まない。
○「あの緩《のろ》い人は何故《なぜ》飛行機へ乗つた。彼は何故《なぜ》宙返りを打つた」（第一八三章）
○此逼らない人が、何《ど》うしてあんなに蒼くなつたのだらう。何《ど》うしてああ硬く見えたのだらう。（第一八四章）
○「訳ないぢやありませんか、斯ういふ理由があるから、さういふ疑ひを起したんだつて云ひさへすれば、たつた一口で済んぢまう事です」（第一八六章）
○「昨夕そんなに驚ろいた貴女が、今朝は又何《ど》うしてそんなに平気でゐられるんでせう」（第一八七章）
○津田はつい「此方《こつち》でも其訳を訊きに来たんだ」と云ひたくなつた。（第一八八章）
対し、清子は、「why」（何故）の、「reason」（訳）を問わない。
○「でも私の見た貴方はさういふ方なんだから仕方がないわ。嘘でも偽りでもないんですもの」（第一八六章）
○「心理作用なんて六づかしいものは私にも解らないわ。たゞ昨夕はあゝで、今朝は斯《こ》うなの。それ丈よ」

「説明はそれ丈なんですか」
「えゝそれ丈よ」（第一八七章）

二人の「対話」の構造に、「whylessness」[28]を云う北山正迪[29]の指摘は、重要である。

現在の『明暗』の終末の五、六章で、津田が清子に届かない「何故」を発している箇所である。清子は（中略）「胸の中には何にもなく、津田に「貴方はさういふことをなさる方」とも、「たゞ昨夕はあゝで今朝は斯う……」とも、何故なしに言える女である。前者は常に「何故」と問うている男であり、後者は常に「何故なし」に動ける女と言い得ようか。（中略）現在の『明暗』の終りの数章には、どこまでも理由を求めないではいられない男と、理由《なぜ》を外れた場所、何故なしのところからそれに応じている女の対話ということが際立っているのである。

『明暗』は冒頭から、「考へた」「考へつゞけた」「考へながら」（第二章）と、「考える人」としての津田の位相から始まっている。吉川夫人からも「一体貴方はあんまり研究家だから駄目ね」（第一一章）と、見抜かれている。
果して、『行人』の最後に迫り上がる、「香厳撃竹」の挿話は、漱石年来の「命題」としてあったものである。

兄さんは「全く多知多解が煩をなしたのだ」ととくに注意した位です。（中略）潙山《いさん》は御前（香厳―論者注）のやうな意解識想を振り舞はして得意がる男はとても駄目だと叱り付けたさうです。（「塵労」第五〇章）

師家は、いかなる場合にも、公案の答えは教えない。秋月龍珉[30]の『公案』に、看話《かんな》禅（公案禅）への蘊蓄がある。

師家も正師ならけっして室内で婆説はしない。だから室内の問答商量はあっという間にすんでしまう。見解は、もちろん言葉だけでなく動作で呈することもある。だがたいていは師家のにべもなき否定にあうだけである。それではだめだ、もう一度帰って工夫しなおせ、という合図に師家は黙って鈴をふる。鈴をふられたら、ただちに問答をきりあげて禅堂に引き退らねばならない。

「昨夕はあ、で、今朝は斯うなの」と云う清子の一言は、津田の自意識の立場を、一刀両断している。「香厳撃竹」の「一撃に前知を忘ず」（「塵労」第五〇章の表現は、「一撃に所知を亡《うしな》ふ」）へも通底し得よう。
秋月龍珉(31)の『公案』に、続けて云う。

> 入室はラッキョウの皮はぎである。はいではいではぎ尽くして何もなくなったとき、そこで何かが起こる。（中略）どうしても一度座布団の上で死にきらねばならない。

大死一番、津田は自分自身のその「思慮分別」（考える）立場が破れるか、否かが問われている。温泉場のとば口で、「然しそれから後の彼はもう自分の主人公ではなかつた。」（第一七一章）と書くことを、作者は忘れていない。清子との対峙に、津田という「近代的自我」の、その本質的属性（課題性）が照らし出されていく。問題はだから、津田の性格上の問題ではなく、津田の「存在論」そのものが真っ向から問われている。

そして、その任意の「近代的自我」には、「津田」という名が与えられている。

> ○其時分の清子は津田と名のつく一人の男を信じてゐた。（第一八八章）

一つ憶測を記す。阿部次郎(32)の『北郊雑記』に回顧されている「夏目先生の談話」は、私には興味深い。

> 多分それは「行人」が出版されてからの事だから大正三年の某日であらう。（中略）その時先生は具体的の例をとつて、津田（青楓）と岩波（茂雄）とが比較的一番いいと云はれた。津田は傍に置いて昼寝をすることも出来るし、何時間も黙つて相対してゐても少しも気が張らないからいい、若し努めてそんなにしてゐるのなら津田は食はせ者だが、多分そんな事はあるまいねと、津田の方を向いて笑はれた。

お延が、「津田に一寸の余裕も与へない女であつた。其代り自分にも五分の寛《くつろ》ぎさへ残して置く事の出来ない」（第一八五章）と同様、津田は「逼る」人間である。漱石は何故に、清楓と相反する逆の由雄を、敢えて「津田」と命名したのだろう。「極めて縁の遠いものは却つて縁の近いもの」（第一六五章）をいうのであろうか。「一切皆成《いっさいかいじょう》」（誰にも

「仏性」はある、由雄も清楓になれる）をいうのであろうか。

＊　＊

何故を問う津田に対し、清子は、微笑する。

○清子はたゞ微笑した丈であつた。其微笑には弁解がなかつた。（第一八四章）

○「貴女は何時頃迄お出です」

「予定なんか丸でないのよ。宅から電報が来れば、今日にでも帰らなくつちやならないわ」

津田は驚ろいた。

「そんなものが来るんですか」

「そりや何とも云へないわ」

清子は斯う云つて微笑した。津田は其微笑の意味を一人で説明しようと試みながら自分の室に帰つた。（第一八八章）

「突然」（電報が来れば、今日にでも帰らなくつちやならない）を、あり得ることと「微笑している」清子と、あくまで「意味を」一人で説明しようと、「考へる」津田を描いた時点で、小説は中絶した。

作品の「結構」は、振り出し（第二章「考える人」としての津田）に戻ったのだろうか。三好行雄(33)の指摘するように、最後まで意識の人として、実行家へ転じえない津田の限界が指摘されるわけで、これはまた津田が決して変ることはない、つまり、かれの更正は所詮不可能との判断に読者をみちびくのである。

清子との対話部は、現に遺されてある六章分に過ぎないが、一大長篇小説『明暗』の最終（にごく近い部分）として、ひいては漱石文学の帰結（に近い部分）として、その内実は重い。清子をどう考えるかが問題であるが、単純なをいうのであろうか。

「恋人」云々の視点からは、何も生まれないであろう。加藤二郎(34)に、指摘がある。

　清子の聖女視やそのアンチテーゼとしてのエゴイスト説等も生まれた。併し『明暗』期の漱石がその創作方法として「聖」という様な立脚点を必要としていたとは思われないし、又清子をエゴイストと規定することが『明暗』の解析に格別の奥行きを齎すものとも思えない。

加藤二郎(35)は、続ける。

　聖女説の一方の清子エゴイスト説に関しては、それは結局『明暗』論者（傍点は加藤―論者注）の関心ではあり得ても『明暗』論（同）としての問題にはならないということである。

清子は、津田の「存在論」のその本質的な課題性そのものを問う、いわば「師家」の役割を担わされている。それには、津田の津田であることを最も知悉している、かつての「恋人」という具体が最適であろう。津田の「存在論」そのものの課題性が浮き彫りにされたところで、作品の方は中絶した。

＊　＊

　些か臆断を附記すれば、津田は、来る時渡った「橋」を渡り直して（『倫敦塔』の余がそうしたように）、東京のお延の処に帰る。津田も、いつまでも非日常（温泉場）の時空に留まっては居られない。人の棲まいする処は、「日常」性そのものの中であるのだから。ましてや、「日常」を徹底的に描いた作品で、『明暗』はあるのだから。

　果して、漱石の文学（作品）で、恋愛の成り立っている場合はあるのだろうか。津田とお延の場合にしか成立し得ないのではないか。もし『明暗』の場の津田とお延のその「日常」に、愛が成立しないなら（それは男も女も技巧的にならざるを得ない歎しあいの愛であるが）、漱石のそれまでの作品の自己否定をいうことになろう。前作『道草』（大正四年）の「認識」を通過した漱石文学に、津田とお延の愛（日常の場で）の成立の可能を、云い得なかったならナンセンスである。

〈注〉

（1）「「ポアンカレ予想」と呼ばれるその難問は、幾何学に残された最難関の障壁なのだという。完全証明に350年余り要した「フェルマーの最終定理」には及ばないものの、100年この方、ポアンカレはもちろん、20世紀の名だたる数学者たちが袖にされてきた。（中略）1904年、ポアンカレは、空間（専門家が「多様体」と呼ぶもの）の形を分類する、ある条件を提示した。それがポアンカレ予想だ。「幾何学の究極の目標は、多様体をきれいに分類すること」であり、予想の証明で分類が完成するという。」（二〇〇六年五月三日「朝日新聞」朝刊）

（2）篠田一士『続日本の近代小説』（一九七五年九月、集英社）

（3）三好行雄「NHK教育テレビ・文化シリーズ文学への招待「漱石文学・明暗」」（昭和五一年一〇月八日放送）

（4）加藤周一『加藤周一著作集』第6巻（一九七八年一二月、平凡社）

（5）三好行雄・平岡敏夫「対談・漱石図書館からの展望」（「解釈と鑑賞」昭和五九年一〇月、至文堂）

（6）中島国彦「作品別・夏目漱石研究史　明暗」（「国文学」昭和五一年一一月、学燈社）

（7）平岡敏夫「漱石研究の現在」（「国文学」昭和六二年五月、学燈社）

（8）米田利昭「「明暗」論のゆくえ」（「日本文学」昭和四六年一月、未来社）

（9）三好行雄「明暗」（「国文学」昭和六二年五月、学燈社）

（10）平岡敏夫「作品論・同時代批評と評価の変遷史「道草」」（「解釈と鑑賞」昭和三九年三月、至文堂）

（11）内田道雄「座談会・夏目漱石研究の回顧」（「解釈と鑑賞」平成七年四月、至文堂）

（12）唐木順三「『明暗』論」（『夏目漱石』昭和四一年八月、国際日本研究所）

（13）相原和邦「「明暗」と則天去私」（三好行雄・竹盛天雄編『近代文学』4、昭和五二年九月、有斐閣双書）

（14）三好行雄・石井和夫・石崎　等・大野淳一「共同討議『明暗』と則天去私」（「国文学」昭和五三年五月、学燈社）

（15）ミハイル・バフチン『ドストエフスキーの詩学』（訳者　望月哲男・鈴木淳一、ちくま学芸文庫、平成七年三月、筑摩書房）

（16）注(15)に同じ。

（17）ミハイル・バフチン全著作第一巻『［行為の哲学によせて］［美的活動における作者と主人公］』（訳者 伊東一郎・佐々木寛、一九九九年二月、水声社）
（18）注（17）に同じ。
（19）たとえば「一〇七章」は、その典型である。このことに就いては、拙稿「『明暗』論の前提」（玉井敬之編『漱石から漱石へ』、二〇〇〇年五月、翰林書房）で、概説した。
（20）注（17）に同じ。同著に、「（現実のリアルな構成要素としての意識たちから、単一で唯一の存在のできごとも構成されている）の具体的で個別的な、繰り返しのきかないこれらの世界は、（中略）これらの世界の具体的な結構を構成している」とある。
（21）岡崎義恵著作集2『日本文芸の様式と展開』（昭和三七年一〇月、宝文館出版）
（22）大岡　信「インタビュー 明治の青春 漱石と子規」（「漱石研究」第5号、一九九五年一一月、翰林書房）
（23）北山正迪「漱石「私の個人主義」について―『明暗』の結末の方向―」（「文学」昭和五二年一二月、岩波書店）
（24）桶谷秀昭『夏目漱石論』（一九七二年四月、河出書房新社）
（25）加藤二郎「『明暗』論―津田と清子―」（『漱石と禅』一九九九年一〇月、翰林書房）
（26）永井　愛・小森陽一「対談 迷宮としての『明暗』」（「すばる」平成一七年三月、集英社）
（27）『虞美人草』に、「磬《けい》を打つて入室相見の時、足音を聞いた丈で、公案の工夫が出来たか、出来ないか、手に取る様にわかるものぢやと云つた和尚がある。」（第一二章）とある。
（28）「whylessness」は、北山正迪の造語。『虞美人草』には、「甲野さんは糸子の顔を見た儘、何故の説明を求めなかつた。糸子も進んで何故の訳を話さなかつた。何故は愛嬌のうちに溺れて、要領を得る前に、行方を隠して仕舞つた。」（第一三章）とある。しかし、『虞美人草』の人物は、所謂、勧善懲悪の典型・甲野と糸子はある理想型として設定されているし、第一、問題がまだ煮詰まっていない。
（29）注（23）に同じ。
（30）秋月龍珉『公案』（ちくま文庫、一九八七年一〇月、筑摩書房）

（31）注（30）に同じ。
（32）阿部次郎『北郊雑記』（大正一一年五月、改造社）
（33）三好行雄「『明暗』の構造」（『講座夏目漱石』第三巻〈漱石の作品(下)〉、昭和五六年一一月、有斐閣）
（34）加藤二郎『漱石と漢詩―近代への視線―』（二〇〇四年一一月、翰林書房）
（35）注（25）に同じ。

附記　御多分にもれず本稿も、やっと『明暗』のとば口に差し掛かったのみである。『明暗』論は、実はここから始めなければならない。『明暗』論は、後日に期したい。

なお本稿は、拙稿「「明暗」論の前提」（玉井敬之編『漱石から漱石へ』、二〇〇〇年五月、翰林書房）と合わせて、一章をなすものである。右論稿は執筆時、「―第一部の基本的構造―」なるサブタイトルを失念した。ここに補記しておきたい。

『明暗』本文の引用は、岩波書店『漱石全集』第七巻（昭和四一年六月二三日第一刷、昭和五〇年六月九日第二刷）に拠る。旧漢字は、新字体に改めた。ルビは適宜省略した。他の漱石作品の引用も、同『漱石全集』に拠る。

iii 『明暗』研究文献目録 選

村田好哉

〔凡例〕

一、本稿は夏目漱石『明暗』に関する研究文献目録である。雑誌論文は著者名、「論文名」「雑誌名」巻号数、ページ数、発行所、発行年月の順で示し、単行本は、著者名、「論文名」、（編者名）『書名』、ページ数、発行所、発行年月の順で示した。なお再録は↓で示し、（編者名）『書名』、ページ数、発行所、発行年月の順で示した。

二、本稿の作成にあたっては、後掲の研究史・解題とあわせて国文学研究資料館「国文学論文目録データベース」、国立国会図書館「NDL-OPAC」（国立国会図書館蔵書検索）、木村功氏ホームページ「AREA SOSEKI 漱石とその時代」研究文献データベース、山本勝正氏「夏目漱石参考文献目録1～17」（「広島女学院大学国語国文学誌」20、32、33、36号・「広島女学院大学日本文学」1～10、13～15号、平成2年12月～18年12月）等を参照した。記して御礼を申し上げる。

三、紙幅の関係から多くの文献を割愛せざるを得なかった。未調査のものとあわせて今後の課題としたい。

研究史・解題

山田　晃　「作品論・同時代批評と評価の変遷史 明暗」「解釈と鑑賞」29巻3号（99～104頁）、至文堂、昭和39年3月

↓平岡敏夫編『日本文学研究大成 夏目漱石Ⅰ』（311～317頁）、国書刊行会、平成元年10月

中島国彦　「作品別・夏目漱石研究史　明暗」「国文学」21巻14号（170～172頁）、学燈社、昭和51年11月

相原和邦　「「明暗」と則天去私」　三好行雄・竹盛天雄編『近代文学4大正文学の諸相』（23～32頁）、有斐閣双書、有斐閣、昭和52年9月

↓『漱石文学―その表現と思想―』（262～277頁）、塙書房、昭和55年7月

中島国彦　「研究史への照明Ⅱ明暗」　竹盛天雄編「別冊国文学5夏目漱石必携」（189～191頁）、学燈社、昭和55年2月

石崎　等　「諸家〈『明暗』と『一兵卒の銃殺』〉（「早稲田文学」大6・3）」「解釈と鑑賞」49巻12号（79～83頁）、至文堂、昭和59年10月

↓『漱石の方法』（308～315頁）、有精堂出版、平成元年7月

三好行雄　「明暗」「国文学」32巻6号（102～104頁）、学燈社、昭和62年5月

三好行雄　「夏目漱石　明暗」「国文学」32巻9号（80～81頁）、学燈社、昭和62年7月

石井和夫　「夏目漱石　明暗」『近代小説研究必携1―卒論・レポートを書くために―』（169～178頁）、有精堂出版、昭和63年4月

鳥井正晴・藤井淑禎・太田登［司会］「鼎談」『漱石作品論集成第十二巻明暗』（383～407頁）、桜楓社、平成3年11月

石原千秋　「夏目漱石『明暗』」「解釈と鑑賞」58巻4号（34～39頁）、至文堂、平成5年4月

石原千秋　「明暗　[研究の現在]」　「国文学」39巻2号（176～177頁）、学燈社、平成6年1月

申《シン》　賢周《ヒョンジュ》　『夏目漱石『明暗』研究史論』再版（公表版）　電子出版、大新システム（ソウル）、平成12年8月

鳥井正晴　『明暗評釈　第一巻　第一章～第四十四章』、和泉書院、平成15年3月

研究文献

赤木桁平　「故漱石氏遺作『明暗』に就て――赤木桁平と語る――」　「時事新報」11975号（五面）、時事新報社、大正5年12月15日

↓竹盛天雄編「別冊国文学5夏目漱石必携」（114～115頁）、学燈社、昭和55年2月

相馬御風　「『明暗』を読む」　「早稲田文学」136号（53～55頁）、大正6年3月

相馬泰三　「『人間』を求めて」　同右（57～58頁）

↓江藤　淳・吉田精一編『夏目漱石全集第十三巻明暗他』（443～445頁・445～448頁）、角川書店、昭和49年9月

中村星湖　「夏目漱石氏遺著　明暗　を読む」一～五　「時事新報」12053、12056、12057、12059、12060号（五面）、時事新報社　大正6年3月3、6、7、9、10日

↓竹盛天雄編「別冊国文学5夏目漱石必携」（115～119頁）、学燈社、昭和55年2月

谷崎潤一郎　「藝術一家言」その一～四　「改造」2巻4、5、7、10号　改造社　大正9年4、5、7、10月

↓『谷崎潤一郎全集第二十巻』（23～59頁）、中央公論社、昭和43年6月

宮島新三郎　「『明暗』の利己心解剖　『明治文学十二講』（268～274頁）、新詩壇社、大正14年5月

正宗白鳥　「夏目漱石論」　「中央公論」43年6号（91～118頁）、中央公論社、昭和3年6月

↓『新編作家論』（92〜135頁）、岩波文庫録39-4、岩波書店、平成14年6月
松岡　譲「『明暗』の傾」「漱石全集第十巻明暗月報19」（4〜7頁）、岩波書店、昭和4年9月
↓猪野謙二編『漱石全集別巻漱石言行録第2次刊行』（341〜347頁）、岩波書店、平成16年7月
小宮豊隆「『明暗』の構成」「文学」3巻3号（1〜29頁）、岩波書店、昭和10年3月
↓『漱石襍記』（113〜156頁）、小山書店、昭和10年5月
小宮豊隆『夏目漱石　特にその明暗を中心として　小宮豊隆先生講演筆記』（1〜115頁）、信濃教育会木曾部会、昭和10年7月
↓堀部功夫・村田好哉編『漱石作品論集成別巻漱石関係記事及び文献』（254〜298頁）、桜楓社、平成3年12月
辰野　隆「『明暗』の漱石」「改造」17巻8号（336〜344頁）、改造社、昭和10年8月
↓『忘れ得ぬ人々』（44〜59頁）、弘文堂書房、昭和14年10月
大和資雄「漱石の文学論と「明暗」」「思想」162号（135〜149頁）、岩波書店、昭和10年11月
↓『文学の交流』（83〜116頁）、鮎書房、昭和18年2月
大石泰蔵「夏目漱石との論争」「文藝懇話会」1巻4号（10〜13頁）、文藝懇話会、昭和11年4月
↓「漱石全集第二十四巻　第2次刊行　月報24」（6〜11頁）、岩波書店、平成16年3月
小宮豊隆「『明暗』解説」『漱石全集第九巻明暗』（793〜833頁）、漱石全集刊行会、昭和12年3月
↓『漱石の藝術』（284〜322頁）、岩波書店、昭和17年12月
小宮豊隆「『明暗』の材料」「文藝春秋」15巻4号（170〜179頁）、文藝春秋社、昭和12年4月
↓『漱石　寅彦　三重吉』（123〜135頁）、角川文庫218、角川書店、昭和27年1月
北住敏夫「『明暗』論」「文学」10巻12号（50〜66頁）、岩波書店、昭和17年12月

瀧澤克己　「『明暗』」『夏目漱石』（393～465頁）、三笠書房、昭和18年11月
→『夏目漱石』（305～361頁）、洋々社、昭和30年4月
岡崎義恵　「「明暗」」『日本芸術思潮第一巻漱石と則天去私』（424～468頁）、岩波書店、昭和18年11月
→『漱石と則天去私　岡崎義恵著作選』（359～396頁）、宝文館出版、昭和43年12月
平田次三郎　「漱石の『明暗』」「近代文学」2巻9号（11～15頁）、八雲書店、昭和22年12月
猪野謙二　「虚無よりの創造―「明暗」に於ける漱石―」「思潮」8号（27～37頁）、昭森社、昭和23年3月
→『明治の作家』（150～170頁）、岩波書店、昭和41年11月
加藤周一　「漱石における「現実」―『明暗』について―」「国土」2巻3、4号（40～48頁）、国土社、昭和23年4月
→『日本文学研究資料叢書夏目漱石Ⅰ』（266～274頁）、有精堂出版、昭和45年1月
中村草田男　「解説」『明暗　下巻』（296～315頁）、新潮文庫、昭和25年5月
寺田　透　「『明暗』」『文学講座第六巻作品論』（225～232頁）、筑摩書房、昭和26年12月
→『現代日本作家研究』（86～95頁）、未来社、昭和29年5月
久野眞吉　「「我」の追求としてのメレディス『エゴイスト』と漱石『明暗』」「宮城学院女子大学研究論文集」Ⅰ号（82～112頁）、宮城学院女子大学文化学会、昭和26年12月
「「我」の追求としてのメレディス『エゴイスト』と漱石『明暗』（続）」「宮城学院女子大学研究論文集」Ⅱ号（123～133頁）、昭和27年12月
唐木順三　「『明暗』の成立まで」「明治大正文学研究」7号（23～40頁）、東京堂、昭和27年6月
「『明暗』の運び―続『明暗』論―」「明治大正文学研究」8号（27～40頁）、東京堂、昭和27年10月
→『夏目漱石』（97～146頁）、現代選書、修道社、昭和31年7月

大石修平　「『明暗』試論」「文学」22巻11号（68〜76頁）、岩波書店、昭和29年11月
↓『感情の歴史—近代日本文学試論』（136〜149頁）、有精堂出版、平成5年5月
江藤　淳　「続・夏目漱石論（下）—晩年の漱石—」「三田文学」46巻8号（14〜40頁）、三田文学会、昭和31年8月
↓『夏目漱石』（157〜178頁）、（178〜197頁）、作家論シリーズ12、東京ライフ社、昭和31年11月
熊坂敦子　「『明暗』の位置」「文学・語学」7号（73〜84頁）、全国大学国語国文学会編、三省堂、昭和33年3月
内田道雄　「『明暗』小論」「古典と現代」4号（19〜31頁）、「古典と現代」の会、昭和33年6月
↓『一冊の講座夏目漱石』（119〜131頁）、有精堂出版、昭和57年2月
平野　謙　「則天去私をめぐって—『明暗』と則天去私の関係」伊藤整編『近代文学鑑賞講座第五巻夏目漱石』（272〜284頁）、角川書店、昭和33年8月
↓『芸術と実生活』（230〜248頁）、講談社ミリオン・ブックス、大日本雄弁会講談社、昭和33年11月
岩上順一　「明暗」『漱石入門』（199〜221頁）、中央公論社、昭和34年12月
野間　宏　「明暗　夏目漱石」「解釈と鑑賞」26巻6号（80〜83頁）、至文堂、昭和36年5月
↓『野間　宏作品集12』（134〜141頁）、岩波書店、昭和63年7月
荒　正人　「明暗　夏目漱石　近代小説の美学に支えられた理智の世界」「解釈と鑑賞」26巻6号（84〜87頁）、至文堂、昭和36年5月
成瀬正勝　「明暗　夏目漱石　肯定と否定と」同右（88〜91頁）
分銅惇作　「講座　明暗（一）（近代小説鑑賞・一）」「国文学言語と文芸」4巻1号（62〜70頁）、東京教育大学国語国文学会編、大修館書店、昭和37年1月
「講座　明暗（二）（近代小説鑑賞・二）」「国文学言語と文芸」4巻2号（63〜70頁）、昭和37年3月

瀬沼茂樹　「『明暗』」『夏目漱石　近代日本の思想家6』（289～312頁）、東京大学出版会、昭和37年3月
↓『夏目漱石』（289～312頁）、UP選書51、東京大学出版会、昭和45年7月

宮井一郎　「『明暗』の主題」「群像」17巻6号（146～161頁）、講談社、昭和37年6月
↓『漱石の世界』（239～269頁）、講談社、昭和42年10月

岡田英雄　「明暗論―余裕を中心として―」「国文学攷」35号（22～29頁）、広島大学国語国文学会、昭和39年11月
↓『近代作家の表現研究』（64～76頁）、双文社出版、昭和59年10月

相原和邦　「漱石における表現方法―『明暗』の相対把握について―」「日本文学」14巻5号（27～37頁）、日本文学協会編、未来社、昭和40年5月
↓『漱石文学―その表現と思想―』（90～112頁）、塙書房、昭和55年7月

佐藤　勝　「共同研究夏目漱石の作品　明暗」「国文学」10巻10号（130～135頁）、学燈社、昭和40年8月

江藤　淳　「道草　明暗―夏目漱石―」　日本近代文学館編『日本の近代文学・人と作品』（114～133頁）、読売新聞社、昭和40年12月

↓『決定版夏目漱石』（251～271頁）、新潮社、昭和49年11月

北山正迪　「漱石と『明暗』」「文学」34巻2号（77～86頁）、岩波書店、昭和41年2月

西谷啓治　「『明暗』について」「学生の読書」6集（6～21頁）、土曜会、昭和41年4月
↓『宗教と非宗教の間』（176～206頁）、同時代ライブラリー285、上田閑照編、岩波書店、平成8年11月

内田道雄　「『明暗』」「日本近代文学」5集（62～78頁）、日本近代文学会編、三省堂、昭和41年11月
↓『夏目漱石―『明暗』まで』（264～287頁）、おうふう、平成10年2月

飛鳥井雅道　「『明暗』をめぐって―夏目漱石の晩年―」「人文学報」23号（151～179頁）、京都大学、昭和41年12月

↓『近代文化と社会主義　漱石秋水明治』(144～192頁)、晶文社、昭和45年10月

三好行雄「作品鑑賞『明暗』」吉田精一編『夏目漱石必携』(156～160頁)、学燈社、昭和42年4月

釘宮久男「『明暗』試論―『明暗』と則天去私―」「近代文学試論」4号(10～20頁)、広島大学近代文学研究会編、昭和42年12月

竹盛天雄「明暗　津田延子(お延)」「国文学」13巻3号(76～81頁)、学燈社、昭和43年2月

↓『明治文学の脈動　鷗外・漱石を中心に』(385～393頁)、国書刊行会、平成11年2月

内田道雄「『明暗』まで」吉田精一・下村冨士男編『日本文学の歴史10和魂洋才』(312～329頁)、角川書店、昭和43年2月

↓『夏目漱石―『明暗』まで』(5～10頁)、おうふう、平成10年2月

三好行雄「解説　作品鑑賞」『明暗　下』(309～316頁)、旺文社文庫、旺文社、昭和43年7月

土居健郎「漱石作品の精神分析的解釈(Ⅻ)漱石の心的世界(12)「明暗」について」「解釈と鑑賞」33巻12号(225～235頁)、至文堂、昭和43年10月

↓『土居健郎選集7文学と精神医学』(179～197頁)、岩波書店、平成12年8月

佐伯彰一「漱石と現代―『明暗』再読―」「国文学」14巻5号(18～23頁)、学燈社、昭和44年4月

熊坂敦子「明暗」同右(116～122頁)

↓『夏目漱石の研究』(222～246頁)、桜楓社、昭和48年3月

駒尺喜美「『明暗』論」「文学」37巻8号(27～37頁)、岩波書店、昭和44年8月

↓『漱石―その自己本位と連帯と―』(223～246頁)、八木書店、昭和45年5月

石崎　等「『道草』から『明暗』への一視点―〈自然〉と〈技巧〉をめぐって―」「文藝と批評」3巻2号(36～49頁)、

「文藝と批評」同人、昭和44年10月
↓『漱石の方法』(178～196頁)、有精堂出版、平成元年7月
樋谷秀昭　「自然と虚構㈢―『明暗』論―」「無名鬼」12号(63～73頁)、樋谷秀昭・村上一郎編、昭和44年12月
「自然と虚構㈣―『明暗』論㈭―」「無名鬼」13号(46～56頁)、昭和45年5月
「自然と虚構㈤―『明暗』論(完)―」「無名鬼」14号(42～50頁)、昭和45年12月
↓『夏目漱石論』(245～301頁)、河出書房新社、昭和51年6月
ヴァルドー・ヴィリエルモ　武田勝彦訳　「明暗―お延を中心に―」「国文学」15巻5号(110～116頁)、学燈社、昭和45年4月
↓『群像日本の作家1夏目漱石』(191～199頁)、小学館、平成3年2月
三浦泰生　「『明暗』についての一つの考察」「日本文学」19巻5号(38～55頁)、日本文学協会編、未来社、昭和45年5月
↓『近代文学についての私的覚え書―作家たちのさまざまな生き方をめぐって―』(109～142頁)、近代文芸社、昭和58年12月
ヴァルドー・ヴィリエルモ　「『明暗』論」武田勝彦編『古典と現代―西洋人の見た日本文学―』(241～271頁)、清水弘文堂書房、昭和45年6月
石崎　等　「『明暗』論の試み」「日本近代文学」13集(136～148頁)、日本近代文学会編、三省堂、昭和45年10月
↓『漱石の方法』(197～217頁)、有精堂出版、平成元年7月
越智治雄　「明暗のかなた」「文学」38巻12号(46～57頁)、岩波書店、昭和45年12月
↓『漱石私論』(349～372頁)、角川書店、昭和46年6月

高田瑞穂　「『明暗』の世界―「一遍起った事」の回折―」「成城国文学論集」3輯（2～31頁）、成城大学大学院文学研究科、昭和46年3月

→『夏目漱石論―漱石文学の今日的意義―』（212～243頁）、明治書院、昭和59年8月

荒　正人　「解説」伊藤整・荒正人編『漱石文学全集第九巻明暗』（703～774頁）、集英社、昭和47年12月

→『荒正人著作集第五巻小説家夏目漱石の全容』（469～548頁）、三一書房、昭和59年10月

相原和邦　「漱石文学における「実質の論理」(二)―『明暗』を中心に―」「国語と国文学」50巻3号（57～68頁）、東京大学国語国文学会編、至文堂、昭和48年3月

→『漱石文学―その表現と思想―』（65～88頁）、塙書房、昭和55年7月

高木文雄　「『明暗』の方法に関する一考察―柳の話―」「女子聖学院研究紀要」10集（32～60頁）、昭和48年11月

→『漱石作品の内と外』（225～257頁）、近代文学研究叢刊4、和泉書院、平成6年3月

小島信夫　「作者の意地っ張り」江藤淳・吉田精一編『夏目漱石全集第十三巻明暗他』（457～470頁）、角川書店、昭和49年9月

加賀乙彦　「愛の不可能性・『明暗』―日本の長編小説(3)」「季刊文芸展望」7号（333～343頁）、筑摩書房、昭和49年10月

→『日本の長篇小説』（5～26頁）、筑摩書房、昭和51年11月

伊沢元美　「『明暗』への道」「鶴見大学紀要」第1部 国語国文学編12号（245～263頁）、昭和50年1月

山下久樹　「漱石『明暗』論―その結末と主題の解釈―」「皇学館論叢」8巻1号（44～54頁）、皇学館大学人文学会、昭和50年2月

→『解釈と批評はどこで出会うか』（11～34頁）、砂子屋書房、平成15年12月

山田輝彦　「「明暗」私論」「福岡教育大学紀要」第一分冊文科編 24号（17～29頁）、昭和50年2月

→『夏目漱石の文学』(208～227頁)、桜楓社、昭和59年1月

山崎正和　「不機嫌の時代(その四)七」「新潮」72巻11号(170～190頁)、新潮社、昭和50年11月

→『不機嫌の時代』(150～180頁)、新潮社、昭和51年9月

遠藤時夫　「『明暗』の舞台裏—佐藤泌尿器科診療所と佐藤恒祐博士とをめぐって—」「国語展望」41号(71～77頁)、尚学図書、昭和50年11月

梶木　剛　「夏目漱石論(XIII)—知識の位相とその論理—」「試行」44号(8～25頁)、吉本隆明方 試行社、昭和50年11月

「夏目漱石論(XIV)—知識の位相とその論理—」「試行」45号(9～32頁)、昭和51年4月

→『夏目漱石論』(273～352頁)、勁草書房、昭和51年6月

高木文雄・佐藤泰正・平岡敏夫・相原和邦　「第四章『道草』から『明暗』へ」『シンポジウム日本文学14夏目漱石』(169～209頁)、学生社、昭和50年11月

清水　茂　「『明暗』にかんする断想」内田道雄・久保田芳太郎編『作品論夏目漱石』(318～341頁)、双文社出版、昭和51年9月

平岡敏夫　「「明暗」論—方法としての「過去」への旅—」『漱石序説』(391～433頁)、塙書房、昭和51年10月

宮井一郎　「『明暗』」『夏目漱石の恋』(568～593頁)、筑摩書房、昭和51年10月

坂本　浩　「「明暗」の終結—書かれざる部分の推定—」「成城国文学論集」9輯(25～86頁)、昭和52年1月

→『夏目漱石—作品の深層世界—』(388～450頁)、明治書院、昭和54年4月

永平和雄　「「大正文学史」への一私見—「明暗」と「神経病時代」の間—」「岐阜大学教育学部研究報告」人文科学25巻(12～21頁)、昭和52年2月

→『日本文学研究資料叢書夏目漱石Ⅱ』(25～36頁)、有精堂出版、昭和57年9月

辻橋三郎　「漱石『明暗』私考」「神戸女学院大学論集」23巻3号（1〜28頁）、昭和52年3月

大岡　信　「『明暗』」『大岡信著作集第四巻』（469〜496頁）、青土社、昭和52年4月、初出東京大学文学部国文学科卒業論文、昭和27年12月

↓『拝啓漱石先生』（170〜198頁）、世界文化社、平成11年3月

北山正迪　「漱石「私の個人主義」について―『明暗』の結末の方向―」「文学」45巻12号（17〜29頁）、岩波書店、昭和52年12月

加藤二郎　「漱石と禅―『明暗』を中心に―」「文藝研究」87集（40〜48頁）、東北大学日本文芸研究会、昭和53年1月

↓『漱石と禅』（129〜145頁）、翰林書房、平成11年10月

平岡敏夫　「解説」『明暗（下）』（291〜309頁）、講談社文庫、昭和53年3月

↓『漱石研究 ESSAY ON SŌSEKI』（378〜402頁）、有精堂出版、昭和62年9月

三好行雄・石井和夫・石崎　等・大野淳一　「共同討議『明暗』と則天去私」「国文学」23巻6号（146〜173頁）、学燈社　昭和53年5月

↓平岡敏夫編『日本文学研究大成夏目漱石Ⅰ』（318〜348頁）、国書刊行会、平成元年10月

重松泰雄　「漱石は『明暗』の筆をそのあとどう続けようとしたのか」「国文学」23巻11号（85〜89頁）、学燈社、昭和53年9月

↓『漱石　その解纜』（242〜250頁）、おうふう、平成13年9月

堀井哲夫　「『明暗』論」「国語国文」47巻12号（1〜13頁）、京都大学国語国文学会編、中央図書出版社、昭和53年12月

重松泰雄　「「明暗」―その隠れたモティーフ」竹盛天雄編「別冊国文学5夏目漱石必携」（62〜70頁）、学燈社、昭和

55年2月

↓『漱石　その新たなる地平』（270～287頁）、おうふう、平成9年5月

篠田浩一郎　「『破戒』と『明暗』―近代小説はいかに書かれたか―」「季刊使者」5号（190～216頁）、小学館、昭和55年5月

↓『小説はいかに書かれたか―『破戒』から『死霊』まで―』（1～48頁）、岩波新書、岩波書店、昭和57年5月

藤澤るり　「出会いと沈黙―「明暗」最後半部をめぐって―」「国語と国文学」57巻9号（44～58頁）、東京大学国語国文学会編、至文堂、昭和55年9月

松元　寛　「『明暗』の世界―自閉する自我からの脱出―」「歯車」32号（3～16頁）、歯車の会、昭和56年1月

↓『夏目漱石―現代人の原像』（227～258頁）、新地書房、昭和61年6月

飯田利行　「漱石の『明暗』を読む」「専修国文」28号（1～19頁）、専修大学国語国文学会、昭和56年3月

助川徳是　「『行人』『こゝろ』『道草』『明暗』の連続と非連続―作品内世界の明暗について―」「解釈と鑑賞」46巻6号（18～24頁）、至文堂、昭和56年6月

塚越和夫　「『明暗』の時空」同右（25～31頁）

↓『漱石論考』（300～312頁）、塚越和夫・千石隆志共著、葦真文社、平成14年4月

小泉浩一郎　「津田とお延」「解釈と鑑賞」46巻6号（32～36頁）、至文堂、昭和56年6月

遠藤　祐　「『明暗』の人間関係―津田と清子を中心に―」同右（37～42頁）

佐藤泰正　「〈明暗〉の意味するもの―漢詩との関連をめぐって―」同右（43～48頁）

相原和邦　「『明暗』の表現」同右（49～54頁）

井上百合子　「近代文学史における『明暗』」同右（55～58頁）

↓『夏目漱石試論—近代文学ノート』（271～277頁）、河出書房新社、平成2年4月

飯田利行　「『明暗』解析の鍵を握る漢詩」「解釈と鑑賞」46巻6号（60～66頁）、至文堂、昭和56年6月

↓『日本文学研究資料叢書夏目漱石Ⅱ』（237～242頁）、有精堂出版、昭和57年9月

深江　浩　「『明暗』」『漱石長篇小説の世界』（196～215頁）、桜楓社、昭和56年10月

三好行雄　「『明暗』の構造」　三好行雄・平岡敏夫・平川祐弘・江藤淳編『講座夏目漱石第三巻漱石の作品㈦』（275～312頁）、有斐閣、昭和56年11月

↓『鷗外と漱石　明治のエートス』（184～210頁）、金鶏叢書5、力富書房、昭和58年5月

磯田光一　「東京外語と漱石山房（下）—鹿鳴館の系譜（4）—」「文学界」36巻2号（188～199頁）、文藝春秋、昭和57年2月

↓『鹿鳴館の系譜　近代日本文芸史誌』（149～171頁）、文藝春秋、昭和58年10月

高木文雄　「『明暗』その現代性」　竹盛天雄編「別冊国文学14夏目漱石必携Ⅱ」（149～156頁）、学燈社、昭和57年5月

↓『漱石作品の内と外』（259～282頁）、近代文学研究叢刊4、和泉書院、平成6年3月

神山睦美　「『明暗』論」『『それから』から『明暗』へ』（233～339頁）、砂子屋書房、昭和57年12月

宮澤賢治　「『明暗』の文体論的一考察—細部表出に沿って—」「国語と国文学」60巻2号（56～72頁）、東京大学国語国文学会編、至文堂、昭和58年2月

「『明暗』の文体論的考察—再び細部表出に沿って—」60巻7号（39～50頁）、昭和58年7月

↓『漱石の文体』（199～220頁・221～238頁）、宮澤健太郎、洋々社、平成9年9月

秋山公男　「『明暗』の方法㈠」『和田繁二郎博士古稀記念　日本文学伝統と近代』（589～605頁）、和泉書院、昭和58年12月

「『明暗』の方法㈡」「立命館文学」第454〜456号（25〜47頁）、立命館大学人文学会、昭和58年6月
「『明暗』の方法㈢」「立命館文学」第457〜459号（49〜70頁）、昭和58年9月
→『漱石文学論考―後期作品の方法と構造―』（303〜366頁）、桜楓社、昭和62年11月
清水孝純「明暗―濃い大陸文学の影―」「国文学」28巻14号（106〜113頁）、学燈社、昭和58年11月
大岡昇平「『明暗』の終え方についてのノート」「図書」413号（2〜4頁）、岩波書店、昭和59年1月
→『姦通の記号学』（46〜50頁）、文藝春秋、昭和59年6月
伊豆利彦「『明暗』の時空」「日本文学」33巻1号（63〜75頁）、日本文学協会、昭和59年1月
清水　茂「漱石に於けるジェーン・オースティン―「明暗」研究のための一覚書―」「比較文学年誌」20号（178〜190頁）、早稲田大学比較文学研究室、昭和59年3月
三好行雄「本文および作品鑑賞　明暗」三好行雄編『鑑賞日本現代文学5夏目漱石』（246〜276頁）、角川書店、昭和59年3月
石井　茂「夏目漱石「明暗」と湯河原―温泉宿天野屋を中心に―」石井　茂・高橋徳共著『湯河原と文学』（138〜161頁）、湯河原町立図書館、昭和59年3月
宮井一郎「『明暗』」『漱石文学の全貌　下巻』（192〜255頁）、国書刊行会、昭和59年5月
橋川俊樹「『明暗』―富裕と貧困の構図―」「稿本近代文学」7集（42〜52頁）、筑波大学文芸言語学系平岡敏夫研究室、昭和59年7月
清水孝純「『明暗』キー・ワード考―〈突然〉をめぐって―」「文学論輯」30号（1〜39頁）、九州大学教養部文学研究会、昭和59年8月
→『漱石　その反オイディプス的世界』（283〜334頁）、翰林書房、平成5年10月

蒲生芳郎　「〈葛藤〉の中で生きる者たち―『明暗』」『漱石を読む―自我の孤立と愛への渇き』（215～251頁）、洋々社、昭和59年12月

清水　茂　「承前・漱石に於けるジェーン・オースティン―「明暗」と"Pride and Prejudice"と―」「比較文学年誌」21号（48～58頁）、早稲田大学比較文学研究室、昭和60年3月

松井朔子　「『明暗』の視点をめぐって」『国際日本文学研究集会会議録第8回』8号（18～32頁）、国文学研究資料館、昭和60年3月

後藤明生　「二十世紀小説としての「新しさ」解説」市古貞次・小田切進編『明暗（下）日本の文学30』（493～525頁）、ほるぷ出版、昭和60年8月

↓『文学が変るとき』（4～21頁）、筑摩書房、昭和62年5月

小田切秀雄　「解説　明暗―夏目漱石の最後の大きな冒険―」『名著初版本複刻珠玉選『明暗』解説』（1～11頁）、日本近代文学館、昭和60年8月

大岡昇平　「『明暗』の結末についての試案」「群像」41巻1号（290～307頁）、講談社、昭和61年1月

↓『小説家夏目漱石』（398～434頁）、筑摩書房、昭和63年5月

大岡昇平・三好行雄　「対談　漱石の帰結」「国文学」31巻3号（6～26頁）、学燈社、昭和61年3月

重松泰雄　「「道草」から「明暗」へ―その連続と非連続―」同右（27～34頁）

高橋英夫　「漱石と則天去私」同右（62～69頁）

↓『夢幻系列　漱石・龍之介・百閒』（124～139頁）、小沢書店、平成元年2月

佐藤信夫　「漱石とことばの手ざわり」「国文学」31巻3号（70～73頁）、学燈社、昭和61年3月

菅野昭正　「「明暗」考」同右（74～81頁）

熊坂敦子　「「明暗」の方法」同右（82～87頁）
↓『夏目漱石の世界』（126～135頁）、翰林書房、平成7年8月
中島国彦　「人間喜劇としての「明暗」—リアリズムとニヒリズムを超えるもの—」「国文学」31巻3号（88～93頁）、学燈社、昭和61年3月
相原和邦　「「明暗」・表現論の視点から」同右（94～100頁）
中村直子　「『明暗』期の漢詩と『明暗』の方法論—〝最後の漱石〟像—」「日本文学」65号（43～61頁）、東京女子大学日本文学研究会、昭和61年3月
佐藤泰正　「『明暗』—最後の漱石—」『夏目漱石論』（353～419頁）、筑摩書房、昭和61年11月
加藤二郎　「「明暗」考」「外国文学」35号（5～26頁）、宇都宮大学外国文学研究会、昭和61年12月
↓『漱石と禅』（147～175頁）、翰林書房、平成11年10月
吉本隆明・佐藤泰正　「漱石の漢詩と明暗」（255～262頁）、「漱石の最後の場所—明暗の意味」（263～270頁）『漱石的主題』春秋社、昭和61年12月
大江健三郎　「『明暗』の構造」「季刊へるめす」12号（2～10頁）、岩波書店、昭和62年9月
↓『最後の小説』（157～176頁）、講談社、昭和63年5月
山本勝正　「漱石「明暗」論—津田の温泉行きの意味—」「国語国文学誌」17号（97～111頁）、広島女学院大学日本文学会、昭和62年12月
↓『夏目漱石文芸の研究』（259～278頁）、桜楓社、平成元年6月
小島信夫　「日本文学の未来1　情緒の波の形」「海燕」7巻1号（246～255頁）、福武書店、昭和63年1月
「日本文学の未来最終回　続明暗へ十四」「海燕」11巻2号（308～316頁）、平成4年1月、全四十九回連載

↓『漱石を読む―日本文学の未来』（11～573頁）、福武書店、平成5年1月

相原和邦　「絶対世界の行方―「道草」と「明暗」」（338～358頁）、「生の実相―「明暗」」（390～405頁）、「到達期の叙法「明暗」「道草」」（407～439頁）『漱石文学の研究―表現を軸として―』明治書院、昭和63年2月

加藤二郎　「『明暗』論―津田と清子―」「文学」第56巻4号（97～122頁）、岩波書店、昭和63年4月

↓『漱石と禅』（177～213頁）、翰林書房、平成11年10月

玉井敬之　「漱石の展開　『明暗』をめぐって」日本文学協会編『日本文学講座6近代小説』（115～133頁）大修館書店、昭和63年6月

笹淵友一　「夏目漱石「明暗」私論」「キリスト教文学研究」5号（1～16頁）、日本キリスト教文学会、昭和63年6月

石原千秋　「『明暗』論―修身の〈家〉／記号の〈家〉―」「解釈と鑑賞」53巻10号（104～116頁）、至文堂、昭和63年10月

↓『反転する漱石』（257～281頁）、青土社、平成9年11月

石井和夫　「「明暗」の原型―「Moment /perpetuation」のモチーフをめぐって―」「文藝と思想」53号（1～20頁）、福岡女子大学文学部、平成元年1月

小泉浩一郎　「臨終前後―『明暗』の「精神」」「国文学」34巻5号（106～111頁）、学燈社、平成元年4月

坂口曜子　『躓きとしての文学　漱石「明暗」論』（1～247頁）、河出書房新社、平成元年4月

高木文雄　「『明暗』私感」「キリスト教文学研究」6号（1～8頁）、日本キリスト教文学会、平成元年10月

↓『漱石作品の内と外』（259～282頁）、近代文学研究叢刊4、和泉書院、平成6年3月

佐古純一郎　「『明暗』」『夏目漱石の文学』（243～270頁）、朝文社、平成2年2月

佐々木充　「『明暗』論の基底」「国語国文研究」85号（1～19頁）、北海道大学国文学会、平成2年3月

↓『漱石推考』（215～244頁）、桜楓社、平成4年1月

小平　武　「『明暗』その虚構の構造─作者の〈語る視点〉と人物の〈見る視点〉」「比較文学研究」57号（16〜39頁）、東大比較文学会編、朝日出版社、平成2年6月

内田道雄　「漱石作品における男と女　『明暗』の新聞挿画にみる「男と女」」「解釈と鑑賞」55巻9号（125〜131頁）、至文堂、平成2年9月

↓『夏目漱石─『明暗』まで』（288〜296頁）、おうふう、平成10年2月

越川正三　「『明暗』と『高慢と偏見』」「関西大学文学論集」40巻1号（43〜61頁）、平成2年11月

↓『太宰・漱石・モームの小説─他作家の影響を探る─』（179〜199頁）、関西大学出版部、平成9年4月

佐々木充　「『明暗』論」「日本の文学」8集（132〜157頁）、有精堂出版、平成2年12月

↓『漱石推考』（245〜269頁）、桜楓社、平成4年1月

水村美苗・石原千秋　聞き手　「水村美苗氏に聞く　『續明暗』から『明暗』へ」「文学季刊」2巻1号（80〜94頁）、岩波書店、平成3年1月

角田旅人　「「明暗」論─その物語構造をめぐって─」「いわき明星大学人文学部研究紀要」4号（1〜35頁）、平成3年3月

藤井淑禎　「あかり革命下の『明暗』」「立教大学日本文学」65号（170〜181頁）、平成3年3月

↓『小説の考古学へ─心理学・映画から見た小説技法史』（242〜264頁）、名古屋大学出版会、平成13年2月

柴田勝二他　「第一回シンポジウム報告─『明暗』をめぐって─」「山口国文」14号（23〜69頁）、山口大学人文学部国語国文学会、平成3年3月

小澤勝美　「「明暗」私論─そのテーマと「天」の思想をめぐって─」「近代文学研究」8号（1〜12頁）、日本文学協会近代部会、平成3年5月

↓『透谷と漱石　自由と民権の文学』（343～360頁）、双文社出版、平成3年6月

鳥井正晴・藤井淑禎編　『漱石作品論集成第十二巻明暗』（3～407頁）、桜楓社、平成3年11月

加藤富一　「『明暗』序説―偶然と因縁と―」『夏目漱石―「三四郎の度胸」など―』（210～228頁）、研究選書49、教育出版センター、平成3年12月

吉本隆明　「資質をめぐる漱石（3）―『明暗』―」「ちくま」254号（4～13頁）、筑摩書房、平成4年5月

↓『夏目漱石を読む』（236～254頁）、筑摩書房、平成14年11月

相原和邦　「『明暗』―〈性〉と〈愛〉の対立」「国文学」37巻5号（121～129頁）、学燈社、平成4年5月

大橋健三郎　「『明暗』論(一)―津田の場　人間関係の「迷宮《メーズ》」の中で」「文学空間」3巻3号（133～155頁）、20世紀文学研究会編、創樹社、平成4年7月

「『明暗』論(二)―お延の場　「愛」への意志のゆくえ」「文学空間」3巻5号（100～126頁）、平成5年6月

「『明暗』論(三)―清子の眼　「自我」に射し入る光　1～2」「文学空間」3巻6号（77～92頁）、平成5年12月

「『明暗』論(四)―清子の眼　「自我」に射し入る光　3～4」「文学空間」3巻7号（57～79頁）、平成6年6月

↓『夏目漱石　近代という迷宮《メーズ》』（141～236頁）、小沢書店、平成7年6月

関谷由美子　「『明暗』の主人公―心トイフ舞台―」「年刊日本の文学」1集（226～249頁）、有精堂出版、平成4年12月

↓『漱石・藤村〈主人公〉の影』（127～154頁）、愛育社、平成10年5月

久保田芳太郎　「『明暗』論」「東横国文学」25号（135～167頁）、東横学園女子短期大学国文学会、平成5年3月

↓『漱石―その志向するもの―』（327～365頁）、三弥井書店、平成6年12月

秋山公男　「『明暗』―構想とモチーフ(一)」「愛知大学文学論叢」102輯（19～39頁）、平成5年3月

「『明暗』―構想とモチーフ(二)」「愛知大学文学論叢」104輯（113～136頁）、平成5年10月

山田昭夫　「札幌農学校生・大石泰蔵の肖像―夏目漱石と有島武郎の周辺―」「藤女子大学国文学雑誌」50号（1～25頁）、藤女子大学藤女子短期大学国語国文学会、平成5年3月

赤井恵子　「『明暗』の演劇的空間―力の発揮とイデオロギー上演の場―」「熊本短大論集」43巻2号（84～59頁）、平成5年3月

十川信介　「地名のない街―『明暗』断章―」「文学季刊」4巻3号（11～24頁）、岩波書店、平成5年7月

↓『漱石という思想の力』（117～151頁）、朝文社、平成10年11月

↓『明治文学ことばの位相』（291～315頁）、岩波書店、平成16年4月

内田道雄　「『明暗』論―清子を読む―」「文学季刊」4巻3号（25～35頁）、岩波書店、平成5年7月

島田雅彦　「『明暗』」『漱石を書く』（168～179頁）、岩波新書新赤版315、岩波書店、平成5年12月

大野晃彦　「バンヴェニストの「イストワール（物語）」概念と語り手の機能―漱石の『明暗』をめぐって―」「慶応義塾大学言語文化研究所紀要」25号（1～26頁）、平成5年12月

石原千秋　「隠す『明暗』／暴く『明暗』」「国文学」39巻2号（178～184頁）、学燈社、平成6年1月

↓『反転する漱石』（283～297頁）、青土社、平成9年11月

飯田祐子　「『明暗』論―女としてのお延と、男としての津田について―」「文学季刊」5巻2号（106～115頁）、岩波書店、平成6年4月

「『明暗』論―〈嘘〉についての物語―」「日本近代文学」50集（39～51頁）、平成6年5月

↓『彼らの物語　日本近代文学とジェンダー』（277～310頁）、名古屋大学出版会、平成10年6月

片岡　豊　「〈演劇的空間〉としての『明暗』―夏目漱石『明暗』論のために―」「作新学院女子短期大学紀要」18号（51～74頁）、平成6年11月

池田美紀子　「『明暗』〈対話〉する他者」　鶴田欣也編『日本文学における〈他者〉』（163～207頁）、新曜社、平成6年11月

丸尾実子　「軋みはじめた〈鳥籠〉―『明暗』―」「漱石研究」3号（150～165頁）、小森陽一・石原千秋編、翰林書房、平成6年11月

小山慶太　「『明暗』とポアンカレの「偶然」」『漱石とあたたかな科学　文豪のサイエンス・アイ』（209～241頁）、文藝春秋、平成7年1月

中山恵津子　「夏目漱石の『明暗』とJane AustenのPride and Prejudiceにおける対人conflictの研究―女性像をめぐって　その1」「関西外国語大学研究論集」61号（173～188頁）、平成7年1月

森田喜郎　「『明暗』―想い到らない運命―」『夏目漱石論―「運命」の展開―』（137～145頁）、和泉書院、平成7年3月

小谷野敦　「幻の「内発性」―『明暗』」『夏目漱石を江戸から読む　新しい女と古い男』（211～225頁）、中公新書1233、中央公論社、平成7年3月

細谷　博　「津田の〈余裕〉、『明暗』の〈おかしみ〉」「文藝と批評」8巻1号（35～44頁）、文藝と批評の会、平成7年5月

↓『凡常の発見　漱石・谷崎・太宰』（31～57頁）、明治書院、平成8年2月

上田閑照　「夏目漱石―「道草から明暗へ」と仏教」『岩波講座日本文学と仏教第10巻近代文学と仏教』（57～106頁）、岩波書店、平成7年5月

↓『上田閑照集第十一巻宗教とは何か』（263～326頁）、岩波書店、平成14年10月

小島信夫・小森陽一・石原千秋　「［鼎談］『明暗』から見た明治」「漱石研究」5号（2～27頁）、小森陽一・石原千秋編、翰林書房、平成7年11月

細谷　博「『明暗』の面白さ、わかりやすさ―〈対〉の世界―」（58～123頁）、「紳士たちの物語、夫婦和合譚―『細雪』から『明暗』へ―」（260～298頁）『凡常の発見　漱石・谷崎・太宰』明治書院、平成8年2月

加藤敏夫『漱石の「則天去私」と『明暗』の構造』（1～693頁）、リーベル出版、平成8年6月

常石史子「文字からの文学論―夏目漱石『明暗』の文字形式―」「漱石研究」7号（170～179頁）、小森陽一・石原千秋編、翰林書房、平成8年12月

佐々木啓「『明暗』小考―清子の造型について―」「青山語文」27号（83～94頁）、青山学院大学日本文学会、平成9年3月

宮崎隆広「『明暗』論―その縁起的世界―」「活水論文集」40集、日本文学科編（35～49頁）、活水女子大学・短期大学、平成9年3月

藤尾健剛「御住がお延になるとき（『道草』『明暗』）」「国文学」42巻6号（122～126頁）、学燈社、平成9年5月

重松泰雄「〈天〉のアイロニー―「明暗」―の光学―」『漱石その新たなる地平』（138～161頁）、おうふう、平成9年5月

申《シン》　賢周《ヒョンジュ》「漱石の女性観―『明暗』の女性たちを中心として―」「解釈と鑑賞」62巻6号（61～67頁）、至文堂、平成9年6月

新関公子「漱石が『明暗』に描きこんだ青木繁の面影」「繪」404号（12～17頁）、日動画廊、平成9年10月

↓『「漱石の美術愛」推理ノート』（155～174頁）、平凡社、平成10年6月

蒲生芳郎「『明暗』のリアリズム―その人物造型の特質について」『鷗外・漱石・芥川』（41～61頁）、洋々社、平成10年6月

佐藤裕子「『明暗』論」「玉藻」34号（96～117頁）、フェリス女学院大学国文学会、平成10年9月

↓『漱石解読―〈語り〉の構造』（278～306頁）、近代文学研究叢刊22、和泉書院、平成12年5月

内田道雄　「『明暗』以後―続・漱石におけるドストエフスキイ」「古典と現代」66号（45～55頁）、古典と現代の会、平成10年10月
↓『対話する漱石』（128～146頁）、翰林書房、平成16年11月
小森陽一　「結婚をめぐる性差―『明暗』を中心に―」「日本文学」47巻11号（47～58頁）、日本文学協会、平成10年11月
↓『世紀末の予言者・夏目漱石』（184～210頁）、講談社、平成11年3月
坂本育雄　「「明暗」の世界」「国文鶴見」33号（27～43頁）、鶴見大学日本文学会、平成10年12月
↓『日本近代作家の成立』（41～65頁）、武蔵野書房、平成11年4月
石崎　等　「『明暗』における下位主題群の考察」「国語と国文学」76巻7号（1～14頁）、東京大学国語国文学会編、至文堂、平成11年7月
武田勝彦　「漱石の東京―『明暗』を中心に」「教養諸学研究」107号（1～35頁）、早稲田大学政治経済学部、平成11年12月
↓『漱石の東京(Ⅱ)』（211～251頁）、早稲田大学出版部、平成12年2月
王　成　「〈修養〉理念としての「則天去私」―『道草』・『明暗』のめざす方向―」「立教大学日本文学」83号（36～46頁）、立教大学日本文学会、平成12年1月
鳥井正晴　「「明暗」論の前提」玉井敬之編『漱石から漱石へ』（192～205頁）、翰林書房、平成12年5月
田中邦夫　「『明暗』と漢詩の「自然」」「大阪経済大学教養部紀要」18号（304～287頁）、平成12年12月
松澤和宏　「「仕組まれた謀計《はかりごと》」―『明暗』における語り・ジェンダー・エクリチュール」「国文学」46巻1号（86～95頁）、学燈社、平成13年1月
有光隆司　「「偶然」から「夢」へ―「夢十夜」変奏としての「明暗」」「解釈と鑑賞」66巻3号（156～162頁）、至文堂、

平成13年3月

仲　秀和　「『明暗』断想」『漱石―『夢十夜』以後―』（198～223頁）、和泉選書124、和泉書院、平成13年3月

石崎　等　「『明暗』における下位主題群の考察（その二）」佐藤泰正編『梅光女学院大学公開講座論集第48集漱石を読む』（158～174頁）、笠間書院、平成13年4月

飛ヶ谷美穂子　「「現代精神」をもとめて―『黄金の盃』と『明暗』―」『漱石の源泉―創造への階梯』（207～272頁）、慶應義塾大学出版会、平成13年10月

呉　敬　「漱石文学における家族関係―『明暗』の場合―」「文藝と批評」9巻5号（1～12頁）、文藝と批評の会、平成14年5月

若林幹夫　「交通と恋愛―『明暗』のトポロジー」『漱石のリアル　測量としての文学』（253～303頁）、紀伊國屋書店、平成14年6月

出原隆俊　「「明暗」論の出発」「国語国文」72巻3号（852～869頁）、京都大学国語国文学会編、中央図書出版社、平成15年3月

福田和也　「近代小説の空間―夏目漱石『明暗』」『贅沢な読書』（67～131頁）、光文社、平成15年4月
↓『贅沢な読書』（65～125頁）、ちくま文庫、筑摩書房、平成18年9月

高野実貴雄　「『明暗の方法』」「浦和論叢」30号（304～277頁）、浦和大学短期大学部、平成15年6月

中村美子　「『明暗』における「技巧」―津田とお延をめぐって―」「解釈」50巻1・2号（23～32頁）、解釈学会、平成16年2月
「『明暗』における「技巧」（二）―分類と概観―」「解釈」51巻7・8号（2～10頁）、平成17年8月

増満圭子　「『明暗』」『夏目漱石論―漱石文学における「意識」―』（462～490頁）、近代文学研究叢刊29、和泉書院、平

成16年6月
永井　愛・小森陽一　「対談　迷宮としての『明暗』」「すばる」27巻3号（204〜220頁）、集英社、平成17年3月
藤尾健剛　「「根本的の手術」は可能か―『明暗』の展開」「大東文化大学紀要〈人文科学〉」43号（1〜16頁）、大東文化大学、平成17年3月
岩橋邦枝　「『明暗』の女たち」「解釈と鑑賞」70巻6号（190〜198頁）、至文堂、平成17年6月
飯島耕一　「画期的長篇小説の可能性、『明暗』を中心に」『漱石の〈明〉、漱石の〈暗〉』（151〜182頁）、みすず書房、平成17年11月
加藤周一・小森陽一・石原千秋　「［鼎談］言葉との格闘」「漱石研究」18号（2〜25頁）、小森陽一・石原千秋編、翰林書房、平成17年11月
富山太佳夫　「近代小説、どこが？」　同右（26〜43頁）
藤森　清　「資本主義と〝文学〟『明暗』論」　同右（44〜60頁）
高山　宏　「「擬《まが》いの西洋館」のト（ロ）ポロジー『明暗』冒頭のみ」　同右（61〜72頁）
高橋　修　「〈終り〉をめぐるタイポロジー『明暗』の結末に向けて」　同右（73〜82頁）
長山靖生　「不可視と不在の『明暗』」　同右（83〜95頁）
小山慶太　「『明暗』とポアンカレの「偶然」」　同右（96〜106頁）
飯田祐子　「『明暗』の「愛」に関するいくつかの疑問」　同右（107〜118頁）
池上玲子　「女の「愛」と主体化『明暗』論」　同右（119〜138頁）
香山リカ・小森陽一　聞き手　「精神科医が読む漱石」　同右（170〜194頁）
大杉重男　「「読者」論序説―夏目漱石と大石泰蔵の「論争」を素材に」「人文学報」373号（21〜36頁）、東京都立大学人

文学部、平成18年3月

田中邦夫　「『明暗』における「愛の戦争」場面（前半）と漱石詩—作者漱石の創作時の思い—」「近代文学研究」23号（130～147頁）、日本文学協会近代部会、平成18年3月

熊倉千之　『漱石のたくらみ　秘められた『明暗』の謎をとく』（1～318頁）、筑摩書房、平成18年10月

岡部　茂　「『明暗』と漢詩」『夏目漱石「則天去私」の系譜』（22～137頁）、文藝書房、平成18年11月

柴田勝二　「〈過去〉との対峙—「道草」「明暗」と第一次世界大戦」『漱石のなかの〈帝国〉—国民作家と近代日本—』（231～269頁）、翰林書房、平成18年12月

金　正勲　「『明暗』における病気と戦争—漱石の内部と外部の戦い—」「近代文学研究」24号（29～40頁）、日本文学協会近代部会、平成19年1月

田中邦夫　「『明暗』執筆と漢詩創作—「堀家でのお延とお秀の戦争」（一二八回から一三〇回）の場合—」同右（41～55頁）

『明暗』関連書

水村美苗　「連載小説　續・明暗」「季刊思潮」1号（304～337頁）、思潮社、昭和63年6月

「連載小説・第八回　續・明暗」「季刊思潮」8号（250～270頁）、平成2年4月、全八回連載

↓『續 明暗』（373頁）、筑摩書房、平成2年9月

↓『続明暗』（381頁）、新潮文庫、新潮社、平成5年10月

田中文子　『夏目漱石『明暗』蛇尾の章』（131頁）、東方出版、平成3年5月

永井　愛　『新・明暗』（221頁）、而立書房、平成14年12月

「近代部会」のこと、「清子のいる風景」のこと

鳥井正晴

学問にも、土地の風景がある。大坂は近世にあっては、日本古典学の契沖（の「円珠庵」）を、漢学の中井竹山・山片蟠桃の「懐徳堂」を、蘭学の緒方洪庵の「適塾」を、産み育んだ地である。適塾が進取の精神であることは、言を俟たない。懐徳堂の「自由討究の学問精神」（小島吉雄）[1]と、契沖が始祖した「近代的な学問」は、大坂和学の源泉である。大阪[2]の台地は、自由な気風と、諸学に通ずる偏狭でないその和学の伝統を、今に乗せているだろう。

伝統とは惰性ではない。畸型化の部分の多い制度や様式ではもちろんない。あらゆる時代において新鮮であろうとする努力であり、その不断の累積である。あるいは時代を挑発する力なのだ。

（増田正造『能の表現』）

戦後まもなく、産まれるべくして産まれた「大阪国文談話会」は、やはり大阪和学の「伝統」を継承している。「近代部会」の何たるかを云うには、大阪国文談話会の歴史から紐解かなければならない。昭和二四年一一月一六日、大阪市立大学で、「大阪国文談話会」の発会式・第一回総会が、開催された。

飯田正一[3]の「記憶の断片」に、回顧談がある。

戦後の荒廃した時代である。われわれは、今のような時代とは全く違った歴史的条件のなかに置かれていた。従って、研究者としてもっとも必要な情報の交換というようなことも、極めて不自由であった。（中略）

同じ研究者として共通の場を持ち、それを通じて各部の研究を推し進め、さらに人間的な触れあいの場ともしたい（中略）、そのようなことを希望していたのは、決して私一人だけではなかったはずである。（中略）談話会の設立について奔走したのは釜田喜三郎先生であり、設立の中心となったのは平林治徳先生らであった。

谷山茂[4]の「発足から約十年間の歩み」にも、回顧談がある。

市大道仁校舎で「大阪国文談話会」の発会式。出席者は、高木市之助・平林治徳・小島吉雄・野間光辰等の諸氏をはじめ三十五名。（中略）大阪府下に勤務ないし居住する国語国文学関係の大学教員（常勤・非常勤を問わず）のすべてを会員として、大学相互また会員相互の親和連帯を期するものであった。（中略）湯川秀樹博士のノーベル賞（昭和二四年一一月―筆者注）の朗報を聞いたのも、このころであった。

そして、各部会が発足する。「記録抄」[5]には、左記のように記録されている。

昭和二十九年（一九五四）

七月　この頃、国語・文学史・王朝・中世・近世・現代など各研究部会が発足。

「小島吉雄・境田四郎両先生に聞くの記」[6]は、左記のように回顧している。

小島　熱心なのが近代文学会。吉田〔孝次郎〕[7]さんの。

島津　やはり近代が一番早いでしたか。

小島　近代は談話会の前からやってた。

右に云う「現代」・「近代文学会」・「近代」が、「近代部会」の前身である。

＊　＊

さて、私の手元にある「近代部会」のノートによると、昭和五九年・六月例会（『道草』第一章より）から、『道草』

の輪読が始まっている。講師（発表・問題提起）は、玉井敬之先生である。以後、昭和六一年・一二月例会（『道草』第九六章より）まで、二〇回の例会が開かれている。講師は全回、玉井敬之先生である。

昭和六二年・四月例会からは、『明暗』の輪読が始まる。講師は私が受け継いだ。平成五年・一月例会（『明暗』第一八三章〜第一八八章）まで、四七回の例会を開催。発表は全回、私が担当した。

平成五年・六月例会（『夢十夜』）、七月例会（『夢十夜』）は、仲 秀和氏が発表である。平成五年・一〇月例会からは、『漾虚集』の輪読を始める。一〇月例会（『倫敦塔』）、一一月例会（『倫敦塔』）は、硲香文氏が発表。一二月例会（『幻影の盾』）、一月例会（『琴のそら音』）は、北川扶生子氏の発表である。

このように、「近代部会」は、ひたすら漱石を読んできた（同じ作品を何回も繰り返し）。「近代部会」の事務局は、相愛女子短期大学国文学研究室内（代表中野恵海）にあり、中野先生が全般取り仕切られていた。平成二年四月、私は、前任者の中野恵海先生より[8]、「近代部会」の事務局を、そのまま受け継いだ。爾来「近代部会」は「自由討究の学問精神」を旨とし、漱石を読むことを専らにして、現在に至っている。

前後するが、「国文談話会」は、平成三年二月一一日開催の国文談話会総会において、解散が決定された。理由は、当初の使命の大方は果して、活動も下火になっていたことによる。既に、全国規模の「学会」が乱立する時代を迎えていた。母体の国文談話会は解散した。しかし「近代部会」は、会の名称も変えず、そのまま継続し続けてきた。

平成一三年・五月例会は、仲 秀和著『漱石―『夢十夜』以後―』の出版記念会にかえての、同著の「合評会」である。平成一六年・一一月例会は、玉井敬之著『夏目漱石詩句印譜』の出版記念会と、特別例会「思い出すままに」である。玉井先生には、何回も特別例会として、漱石（研究）の話をして頂いている。

平成一一年、三月二九日・三〇日には、文芸形象研究会と合併で[9]、松山に漱石の跡を訪ねる。二九日は、子規記念館探訪。三〇日は、「愚陀佛庵」で句会を点《た》てる。「愚陀佛庵」は云うまでもなく、漱石が松山での仮棲まいに付けた名である。二階には漱石が、階下では子規が、俳句結社「松風会」の門下生と運座を張った。五〇余日間にも及ぶ、子規との同居は夙に有名であろう。「蒼天に啼いて宿借る子規《ほととぎす》」（笹田和子）、「野だいこの音にさそわれ花見かな」（宮薗美佳）は、その時の句である。

＊　＊

平成一五年（二〇〇三年）、三月二五日・二六日には、やはり文芸形象研究会と合併で、湯河原を散策。「天野屋」に宿泊し、「天野屋」で研究会を行った。「天野屋」は、もとより『明暗』第二部の舞台である。その時、「何か出来る」、いや「何かしなければいけない」と直感したのが、そもそも今回の仕事の発端である。

「漱石と倫敦」の現地調査は、よくなされている。英文学者の興味を牽くからでもあろうが、関係（『漾虚集』を含む）の単行本だけでも、二〇冊になる。作品『倫敦塔』が、作品『カーライル博物館』が、研究者をしてロンドンに誘《いざな》うのである。対して、『明暗』（特に第二部）の、現地調査は皆無に等しい。湯河原へは、「近代部会」で何度も調査に赴いた。今般、「見附の松」（「空を凌ぐほどの高い樹」・第一七二章）と、「挾巌」（「黒い大きな岩」・第一七二章）が特定出来ただけでも、意義はあるかもしれぬ。

フィールド・ワーク「『明暗』と湯河原」の、前半四論稿が再校を走っている段階で、橘田雅彦氏から貴重な資料（自費出版書）[10]の送付を受けた。「『明暗』と湯河原」に組み込めないので、ここに紹介する。

「見附の松」の名が登場するが、現在この松の木を偲ぶ手掛かりは、バス停留所の「見附町」と旅館「松坂屋」の二つの名である。場所から言えば、松坂屋の崖下が松の根方にあたる。

湯河原温泉を宣伝した昭和初期の歌謡曲の中には、必ず「見附の松」が出てくる。

「岩で袖振る見附の松よ　わしに行く夜は待てと云ふ」

（作詞・時雨音羽　作曲・佐々紅華「湯河原小唄」）

（中略）

見附の松の故事来歴については、大正九年十一月に書かれた資料があるので引用する。筆者は元横浜国大教授で天文学の碩学・神田茂博士。旅先の湯河原から渋谷の令弟にあてた日記で「湯河原だより」と題されている。（中略）

「（前略）湯河原へ来るもの、この松を見てこの地へ達するを知り、これを『見付の松』と称すると。見付けの松の下に挟巌《はさみいわ》がある。三石相倚り榎樹を挟む。その付近で藤木川と千歳川と合る。そのすぐ下に落合橋がある。（後略）」

「《ママ》郷土湯河原」第六集より抜粋）

挟《ママ》巌はつねに濡れて苔むしており、巌上には、馬頭観音の石塔が何基かあった。ちなみに、台風で倒れた見附の松が姿を消したのは、昭和三十四年夏のことである。

「風景」は、それを描く芸術家の「魂」の象徴であるだろう。大岡信[11]の言説は、傾聴に値する。

　ある土地をある詩人なり作家なりが、どのような視点から、どのように個人的なスタイルでえがくか――そのときはじめて、「土地」は「風景」になる――ということは、その詩人なり作家なりのもつ世界像と、切っても切れないつながりをもっている。

人は、作品に誘われて、作品の風景（土地）を訪《おとな》うことになる。私事で云っても、三島由紀夫の『暁の寺』が、その作品の圧倒的な力が――、私をしてその風景・インドの「Varanasi《ヴァーラーナスィー》」を訪わせる。そして、「主人公はこの風景のこの場所で、こう語ったのだ」と、文学愛好家はしたり顔に云うだろう。今回は、町立湯河原美術館の池谷若菜氏に、旧天野屋跡にあった「浴室」を案内して頂き、私達は思い思いの会話を通して、「清子のいる風景」を楽しんでいた。

＊　＊

「『明暗』論集」は、文字通り「近代部会」に集う者の、『明暗』論である。拙稿でも触れたが、『明暗』を論じることは難しい。この上なく難しい。『明暗』論は、漱石研究者にとっても、その見識（ひいてはその漱石論全体）が試される場でもある。ここに『明暗』のみで、一冊上梓出来たことを、何より光栄に思うものである。

同時に、『明暗』のとば口に、皆、佇んでいる感も免れない。死屍累々、論者をはじき飛ばして余りある『明暗』の巨大さを、改めて思い知らされた。モディリアーニに、瞳のない（青い目の）女のシリーズがある。フランス・イギリス・イタリア他六ヶ国合作映画『モディリアーニ　真実の愛』は、「本当の君が見えたら、瞳を描こう」と、妻ジャンヌ・エビュテルヌに語りかける。そうすると、『明暗』の「本来の面目」には、どの論稿も、未だしであろう。

「近代部会」に話を戻せば、我が相愛の「沙羅の木のかげ」に、実に多くの人々（研究者）が立ち寄った。

荒井真理亜君は、相愛大学の三回生の時から、「近代部会」に出席している。土屋知子君も、相愛女子短期大学二回生の時から、出席している。今回は、中村美子、宮薗美佳、荒井真理亜、永田　綾の四氏を編集委員として、相愛大学で何回も「編集委員会」を開いた。

村田好哉氏の「『明暗』研究文献目録 選」は、本書のために私が依頼したものである。目録の文献数の少ないのは、仕事半ばで急遽お願いした、私の責任である。

「近代部会」のことを、「清子のいる風景」を、そして「『明暗』論集」のことを、語ろうと思えばいくらでも語れる気がするが、そんな「甘い言葉の饒舌はもう沢山だ」と云う、「あとがき」から読まれるであろう研究者諸氏の叱責の声が聞こえてきそうなので、ペンを擱く。

＊　　＊

今回の仕事では、色々な方々にお世話になった。橘田雅彦氏（湯河原町教育委員会）には、石井　茂先生（元横浜国立大学教授）を紹介して頂き、石井先生からは私達のために、「湯河原と文学[12]」のレクチャーをして頂いた。仕事が停滞している間に、石井先生は昨年八月亡くなられた。先生に、私達の仕事をお見せ出来ないのが残念である。

町立湯河原美術館（旧天野屋の跡地に建つ）の池谷若菜氏は、何回煩わしたことか。旧天野屋跡地の案内はもとより、天野屋との折衝から「口絵」の申請・許可、ネガの送付など〳〵一切合切をお願いした。湯河原町立図書館では半日、私達は「資料」の探索とコピーをし続けた。同館の石倉善子氏には、藤木官一氏の消息に関し奔走して頂いた。[13]

高野書店（古書籍）の高野肇氏には、多くの「絵葉書」を転載させて頂いた。明治三三年～昭和二〇年間に出た「絵葉書」（神奈川県全域）は、三万枚ぐらいだろうと、高野氏は推定されている。高野氏は、そのうち二、三千枚所蔵とのことである。小田原の高野氏宅に伺い、関係する数百枚の中から、「『明暗』と湯河原」は中村美子氏が、「『明暗』と天野屋」は宮薗美佳氏が、「『明暗』の旅・その交通系」は荒井真理亜氏が、その場でセレクトしたものである。

天野屋の幕引きの前々日、[14]私達は天野屋を隅々まで案内して頂いた。

口絵を、「山是山水是水」（明暗雙雙に通ず）で飾れたことは、本書の性質上、これほど嬉しいことはない。ご所蔵の個人に感謝したい。逐一すべての名前を挙げないが、まだまだ多くの方々に助けて頂いた。関係ご諸氏に、深く感謝申し上げたい。

発兌元《はつだもと》は、和泉書院にお願いした。遅々として進まない煩雑な仕事を、廣橋研三社長は常に高い処から、そして遠くを見ていて下さった。廣橋氏の高邁な精神の凝視がなかったら、こんなに息の長い仕事はとても出来なかったであろう。現今のデジタル社会にあって、梓氏《しんし》の温かい手作りの「気質」を思う。

装幀は、上野かおる氏にお願いした。私の難儀な注文を、期待通りに否期待をはるかに越えて、氏は実現して下さった。美神が立ち上げる、上野氏の「芸術」の力には、感動する。

平成の大阪和学の発信地・大阪上町台地の和泉書院から、本書を刊行出来たことを光栄に思い、貴書院に深く感謝するものである。

〈注〉

（1）小島吉雄「大阪の和学と契沖」（大阪国文談話会編『大阪の和学 付、大阪国文談話会の歩み』昭和六一年七月、和泉書院）

（2）明治元年五月、新政府は「大阪府」と公文書化する。「大坂」（近世末まで）から、「大阪」と一般化するのは、明治一〇年代である。

（3）飯田正一「大阪国文談話会の歩み・記憶の断片」（注（1）に同じ）

（4）谷山 茂「大阪国文談話会の歩み・発足から約十年間の歩み」（注（1）に同じ）

（5）和田克司編「記録抄」（注（1）に同じ）

（6）大谷篤蔵・島津忠夫・和田克司聞き取り「大阪国文談話会の歩み 小島吉雄・境田四郎両先生に聞くの記」（注（1）に同じ）

（7）吉田孝次郎の、漱石への「蘊蓄」を放っておくのは勿体ない。その「蘊蓄」を、引き出そうとして発足したのが「近代部会」だと、私は聞いている。しかし「近代部会」発足の正確な時期を、今回つまびらかに出来なかった。遅れて来た青年であった私は、吉田孝次郎、田中重太郎（相愛大学）両大家の、謦咳に接していない。玉井敬之先生からも以前から、「近代部会」のことは、どこかに書いておいて欲しいと云われていた。この場を借りて、その責務を果したい。

（8）中野恵海先生は、平成二年三月、相愛女子短期大学定年退職。平成二年四月は、私が、相愛女子短期大学に奉職した年でもある。

（9）前田妙子先生の下に、集っていた日本文芸研究会。当時既に、前田先生は亡くなられている。

（10）高橋昌訓『「ある魚商伝」高橋銀蔵の年譜』（平成六年三月、自費出版、発行所は高橋昌訓）。高橋昌訓氏は、高等学校の国語の教諭、漱石のファンであった。父銀三は、「見附の松」近くに住んでいた。

（11）大岡 信「萩原朔太郎の『猫町』㈠――風景の成立――」（田村圭司編『日本文学研究大成 萩原朔太郎』平成六年五月、国書刊行会）

（12）石井 茂に、共著『湯河原と文学』（一九八四年三月、湯河原町立図書館編集発行）がある。

(13) 藤木官一　p. 18「付記」参照。
(14) 天野屋幕引きの前々日　p. 36, p. 37「参考資料」参照。

二〇〇七年七月七日

「研究機関」への謝辞

今般、本書を作製するにあたり、左記の図書館、美術館、個人に、貴重な資料を提供して頂き、転載することが出来た。併せて研究のためのこの上ない便宜を図って頂いた。

各研究機関並びに各個人の御好意に、近代部会一同、心から感謝の意を表したい。

○天野屋
○町立湯河原美術館
（池谷若菜氏）
○湯河原町立図書館
（石倉善子氏）
○神奈川県立図書館
（宗像盛久氏）
○湯河原町教育委員会
○高野　肇氏（高野書店）
○石井　茂氏（元横浜国立大学教授、湯河原町立図書館協議会長）
○橋田雅彦氏（湯河原町教育委員会社会教育課）
○大原美術館
（藤田文香氏）

執筆者一覧（五十音順）

荒井真理亜（あらい まりあ）
関西大学非常勤講師

北川扶生子（きたがわ ふきこ）
鳥取大学

木 村　功（きむら たくみ）
岡山大学

小橋 孝子（こばし たかこ）
東京大学大学院博士課程修了

笹田 和子（ささだ かずこ）
京都女子大学大学院修士課程修了

田中 邦夫（たなか くにお）
大阪経済大学

玉井 敬之（たまい たかゆき）
元同志社大学教授・元武庫川女子大学教授

土屋 知子（つちや ともこ）
大手前大学大学院博士後期課程在学

鳥井 正晴（とりい まさはる）
相愛大学

仲　秀 和（なか ひでかず）
大阪樟蔭女子大学

永 田　綾（ながた あや）
大阪市立大学大学院前期博士課程修了

中村 美子（なかむら よしこ）
京都女子大学非常勤講師

西川 正子（にしかわ まさこ）
芦屋大学

宮薗 美佳（みやぞの みか）
大阪産業大学非常勤講師

村田 好哉（むらた よしや）
大阪産業大学

吉江 孝美（よしえ たかみ）
大阪外国語大学非常勤講師

吉川 仁子（よしかわ ひとこ）
奈良女子大学

『明暗』論者別索引

〔凡例〕　本書で引かれている『明暗』論論者名の索引である（「『明暗』研究文献目録 選」も含む）。一部，『明暗』を論じているものも，適宜収録した。

〔し〕

〔す〕

〔せ〕

〔そ〕

〔た〕

〔つ〕

〔て〕

〔と〕

〔な〕

〔に〕

〔の〕

〔は〕

〔ひ〕

〔ふ〕

〔ほ〕

〔ま〕

〔み〕

〔も〕

〔や〕

〔よ〕

〔わ〕

■監修者略歴

鳥井正晴（とりい まさはる）

現在 相愛大学人文学部教授
著書 「明暗評釈 第一巻 第一章～第四十四章」
（2003年3月、和泉書院）
共編著「漱石作品論集成 第十二巻『明暗』」ほか
（1991年11月、桜楓社）

■近代部会

代表 鳥井 正晴
事務局 相愛大学人文学部
日本文化学科合同研究室 内
（〒559-0033 大阪市住之江区南港中4－4－1）
会場 相愛大学

近代文学研究叢刊 35

『明暗』論集 清子のいる風景

二〇〇七年八月三一日初版第一刷発行
（検印省略）

監修者 鳥井正晴
編 近代部会
発行者 廣橋研三
印刷所 太洋社
製本所 大光製本所
発行所 有限会社 和泉書院
大阪市天王寺区上汐五－三－八
〒五四三－〇〇〇二
電話 〇六－六七七一－一四六七
振替 〇〇九七〇－八－一五〇四三

装訂 上野かおる ISBN978-4-7576-0424-7 C3395

近代文学研究叢刊

樋口一葉作品研究		橋本威著	1	六二一六円
宮崎湖処子 国木田独歩の詩と小説		北野昭彦著	2	八四〇〇円
芥川文学の方法と世界		清水康次著	3	品切
漱石作品の内と外		髙木文雄著	4	品切
島崎藤村	遠いまなざし	高橋昌子著	5	三八八五円
四迷・啄木・藤村の周縁	近代文学管見	高阪薫著	6	三八八五円
日本近代詩の抒情構造論		松原勉著	7	六三〇〇円
正宗敦夫をめぐる文雅の交流		赤羽淑著	8	八八二〇円
賢治論考		工藤哲夫著	9	五二五〇円
まど・みちお	研究と資料	谷悦子著	10	五二五〇円

（価格は５％税込）

近代文学研究叢刊

11	鷗外歴史小説の研究 「歴史其儘」の内実	福本彰著	三六七五円
12	鷗外 成熟の時代	山﨑國紀著	七三五〇円
13	評伝谷崎潤一郎	永栄啓伸著	品切
14	菊池寛の航跡 初期文学精神の展開	片山宏行著	六三〇〇円
15	近代文学における「運命」の展開	森田喜郎著	八九二五円
16	夏目漱石初期作品攷 奔流の水脈	硲香文著	品切
17	石川淳前期作品解読	畦地芳弘著	八四〇〇円
18	宇野浩二文学の書誌的研究	増田周子著	六三〇〇円
19	大谷是空「浪花雑記」 正岡子規との友情の結晶	和田克司編著	一〇五〇〇円
20	若き日の三木露風	家森長治郎著	四二〇〇円

（価格は５％税込）

近代文学研究叢刊

- 21 藤野古白と子規派・早稲田派　一條孝夫著　五二五〇円
- 22 漱石解読　〈語り〉の構造　佐藤裕子著　品切
- 23 遠藤周作　〈和解〉の物語　川島秀一著　四七二五円
- 24 論攷 横光利一　濱川勝彦著　七三五〇円
- 25 太宰治翻案作品論　木村小夜著　五〇四〇円
- 26 現代文学研究の枝折　浦西和彦著　六三〇〇円
- 27 漱石　男の言草・女の仕草　金正勲著　四七二五円
- 28 谷崎潤一郎　深層のレトリック　細江光著　一五七五〇円
- 29 夏目漱石論　漱石文学における「意識」　増満圭子著　一〇五〇〇円
- 30 紅葉文学の水脈　土佐亨著　一〇五〇〇円

（価格は５％税込）

和泉書院の本

叢書	書名	副題	著者	番号	価格
近代文学研究叢刊	上司小剣文学研究		荒井真理亜著	31	八四〇〇円
近代文学研究叢刊	明治詩史論	透谷・羽衣・敏を視座として	九里順子著	32	八四〇〇円
近代文学研究叢刊	戦時下の小林秀雄に関する研究		尾上新太郎著	33	七三五〇円
近代文学研究叢刊	『漾虚集』論考	「小説家夏目漱石」の確立	宮薗美佳著	34	六三〇〇円
近代文学研究叢刊	『明暗』論集 清子のいる風景		鳥井正晴監修 近代部会編	35	六八二五円
	明暗評釈 第一巻	第一章～第四十四章	鳥井正晴著		五七七五円
近代文学初出復刻	夏目漱石集「心」		玉井敬之 鳥井正晴 木村功編	6	二六二五円
	『こゝろ』研究史		仲秀和著		四二〇〇円
和泉選書	漱石	『夢十夜』以後	仲秀和著	124	二六二五円
和泉選書	漱石と異文化体験		藤田榮一著	117	二六二五円

（価格は５％税込）